暗潮缉凶

娄霄鹏 著

浙江文艺出版社
Zhejiang Literature & Art Publishing House

图书在版编目（CIP）数据

暗潮缉凶 / 娄霄鹏著. -- 杭州：浙江文艺出版社，
2025. 8. -- ISBN 978-7-5339-7903-4
Ⅰ. I247.5
中国国家版本馆CIP数据核字第2025K9K758号

图书策划	许龙桃　张　可
出版统筹	王晶琳　王宜清
责任编辑	张　可
责任校对	牟杨茜
营销编辑	宋佳音
责任印制	吴春娟

暗潮缉凶

娄霄鹏　著

出版发行	浙江文艺出版社
地　　址	杭州市环城北路177号
邮　　编	310003
电　　话	0571-85176953（总编办）
	0571-85152727（市场部）
制　　版	浙江新华图文制作有限公司
印　　刷	浙江新华印刷技术有限公司
开　　本	710毫米×1000毫米　1/16
字　　数	341千字
印　　张	17.5
插　　页	1
版　　次	2025年8月第1版
印　　次	2025年8月第1次印刷
书　　号	ISBN 978-7-5339-7903-4
定　　价	69.80元

版权所有　侵权必究

001　第 1 章

024　第 2 章

049　第 3 章

073　第 4 章

092　第 5 章

117　第 6 章

136　第 7 章

153　第 8 章

186　第 9 章

208　第 10 章

232　第 11 章

254　第 12 章

第1章

早晨稀薄的阳光透射在一朵水母身上。

一开一合的水母,优雅地缓缓向海水深处游去。水越深越暗,呈幽寂的碧色。

它游过了什么东西。那不是它熟悉的海中景物,而是一只光着的人脚,纤秀,惨白。与人脚相比,水母很小,只有一元硬币大小。这是一只桃花水母。

它沉着地绕过脚趾,继续游动,一段距离后,遇上了更大的障碍物,白皙、光滑、冰冷,线条柔润,有曲折有弧度,是人类的腿部。

它无知无觉,继续前行,几乎撞上了漂浮着的白色帷幕。它差点儿就钻进白色帷幕里,被白色帷幕包围住了,幸好最终绕开了。这是在水中绽开的白色裙摆。

接着它又遇到了不同的局部,白皙的表面,褶皱的布料,起伏的线条……这个小小的水母看不到全貌,它似乎在贴着一具沉睡在海底的巨型大理石雕像遨游。

它绕开了海藻般散开的黑色长发,终于遇到了一双睁开的、美丽却毫无生气的眼睛。它与眼睛的大小相似。这不是雕像的眼睛,而是真正的人类的眼睛。水母的影子在黑色发灰的瞳仁中闪过。

一路游来,如果水母有意识,又了解人体结构,就会发现起初遇到的那只脚与后来遇到的身体,离得似乎异常的远,而且角度怪异。当然,它并不知道。

水母成功绕过了她的全部,继续向深处潜游。前方似有一个巨大的黑洞,幽暗无光,无底无尽。

江明滟拉开窗帘,早晨的阳光立刻照亮了儿子连江树的卧室。

这是一套建于上世纪九十年代的破旧单元楼里的小两居,儿子连江树的卧室狭小、老旧，一角的书桌上堆满了课本和文具。

江明滟年轻时是个美人，眉眼齐整大气，现在也是个明媚的中年女人。她的审美趣味也趋向饱满热烈的类型，喜欢穿色彩明艳的衣服，喜欢用网上推荐的各种低廉的美容器具，在丈夫能容忍的限度内拾掇自己。这会儿她就一边拿着个瘦脸用的滚轮在脸上连推带碾，一边招呼儿子起床。

阳光照在连江树脸上，他闭眼皱眉，不愿动弹。连江树十六岁，刚刚初三毕业，考上了本市一所不高不低的高中。

"快点儿起！早出门，不堵车。"江明滟提高了嗓门儿叫他。

"困。"连江树嘟囔着，头往枕头底下钻。

江明滟威胁道："赶紧的，不然让你爸来叫你！"

听见这话，连江树立马睁开了眼，然后手在枕头底下掏摸了一把，伸出来举着一样东西。

"生日快乐，妈。"

江明滟看清儿子手里拿着的是一管口红，欣喜地接过去，却又嗔怪道："哪儿买的？你怎么懂这个？贵吗？"

"不贵，盲盒里开出来的。"连江树翻身爬起，往身上套衣服。

江明滟高兴得很，连说："谢谢儿子！比你爸强，你爸从来没送过我东西。"

连海平在卫生间里刷牙漱口，听见老婆儿子的对话，淡然一笑。

连海平四十五岁，面相温和，气质沉稳，性格内敛，少言寡语，就像湖心冰凉的水。他鼻梁挺直如刀背，目光锋利如刀刃，似有看穿一切的能力；偶尔凝神时，脸上的线条就会变得冷硬起来。他用毛巾擦了脸后，将毛巾方方正正地挂好，然后用抹布把洗手台边的水珠都擦干了。

连海平是一名刑警。

这里是云州市，东南沿海城市，人口八百万，在二线与三线城市之间徘徊。上世纪的时候，云州是工业城，但在跨入新世纪的历史进程中，云州落后了，工业色彩渐渐淡去，新兴产业渐渐成型。这里气候温湿，又不酷热，自从工业败退，海一年比一年干净，沾了临海的光，房地产、旅游业都发育良好。这个晚熟的城市正在悄悄改头换面。

旭日厂居民区里有个平民菜市场，大而嘈杂，一列列菜摊上堆放着瓜果蔬菜、鸡鸭鱼肉。

沈华章、孙秋红带着儿子沈小海在市场里逡巡采购。沈华章四十七八岁，十分英朗，逛菜市场也穿着整齐的衬衫，干净挺拔如玉碑，在人群中颇为出众。孙秋红则其貌不扬,像个粗壮的家庭妇女,拖着小车,鲜绿的菜叶在车里支棱着。沈小海二十五了,长相随妈,他有自闭症,目光总是躲躲闪闪不看人。外人看了,很容易把孙秋红误认成沈华章家的保姆。

他们在一家水产摊前停住了脚。沈小海拽拽他妈衣角,指了指水槽里的皮皮虾。

"小海想吃皮皮虾了?"摊主对这一家人很熟悉。

沈小海不看摊主,只管摇头。

沈华章明白了,说道:"小舟爱吃。她今天回家。"

"小舟毕业了?"摊主反应过来。

沈华章笑着点头。沈小舟是女儿,比沈小海小两岁。

孙秋红瞧着皮皮虾,她知道市价,这东西从来不在他们家的三餐预算里。"多少钱一斤?"

"三十五。来两斤吧,六十。"

孙秋红有点儿犹豫。沈小海态度坚决地指着虾池。

摊主又说:"小海知道疼妹妹,真是个好哥哥。"

沈华章摆了摆手,下了命令:"买吧。"

一间房间里,几个人围坐着一张牌桌。屋里乌烟瘴气,满地烟头。打了一个通宵,空气又污浊,人人脸上都浸出了一层油汗。

光子,一个青皮二愣,头脑简单,四肢也欠发达,面前的筹码一个不剩,输光了。他把手边一小瓶劣质白酒一饮而尽后,拿着手机气吼吼地站起来。

"他妈的,支付宝也借不出来了!"

"光子,听我劝,"坐光子旁边的一个黑皮胖汉幸灾乐祸地奚落他,"拿上户口本,去派出所改个名儿。叫光子能赢吗?你改叫顺子,同花顺!要不,叫花子!哎,叫花子……"胖汉对自己的俏皮话很满意,呵呵笑起来。

光子很气愤,炸毛了。

"你才叫花子!我改成你爹行不行?"

胖汉霍地站起来了。

连海平一个人坐在桌边吃早饭,早饭是一盒奶,一个面包,还有一包榨菜。江明滟在旁边收拾东西,收拾出来了几个大包。一个敞口的包里都是吃的,袋子盒子瓶子塞得满满的。

"没工夫做早饭,凑合吃点儿啊。"江明滟一边快手快脚地忙,一边跟丈夫解释。

连海平说:"这挺好。"

"郭姐说李主任爱吃鱼,一早上光炸鱼了,不知道对不对他的口味。"

郭姐和李主任是他们约好了结伴出游的对象。郭姐跟江明滟是一个国有单位的,都是会计。

"你做的,没人不爱吃。"连海平语气很平和、很客观,不像拍马屁,像在叙述一个事实。他说话总是这个样子。

江明滟笑了,叮嘱丈夫道:"出去玩儿你跟人家多聊聊天,别大眼瞪小眼的没话说。"

连海平敷衍地嗯了一声。

"说真的呢,人家是二中教导主任,也不知道郭姐跟他能不能成,咱先交个朋友,小树去上学不也有个照应?"江明滟对他的态度不甚满意。

连海平说:"他好好学习,就不用照应。"

连江树从卧室里走出来,拿起客厅茶几上充好电的手机,要去上厕所。

"把手机放下。"连海平及时叫住了他,声音不大,语气平静。

连江树站住了,看着他爸,表情像忍着尿。

连海平说:"你昨晚上一点半才睡吧。"

连江树一惊,张了张嘴,没吭声。

"定好的规矩,11点前必须睡觉,暑假也只能后延半小时。"

连江树用不信任的眼神看了看他妈。

"不是我说的!"

江明滟急忙辩白,转头问丈夫:"你怎么知道的?你加班到2点半才到家。"

"我说错了吗?"连海平看着儿子。

连江树不敢否认,丧气地点点头,把手机放下了。

等儿子进了卫生间,江明滟疑神疑鬼地凑到连海平身边,问:"你怎么知道的?你在家里安摄像头了?"

连海平吸着牛奶,没说话。

水产摊前,孙秋红挑着皮皮虾,一个一个挑,相面似的,只挑活的,挑好一个,就放到沈小海手中的塑料筐里。摊主也不管她,和沈华章聊着天。

"小舟工作找好了吧?"

"找好了,高新区的一个公司,做环保的,专业对口。"

"小舟可是高才生,大学又是985,一个月拿多少工资?"

"一万多吧,没细问。"沈华章自豪地笑笑。

"哟,那比你俩下岗前的工资加一块儿还多吧!"

"多一倍。"

"咱们厂就你家姑娘最有出息,真是才女!找男朋友没有?"

"没有,不着急,她事业心强。"

摊主竖起大拇指。

孙秋红挑好了,把虾放到秤上,两斤出头。沈小海又嘟囔着,还朝虾池伸指头。

孙秋红劝他说:"这就不少了。"

摊主随手又抄了一网倒进塑料筐。

"行了,给五十块钱拿走,给小舟好好庆祝庆祝!"

连海平一家出了门。

小区是老小区,二十多年了,楼房不美观,地面绿化也少,路窄,乱停的车也多。

他们家的车是一辆中低档国产车,平时主要是江明滟开,方向盘的护套也是红红绿绿,后视镜上挂着个平安符。

大包小包都装了车,母子俩坐后排,连海平开。他将座椅调整到合适的位置,又仔细调整后视镜和倒车镜的角度,弄妥当了,启动汽车,出发。

车穿过城区,渐渐驶向城外。路面变得平阔,人少车少,视野开阔起来。路两旁都是新栽的绿化带,密叶绿植修剪成规规矩矩的形状,芭蕉树就随便它长。

江明滟沿路拍了几张照片后,关心起丈夫来。

"你才睡了三四个钟头,困不困?"

"没事儿。给我块儿茶饼。"

江明滟从包里掏出一个小小的塑料密封袋,里面是一块黑不溜秋的饼状物,是碎茶叶压成的一个饼,自家做的。她掰下一小块,递到连海平嘴边。连海平张口接了,慢慢嚼,像嚼口香糖似的。他不抽烟,这是提神用的。

连江树百无聊赖,从身边的食品袋里翻出一个饭盒打开,里面是炸好的小鱼,金黄灿烂。他要吃,江明滟伸手夺过,盖上饭盒。

"到了再吃,我要拍照发朋友圈。你今天好好表现,给我规规矩矩的!"

连江树撇了撇嘴。

突然,一侧传来马达轰鸣声,一辆色彩炫目的跑车瞬间超车,滚雷似的呼啸而过。不用看,听着就超速了。连海平条件反射似的,眉头一皱,骤然提速跟了上去。

"哎,你干吗?"江明滟吓了一跳。

连江树看他爸有要飙车的意思,倒来了精神,坐直了。

"慢点儿!今天你什么事儿都别管。"江明滟明白了丈夫的意图,有点儿急。

正好赶上黄灯,跑车一踩油门闯了过去。连海平停下车,拿出手机,拍了一张远去的跑车照片后,把手机递给江明滟。

"发给老郑,让他转给交警队。"

绿灯亮起,连海平继续向前开,然后跟着导航右转,上了一条支路。

开出不远,就看见了前方的事故。刚才看见的那辆颜色炫目的跑车,斜着停在路当中。一辆卖烤冷面的手推车横倒在跑车前面,东西零零碎碎撒了一地。

几个路人或近或远地围观着,举着手机拍摄。

连海平靠路边停车,举目观察。只见事故现场,两个人你追我赶,绕着圈跑。追人的是个年轻人,从发型到穿戴都张扬时尚,和跑车一个风格,他手持一把网球拍,气势逼人。被追的应该就是烤冷面车的主人,三四十岁的男人,抱头鼠窜,狼狈不堪。追人的腿快,追上了就迎头痛打。

连海平转头看看江明滟,意思很明确,这事儿得管。

江明滟急了:"你别管,有交警呢!"

"这得管。"连海平俯身从副驾驶座位底下摸出一根甩棍,就要下车,"要是我去不了,有你就行。"

江明滟说:"我算什么?人家是教导主任,你大小也是个干部……"

连海平抱歉地看着江明滟,打开了车门。

江明滟瞪着他,知道劝不住,摆摆手,由他去。

"管完了赶紧回来!"

连海平反握甩棍,将甩棍贴着小臂藏在手心,然后迅速跑到事故现场。他横断在两人追赶的轨道上,将甩棍抖开,夹在腋下。

烤冷面摊主跑过来,连海平将他放过去,向着追来的年轻人伸出了左手。

"停下。"

年轻人喝道:"滚!"

球拍向连海平砸过来。连海平稍微错身,同时将甩棍变成正握,然后挥出甩棍,准确击打在了球拍手柄位置。这个动作干净利落,一气呵成,年轻人还没反应过来,球拍就脱了手。

连海平从裤兜里拿出警官证,向年轻人出示。

"警察。"

年轻人和烤冷面摊主都站住了。

"警察?谁他妈报的警,来得够快的。行,来得正好,先抓碰瓷的吧。"年轻人指着烤冷面摊主。

摊主满脸涨红,咿咿呀呀打着手势。他是个哑巴。

连海平说:"请出示一下身份证。"

"凭什么?"年轻人不服气。

连海平不急不躁,原样重复一句:"请出示一下身份证。"

哑巴明白了,先掏出身份证递过来。

"行,我守法,我配合。"年轻人冷笑,也掏出钱包,从里面拿出身份证递给连海平。

连海平看了看,年轻人叫李达达。他望了望四周,发现这段路没有监控探头。又望一眼围观的路人,看见许多举起的手机。

江明滟在车里眼巴巴张望着,有些着急。

"你爸肯定巴不得出个什么事儿,这样他就不用去了。"

"他就不想管我的事儿。"连江树哼了一声说。

"不是!你爸呀,不爱求人,不会聊天儿,简直有网上说的那个社交障碍!"

"社交障碍怎么当警察?"连江树不信。

江明滟嗨了一声说:"谁知道,可能是一工作就顾不上障碍了呗!"

光子晃着膀子穿过旭日厂的居民区,看他脸上的花色,显而易见,胖汉把他修理了一番。

旭日厂是旭日重型机械制造厂的简称,以前是本市的第一大国营企业。职工上万人,加上数万家属,整个厂就像一个小城镇。居住区有建于上世纪八九十年代的楼房,低矮破旧,没电梯;也有大片的平房,带个小院,单门独户连成一片,规划得很不好,道路纵横交错,卫生也跟不上,到处都是乱糟糟的。

光子喝了酒,又憋了火,一路踢猫打狗,小孩见了他就跑。

一户人家门前,中年男人岳红兵在家门口洗车。一桶水,一块墩布,洗洗涮涮。车是一辆半旧的帕萨特。岳红兵穿着白背心、家居裤、旧拖鞋,看门大爷似的打扮,不过发型整齐,胡子剃净,看得出有些领导气度。

光子远远走来,看见洗车的男人,脸上的火更盛了些,好像见了仇人。男人洗车洗得专心,没察觉到光子向他靠近。路边有个卖烧饼的摊子,摊主不在,光子顺手抄了压炉子的铁饼,盯着岳红兵走过去了。

光子走到正在刷洗前轮轮胎的岳红兵身后,把铁饼准确地拍到了岳红兵后脑勺上。岳红兵一声没吭,向前栽倒在了车前盖上,接着又慢慢溜倒在地,躺着不动了。光子拿着铁饼,愣了神,大概对这个结果没有心理准备。

路边有闲坐聊天的人。有人看见了这个场面,一时没反应过来。一个老太太骤然大喊:"杀人了!"

路人纷纷侧目,站起身来。沿街的院门里也探出一个个脑袋。老太太接着喊:"岳厂长让他给拍死了!"

光子反应过来了,扔下铁饼,撒腿就跑。路人中的青壮年们呼啦啦追上去了。被惊动的人们也从家里跑出来,加入追赶的人群中。他们像一个个水滴聚成人流,汹涌地追赶在光子身后,"杀人犯""抓住他"的呼声此起彼伏。光子吓尿了,一路不要命地飞奔。

沈家三口买菜归来,刚转过一个路口,就见奔跑的光子和追逐的人群声势浩大地朝他们迎面冲来。他们吓了一跳,赶紧避在路边,惊愕地看着人群滚滚而过。沈小海害怕了,像受惊的小动物似的,嘴里发出怪声,要躲,要逃。孙秋红一把抱住他,让他把头埋在自己肩窝里。她手里装皮皮虾的袋子落到了地上,虾子活蹦乱跳。

"没注意,看见的时候已经撞完了。"路人们向连海平解释着。"我也是,可惜了,没拍到大场面!"

李达达听见路人的证言,冷笑一声。

连海平不动声色,回身走到跑车和倒地的手推车之间仔细观察着,然后心里有了数。

他问李达达:"有行车记录仪吗?"

"没有,我不怕碰瓷的。"

连海平点了一下头,开始还原现场。

"不是碰瓷,是两次冲撞。"

连海平指着地上的刹车印儿,跑车右侧的擦痕,倒下的手推车上蹭着的一点儿颜色鲜亮的跑车车漆。

"第一次冲撞,你车速过快,刹不住车,向左避让,造成了右侧剐蹭。当时你车速至少九十码,没人敢碰这个瓷。"

连海平又指着跑车正面的撞击痕迹。

"第二次是正面撞击,你刹住车以后,马上向后倒车,主动再次冲撞。这是蓄意撞人。"

哑巴一直注视着连海平的讲解,他听明白了,连连点头。

"说得一套一套的,你说是冲撞,我说是碰瓷,我看咱俩谁也说服不了谁。我认倒霉可以吧,耽误不起这工夫。"李达达掏出钱包,随意抽出几百块,扔在手推车上,"就当扶贫吧。"

他转身就要上跑车。

"等交警来。"连海平跨前一步,拦住了他。

"我有事儿!"李达达扒拉了连海平一下。

连海平把甩棍收了,说:"别动手。我现在对你提出警告,如果抗拒,我会采取武力强制。"

"嘿,你死心眼儿啊!"李达达又推了一下连海平。

"第二次警告。"

"这么多手机拍着,你强制我一下试试!"李达达硬挤过去。

"第三次警告。"

李达达不耐烦地伸手要推,半秒钟之后,他就趴在了地上,双臂反剪被按住了。连海平这个擒拿动作标准利落,围观的路人纷纷叫起好来。

警笛声由远而近,一辆警车开过来了。

江明滟看见连海平把李达达交给赶来的警察,交代了几句,又匆匆走过来,凑到车窗前。

"能走了吗?"江明滟不抱希望地问。

"我得回去做个笔录,今天恐怕……"连海平一脸抱歉。

江明滟看着丈夫的脸,没再争取,而是气鼓鼓地下了车,换到驾驶位,关上车门,启动汽车。

连海平说:"哎,你调一下座位。"

车开远了。

沈家住平房,虽旧,但整洁。孙秋红是个勤快人。

一间是客厅,一间是父母卧室,还有一间卧室隔开了,儿女分住。

孙秋红安顿好沈小海,让他坐在床上,递了个收音机给他。沈小海打开收音机,调着台,平静下来了,低着头自己唠唠叨叨。

与这个朴素简单的平民家庭最不搭调的东西,是客厅架子上的琵琶。沈华章从架子上取下琵琶,用一块软布轻轻擦拭。琵琶有年头了,木质表面磨得油光水滑。拨弄两下,声音悦耳,如大珠小珠落玉盘。琵琶在手,他就有些入迷了。

孙秋红把皮皮虾倒进水盆,发现死了几只。一通忙乎,备好了菜,又洗了两根黄瓜,来到客厅,给沈华章放下一根,拿着另一根去找沈小海。

沈华章专心致志地侍弄着琵琶,很快听到孙秋红慌慌的声音传来。

"小海,小海?"孙秋红慌张地从儿子卧室跑出来,"看见小海了吗?"

沈华章抬起头,才醒过神来。

连海平把李达达带到了滨海区公安分局刑侦大队。

李达达满不在乎,进了讯问室后一屁股坐下,跟到家了似的。

连海平问他:"想好了吗?"

第一章

"知道你们向着谁,不就是因为我开了个跑车吗?跑车自带原罪是吗?"

"你想多了。不管什么车,你交代的事故过程和现场痕迹能对上就行。"

"我受伤了,你算暴力执法吧?"李达达举起胳膊,小臂上乌青一片。

"不算。标准执法。"连海平始终不急不躁,平静如常。

李达达嚷道:"我要做伤情鉴定!"

"可以,你稍等。"

连海平站起来,走出讯问室。分局在一栋老建筑里,虽做了修整、翻新,但老建筑的格局还在,门窗还是老式的格子玻璃窗,漆着绿油漆,别有风味。

连海平转过走廊,一个西装革履的男人迎了上来。男人是李达达的律师,似乎早在等着他。

"连海平警官?"

"对。"

"我是您刚带回来的那个当事人的代理人,咱们找个方便的地方说话。"

连海平看了看他:"就在这儿说吧。"

走廊里不时有警察来来往往。律师放低了声音,态度很友好:"这起事故,摄像头没拍到,没有视频证据,其实就只有证词,说白了,就是您的说法。"

"还有受害人的说法。"

"对,主要是您的。所以,这个事儿可大可小……"

"等等。"连海平拿出手机,打开录音功能,"既然提到案情,还是留个记录。"

律师纠结地看着他。连海平笑笑,走了。

沈华章和孙秋红匆匆出了门,心急火燎地沿路寻找沈小海。

"刚刚那么一大群人,肯定吓着他了。"孙秋红说。

"往常吓着了,都在家里待着,今天怎么跑出去了?"沈华章不这么认为。

孙秋红听了,更着急:"刚才应该喂他一片药。"

两人见了街坊就问,可所有人都说没看见沈小海。问到一个老太太,大喊光子杀人的那位。

"小海,跟着看热闹去了吧。"老太太说。

孙秋红不大同意这个判断。

沈华章问:"刚才那群人往哪儿跑了?"

老太太伸手一指:"往老厂子那边去了。"

说话间,一辆救护车呼啸而来。孙秋红吃了一惊,心惊肉跳地跟着跑了两步后,看到路边围着一群人。救护车停下了,两个急救人员拖着一个担架跳下来。

孙秋红凑近了看,这群人围着的是岳红兵。岳红兵满头是血地躺在地上,一个中年女人——他老婆杜莉,坐在旁边哭。杜莉穿衣很讲究,发型也做过,有些原厂长太太的风范。

急救人员检查了下伤势,把岳红兵抬到了担架上。

围观的有人说:"别哭了,给你闺女打个电话吧。"

杜莉反应过来,擦了下眼泪,摸出手机来。岳红兵突然迷迷糊糊地醒了,说:"别打。"

杜莉一愣,岳红兵又说:"不告诉她。"

旭日厂已经停工几年,厂区里缺乏维护,渐渐显出了荒凉的样子,高大的车间沉默伫立着,没有机器的声响。现在大门敞开,很多人出出进进,不知道的,还以为重新开工了。

沈华章和孙秋红赶到时,只见厂区里的人群呼呼喝喝,追着光子跑。光子手里多了根钢管,挥舞着左冲右突,场面很混乱。几股人流围追堵截,还有骑自行车骑摩托车的夹杂在人群中。大家都有些莫名的兴奋,好像平静甚至沉闷的生活里终于有了乐子。

沈华章在人群中寻找着,没有沈小海的身影。

"他不会来的。"孙秋红转身走了,沈华章只好跟上她。

连海平回讯问室,却看见哑巴在门口等着他。

哑巴见了连海平,面有愧意,摆摆手,比画几下。连海平不大明白,从兜里掏出小笔记本和笔递过去。

哑巴写了几个字:"我想和解。"

连海平朝四周扫了一眼,果然看见李达达的那位律师远远地站着。哑巴又写:"不追究任何责任。"

连海平低声问哑巴:"赔偿你多少?"

哑巴更是羞愧,打开随身背着的破布包,拿出一张照片来。是他全家的合影,他有一儿一女要养活。

连海平的表情有些复杂,这做法和他的原则有冲突,但他也理解哑巴的苦衷。他点了点头,在笔记本上写了个号码,撕下来递给哑巴。

"他要耍赖,找我。"

沈华章和孙秋红离开了旭日厂厂区,又心急火燎地回到居民区。

一个街坊叫住了他们,说:"哎,你们家小海差点儿把我咬了!"孙秋红一惊,赶忙问:"哪儿碰见他的?"

"往那边去了。"街坊朝大街的方向指了指,"这小子,嘴里嘟嘟囔囔着'要接妹妹去'。我让他回家,他就急眼了!"

孙秋红朝街坊指示的方向远望,突然想起了什么,抬腿跑起来。沈华章也似有所悟,跟上了她。

孙秋红和沈华章赶到公交车站时,一眼就看见了站在人群后方的沈小海。沈小海不敢挤到人群中间,只畏畏缩缩地在后面站着,有公交车靠站,他就伸长脖子张望。

孙秋红和沈华章如释重负,走上前去叫了声小海,语气中不敢责怪。沈小海斜眼看着公交车,机械地重复着:"南方理工大学,南方理工大学。"

南方理工大学是妹妹沈小舟的学校,本市唯一的重点院校。

"小舟也该到了。"沈华章看了看表。

他们三人看着公交车上下来的人,男男女女,车下空了,也没有沈小舟。

办完了事儿,连海平打算回家。刚走到楼门口,一名人事处的警察带着个年轻人迎面走来。年轻人身穿警服衬衫,高大精壮,精神十足,眉眼间带着些桀骜不驯。他总给人一种肌肉紧绷,随时要出击的感觉,像一把拉开的弓,有些危险的气质。如果在军队里,他是那种立刻会被选入突击队的士兵。

"老连,你今天不是休假吗?"人事处警察问。

"路上管了个事儿,处理一下,这就回家。"连海平说。

李达达和律师也朝外走,路过连海平他们身旁时,李达达咳嗽一声,清清嗓子,吐了口痰,正好吐在连海平的鞋面上。

李达达很夸张地哎哟了一声,说:"抱歉,随地吐痰,我认罚。给掏一百!"他看了看律师,律师无奈,伸手掏钱包。

年轻警察横了李达达一眼,瞪着他,好像要动手的样子。

"算了,走吧。"连海平掏出纸巾,自己蹲下把痰擦了。

年轻警察看看连海平,用鼻子吭一声气,似有不忿。

李达达刚走,刑侦大队长老冯就紧皱着眉头,脚步匆匆地走来了,看见他们几个,招呼他们立刻跟着走。连海平看看门口,犹豫了一下。冯大队大概想起了连海平今天休假的事儿,说:"老连,你也来吧,假休不成了。"

冯大队带着连海平、年轻警察和人事警察回到刑侦大队。冯大队四十七八岁,头发花白粗硬,长了张沧桑的脸,经验都刻在脸上的皱纹里。

人事警察介绍年轻警察:"石强锋,今天来入职的。"

石强锋啪地敬了个礼。

冯大队问:"哪个中队接收的?"

"二中队,大案队。"石强锋语气挺自豪。

"二中队的老赵带队追逃去了,"冯大队说,"去三中队吧。连海平,他先跟你,有个事儿你们马上去。"

石强锋性子急,马上有话要问,然而老冯不停步,进了办公室。

办公室里有两位刑警值班,都是三中队的。一个是老郑,年纪与连海平相当,话多的类型,看起来不像警察,像街坊大叔,跟谁都自来熟。他是队里的"变色龙",调查走访时,不管什么环境,他都能不露痕迹地融入群众。一个是小齐,三十出头,话少,像个年轻技术工人,他是个开锁高手,不管什么锁,应手而开。

老郑看小齐今天打扮得齐整,调侃他:"收拾得人模狗样的,下班相亲去啊?"

"嗯。"

"今年相了有五十个了吧,照片呢?我把把关。"

"哪有,九个。"

小齐正要掏手机,看见冯大队他们进来了,立刻和老郑一起站了起来。

冯大队说:"刚接到报案,旭日厂有人闹事,故意伤人,伤者送医院了,正在抢救。犯罪嫌疑人逃进了老厂区,让群众围住了。连海平,你去办。"

石强锋抓住机会问了冯大队一句:"三中队是大案队吗?"

冯大队看看他,说:"老连手下,不分大案小案,去吧。"

石强锋看了一眼连海平的鞋,似乎还能看到上面的痰迹,不太信服。

出了大楼,石强锋觉得手里有点儿空,问:"不领枪吗?"

连海平说:"不用。"

石强锋攥了攥拳头,有点儿遗憾。

老郑说:"新人,当司机吧。"

沈家三口人又等了一趟公交车。人下完了,还是没有沈小舟。沈华章看看手表。

孙秋红说:"该回去做饭了。"

沈华章拿出手机,给女儿打电话,听了一阵,有点儿担忧。

"关机了。"

沈小海有些烦躁,低头不住地嘟囔着"南方理工大学"。

沈华章想起了什么,说:"她说不定已经到家了呢。"

沈家三口回到家门前,大门锁得好好的,沈小舟没有回来。

进了家门,沈华章又打了半响电话,兜来转去,还是关机。他有点儿慌了。孙秋红想起了什么,说:"给岳春夏打一个。"

沈华章如梦初醒,在手机里找号。

沈小海在一旁坐着,把收音机举在耳边听,身体轻轻晃动着。

沈华章打完了电话,放下手机,表情有些难以置信。

"春夏说,小舟昨晚上就没回宿舍。"他有些六神无主,没头苍蝇似的转圈儿。

孙秋红说:"你去学校看看吧。"

"对对,我去看看。"沈华章抬脚就要出门。

孙秋红叮嘱道:"哎,见了春夏,别说她爸被打的事儿,岳厂长不让说。"

车在城区街道上飞驰。石强锋开车,连海平坐副驾,老郑和小齐坐在后排。趁着路上的工夫,连海平先介绍情况。

"旭日厂的前身是造船厂,后来变成重型机械制造厂了,自解放后一直是咱们市的龙头企业。鼎盛时期,职工有一万多人吧。"

老郑补充道:"后来改制,改成旭日什么什么公司,大家不爱叫,还叫它旭日厂,老总还叫厂长,听着亲切。职工加上家属好几万人,厂区加居住区,以前什么都有,商店邮局派出所,大家都开玩笑叫它旭日县。"

石强锋踩着油门,在车流中钻来钻去,开得不稳,车里的人都拉住了把手。"几年前,厂子关停,下岗工人多,经济压力大,那一片儿经常出现治安情况。这次被打的是原厂长岳红兵,具体情况不明,我们按规矩来,别让群众挑眼。"连海平注意到车速,叮嘱石强锋,"开慢点儿。"

老郑说:"我妹夫就是旭日县人,锻造车间的,一没工作就在家找碴儿。好多事儿就是人闲出来的。"

石强锋车开得飞快,遇到黄灯,也猛踩油门。

"停!"连海平还是说晚了,黄灯最后一秒,石强锋闯过去了。"靠边停车。"

石强锋看了连海平一眼,连海平面无表情。石强锋停了车。

连海平回头看小齐:"你开。"

沈华章匆匆赶到南方理工大学,满脸是汗,身上也都湿透了。学校他很少来,但地形记得清楚,在他心里,这里犹如一块圣地。

找到女生宿舍,宿管听明白了情况,看他焦急万分的样子,把他放进去了。沈小舟宿舍里,两个女生在吃酸辣粉,看手机,看见沈华章在门口出现,一个女生意外地站了起来。

"沈叔叔。"岳春夏个子不高,长得不惊艳,但顺眼,气质安静。沈华章看见,沈小舟的铺位床板上,几包行李整齐地放着。

"昨晚上就没回来?"听岳春夏说没见过小舟,沈华章仍不敢相信。岳春夏点头,问另一个女孩儿:"你昨晚见过小舟吗?"

那个女孩儿看了他们一眼,摇头。

"还有别的同学没有?"沈华章努力压抑着焦急的情绪。

"差不多都离校了,我带你去找辅导员吧。"岳春夏也担心起来。

辅导员办公室里,邓老师对着一张学生名单挨个打电话。沈华章坐在一边,眼巴巴看着。

"本班本系的都问了,没见过小舟。"邓老师挂了最后一个电话,也是满脸忧色。

"那……我还是回去。"沈华章在大学老师面前,有种不自觉的谦卑,虽焦急,仍赔着笑。

"要不……去报个警吧。"邓老师谨慎地说。

一名派出所民警带着连海平几个朝旭日厂里走。

绕过高大的车间厂房,就见到前方一处围了上百人,闹闹嚷嚷。民警指点着说:"原来的污水处理站。"

连海平几个走到人群外围,看见人群中间有个巨大的圆形水泥池子。光子站在池边上,拄着钢管,正高声跟人群对话。钢管一头断裂,尖的,像个标枪。

光子对着人群喊话:"他岳红兵要把咱们厂的地皮贱卖给开发商,咱们买安置房,还要花高价!他岳红兵拿了多少回扣?我他妈是为民除害!"

有人要靠近光子,光子立刻把标枪挥过去,持人逼退。

连海平吩咐老郑和小齐:"疏散一下群众,别惊动他。"

老郑和小齐答应了,绕到两边去了。

有人高声劝光子:"光子,下来吧!这个沉淀池里都是工业废水,掉进去,骨头都得化了!"

连海平一皱眉,问身边围观的人:"池里是什么水?"

前面有个戴眼镜的,回头看了他一眼,笑着解释:"没那么吓人,这是污水最后一道沉淀池,处理完的废水已经达到了排海标准,饮用肯定不行,但也没毒。再说停工几年了,下雨、海水倒灌,早稀释了,没事儿。"

又有人对光子喊:"池底下的排污管是连着海底的,你让吸到海里就完蛋了!"

戴眼镜的说:"这话不假。"

光子面无惧色,大声回答:"大丈夫死有何惧?到了海底大不了变成海鲜!"

有人起哄,叫起好来。

第一章

石强锋观察形势,悄悄向连海平提议:"我从后面悄悄绕过去,趁他不注意,一把拽下来得了。"

连海平看看人群的样子,摇头否定,问群众:"这个光子的家人在哪儿?"

"他有个妈,腿脚不方便,大概还不知道这事儿。"

连海平吩咐石强锋:"去把他妈接过来。"

然而没人接话。连海平回头一看,石强锋不见了。他举目一扫,看见石强锋已经悄悄绕到沉淀池另一侧,正要往上爬。

连海平无奈,一边迅速向光子挤过去,一边跟他说话。

"光子是吧,我是警察。"

光子循声看过来。

连海平接着劝:"听我说,岳厂长在医院,没有生命危险,你还没有铸成挽回不了的大错,没有走到绝路上!把钢管扔了,下来吧。"

石强锋爬到了池沿上,站起身,向光子靠近。围观群众不可避免地看见了他,光子觉察了,顺着大家的目光回头望去,看见了石强锋。

"别过来!"光子大喊一声,猛地转过身,挥动钢管,可这兵器太沉重了,他脚下不稳,身子一晃,栽进了沉淀池。

连海平抢上两步,双手扒着池沿,翻身而下,只见一池碧水深不见底,一串水泡冒了上来。石强锋来不及脱衣服,照准了位置一头扎了下去。有好事儿的群众纷纷围上来,扒着池沿看。水面荡漾,碧绿深幽,看不到水下的情形。连海平凝神等待着。

终于,光子的脑袋从水里冒了出来,石强锋把他的脸托出水面,拖着他向池边游。看来石强锋水性不错。

连海平走去接应,群众帮忙,七手八脚地把光子弄了出来。

石强锋也水淋淋地上来了,边坐在池沿上喘息,边恨恨骂道:"傻呀!搂着钢管不撒手!"

光子没事儿,只眼角破了,大概在水底下挨了拳。他吐了两口水,傻呆呆地坐着。

连海平说:"起来吧,跟我们走。"

光子抱着肩膀,抖抖索索,眼神发直,过了半天,突然冒出一句:"水底下还有个人。"

连海平一惊,问石强锋:"水下还有什么,你看见了吗?"

石强锋说:"没注意。"

连海平凝视着水面,似乎在深沉的碧色中看到了一抹极其模糊的白,然而也许是水面反光。

"我再下去看看。"石强锋又要往水里跳。

连海平注意到他的样子,拉住了他:"怎么回事儿?"

石强锋身上起了一层红疹,有点儿吓人,眼睛也红了,眼泪哗哗的。

"我不是哭啊,是海水过敏!老毛病。"

"你别下了,不冒这个险。"

"嗨,死不了人!"石强锋满不在乎。

"我下。"

连海平下了水,调整方向,向深处潜去,潜水的动作很标准。他越潜越深,渐渐地,他看见深碧色的池底浮现出了一个白色轮廓。

他在水中努力睁大眼睛辨认着。看清了,是个女孩儿。女孩儿呈仰卧姿,穿连体白色长裙,皮肤呈异样的雪白。他慢慢靠近,目光扫过女孩儿长裙下的双腿,看见了什么,脸色一变。接着,他看见了女孩儿的脸。

女孩儿无神的双眼仰望着,恰好与他对视,脸上是惊惧、绝望的表情。连海平吃了一惊,定定地望着女孩儿,眼前的景象似有魔力,让他忘了身在何处,直到呼吸不畅,他才手脚并用地上浮。

连海平水淋淋地从池沿上下来了。

老郑凑过来,问:"有吗?"

"有,女性,他杀。"连海平低头穿袜子穿鞋,小声说。

石强锋瞪大了眼睛。

"他杀?"老郑也吃了一惊。

"一只脚被切下来了。"

"脚?那不是……"老郑更吃惊了。

连海平说:"叫支援吧,把厂门关上,在场的群众都先不要离开。"

石强锋看了一眼在场的群众,说:"关他们什么事儿?"

老郑说:"听老连的,回到现场瞧热闹的凶手,我们见多了。"

沈华章来滨海区公安分局报案,接待他的警察听了情况,跟他耐心解释着:"您别着急,是不是失踪不一定,大多数情况下,不到一天时间人就回来了。"

沈华章不知道该说什么,虽心急如焚但也没闹,他拉不下这个脸。他只是默默地忍了片刻,说:"她的同学、老师从昨天下午就没见到她了,我女儿很懂事,从来没不打招呼就……"

警察看看他,理解这份心。

"要不您先等等,我整理一下情况报给负责的同志处理。"

沈华章坐在走廊的条椅上等待,突然,他看到警察从各个办公室里走出来,匆匆出了门。他走到窗边向外看,院子里,大队人马出动了,警车拉响警笛,一辆接一辆地开走了。接待他的警察接了个电话,也站起身来向外走。

"出什么事儿了?"沈华章忙问。

"您还是先回去吧。"

警察匆匆离开,沈华章更是担忧。

支援赶到了旭日厂污水处理站。警察把住了外围,议论纷纷的群众被集中到了一起。打捞队两名队员穿好了装备,拿着水下相机,准备下水。

连海平吩咐石强锋几个记录所有群众信息后,转头跟法医老郭说:"指纹、鞋印都留下,东西带够了吗?"

法医老郭,五十来岁,人称"郭大法",头大脖子粗,不像精细的医务工作者,像厨师。

"够。"郭大法看了一眼沉淀池,压低声音问连海平,"断了只脚?"

"嗯。"

郭大法表情有些复杂,说:"希望不是吧。"

连海平也说:"希望不是。"

石强锋看着脚印杂沓的现场,说:"看这乌七八糟的,留鞋印有用吗?"

郭大法看看他,目光犀利,似乎把石强锋的急性子一眼看穿了。

"新来的?破案就是稻草堆里找针,力气大没用,得耐着性子抠。而且99.9%都是白费工夫,最后那0.1%还不一定有用。"

石强锋皱了皱眉。郭大法坏坏地笑了。

人群中,一个穿背心大裤衩的男人接了个电话,急匆匆就往外跑。连海平注意到了,打个手势,提醒把守的警察。

石强锋噌地蹿了出去,他明显是短跑健将,猎豹似的直插过去。

"站住!"

男人没停步,慌里慌张地逃跑。眨眼之间,石强锋就截断了男人的路线,但他速度太快,刹不住脚,一个虎扑把男人甩翻在地。两人打了个滚,石强锋把男人按住了。

男人奋力挣扎,石强锋突然看见他的大裤衩上有几滴血迹,喊了声"别动!",就从腰里掣出手铐把他铐上了。

男人急赤白脸地嚷嚷:"你干什么?我锅还在灶上呢!"

"血哪儿来的?"石强锋指着他裤子上的血迹。

"早上宰了只鸡!我忘关火了,锅还在炉子上坐着呢!不信你跟我回家看看去!"

围观群众中有人喊话:"是真的,他早上在家门口杀鸡,还弄了一地毛!"

郭大法也凑趣似的过来,拿棉签在男人裤衩上的血点上抹了抹,看了一眼,闻了闻,说:"鸡血!"

石强锋有点儿郁闷。

连海平独自在老厂区里勘查,他沿着大门口到污水处理站的路线,仔细地在地上搜寻。他在一条车辙印边蹲下观察,又抬头看看,发现群众骑来的摩托车、自行车,甚至还有三轮车,都胡乱地停在一处。印迹太杂乱了。

这时步话机里传出声音:"出水了。"

水下的女孩儿上岸了。她被小心翼翼地平放在塑料布上,身体僵硬,保持着水下的姿势。那只断脚也捞上来了,摆在断掉的位置。

郭大法当即勘验,女孩儿颈部有瘀痕,断脚是从脚踝上部切的,断面整齐,断面的肉被泡得发白。他望着连海平,叹了口气。

"初步看来,手法一致。要是,老赵麻烦大了。"

连海平沉吟着,没说话。

"什么意思,老赵是谁?"石强锋问。

"二中队队长赵厚刚啊,3月有个案子,被害人也是年轻姑娘,断了一只脚,二队现在还没破案呢。"老郑回答他。

石强锋反应了一下,惊呼道:"同一个凶手?"

连海平说:"还不能下结论。"

"那这个案子,得归二中队吧。"石强锋语气中有些遗憾。

郭大法动了动女孩儿的四肢,测了温度。

"一直在水下,不好精确判定死亡时间,粗估是昨天晚上10点到12点之间。"

连海平看了一眼远处的群众,说:"要不是有这事儿,还发现不了她。"

远处的群众探头探脑,向这边张望着,他们都在看死去的女孩儿。

石强锋看到女孩儿的裙子被撩起来了,露出了大腿,走过去伸手把裙摆扯了下来,给她盖好。连海平看了他一眼,眼神里有些赞许。

人群那边有骚动。连海平望去,看见一个年轻男人正跟民警说着什么,朝这边指指点点。民警阻拦他,年轻人突然甩开民警,跑了过来,一边跑,一边眼睛直勾勾地望着地上的女孩儿。

石强锋迎了上去,喝道:"站住!"

年轻人不理他,甚至没看他,跑近了,看清了,脸上突然露出惊痛,脚下一绊,一个趔趄摔倒了,摔得挺狠。石强锋跑到他跟前,年轻人翻身坐起,灰头土脸,望着女孩儿,嘴张开着,眼睛红了。

刑侦大队里,仍在等待的沈华章看见警察陆续归来了,个个都面色郑重、如临大敌。

沈华章凑上前去,想问话,还是忍住了。他拿出手机,往家里打电话。"小舟回去了吗?"

孙秋红说:"没有,你在哪儿?"

沈华章挂了电话,慌慌的,有些手足无措。

连海平、石强锋他们回来了,冯大队招呼他们进了会议室。听完连海平说的情况,冯大队的脸色很黑。

"如果是,那案件就升级了。"

"等老郭进一步的检验结果吧。"连海平说。

"老赵去追逃,顺利的话,明天就回来了。如果案件升级,恐怕要成立新的专案组了。"冯大队说。

连海平没说话。

冯大队问:"死者身份查明了吗?"

连海平点头道:"死者的一个朋友,叫杨涛,也是旭日厂子弟,认出来了。死者叫沈小舟,父母都是旭日厂的下岗工人。"

"沈小舟?"那个接待沈华章的警察突然想起来了,向远处看了一眼。透过玻璃,只见沈华章还在椅子上坐得规规矩矩。

孙秋红心神不宁,她心不在焉地洗着皮皮虾,突然手指被刺破了,血莫名其妙流了很多。她正手忙脚乱地找创可贴,电话响了起来。

孙秋红把沈小海托付给邻居大姐后,急匆匆赶到了刑侦大队。沈华章看见她,脸色惨白,六神无主。

孙秋红问:"看过了吗?"

沈华章说:"没有……我不敢看。"

孙秋红进去了,沈华章在门口等着,止不住地浑身发抖。焦灼把时间拉得很长,每秒钟都是一个关卡,都是生死边缘的煎熬。妻子出来之后,沈华章看见她脸上的神色,就明白了,但仍绝望地试图抓住最后一点儿侥幸。

"不是吧?"他嗓音嘶哑地问。

孙秋红没说话,脸色白得可怕。沈华章佝偻着身子,好像一下变得苍老了,压抑的呜咽从他胸中顶上来,却释放不出。孙秋红扶他在条椅上坐下,沈华章弓着腰,好像一口气憋住了,不能呼吸。他身体轻轻摇晃,偶尔抬头,眼珠转动,目光在警察们的脸上无意识地扫过。他紧紧抓着孙秋红的手,像个溺水的想要呼救却又叫不出声的孩子。

连海平久久凝视着他们。很多时候,破案的决心,就是在这样的时刻,在警察的心里扎下了根。

窗外天色暗了下来。

石强锋拿着毛巾一边擦着湿乎乎的头发,一边回办公室找连海平。他好像刚冲了个澡,身上的红疹下去了些。

"连队。"

连海平正整理着材料,嗯了一声。

"要是同一凶手作案,很可能不止两起吧?我想去市局查查全市还没破的凶杀案。"石强锋似乎精神十足。

"出现断脚的,就这两起。"

"凶手的手法会升级呀,说不定他以前没想这么干呢?"石强锋跃跃欲试。

"先等法医检验结果。"连海平沉静地说。

石强锋把毛巾甩到肩膀上,有些不以为然。

连海平下班回家,到家开门,在门口和儿子撞上了,连江树正要出门。"干什么去?"连海平问他。

连江树好像吃了一惊,说话底气不太足。

"去……同学家写作业。"

连海平看他一眼,他背着书包,鼓鼓囊囊的,好像说的是实情。

"我刚在小区门口看见几个学生,正讨论上哪儿打游戏,是等你的吧?"

"怎么会呢?"连江树辩解道。这时他手机突然响了,他看了看,没接。

连海平说:"接吧,开免提。"

连江树决定不接,转身回了屋,把书包扔下了。

连海平接着说:"早点儿睡觉,昨天晚睡了两个小时,今天补回来吧。"连江树瞪起眼睛,甩手进了自己卧室。

连海平走进卧室换衣服,卧室电视里正在播放一部关于海洋的纪录片,介绍的深海生物有透明的虾、大嘴的鱼,还有一种海月水母,大如伞盖,一开一合游着,很优雅。旁白说:"观看海月水母会让人心情平静,因为海月水母伞盖开合的频率,跟人类大脑处于平静状态时,脑电波阿尔法波的频率相似……"

江明滟又在做瘦脸运动,连海平问她:"见到教导主任了吗?"

"有事儿没来。我看郭姐跟他成不了,埋怨半天,还嫌人家房子小。"

"鱼呢?"

"都让郭姐吃了。"

连海平笑笑。

江明滟想起了什么,问:"哎,你怎么知道儿子昨晚上一点半才睡?"连海平没吭声。

"你到底安摄像头没有,告诉我呀。"

连海平说:"我昨晚上2点半到家,看了一眼他的手机,充电量35%。他不把手机玩没电了不撒手,平时充满电三个小时左右,35%差不多一个小时,说明是1点半开始充的。"

江明滟恍然,感叹了一声:"有你这么个爹,儿子挺难的。"

连海平换好衣服,从衣柜里摸出个东西放在床头柜上,说:"生日快乐。"

不等江明滟反应,他就去了洗手间。

"什么呀?"江明滟拿起来看,礼物是个影楼的预约卡,上面写着"请江明滟女士于某月某日至某月某日,拍摄人像写真",等等。

江明滟惊了,难以置信。

"你还知道送……年轻的时候不拍,老了还拍什么!自拍就行了,花这个钱……"然而她抱怨了两句眼圈就红了。

卫生间里,连海平望着镜子中的自己,一脸疲倦。他捧水洗脸,水浇到脸上时,仿佛回到了白天,水下。沈小舟的白裙像海月水母一样优雅地漂动,苍白美丽的脸,绝望的眼睛,有那么一瞬,她的脸似乎变成了另一个女孩儿的面容。

连海平一惊,好似有痛觉从遥远的心底袭来。他驱散幻想,抹了把脸,呼出一口长气。

盆里的皮皮虾都死了。

沈华章坐在门外,雕塑般一动不动。

孙秋红给沈小海铺床。收音机里播放着新闻:"我市沿海老工业区的改造开发即将进入新的阶段,这将是我市最后也是最具价值的板块开发,未来的沿海区域整体设计遵从绿色环保持续发展的国际标准……"

沈小海把收音机关了,低头问着:"小舟呢小舟呢?"

孙秋红眼圈红了一下,说:"小舟出差了。"

市局档案室管理员把厚厚一摞卷宗交给石强锋。

"还有这个,麻烦您帮我找一下。"石强锋又递上一张纸条。

管理员接过纸条看看,皱起眉:"1998年的,跟现在的案子有关系吗?"

石强锋说:"我就看看。"

管理员拿着纸条走了。石强锋在白炽灯下坐下，翻开卷宗，一页页细看着命案现场照片。

"喝水自己接。"管理员回来了，把一份旧卷宗放下，走开了。

石强锋深吸一口气，打开这份1998年的旧卷宗。被害人也是女性，面容清丽。他细细阅读案件记录，翻页的手指有些发抖。

忽然，他在一页上看到了连海平的名字。

第2章

连海平穿着一身警服，游向水下。

水底白色的身影渐渐变得清晰。一头漂浮的长发挡住了脸，连海平伸出手拂开长发，死去的女孩儿双眼睁开，直盯着他。他有些慌乱，随即发现自己并不在沉淀池底。这是一条河，水下长满了绿色水草，水草缠住了女孩儿的手脚。他很着急，想给她解开，却越解越乱，自己也要被缠住了。憋着的一口气即将耗尽，他面红耳赤，嘴里冒出了气泡，他拼命想要上浮，却发现女孩儿的手抓着他的衣角。他一脸惊痛，忍不住要呐喊。

床上，连海平睁开了眼睛。刚才的梦让他呼吸有些急促。

天亮了，已是清晨，厨房里传来锅碗瓢勺的声音。他定了定神，深吸一口气，起身下床。

房间衣柜顶上，堆放着大小不一的纸箱、行李箱之类的。他走到衣柜前，轻手轻脚地一个个往下拿。最深处是一个深蓝色人造革行李箱，24寸大小。他把行李箱放在床上，箱上有"南方警官大学奖品一九九七"字样。打开箱子，里面有旧制服、文件、书籍、书信、笔记本等旧物。

他拿起一个笔记本，从里面翻出一张照片。照片上的人，就是刚刚他梦中的那个女孩儿。女孩儿的打扮，是上世纪九十年代小城的穿戴。她站在河边，对着镜头爽朗地笑着。连海平凝视着照片，一时间出神了。

孙秋红和衣侧卧在床上。昨晚她没收拾就睡下了，睡得也不踏实，一有惊扰就醒了。床脚有动静,孙秋红抬头看,稀薄的晨光中,她看到沈小海坐在她脚头,嘴里嘟囔着什么。

"小海?"

沈小海不看她,只顾低头说话,这回说清楚了:"小舟没回来,小舟没回来……"

他说话像个复读机。

孙秋红坐起身来,说:"小舟……出差了,有工作。"

"小舟去哪儿了?小舟去哪儿了……"

孙秋红有些为难,第一个跳到脑子里的地名被她抓住了。

"北京,小舟去北京了。"

沈小海听清楚了,站了起来,一边往外走,一边嘟囔着:"小舟去北京了,小舟去北京了……"

他走出卧室,经过客厅,客厅的长条旧沙发上躺着沈华章。

沈华章双眼圆睁,仰面看着天花板,好像从来没合过眼似的。

连海平又去了旭日厂,和老郑站在发现沈小舟的沉淀池边说话。已是第二天,周边仍有警察在勘查、寻找。旭日厂太大了。

"厂房里也都找了?"

"找了,没有。这第一现场能在哪儿呢?切下一只脚,得流不少血呢。"老郑张望着,目光落在沉淀池上,"不会是在水里切的吧?"

"不会,看断面应该是电动工具。"

"那就是在别的地方切了,转移到这儿的?"

"继续找吧,我回队里。"

老郑说:"赵厚刚今天该回来了。"

连海平回到分局,刚到大门口,就看见冯大队和分局局长老邱正送几个市局领导上车。

连海平犹豫了一下,停住脚步拿出手机,佯装在打电话。等领导们的车出了分局,他才放下手机,往里走。

大办公室里挺热闹,二中队赵厚刚带队回来了。赵厚刚身材魁伟,长相威猛。他在椅子上坐着,左臂打了绷带吊在脖子上,显然负伤了。

他手下的年轻刑警林子正在活灵活现地描述他的受伤经过,嗓门挺大。

"我手里正按着一个,那小子冲我后脑勺来一飞锤,我就听脑后风响,想躲可来不及了,头儿本来离我还有几步远,人没到胳膊先到了,我就听咔嚓一声,还以为是我脑壳裂了呢!头儿哼都没哼,回身单手就把那小子放倒了……"

"别给我吹了,我是长臂猿?滚!"赵厚刚有点儿听不下去了。

连海平进了办公室,看见赵厚刚他们,打了个招呼:"回来了。"赵厚刚点了点头,正常打招呼,似乎并不亲近。

冯大队在门口出现,说:"老赵,老连,来。"

赵厚刚答应了,站起身,问林子:"那锤子呢?"

林子说:"传达室老刘借去了。"

赵厚刚说:"这椅子有点儿晃,拿锤子给我敲两下。"

冯大队和连海平、赵厚刚去了法医科。

郭大法已经完成了初步尸检,用白布盖住了遗体,只露出面容。沈小舟看上去像白色的雕像。

看见他们进来,郭大法放下手里的浓茶,走去掀起沈小舟脚头的白布。赵厚刚一眼就看见了断脚,眼睛立刻瞪圆了,凑近了仔细看了又看。

"我说呢,问他们什么案子,都不跟我好好说!"赵厚刚骂了句娘。冯大队问:"有结论了吗?"

郭大法不慌不忙,在一边台子上摆了数张照片,看起来是另一起案子的尸检情况。被害人也是个长相柔美的年轻女孩儿。

"这是今年'三一三案'的被害人王一珊,老赵,你最熟。"

赵厚刚哼了一声。

郭大法继续说:"我先说共同点。王一珊,机械性窒息致死。沈小舟,眼结膜有出血点,舌骨断裂,也是扼颈导致窒息。不过杀王一珊的凶手戴了手套,沈小舟颈部瘀痕上有细小的月牙状伤痕,指甲印儿,没戴手套。"

连海平说:"有没有……"

郭大法立刻接上:"水泡的时间长,提取不到DNA证据。王一珊案也是,没有DNA。"

大家虽有些失望,但也在意料之中。

"下一个共同点,都被切下了一只脚,而且创口都有生活反应,切割的时候,人还没死。"

大家脸色都有点儿难看。

"但王一珊是左脚,沈小舟是右脚。"郭大法说。

连海平皱了皱眉,若有所思。

"第三,切割工具。根据创面,上次已经确定,王一珊案的切割工具应该是手持电动锯骨刀。"郭大法从桌子上拿起一把锯骨刀,轻巧,可单手手持,"就是这一类,上次买来做对比的。切沈小舟脚的,也是这样的工具。"

赵厚刚补充说:"全市排查过了,也没查到来源,凶手可能是网购或者在外地买的,我们还要扩大排查范围。"

连海平观察着王一珊案的照片,说:"王一珊这个切割面,是不是要更平整一点儿?"

郭大法说:"可以这么说,但是毕竟是手持,下刀都没那么精确。最后,两个人外形上的相似点,就不用说了。"

"不同点呢?"冯大队问。

"王一珊有防御伤,手脚腕部被捆绑过,沈小舟没有。"郭大法给他们看沈小舟的伤痕,"沈小舟只有腿上、脚跟部有刮擦伤,应该是在地面拖行导致的。"

"单人作案?"连海平说,"没有防御伤,没有被束缚,沈小舟是不是被下药了?"

"有这个可能,要等血液检验结果出来。还有,性侵方式不同。沈小舟遭遇的不是通常意义上的性侵,用的是某种异物,不知道是什么,大概呀……"郭大法打开手机,搜了张图片给他们看,"我推测是这么个样子的柱状多面体,表面光滑。"

图片上是常见的柱状紫水晶。

"这个形状的东西不常见,应该是凶手随身携带,"连海平皱起了眉,"如果是同一个凶手,这个变化有点儿奇怪。"

"就是个变态!"赵厚刚骂了一句。

冯大队问:"还有吗?"

"就这些。"郭大法讲完了。

"好,开会。"冯大队转身离开,赵厚刚也跟着出去了。

连海平缓了一步,看了一眼沈小舟。

"沈小舟……是死后入水吗?"

郭大法叹了口气,说:"她气管和肺部有呛水,说明她在水下曾经有意识,可能很短暂,体力不足,游不上来了。"

石强锋上了楼,朝办公室走,他有点儿乏,看上去像熬了通宵的模样。

立刻,他注意到前面一个人手里提着把铁锤。看这人的打扮,不怎么正经,像个社会闲散人员。这人是林子,他追逃归来,还没来得及换衣服。

石强锋悄无声息地快步赶上,叫道:"站住!"

林子回头瞄了他一眼,没认出人,不搭理他。

"锤子放下!"

"你干吗的?"

林子持锤的手刚扬起来,石强锋就噌地冲过来了。林子猝不及防,一眨眼铁锤就被石强锋卸下了,林子刚要反擒拿,没想到石强锋更快,而且是不按套路的打法,可能还混合了摔跤,拧着他的胳膊全身压上。一瞬间,林子就被石强锋按死在走廊的地板砖上了。

林子又惊又怒,破口大骂:"混蛋你谁呀?"

这当口,赵厚刚、连海平和冯大队走了回来。看见地上缠斗的两人,大家都有点儿蒙。赵厚刚感觉折了面子,有点儿怒。

分局会议室大部分保留了这栋老建筑的原貌,不过增加了些现代的影音设备。阳光把窗格的老式花纹投在墙壁上。

冯大队主持案情分析会,赵厚刚的二中队,连海平的三中队列席。分局局长邱局也在,他五十多岁,慈眉善目,没有架子。

幕布上的幻灯片展示着两起案情和照片,刑警们翻看着打印出来的资料。

林子不时瞪一眼石强锋,石强锋当没看见。

冯大队介绍了案情,总结说:"情况就是这些,两起案件都没有DNA证据,只能研判是不是同一凶手连续作案。大家说说看法。"

大家沉默了一会儿。

"说说嘛,畅所欲言,没有对错。"邱局语气温和,态度和蔼。

"我觉得肯定是。同一个城市同一个区,出现两个用电锯断脚的凶手,可能吗?"赵厚刚说。

二中队纷纷点头。

"要是模仿作案呢?"石强锋提出异议。

林子立马反击:"不可能!'三一三案'没有对外公布案情,而且王一珊是在废弃窨井里发现的,要是模仿找个下水道就行了,多方便,干吗费劲巴拉地扛到旭日厂?"

"下水道容易被发现啊。"

"要是模仿作案,还怕被发现? 不就是为了栽赃吗?"

石强锋不吭气了,林子扳回一局,有点儿得意。

冯大队看向连海平:"连海平呢?"

"不知道,50%的可能吧,"连海平老实回答说,"断脚、同样的工具,而且工具相对特殊,确实是个比较明显的标记。"

"另外50%呢?"邱局问。

连海平忖了忖,说:"根据老郭提出的那些不同点,我有些疑虑。控制被害人的手

段、性侵方式都有差异,如果是一个人,是什么让他改变了作案习惯?另外,一个是左脚,一个是右脚,我觉得有种可能,王一珊案的凶手是左利手,沈小舟案的是右利手。"

"切哪只脚就是哪只手?"赵厚刚质疑,"这……有什么依据?"

"没有科学依据。我就是想象,这是个习惯问题,比如切菜,右利手会左手把菜,从右边开始切,"连海平比画着,"如果面对的是一个人,我想他也会站在被害人右侧,切右脚,这是下意识的习惯。左利手就是反方向。"

赵厚刚他们想象了一下。

林子说:"被害人要是趴着呢?"

连海平笑笑,说:"都有可能,所以我说没有科学依据。"

"大处相同,其他都是小节,同一凶手作案也不会一成不变。"赵厚刚坚持自己的看法,"我的意见,就是同一个凶手,应该并案侦查。"

邱局沉吟着,指节敲了下桌子,说:"目前我也倾向于这个看法。"

连海平没再说什么。

邱局接着说:"上级的意思,一旦并案,成立专案组,你们两队都要上。"

方案已定,冯大队马上分配任务:"'三一三案'是二中队的,仍以二中队为主,我任组长,赵厚刚任副组长,三中队配合。有意见没有?"

赵厚刚特意看了一眼连海平。

连海平说:"没有意见。"

"好,接下来的调查方向,你们都有什么想法?"冯大队接着问。

大家思索着。连海平看着面前的笔记本,上面记录着他一条一条写下来的想法。

"如果是同一凶手,在选择被害人上有两种情况,"连海平看着笔记本说,"一、选择自己认识的被害人,那么王一珊和沈小舟之间应该有什么联系,王一珊是社会闲散人员,初中文化,没有固定工作,沈小舟是大学生,她们有没有交集?如果有,凶手可能就在交集里。二、随机选择被害人,那就难办一些。"

赵厚刚举了举还能活动的那只手。

"有个情况,我们调查到王一珊死前借过一笔高利贷,和她被杀可能有密切关系。这次追逃,我们抓了这个团伙的一批骨干,但是这几个把自己摘得干干净净,不承认跟杀人案有任何关系,说真正管事的叫沙宏利,就在本市,深藏不露,谁也不知道在哪儿,我打算继续跟进这个线索。"他看看连海平,"沈小舟这边,就交给老连吧,我建议查查她有没有贷过款,现在大学生借贷的人不少。大家谁有进展,随时碰头。"

连海平忖了忖,点头同意。

冯大队也看看连海平,说:"好,就这么安排。"

冯大队办公室布置得简单粗放,家具桌椅都古朴,沙发起了皮,用了多年似的。桌上一个绿台灯,很有年代感。没开空调,两扇老式窗户开着。

会后,冯大队把连海平单独叫到了办公室,两人站着说话。

"看得出来,该不该并案,你有保留意见吧?"

连海平迟疑了一下,承认了:"是。"

冯大队说:"目前这个状况,并案还是对的,联合优势力量,可以调动更多资源,一加一大于二。"

"对。"

"沈小舟这条线,所有线索都要彻查,老赵说的方向,也要兼顾。好好配合,抓紧破案。"

"行。"连海平要走。

"我还没说完,"冯大队留住他,把门关上,"老连,你的业务能力全队有目共睹,都服气。看你平时办案,走访、调查,包括审讯,话都说得精到,沟通能力没问题呀!不办案的时候,让你多说一个字都难。"

连海平说:"办案有办案需要。"

冯大队从药盒里抠出一粒中药丸,扔进嘴里,喝了口水直接硬吞了。

"这个药得嚼。"

冯大队使劲儿咽了一下,呼了口气,说:"黏牙,耽误工夫。你平时要多和同志们沟通,不然这是个短板。"

连海平看看冯大队:"冯队,您有别的事儿?"

冯大队叹了口气,说:"我快挪窝了。大队长这个位子,两个人选,你和赵厚刚。老赵这次追逃立了功,还负了伤,局领导都看在眼里。你呢,就是离领导的视线太远。刚才大门口我都看见你了,跟市局领导握个手说句话能要你的命?你的性格太内敛。"

"冯队……"连海平有点儿局促。

"选人,你和老赵,我不偏不倚,但平心而论,你的业务能力被你这个性格影响,有点儿吃亏。"

连海平不知道该说什么。

冯大队说:"为人外放点儿,比办案还难吗?"

连海平为难地点了点头。

负责视频侦查的老手叫鲁金泰,人称"大鲁",高度近视,却人送外号"钛金眼",坐在电脑前看监控时,如老僧入定,像一尊塑像。

大鲁在电脑上调出旭日厂周边的城区地图,给连海平和石强锋看。

"旭日厂周边,因为要拆迁改造了,探头没到位,离案发地最近的探头也在两公里外。这儿,这儿,这儿还有一个。"大鲁问连海平,"你吩咐吧,看哪个?"

连海平端详着地图。

大鲁说:"按你的理论,离现场每远一个路口,发现嫌疑人的概率就下降……百分之多少?"

连海平说:"75%。"

"也不知道你怎么算的。这三个探头,概率很渺茫吧?"

石强锋听了,盯着地图上的路口数着,好像在心算,然而很快放弃了。

连海平说:"嗯,太远,周围小路又多……你就凭经验看,案发前后,过了多少车,先有个概念。"

"找什么车?汽车,货车,三轮,自行车?"

"现场被上百群众踩踏过,确定不了运输工具。"

大鲁叹了口气:"那就是能藏人的都算!行,把眼药水给我买好了。"

接下来要找的技术侦查员隋晓是个女孩儿,短发,漂亮又干练。找到她时,她正站在一张高凳上修办公室的挂式空调。听闻有人找,她回头一笑,眉目如画,笑容如清晨的阳光。她手拿螺丝起子,利索地把继电器之类装回去,啪地合上空调外壳,然后从高凳上跳下来,放下起子,拍了拍手。

"老嗡嗡响,我拾掇拾掇。"她走回自己的办公桌,在电脑前坐下。

连海平注意到,她和石强锋对视了一下,眼神马上错开了,好像早就认识,这时刻意避嫌。

连海平跟隋晓说:"沈小舟所有的通信方式,手机、微信、QQ,大学生能用到的,都查一下。"

隋晓说:"电话通信记录好办,社交软件的聊天记录都保存在本地,没有她的手机或者电脑,不好查。"

"能查尽查,还有,查一下和王一珊有没有交集。"

隋晓答应了,又看了一眼石强锋,说:"你好,石强锋。"

石强锋好像挺不情愿似的点了点头。隋晓笑笑,撇了撇嘴。连海平假装没看见,走开了。石强锋瞅机会冲隋晓讨好地笑笑,拿起空调遥控器,打开空调。

"哎,不响了。"

这回隋晓不理他了。

滨海医院住院楼的病房里,岳红兵倚着枕头坐在病床上,头上包着纱布,脸色不太好。妻子杜莉神情颓丧,好像天塌了似的,有点儿魂不守舍。

岳红兵轻轻招呼她:"给我倒杯水。"

杜莉倒了杯开水,将冒着白汽的杯子凑到岳红兵脸前。

"烫,凉凉。要不我吃个橘子。"岳红兵态度温和,像跟小孩说话似的。

杜莉这才反应过来,把水放在床头柜上,递了个橘子给岳红兵,也没帮他剥。看得出来,她不怎么会照顾人。

"让春夏来一趟吧。"杜莉说。

"别,不告诉她。等她料理完了学校的事儿,回家自然就知道了。"

杜莉发着愁,叹着气。

病房里进来两人,金海集团副总梁雪涛和他的司机。梁雪涛一身商务打扮,精明外露,跟在他身后的司机,进屋把手里的礼品溜墙放下,就出去了。岳红兵见贵客来访,欠起身来。

梁总走上前握了手,说:"不动,不动。"

岳红兵给杜莉介绍。

"这是金海集团的梁总。我爱人,杜莉。"

梁总说:"嫂子好。怎么样?没大碍吧。"

岳红兵说:"没事儿,我头铁。"

"抱歉啊,本来董事长要亲自来看望您,实在走不开,就委托我代表集团来慰问慰问。"

"您客气了,代我谢谢董事长。"

梁总拉了把椅子坐下,看看杜莉。

岳红兵会意,跟杜莉说:"给我买几个豆腐包吧,医院的饭有点儿吃不下。"

杜莉应了,拿起背包出了门。

梁总脸上这才显出忧虑,说:"旭日厂出了命案,这下麻烦了。"岳红兵脸色也沉下来,苦笑了一下。

"我刚醒就知道了。听说,要不是因为我,还发现不了。"

"死的是个女大学生,社会影响不小啊。"

岳红兵说:"父母都是老职工,下岗多年了,可怜。"

两人都抻着,仿佛在等对方点出要害。

梁总先说了:"这属于恶性案件,在破案之前,我们所有的计划恐怕都要暂时搁置了。"

岳红兵不动声色地附和着点头。

"只能这样了,等破案。"

"就算破了案,旭日厂这块地皮……说实话,董事长犹豫了,还想找大师算算呢。"

岳红兵微微一惊,赔着笑。

"我理解董事长的顾虑。不过原先不是谈得挺好嘛,别为了一件事儿……"

"要不你们再让让步?"梁总笑起来,开玩笑似的口吻。

岳红兵也笑,说:"光我让步也不管用。我头再铁,再让人劈一下也得报销了。"

"那不可以!要不我们打一顶金盔给你戴上,重点保护。"

两人都笑起来。

梁总说:"你先养伤,咱们从长计议。"

话就说到这儿了。岳红兵虽笑着,笑脸下却有一丝忧色。

下一步,连海平和石强锋去沈小舟家查访。走到车旁,连海平把车钥匙递过去,石强锋却没接。

"别让我开了,再闯个灯啥的。"他冷着脸,坐进了副驾驶。连海平看看他,没说什么。

他们开车穿过城市新区,新区街道宽阔,楼房整齐漂亮,是城市崭新的那部分。

石强锋在车上一直沉默着。连海平犹豫了一下,还是打破了沉默。"都是刑警,没什么大不了。"

石强锋反应了一瞬,不知道连海平指什么。

"什么意思?"

"你跟林子,都没受伤,就当业务训练吧。"

"我无所谓,大不了让他打回来。"石强锋明白了。

连海平笑笑说:"你身手不错。"

石强锋哼了一声,不搭腔。

"昨晚上查卷宗去了吧,有什么收获?"连海平不经意地问。

石强锋一愣:"没什么收获。"

他抻了片刻,还是没忍住:"我找到一个平宁区的案子,去年7月的,被害人跟沈小舟挺像。我觉得有可能也是这个凶手。"

连海平说:"去年7月,平宁区,被害人叫金媛吗?"

石强锋有些诧异:"是。"

"外来务工人员,酒吧服务员,机械性窒息致死,但是没有性侵,也没有断脚。"

"那个案子你参与了?"

"没有。"

"怎么记这么清?"

连海平顿了顿，淡淡说道："全市没破的案子，都了解一下，没坏处。"

"我今晚上再去找。"石强锋不服气。

"你刚上案子，别心急，破案不是个一蹴而就的过程，靠耐心，不靠热血。"连海平语气平和地说。

石强锋冷哼了一声，抱着胳膊别过头去，眼前一闪而过他在1998年的卷宗上看到的连海平的名字。

"我这人就是心热，做不了心冷的人！"石强锋话里好像有怨气，有刺儿。

连海平愣了愣，也收住了话头。

连海平和石强锋到了沈家，孙秋红给他们开的门。见是警察，孙秋红呆了一呆，忙让他们进屋。

石强锋说："我们来了解一下沈小舟的情况……"

孙秋红突然拦住了他的话头："您等等。"

沈小海正在屋里坐着，听闻站了起来，也不看人就嚷嚷起来："小舟回来了，小舟回来了……"

孙秋红说："不是，没回来。"

沈小海又说："小舟去北京了，小舟去北京了。"

连海平看了他一眼，就明白了情况，说："对，小舟在北京好好的，就是忘了几样东西，我们拿了给她送过去。"

孙秋红感激地看了一眼连海平，然后拉上沈小海，带他进了侧房卧室。

连海平打量着，侧房卧室本是一个大房间，中间用木板墙隔开了，兄妹俩各一半。沈小海的房间靠外，里面是沈小舟的房间，用一个布帘门隔着。孙秋红把沈小海带到窗前，让他坐下，接着打开了一个小音箱，播放起琵琶曲《春江花月夜》。沈小海安静下来，出神地听着，望着窗外，脑袋一栽一栽的。

孙秋红走出来，轻轻带上门，琵琶声隐隐传来。

"他爱听这个。"

连海平和石强锋落座，孙秋红麻利地给他们倒了两杯水，然后在他们对面坐下。沈华章也出来了，在她身边坐着，目光呆滞。问话都是孙秋红答，他一言不发。

"小舟上次回家是哪天？"

"上个礼拜天。"

"她回来因为什么事儿吗？"

"没事儿，她每周都回家，给我们帮个手。小海也想他妹妹，几天不见就问。说起来她是妹妹，更像是姐姐。"

"懂事。"

"小舟就是有点儿太懂事了。本来她能上北京的大学,说不放心家里,就没去。"

"小舟平时给过家里钱吗?"

"给过,我让她自己留着用了。那台洗衣机,还是她买的。"

石强锋插嘴说:"她哪儿来的钱?"

孙秋红说:"听她说,平时会去打打工,当个家教什么的。"

石强锋又问:"她贷过款吗?"

"贷款?不会,家里条件再不好,也不用借。"

石强锋看了连海平一眼,连海平没看他,接口问:"你们街坊之间关系怎么样,有没有矛盾,得罪过什么人?"

"没有,街坊邻居都好。"

"她有没有跟你们说过,在学校有什么烦心事儿?"

"没有,她从来只说好事儿。"

连海平拿出笔记本里夹着的王一珊照片给他们看。

"见过这个人吗?她叫王一珊,小舟提过这个名字吗?"

孙秋红认了认,摇头。沈华章的目光慢慢挪过来,看了一眼,也摇头。

连海平说:"我们得看看小舟的房间。"

孙秋红带他们进了侧房卧室。沈小海还在窗前听音乐,连海平和石强锋轻手轻脚,戴着手套掀开隔断墙的布帘,进了沈小舟房间。第一眼看去,房间挺杂乱。有单人床、桌子椅子、衣柜、书架。书架上满是书,桌子上也随意摆着书,床上还扔着几本,大部分是环境专业的课本、资料,也有小说、杂志。

孙秋红说:"她不爱收拾,也不让我收拾,说收拾了找不着东西。"

连海平观察着,房间里没有女孩子房间常有的那些装饰,如果不知道是沈小舟的房间,很可能以为这是个乱糟糟的男孩房间。

石强锋问:"她有男朋友吗?"

"没有……她没说过有。"孙秋红迟疑了一下。

"没有!"外面传来沈华章的声音。

连海平问:"她有电脑吗?"

"有,没拿回来。"

"什么样的电脑?"

孙秋红指了指柜子上面。上面有个纸箱,联想笔记本电脑的。朴素家庭的习惯,包装箱没扔,拿来装东西了。连海平用手机拍了照。

墙上挂了两个相框,一个是全家合影,一个是沈小舟的单人照。单人照里,沈小舟站在海边一处,笑看镜头。连海平望着这张照片,目光停留了片刻,这张照片与他早上翻出来的那张竟有些神似。在他一侧的石强锋,也望着照片,有些出神。两人同时转头,目光碰了一下,便移开了。

连海平和石强锋离开沈家,上了车。
"沈小舟本来打算20日回家,为什么19日晚上就回到了旭日厂呢?"石强锋想到了一个问题。
连海平说:"虽然在旭日厂发现了她,但并不能说明是她自己回来的。"石强锋忖了忖,接着说想法:"要不是在这儿被害,凶手为什么跑这儿来抛尸?还有,我觉得也不是他们说的高利贷团伙,高利贷杀人还砍脚?演电影呢!用电锯把脚锯掉,这是变态人格,更可能是那种随机选择目标的凶手,我看沈小舟就是在这儿附近,让凶手碰上了。旭日厂那个环境,多适合作案!"
看来他想得挺多。
"她有没有回旭日厂,在哪儿被杀的,需要了解她当天的时间线才能判断。去南方理工大学吧。"连海平说。
连海平正要开车,沈华章突然在车窗外冒了出来,神情憔悴,目光发直。连海平降下车窗。
"警察同志,您能告诉我,小舟是怎么死的吗?死得痛苦吗?我再猜,我就要疯了。"沈华章看起来真的要疯了。
连海平迟疑着,斟酌着字句,说:"我可以告诉您,她是在无意识状态下被害的。"
沈华章好像长长出了口气,退了一步,慢慢坐下,无力地摆摆手。
离开沈家,他们开车穿过旭日厂居民区。大白天的,路边就晃悠着不少闲人。
"当妈的比当爹的还撑得住。"石强锋来了一句。
连海平说:"很多时候,女人更坚强。"
手机响了,来电是老郑。连海平开着车,示意石强锋接电话。石强锋接了,听老郑说完挂掉电话后,好像来了精神。
"老郑说,发现疑似第一现场。"
"哪儿?"
石强锋笑了笑,有些得意,好像他刚才的猜想被印证了似的。

连海平开车进了旭日厂,有警察等在路边,给他打着手势指明方向。
他们穿过厂区,一路来到了临海的那一边。厂边有个人造的小山,其实是个土丘,人工置景,以前算是厂里一个休闲的地方,现在早荒了,路上长满了草。连海平和石强锋登上土丘,能看见厂外不远处的大海。

警察扯起隔离带,围住了顶上一块地方。老郑和小齐正蹲在旁边吃盒饭,见他俩上来,指指地上的塑料袋,里面还有两盒。

"垫一口?"老郑说。

连海平摇了摇头,石强锋也不吃,老郑和小齐撂下了饭盒。他们戴上手套,走进隔离圈。这片地方在树丛中间,只有浅草。

"没有血迹吗?"连海平扫了一眼。

"没有,但是看这儿……"地上有一片痕迹,老郑指给他们看,"像人躺着压出来的。"

连海平同意这个判断。在压痕下方,腿部位置,地上有很多条状痕迹。

石强锋睁大双眼,好像突然看明白了。

"这是挣扎的时候,脚后跟蹬的吧。"

连海平没出声,仔细观察着。郭大法提着勘验箱,气喘吁吁地走进隔离圈,也蹲下细看。

"像吗?"郭大法问了一句。

连海平没应声,继续观察。他找到了什么,指着压痕中的一处,示意郭大法。郭大法打开箱子,拿出镊子,把连海平指着的东西夹起来,是很小的一片报纸碎片。他俩相互看看,点点头,站起身,沿着树丛边缘开始寻找。

"找什么?"石强锋有点儿莫名其妙。

郭大法说:"报纸。"

"杀人为什么要铺报纸?"

没人回答他。大家一起跟着找。

连海平在树丛后面找到了团起来的报纸,打开展平。郭大法也凑过来,一手拿着镊子。两人在报纸上仔细寻找,不一会儿找到了,镊子夹着的那一点儿碎片就是报纸上的。两人点点头,心领神会,意见统一,站起了身。

郭大法说:"不是。"

"不是第一现场?"老郑很失望。

连海平说:"不是。报纸是18日,案发前一天的。"

石强锋不明白:"那又怎么样,19日也有可能用18日的报纸!"

"报纸被淋湿过,18日晚上有雨,19日是晴天。"连海平解释道。

石强锋愣了愣,琢磨着其中的逻辑关系。

老郑说:"要是19日才拿过来,淋不湿!"

石强锋有点儿沮丧,指着地上的压痕说:"那这蹬出来的道道儿是怎么回事儿?"连

第二章

海平没回答,郭大法奚落他似的笑笑。

"年轻人,没谈过恋爱吗?这不是凶杀现场,是幽会现场。"

石强锋有点儿臊。

虚惊一场,连海平和石强锋接着去了南方理工大学,找到辅导员邓老师,请他帮忙带路,去沈小舟宿舍。

"我当了三届辅导员,沈小舟是我见过的最出色的学生,真是让人……唉。"邓老师叹息着,领着他们来到女生宿舍楼。

他们登上二楼,穿过走廊,来到沈小舟宿舍门口。门开着,就岳春夏在。邓老师叫她:"岳春夏,这两位是警察。"

岳春夏诧异了一瞬,反应过来:"警察……找着小舟了吗?"连海平看了一眼宿舍,迅速辨别出了沈小舟的铺位。

"沈小舟的?"

岳春夏点点头。连海平跟邓老师耳语了一句,戴上手套。邓老师招呼岳春夏出去,和她等在走廊里。

连海平检查沈小舟的铺位,打开包裹和行李细细察看,石强锋检查柜子。走廊传来了岳春夏的惊呼,随即是哭声。

"有电脑吗?"连海平把东西搜查了一遍,问石强锋。

"没有。"

搜查完毕,没有找到有价值的线索。岳春夏回到了宿舍,坐在床上抽泣。

"你不是环保专业的?"连海平注意到她床头的书籍。

"不是……我是工商管理……学校安排不同专业混住。"她抽抽搭搭哭着。

石强锋问:"你知道沈小舟借过校园贷之类的贷款吗?"

"没有,为什么要借钱?小舟平时根本不怎么花钱。"

石强锋点点头,好像对自己的想法更肯定了,就是随机杀人。连海平问:"你最后一次见到沈小舟,是什么时候?"

"就那天……19日吧。早上,我出去的时候,她还在宿舍打包呢。"岳春夏回忆着说。

"几点钟?"

"8点半。"

连海平在笔记本上记下时间点:"19日,8点半,宿舍。"

"你们是在旭日厂发现她的?可是她说20日才回家啊。"岳春夏还有些不敢相信。

石强锋说:"你爸是岳红兵吧,要不是你爸被敲了头,我们还发现不了她。"

岳春夏有点儿蒙,停止了啜泣。

"我爸怎么了?"

从女生宿舍出来,邓老师领着连海平和石强锋来到他的办公室。

"毕业季,大部分毕业生都离校了,我这儿有通讯录。"邓老师从办公桌抽屉里拿出通讯录,摆好了电话座机,"其实昨天沈小舟父亲来,已经打过一遍电话了。只能再问一下了,说不定19日还有人见过她。"

办公室一角,一个男生正在整理文件,将资料装进一个个大信封,闻听回过头来。

"19日我见过沈小舟。"

邓老师看到了他,招手说:"噢,陈晖你在,过来说说情况。"

陈晖看起来很平常,肤色有些黑,戴着廉价的黑框眼镜,脸上有痘印,衣着朴素,甚至有些寒酸。他看上去似乎有点儿冷漠、倨傲,跟谁都不亲近,总是提前把人拒在远处,好避免被人审视。他走过来,保持了一定距离站住了。

邓老师说:"陈晖跟沈小舟一个班,是成绩最好的学生。"

石强锋说:"沈小舟不是最出色的吗?"

陈晖脸上滑过一丝不易察觉的妒意。

"综合起来说……是的。学习成绩,两人不相上下,有时候陈晖发挥更好一点儿。"邓老师稍有点儿尴尬。

陈晖冷冷地听着,不以为然。

连海平说:"你19日什么时间见过沈小舟?"

"下午,环保社团有个告别会。"

邓老师说:"对,沈小舟是会长。"

"几点钟?"

"1点半开始的,我很早……2点之前就走了。"

"告别会什么时候结束的你知道吗?"

"那天好多人拍手机视频,你找个低年级的社团积极分子问问就知道了。"提到积极分子,他语气中又有些鄙夷似的。

"我现在就打电话!"邓老师对着名单开始拨号。

陈晖面无表情,望着连海平淡淡问了一句:"沈小舟出事了吗?"

连海平看看他,没具体说,只点了点头。陈晖没再问,转身回去继续装信封。

邓老师打完了电话,说:"这个同学说告别会3点之前结束的,沈小舟说要外出,往学校西门去了。"

连海平说:"学校大门口应该有监控吧?"

"有的。另外这个同学拍了告别会的视频,您要看吗?"

"发给我吧,谢谢您。"连海平在笔记本上记下沈小舟第二个时间点,"13点半到15点前,社团告别会",并记下了"陈晖"的名字。

从邓老师那儿出来,他们去了学校保卫处,要求查看监控视频。

连海平望着监视器上学校西门的监控录像,视频一角标示着时间:6月19日15点。石强锋的脑袋凑得更近,额头上沁出了汗珠。

视频快进着,校门口人来车往。

连海平的手机收到信息,是邓老师发来的一条视频。他打开看,是告别会的录像,用手机录的。视频中,沈小舟走上了讲台,穿着白衣白裙,就是在水下被发现时的样子。他收起手机,准备晚点再看,抬头继续看监控。

"都半个钟头了,是这个门吗?要不看看别的门?"石强锋有点儿焦躁。

连海平突然伸手按了暂停,盯着视频中的一个身影。

"是她吗?"石强锋辨认着。

连海平拿起手机,对比了一下:"是她。"

只见沈小舟走出校门,招了招手,一辆红色比亚迪开过来,在她身边停下了。沈小舟上了车。

石强锋有些意外:"沈小舟还认识社会上的朋友?"

"应该是手机叫车,她刚刚查看过手机,"连海平指着视频说,"前排副驾驶没人,她还是坐了后排。如果是朋友,她会坐前面。"

石强锋有点儿惭愧,随即眼睛一亮。

"快车司机?干这个,找目标很方便啊!"

连海平将视频定格,放大。车牌号模糊,辨认不清。

"把图像发给隋晓处理一下,大鲁应该能认出车牌号。"

他在笔记本上记下了第三个时间点,"15:36,手机叫车"。

石强锋把截图拍了下来,连海平看他操作手机,加了一句:"给隋晓别只发微信,工作邮箱也要备份。"

石强锋答应了,突然意识到什么,看了一眼连海平。

离开南方理工大学时,天色将晚。

连海平开着车,隋晓来电,石强锋似乎为了避嫌,直接开了免提。

隋晓说:"图片清晰化处理之后,还是有一位看不清,就把所有的可能都查了,最后锁定一辆,是迅乘公司的快车。已经跟他们要了行程,他们推三阻四的,说明天给。"

连海平说:"好,明天再催一下。这辆车3月13日的行程也要调取。"

"谢谢啊!"石强锋有些夸张地感谢了一句,挂了电话。

连海平说:"隋晓的工作能力不错。"

石强锋嗯了一声,有点儿心虚,想解释一下。

"我跟隋晓本来就认识。"

"嗯。"

"警校,她高我一届。"

"嗯。"

"也就是认识,不熟。"

连海平说:"你们不是一个队的,不违反规定。"

"不是,没打算违反规定!"石强锋有点儿窘,指指路边,"到了,我就在这儿下。"

石强锋麻溜下了车,头也不回地走了。

一栋半新不旧的单元楼里,石强锋提着打包的食品袋,站在一户门前,敲了几下。

"马叔!"

门里有人回答:"在呢。"

没等应门,石强锋从门楣上摸下一把钥匙,自己开了门。门里黑咕隆咚的,没开灯。突然,石强锋一抬手,接住了从黑暗中丢过来的一个乒乓球。他在墙上摸到开关,打开灯。一个面容沧桑、头发花白的男人坐在沙发上。

"反应能力还行。"马叔笑道。

"别玩儿了老马!"

石强锋随手把乒乓球丢了回去,球落在了马叔怀里。马叔的眼睛虽然睁着,然而没有光,他是个盲人。他冲着石强锋手里的食品袋抽了抽鼻子,兴奋地搓搓手。

"来,啃上。"

石强锋和马叔一人捧一个猪蹄,马叔啃得满嘴油,吃得津津有味,石强锋啃得没滋没味。

"你啃得不香。"马叔听出来了。

"不饿。"石强锋把猪蹄放下了。

"听出来了,有东西堵嗓子眼儿了。有什么事儿,说吧,别憋着。"

石强锋呼了口气,说:"我看了1998年的卷宗……我妈那个案子……知道她是怎么死的了。"

马叔也把猪蹄放下,摸到纸擦了擦手,凝神听着。

"看了卷宗,我才知道,我妈是个什么样的人。她这辈子,挺糟糕的。"

马叔轻轻嗯了一声,不打断他,让他继续说。

"虽然案子早就破了,凶手也抓了……就是她死的时候太年轻了,那年我才四岁。我在卷宗里,还看见……"石强锋打住了话头,犹豫着。

"看见什么?"

"没什么,她连句话也没给我留下。"

马叔说:"没留下话,不证明她没想你。她要看见你今天的样子,肯定会高兴。"

"可惜……我还是不知道我爸是谁。"

马叔张了张嘴,不知道该说什么。

"不过不重要了,有您呢。"石强锋看向马叔,就像看一位父亲。

马叔有些感动,但他像不善表达感情的男人那样,掩饰住了。

"强锋,好好工作,好好活着。"

石强锋点点头,意识到马叔看不见,又嗯了一声。

马叔说:"今晚就睡这儿吧,自己铺床去。"

"走吧,医院晚上不让陪床。"病房里,岳红兵推了推正在打瞌睡的杜莉。

"你自己能行吗?"杜莉说。

"没问题,不是还有护士嘛。"

杜莉走了,病房空了。岳红兵呼出一口气,望着墙面出神,脸色越发凝重。

忽然,岳春夏出现在病房门口。辨认出了包着脑袋的父亲,她慌慌地走进来了。刚进来,她眼圈就红了,走到床边伏在岳红兵身上,起初是哽咽,然后发泄似的大哭起来。

"没事儿,我没事儿,明天就出院了,不哭了,啊。"岳红兵摸着女儿的头顶。

岳春夏哭了半晌,满脸是泪地抬起头。

"爸,小舟死了……"

岳红兵心疼地拍拍女儿的手,握住了。

老婆儿子都睡下了,连海平坐在客厅台灯下,打开了手机。

他找出了沈小舟在社团告别会上的视频,打开看。视频中,沈小舟站在讲台上,面带微笑,语气从容地说着话。

"你们知道,我是旭日厂子弟。几十年前,大家还没有环保意识的时候,旭日厂厂歌里还有一句自豪的歌词,'黑烟划破蓝天,铁水蒸腾大海',好像这是特别值得骄傲的事情。那时候他们不知道,很多职工的健康在悄悄恶化。我哥哥就是污染的间接受害者。我真希望哥哥能有一个健康的人生。"

沈小舟顿了顿,脸上的微笑渐渐隐去,变得严肃起来。

"我觉得,环境保护其实是人类的自救系统。我们都知道,地球不需要我们拯救,我们救的其实是自己。必须维持我们的生态系统,人类这个物种才能健康地生存下去。自救,就是清除或者改善那些腐蚀着我们人类生态系统的东西。虽然我们的专业现在成了四大天坑专业之一,但是我们将来从事的职业,有时候我想,就像医生,或者,像警察。"

听见"警察"这个词,连海平有些诧异。

"他们都在挽救生命,我们也是,大家应该为自己感到骄傲。这个事业,值得我们献出一生。"

她的眼神里,好像有一点儿突如其来的决绝。连海平有些震动。

马叔家一间卧室里,石强锋躺在床上,拿出手机,打开了一张照片,是他从卷宗里翻拍的,他妈妈的照片,和连海平保存的照片一模一样。

看完了沈小舟的视频,连海平也在看这张照片,看了会儿,放进了公文包。他往卧室走,经过儿子房间时,往里看了一眼。床上,连江树只穿着裤衩睡着了,毛巾被被蹬到了一边,他好像有点儿冷,抱着膀子睡。空调调到了20摄氏度,呼呼吹着。连海平轻轻走进去,找到空调遥控器,把温度调到25摄氏度,拉起毛巾被给儿子盖住肚子,又轻轻走了出去。

连海平开着自家的车,出了小区,驶到了街道上。此时已经过了午夜,路上人少车稀。车继续行驶着,楼房渐少,视野渐渐变得空阔。他在路边停下了车,远处就是大海。

他下了车,走向海边。然而他又站住了,回来打开汽车后备厢,取出四个小沙袋,提在手里向海边走去。

这里不是供人游泳的沙滩,似乎是个野滩,风大、浪急,看上去有些危险。连海平在海边脱去外衣、外裤和鞋,摆放整齐。他穿着速干紧身短袖和短裤,把小沙袋固定在了手腕脚腕上。小沙袋防水,是游泳负重用的。

他下了海,迎着风浪,开始游泳。他动作很急很猛,甚至有些凶狠,仿佛每一下都用了全力,想尽快把力气用光,他像在和海水搏斗、进攻,全力以赴,不顾自身的损耗。体力消耗很快,他喘着气,停了下来,平躺在海面上。负重沙袋让他不能在水面上漂浮,带着他缓缓向下沉。

他沉到了水下,耳边的风声、浪声骤然消失了,变得很安静。他睁着眼睛,望着上方的水面。从水下看,月亮变得模糊,是一团灰白的光影,水面没有那么翻腾动荡,浪也变得温柔了。那团白光悠悠晃动着,像海月水母,又像飘起的白裙。

连海平眼前出现了那个白衣女孩儿,她才十八九岁的样子,有些社会,有些洒脱,正朝着他微笑。

"你妈说得对,你考警官大学吧,当警察挺好的。"她转头眺望着远方。

"怎么好?"年轻的连海平踌躇着,他也才十七八岁。

"我最喜欢的两个职业,就是警察和医生啊。他们工作的每分钟都在救人,让这个世界变得更好一点儿。警察还能把那些不配在街上走的人关起来,别人就安全了。"女孩儿的眼神里,似乎总有那么一点儿悲伤。

"我怕……我不行。"

"你当然可以,相信我,你会是个好警察。"

"我?"

"是啊。如果我死了,我希望你是那个破案的人。"

"别瞎说。"连海平急忙劝阻。

女孩儿笑了。年轻的连海平按下快门,她的微笑定格了。

回忆渐渐在黑暗中消散,连海平在海水之下大睁着双眼。他已经下沉得有些深,离水面有些远。来自遥远回忆的痛感,在漆黑的海底更加清晰,他定定地望着上方的海面,一口气将要耗尽才划动疲惫的手脚,向上方游去。

第二天,连海平的三中队在专案组集合了。

"第一现场找到了吗?"连海平问老郑和小齐。

老郑说:"全厂都找遍了,没有。"

隋晓走进来,向连海平递上打印出来的资料。

"迅乘回复了,3月13日王一珊没有叫过这辆车。沈小舟当天叫车的目的地是开发区的绿诚环保科技公司。"她的目光特意避开了石强锋。

"绿诚?"石强锋问了一句。

隋晓不理他。

连海平说:"绿诚是她将要入职的工作单位。"

"但是走了不到一半,行程就取消了。"隋晓接着说。

"司机信息呢?"连海平看着资料,有些意外。

"他们还没给,找了一堆借口。还有,行程刚取消,沈小舟就接到一个电话,时间是4点05分,来电人是岳春夏。"

"岳春夏?她昨天没提这事儿啊。"石强锋有些纳闷。

隋晓说:"还有,我查了沈小舟所有能查到的通信记录和联系人,跟王一珊都没有交集。"

"我说吧,随机的!"石强锋又有些得意。

隋晓像没听见。

连海平沉吟片刻,说:"走吧,去问问岳春夏。继续向他们要司机信息,不行找冯大队。"

"放心,我去找局长!"隋晓笑着答应。

石强锋咧嘴笑着偷偷朝隋晓竖起大拇指。隋晓不看他,翻了个白眼,走了。

连海平把岳春夏叫到了医院门口。岳春夏眼睛哭肿了,神情憔悴,木呆呆的。"你爸还好吧?"连海平说。

岳春夏反应慢半拍,点了点头。

"有个问题,你回忆一下。19日下午4点左右,你给沈小舟打过一个电话,对吧?"

岳春夏愣了片刻,回忆着。

"对,打了。"

"你昨天怎么不说……"石强锋不大高兴。

连海平抬手阻止了他的责怪。

"电话里都说了什么?"

"没说什么。我想找她逛街,问她在哪儿。小舟说她有事儿要办,而且手机马上没电了,没说几句就挂了。"

"她说要去哪儿了吗?"

岳春夏摇头。

石强锋说:"她本来叫了辆车,你知道她为什么半路下车吗?"岳春夏迷迷瞪瞪,突然想起什么。

"对了,小舟说她刚刚碰上个流氓司机。"

连海平开车,石强锋边跟隋晓打着电话,边向连海平重复着电话内容。

"司机信息查到了,名叫吴波……有前科,因为强奸未遂坐过牢!"石强锋啪地拍了一下大腿,"锁定不了他现在的手机位置,这小子关机了!"

手机叮咚一响,石强锋举起手机给连海平看。

"这是他登记的出租房地址。"

连海平看了一眼,把警灯放到车顶,骤然提速。

"让老郑、小齐带人过去会合。"

"就抓他一个,还用叫老郑他们?我就够了。"石强锋满不在乎。

"抓人不是去打架,目标是把人控制住,自己要尽量避免受伤。警察受伤歇一天,就少抓一天罪犯。"连海平说。

"我不会受伤,伤了我也不歇着。"石强锋有些不服气。

"记住,警察的职责是尽最大可能消灭犯罪,不是为了自己痛快,个人英雄主义不适合警察。"

石强锋有点儿恼了,说:"遇事儿就跑的人更不适合当警察!"两人都住了嘴。连海平微微皱眉,有些莫名其妙。

他专心开车,开得又稳又快,如鱼一般在车流中穿梭自如,动作娴熟得像个赛车手,跟他平时开车的样子大不一样。

石强锋悄悄看了他一眼,有些惊讶。

城中村附近有个水泥厂,灰尘大,到处灰扑扑的,天色也不清亮。

吴波租住在城中村的一栋自建公寓里。连海平和石强锋往公寓走去,和老郑、小齐他们会合。老郑找来一个老头,老头穿着背心短裤,拿着一大串钥匙。

"这是房东。"

连海平说:"跟赵组长汇报了吗?"

"赵组长?"老郑反应了一下,"噢,他们好像发现了高利贷团伙的线索,全队拉出去逮人去了。"

"吴波的车在吗?"连海平皱了皱眉。

"红色比亚迪吧,没见到。会不会不在家?"

"也可能故意把车停到了别处。楼两边、楼后面都把住,先不要过人。"

连海平和房东走向公寓,石强锋跟着。到了吴波的单间门口,连海平悄悄示意房东敲门。房东敲了几下。

"小吴!"

没人应声。

"在不在家?"

还是没人应。房东挑出钥匙开门,却插不进锁孔。房东仔细瞅了一眼。

"他把锁换了!"

连海平说:"叫小齐。"

小齐在后面应了一声,原来他一直静悄悄地跟着,手里已经拿好了工具,就等着叫他似的。小齐走上前去,蹲下看了一眼,就上手了,嘴里默念着,像给自己计数。

"10、9、8、7……"

不到五秒钟,锁开了。小齐后退一步,连海平轻轻推开了门。他抽了抽鼻子,闻到了一股味儿,跟上来的石强锋也闻到了。

"什么味儿?……腐臭!"石强锋迅速判断出来。

"穿上鞋套。"连海平和石强锋都套上了鞋套,推门进屋。

这是个开间,条件极其简陋,有沙发、电视、柜子、床,到处又脏又乱,还有厨房和卫生间。连海平扫了一眼房间全貌,锁定了臭味的源头,指了指厨房。

石强锋循着味儿往厨房走,脸色有些紧张,还有点儿兴奋。厨房的门半掩着,石强锋挡着鼻子推开门看了一眼,旋即脸色一变。厨房灶台案板上是臭味的源头,上面一摊切开的肉已经变质生蛆了。石强锋忍着恶心看了看,认不出是什么肉。

"这什么东西?"

连海平走了进来。老郑跟在后面,凑近看了一眼:"金钱肉,驴鞭。这小子,给自己补得有点儿猛。"

石强锋厌恶地咧了咧嘴:"这放了多少天了,吴波一直没回来?"

连海平凑到臭肉跟前细看,然后掏出一把卷尺,迅速量了量一条蛆的长度。

"不到两天,天热孵化快。吴波应该是前天晚上离开的。"

连海平走回开间,双眼探照灯似的细细勘查。

老郑说:"这儿会是第一现场吗?"

"不是,地上只有一种脚印。"

石强锋说:"扛回来的呢?"

"晚上10点之前,周围这个环境,扛一个人回来不被发现的概率有多大?"

电视旁边的台子上落满了灰尘,上面有个方形痕迹,大小如笔记本电脑。连海平用卷尺量了尺寸,在笔记本上记下。

"让隋晓查一查沈小舟笔记本电脑的具体尺寸,精确到毫米。"

石强锋答应了,突然看见衣柜门缝里露出一缕细丝,像染了色的头发。

"还有一个!"

连海平说:"打开。"

石强锋伸出手,慢慢打开衣柜。一个充气娃娃倒了下来,石强锋赶紧接住,看清之后,哭笑不得。

吴波不在家,勘查完毕他住处,连海平准备收队。

天黑了,警察们分别上车,沿着城中村的道路向外开。夜晚的城中村颇为热闹,到处是卖小吃的摊位。

一辆普普通通的车停在路边,坐在车里的两个人,望着离开的警车。司机是个年轻人,头发染得五颜六色,绰号"花弟",穿着不知是正版还是山寨的阿迪达斯运动衫。坐在副驾上的是鲲哥,三四十岁,头发一丝不乱,穿着整洁的Polo衫,戴着一副变色眼镜,像个小老板,然而面相中有些阴鸷之气。他刚举着手机,拍下了连海平的样子,放大了能看得清连海平的脸。

"鲲哥,这谁啊?"

"他叫连海平。"

鲲哥戴着一双黑色手套,不管天多热,他似乎永远戴着这双手套。

"这名儿好像听过……是他端了老鱼的场子吗?这人可不好对付。"

鲲哥哼了一声:"那就想办法对付。"

第3章

邱局办公室布置得素净整洁,墙上挂着几幅字,有草书,有行书,把墙壁的空白处几乎都覆盖了。最大的一幅草书是李白的《侠客行》。一侧的桌子上放着笔架,笔架上挂着几支毛笔。

冯大队正跟邱局争论着,火气不小,声如洪钟。

"这是诬告,我以我二十五年的警龄保证,连海平一点儿问题都没有!"

"我也相信是诬告,"邱局一贯地心平气和,"可我不能跟上头说,我以我三十年的警龄保证,连海平没问题吧。身正不怕影子歪,我相信他经得起考察。"

"我怕耽误他办案!"

"别人我不敢说,连海平,耽误不了。"

"越是他这样不吭不哈的,被泼了脏水就越是受不了!"

冯大队气哼哼的,甩手出去了。

两人争论的主角连海平正在技术处,和大鲁他们一起看监控,在视频中找吴波的车。一人一台电脑,看得头昏脑涨。

大家正看着,大鲁抬了抬手,一语定乾坤似的淡定宣布:"找着了。是这辆红色比亚迪吧,昨天上午出了城,走国道往西去了。"

往西是吴波老家黑县的方向。连海平出了技术处,去办公室找冯大队。

"吴波可能回老家了,青州市黑县吴杨庄村,我现在就带人过去。"连海平请示了就要走。

"黑县?"冯大队叫住了他,"老赵刚刚来电话,他们那条线索扑空了,就在青州,老赵老家不是黑县赵家村的嘛,我让他回去看看爹妈,明早再回来。吴杨庄让他去。"

连海平犹豫了一下,说:"他胳膊不方便吧。"

"林子跟着呢。"

"好。"

连海平应了一声,正要走,冯大队说:"等等,还有个事儿。"

冯大队关上了办公室的门,连海平有些不祥的预感。

"市局接到一封匿名电子邮件,说破获于大友地下赌场那个案子⋯⋯"冯大队欲言又止。

连海平说:"我办的。"

"对,说最后查获的赌资少了十万元。"冯大队一狠心,把坏消息撂了出来。

"什么?"连海平很是意外。

"他娘的明显是诬告,我跟邱局都是这么跟上头说的。"冯大队几乎要拍桌子,忍住了,"但是对方威胁说,如果不调查,就到网上发帖。所以,这两天上头还是会派人来问问情况。"

连海平皱眉不语。

"你放宽心,问话你就答,案子该办办,别有思想负担。这邮件不管是哪个别有用心的混蛋发的,别让他得逞。"冯大队对连海平显然是完全信任的。

"不会。"

连海平走出冯大队办公室,表情有些纠结。这个消息,果真让他有些难受。

赵厚刚老家在农村,是个平房院子。

趁着傍晚夏凉,饭桌摆在院子里。他正陪着爹妈吃饭,林子也在。老两口心疼儿子的胳膊,弄了一桌好饭,炖了大骨头。

酒刚倒上,手机响了,来电的是冯大队。赵厚刚接了电话,听完放下手机,对刚端起酒杯的林子说:"放下吧。妈,我们有任务了,你们先吃,晚上也别等,先睡。"

老太太急慌慌起身,包了几张烙饼,塞到赵厚刚手里。两人当即开车上路,奔赴吴杨庄。

路上,林子听赵厚刚说了大概情况,对嫌疑人是个快车司机这件事儿有疑虑。"快车司机,靠不靠谱啊?"

"连海平⋯⋯不靠谱的时候很少。"

"不会真是个司机吧,那咱们这三个多月,"林子看了赵厚刚一眼,有点儿担忧,"面子往哪儿搁?"

"别那么小心眼儿,破案比面子重要。"赵厚刚笑道。

到了吴杨庄,一望而知这村子不富裕,新房还没有老房多。找到了地方,他们将车停路边,远远地盯着吴波家的院子。还不到9点,院子已经黑了灯。

车后座坐着个村干部。他们把村主任找来了。

"主任,来一块。"赵厚刚递给他一块烙饼。

"吃过了,"村主任推却道,又吸了吸鼻子,"哎呀闻着蛮香。"三个人吃着烙饼,车里都是葱花的香味。

村主任说:"吴波这崽子在村里就是个祸害,从小被惯坏了,长大了坐牢,害得全家人抬不起头来。他啥活不干,天天向家里要钱要车,说没车让人看不起,找不着媳妇儿,他才去耍流氓的。屁话!他爸在石场干活,砸断了腿,还真用赔偿款给他买了辆车!你说糊涂不糊涂?有车就高人一等还是咋的?这小子出去半年,就没怎么回过家,图啥呢。"

"没见到车呀,到底回来没有?"林子嘴里鼓鼓囊囊地问。

"没有,他是重点关注对象,要是回来了,我肯定知道!"村主任把烙饼吃完,心满意足地说。

赵厚刚望着院子,没言语。

回来得晚,老婆儿子都吃完了。连海平坐在餐桌旁,一人吃着剩饭,有荤有素有菜有汤,江明滟可不凑合。手机响了,是赵厚刚,他接起来。

"确定没回去吗?"赵厚刚传来的是坏消息,连海平有些失望,"行,你们再盯一盯。"他挂了电话,有些心烦。

江明滟端着杯牛奶走到餐桌旁,给他放下,人也顺势坐下,说:"我今天去看了个房,金海一号。郭姐非拉我去看景儿,海景房,还真是漂亮。"

连海平没接茬儿。

"看着看着,我就想,咱家要能住那儿,多好。有个八十多平方米的两居室,全朝阳的,郭姐说特别适合咱们家。小树也能有个大点儿的房间。"江明滟看看连海平,笑着试探,"也就是想想吧,咱们钱也就刚够首付,还得动用小树上大学的存款。"

连海平还没表态,连江树从房间出来了,说:"买吧,我不打算上大学。"他爸他妈都吃了一惊。

"上大学也没什么用,大学毕业工资那么低,回报还赶不上投资呢,要挣钱用不着上大学。"连江树似乎把人生都想明白了。

连海平沉着脸不说话。

"再说我知道你想让我上警官大学,我不去,逼我也没用。不如节省四年时间,早点儿开始挣钱,我可不想过你们这种日子。"连江树硬着头皮只管说。

连海平啪地一拍桌子。

"你这些观念哪儿来的？谁教你的？这什么价值观？"

连江树吓了一跳，仍鼓起勇气顶嘴："你一天到晚不在家，就干脆别管我的事儿了，我的价值观我自己负责。"

"我天天工作是为了自己吗？"连海平真恼火了。

"不知道，反正不是为我，我又不需要警察来拯救。"连江树嘟囔了一句。

连海平忽地站起来，连江树吓得倒退一步。江明滟赶紧把牛奶塞到丈夫手里。"别吵了。没见你跟外人发过火，怎么回家变样了？"

这话好像一个字都不差，连海平不由得一愣。"为什么呢？"他甚至在心里问自己。

车里，林子醒了过来，出了一身汗。天亮起来了，清晨的村庄里已经有了响动，空气里飘扬着农村特有的柴火味儿。他揉揉眼睛，看看身边的赵厚刚。老赵仍目光炯炯，盯着吴波家院子。

"头儿，你睡会儿，我盯。"

"不困。"

"一晚上没合眼，歇会儿。"

赵厚刚拿出一板药，笑笑："没吃止疼片。"

林子咂了咂嘴。

村主任的脑袋忽然在车窗外冒出来，他敲敲玻璃，赵厚刚降下车窗，他递过来几个自家包的大白面包子，又暄又软。

"吴波回来了。"村主任低声说。

赵厚刚吃了一惊，看一眼吴波家。

"不可能啊。"

"有人看见他的车了。"

"红色比亚迪？"

"对，红的。我们村就他一辆红车。"

林子突然指着前方叫了一声："哎？"

前面远远的，一辆红色小车从一条岔路拐上了这条路，正在远去。顾不上村主任的包子，赵厚刚一指小车，说："跟上！"

林子马上挂挡加油，开车追去。拐了个弯，红色比亚迪出现在了视野中。林子继续踩油门，距离越来越近。没等赵厚刚提醒他拉开距离，比亚迪好像察觉了什么，突然提速。

"醒了？怎么办？"林子有点儿郁闷。

"拿下吧。"赵厚刚有点儿气。

林子马上跟着提速。比亚迪似乎察觉到了不妙,开得更快了。两辆车在狭窄的村级道路上你追我赶,不时与农用车擦肩而过,路过的村民纷纷驻足观看。警察的车是越野,车宽,错车慢,没有比亚迪穿梭自如。

林子有点儿急:"路太窄,撒不开呀。"

赵厚刚也急:"要让他跑了我揍你!"

说话间拐上了一条小路,只见比亚迪也慢了下来。前面一辆农用三轮拉了一车竹竿,把路挡上了,比亚迪超不过去,猛按喇叭也没用,只能跟着慢慢蹭。

"让你跑!"林子恨恨地说。

话音刚落,赵厚刚打开车门跳下去了,吊着一条胳膊,大步如飞。林子一呆,把车停下,也下车追了过去。

赵厚刚赶上了比亚迪,大巴掌拍着车窗。

"停车!"

比亚迪吓得往前一蹿,咚的一声撞在了农用三轮上。三轮刹住了车,竹竿撒了一地,比亚迪也停了下来。赵厚刚拉开车门,单手把司机拽了下来,三下五除二按倒,林子跟上来压住,拿铐子铐上。司机是个黑瘦的青年人。

"叫什么?"赵厚刚看见他的脸,迟疑了一下。

"吴……吴……吴……"司机不知道是紧张,还是结巴。

林子说:"吴波!"

"不是……"

开三轮的大爷绕过来了,气呼呼的,手里拿着把斧头,看见警察抓人,吓了一跳,接着认出了司机。

"吴运忠,你他娘的撞我干什么!"

林子很纳闷:"他不是吴波?"

连海平接了赵厚刚的电话,立刻招呼石强锋几个。

"吴波没出城,在他一个老乡家里藏着。开车回老家的是他老乡。"

半小时之后,大队人马就赶到了吴运忠的住处。吴运忠租住的不是城中村,而是一个老旧小区,二楼。

连海平和石强锋持枪,把住了202门口。小齐蹲下看了一眼门锁,没难度,他动手开锁,口中仍是默念。

"10、9、8、7、6、5……"

锁开了。连海平拉开门,石强锋率先跨步冲了进去。

里面是个一居室，又小又破，乏善可陈。客厅里支了张单人床，应该是吴波临时睡的。窗帘拉着，室内空气污浊。他们片刻查看完毕，没人。

"又跑了？不会吧，他怎么得到消息的！"石强锋有点儿愤怒了。

客厅里有一台32寸平面电视，连着一台游戏机。破沙发上扔着一个游戏手柄。连海平摸了摸电视后面，又看见茶几上一个烟灰缸里插满了烟屁股，旁边扔着个空烟盒。他仔细看了看烟头。

"没跑，买烟去了，烟瘾大，这都是一天抽的。"

"那……"

"等着他。"连海平拿出步话机，"老郑，嫌疑人暂时外出，应该会返回，你们藏好了，不要被发现。"

吩咐完毕，连海平又仔细看了看游戏机，拿出卷尺量了尺寸，有些失望。他看见石强锋站在窗边，悄悄打开了窗帘向外看，忙叫了一声："别动！"

叫晚了。吴波买烟回来，走到楼下抬头看了一眼窗户，恰好看到窗帘动了一下。吴波站住了，左右看看，突然掉头撒腿就跑。他长得瘦骨伶仃，却像羚羊一样警觉。

石强锋骂了一声，喊道："跑了！"

他没有转身出门，而是唰地拉开窗帘，打开窗户跳出去，踩着一楼阳台自建的遮阳棚顶，一纵跳到楼下，追了上去。

连海平没跳，反身出门下楼。出了单元门，看见老郑他们刚刚反应过来，一个个现身。

老郑说："什么情况？惊了？"

他们沿着吴波逃跑的方向，纷纷追了过去，只见前方石强锋流星赶月似的，已经追出了小区。

吴波专往小巷子里钻，他身形瘦小，却跑得很快，可惜体力不行，跑得连咳带喘。石强锋是短跑健将，追他属于降维打击。两人的距离越来越近，这时路边一个女人刚刚停下电动车，吴波跨了上去，开车就跑。

"哎，抢车了！"女人惊叫道。

石强锋快步跑过，扔下一句："我给你追回来！"

他徒步追车，不落下风，距离仍在慢慢缩短。突然，一辆小轿车出现在这条路上，擦过了吴波的电动车。小轿车好像失了控，向着石强锋直冲过来。石强锋速度太快，来不及避让，见汽车冲来，一跃而起，在车顶打了个滚，从车尾摔落。汽车停了一下，司机没下车，猛然加速逃跑了。石强锋爬起身来，揉了揉膝盖，恨恨看了一眼逃走的汽车，继续追吴波，不过速度明显下降了。

吴波骑着电动车飞奔，回头看了一眼，发现石强锋远远落在后面。他松了口气，迅速拐进一条支巷,然而,一根棒球棍忽然迎头打来,把他从车上击落。

　　石强锋追了上来,一拐进这条小巷,就看见吴波蜷着身子俯卧在地上,电动车歪在一边。石强锋走近他,蹲下查看。

　　"不跑了?"

　　吴波一动不动。

　　"别装了,翻个车还能摔死你?"石强锋用脚推了推他,拿出手铐,"装死也没用。"他动作粗鲁地扯过吴波的胳膊,要上铐子。

　　"先别动。"连海平赶到了,走上前来,蹲下,侧过吴波的脑袋看了看,脸色一变,"你打的?"

　　石强锋也注意到吴波脑门上的击打伤。

　　"什么?我根本没碰他!"他的手还钳着吴波的胳膊,说完甩了手。连海平扫视一眼,巷子里没有其他人。

　　"警察必须遵守办案纪律。"连海平脸色变得很严肃。

　　"不是我打的!我追上来,他已经倒地了!不信看监控。"石强锋气呼呼的。他们抬头看看,巷子里显然没监控。石强锋很郁闷。

　　"你先回去,等我通知。"连海平沉声下了命令。

　　石强锋冷着脸哼了一声,拂袖而去。

　　午饭后,岳红兵父女二人到沈小舟家拜访,岳春夏拿来一束白花。岳红兵戴了个宽边帽子,挡住脑后的纱布。

　　"出院了?"孙秋红有些拘谨,他毕竟是原厂长。

　　"没大事儿。"岳红兵说。

　　"阿姨。"岳春夏看见孙秋红,眼睛又红了。

　　"老沈呢?"岳红兵问。

　　孙秋红指了指卧室:"不说话,不见人。"

　　"老沈这人,"岳红兵叹了口气,"文气,重情,就让他自己待着吧。"

　　然而,卧室门打开,沈华章出来了。他看了一眼岳红兵,招呼也不打,目光落到岳春夏脸上,直勾勾的。

　　"春夏,我问你,小舟在学校里有没有仇人?"

　　岳春夏呆了一呆,慌忙摇头。

　　"小舟那天晚上干什么去了,你真不知道?"沈华章追问着。

　　岳春夏说:"我不知道,真的不知道。"

　　"你们不是好朋友吗,一个宿舍住着,你怎么不知道!"

他的目光恶狠狠的,岳春夏被他看得心焦,哭了起来。

"她没告诉我……沈叔叔,都怪我……"

岳红兵走到沈华章身边,说:"老沈,别激动,当心身体。别逼孩子了,她怎么会知道呢。"

沈华章一愣,呆了片刻,好像醒了过来,颓然坐下。

"春夏,对不起。我太心急了。"

岳红兵说:"耐心点儿,等等警察,他们会查出来的。"

"我等不了,太难熬了……我真想死,可死之前,我得看到凶手先死。"沈华章咬牙切齿,和他平常文质彬彬的样子大不一样。

岳红兵脸色微变,拍拍沈华章的肩膀,说:"为了小舟,别说死不死的,你得活。"

马叔在厨房炒菜,做的芹菜肉丝,作为一个盲人,他甚是熟练。石强锋站在一边,听指挥递东西。

"芹菜。"

"还是我炒吧。"石强锋把切好的一盘芹菜递过去。

"你炒,谁吃啊?"马叔否决了他的提议。

菜上桌了,两人坐在桌边吃饭。芹菜肉丝,凉拌黄瓜,很简单。马叔用勺子把菜舀到自己碗里吃。石强锋给马叔碗里夹肉。

马叔说:"别给我夹,添乱。"

手机响了,石强锋一惊,好像一直在等电话似的。他看了一眼,是隋晓。刚接通,隋晓劈头就问:"怎么没在队里,你去哪儿了?"

石强锋编了个瞎话:"外边吃饭。"

"你不是被停职了吧?"

"没有,谁说的?"石强锋看了看马叔,捂紧电话。

"给连队做个检讨,把事儿说清楚,他人好又聪明,不会冤枉你的。"隋晓说。

石强锋嗯嗯着,把电话挂了。

"你以后少往我这儿跑,有时间陪姑娘吃饭去,别老烦我,我有街道志愿者照顾。"看来马叔耳朵灵,都听见了。

石强锋强笑了一声,没反驳。马叔觉得不对劲儿,他平时不这样。"怎么了你,又出什么事儿了?"

"没什么,"石强锋犹豫了一下,"你知道连海平吗?"

马叔笑了,说:"你跟他了?"

"嗯。"

"连海平是有真本事的,有一年他来我们大队联合办案,我见识过。别人看不到的,他能看到,剖析案情……像医生做手术,下刀又准又稳。说实话,他是我见过的最会破案的刑警。"马叔回忆着说。

石强锋微微有些惊讶。

"他这人就不爱显山露水,所以很多人不服。跟着他,是你的福气,好好学!"

马叔显然觉得石强锋交上了天大的好运。

石强锋的表情有些纠结。

"还有,就像那姑娘说的,只要你没犯错,他不会冤枉你。"

手机一响,收到一条信息。石强锋看了,是连海平发来的。

信息说:"回来开会。"

专案组到齐开会,向冯大队汇报两组的调查情况。石强锋很低调地坐在后面。

赵厚刚先发言:"昨天我们查到线索,高利贷团伙实际管事人沙宏利,外号'老鲨',躲在青州,赶到青州抓捕还是扑空了,住处没人。"

幻灯片播放系列照片,是一套宽敞的住房室内,收拾得很干净。连海平望着,微微皱眉。

"后来我们找到一张机票打印单,"照片里出现一个垃圾桶,接着是一张皱巴巴的打印单,赵厚刚说,"是两天前飞往澳大利亚墨尔本的。他有没有逃跑,我们正在核实。"

连海平不由得提出:"现场这么干净,垃圾桶里扔了机票打印单?"

赵厚刚看了一眼连海平,说:"我们也怀疑是烟幕弹,所以要核实。"

连海平抱歉地笑笑。

冯大队转向连海平:"你说说这边的情况。吴波怎么样了?"

"吴波送到医院,经过抢救后还是昏迷不醒,医生说脑部创伤很严重,什么时候能醒难以预料。吴波是在逃跑的过程中,被人用棍状钝器击打了头部,下手非常重,只有一击,就造成了颅骨碎裂。"连海平顿了顿,看了一眼石强锋,"现场及周围都没有找到凶器,我认为吴波是在电动车上被人从正面一下击落,所以不是石强锋。"

石强锋抬头看了连海平一眼,又低下了头。

冯大队说:"那吴波是谁打的呢?"

"会不会是群众帮了一手?"老郑猜测着。

"不管是谁打的,都使吴波受了重伤,我们必须找到他。"连海平拿起一个物证袋,里面是张学生卡,"经过搜查,在吴波身上找到了这个……沈小舟的学生卡。"

这是个重要发现，大家都提了一口气。

"这么说……"冯大队觉得结论很明显了。

连海平却说："这看起来是个铁证，但是据吴波的同村好友，也就是给吴波提供住处的吴运忠说，20日晚上吴波来找他，说他摊上事儿了，恐怕会被当成凶手抓起来。他拉过那个女大学生，但是就调戏了几句，什么都没干，可是他有案底，恐怕说不清……所以吴波就躲在吴运忠家，每天打游戏度日。"

"吴波这号人，满口瞎话。"老郑不屑地说。

"不管他说的是真是假，有两个疑点。"连海平看着他的笔记本，"一、吴波来本市才半年，对旭日厂应该没那么熟悉，为什么到那儿去抛尸。二、我重新查看了19日案发当天吴波家周围的监控，吴波的红色比亚迪在晚上7点20分经过了回家的路口，当晚没有再离开。"他又看看赵厚刚，"还有，3月13日，王一珊没有坐过吴波的车，'三一三案'的调查过程中从来没有出现过吴波。"

赵厚刚点点头，说："那学生卡怎么回事儿？"

"对，这张卡上除了沈小舟的指纹，只有吴波的指纹。我觉得有两种可能：一、学生卡是沈小舟落在吴波车上的，她下车时没有发现，吴波就是真凶。"连海平顿了顿，看着大家，"二、是打昏吴波的人故意放在吴波身上的。"

这个推测显然在大家意料之外，连海平又来了一句更让人意外的："那这个人就是真凶。"

大家沉默了一会儿，赵厚刚皱着眉，提出了疑点。

"这个弯拐得有点儿猛啊。真凶怎么会知道你们在抓吴波，还抓住了这么精确的时机，打昏吴波，留下学生卡？"

连海平也不知道这个问题的答案。

"那是不是第一种可能更合理？就是沈小舟落在车上的。"冯大队问道。连海平皱眉不语。

冯大队又说："既然你认为吴波是凶手的证据不足，那就继续查。"

连海平说："沈小舟乘坐吴波的快车，本来目的地是绿诚环保科技公司。昨天问了，绿诚说沈小舟没去过。我再去确认一下，即使她没去，也可能有线索。"

冯大队点点头，看着大伙儿说："现在大家对王一珊案和沈小舟案是不是同一凶手，有新的想法吗？"

大家都不说话。

"好，那就按照现有分工，继续往前蹚，干活儿吧。"

散了会，连海平和石强锋马上去绿诚环保科技公司。走到车旁，这回石强锋态度软化了点儿,主动请示:"我开吧?"

连海平信手把车钥匙递给他,说:"你追吴波的时候,有没有看见什么可疑的人?"

石强锋一愣,想起了什么。

"对了,有辆车撞了我一下,不然我就追上了。"

"什么车,车牌号记了吗?"

"没顾上看,撞完他就跑了。路太窄,我跑得又快,我也有责任,算了!"连海平思索着。

石强锋说:"刚刚冯队问,你没说,其实你一直觉得不是一个凶手吧?"

"我说过,可能性50%。"

"现在还是50%?"

连海平笑笑,没有回答,正要上车,手机响了。连海平接了。"是连海平吧,我们是市局纪检组,你现在在大队吗?"

连海平示意石强锋先上车。

"正要出去查案。"他跟纪检组的人说。

石强锋坐在车里看着连海平接完电话,坐了进来。

"有事儿?"

"没事儿。"连海平表情平静。

开车上路,连海平一路无话,一直扭脸望着窗外。石强锋瞅了他几眼。遇见一个黄灯,石强锋及时停下了车,他看看连海平,好像期待着表扬。然而连海平根本没在意,他有点儿泄气。

绿诚环保科技公司在城市开发区一栋崭新的写字楼里。周边干净漂亮,花红草绿,大树浓荫,写字楼像坐落在一个花园里。

"到了。"石强锋停下车。

连海平醒过神来,搓了一把脸,眼睛里的光又亮了起来。

公司规模不小,员工有上百人的样子,办公环境很现代,到处装饰着绿植。

公司的标志也是一片绿叶。

公司副总扈向泽亲自接待连海平和石强锋,请他们到窗明几净的会议室就座。扈向泽三十多岁,年轻儒雅,相貌端正,戴着一副秀气的眼镜,比起公司老总的身份,更有些知识分子气质。

"抱歉啊,昨天你们来人,我实在抽不开身。我们公司,最了解沈小舟的人是我。"扈向泽上来就说。

"是吗?"连海平倒没想到他这么了解沈小舟。

"我也是南方理工大学环境系毕业的,说起来是她的师兄,正好高了十届。沈小舟也是我亲自录用的,她真的非常优秀,实在是太可惜了。本来我建议她继续读研,可她一心想工作,可能是为了家里吧,她家里条件不好。我也是寒门出身,能理解她。"扈向泽娓娓道来,表情真的很痛惜。

连海平点了点头。

"沈小舟那天为什么要来公司,你知道原因吗?"

"知道,她早就打过招呼,离校前一天想到公司拿一些专业资料,回家后先熟悉熟悉情况,为上班做准备。她是真的热爱这个行业,又专注又勤奋。"

"她来了吗?"

"我那天正好在外地,她来没来,我也不知道。我也是问了前台,查了来客登记,没有她……"

石强锋说:"她不是员工吗,还用登记?"

"还不是正式员工,没有工作牌。查了,她确实没来过。"

石强锋有些失望。连海平不紧不慢地继续问:"你那天在外地什么地方?"

"青州,有个房地产开发项目要做环境评估,上午去的,第二天才回来。"

"做评估要带技术人员吧?"

"没有,先谈合作,定了才派技术员。我自己去的。"

连海平点点头。

扈向泽犹豫了一下,说:"我今天想起来一件事儿,不知道对你们有没有用。"

连海平说:"说说。"

"当时公司招人,我从三个候选人里选择了沈小舟。您大概不知道,现在环境专业被称为四大天坑专业之一,就是说学习起来又苦又累,找工作却难上加难。"

"听说了。"

"我们提供的这个职位待遇优厚,对应届毕业生来说还是很难得的。三个人里有一个没选上的,是沈小舟的同班同学,他对落选这个事情非常不满,还特意给公司发了一封邮件,措辞……很激烈,对沈小舟可以说是恶语中伤了。"

石强锋说:"叫什么?"

扈向泽说:"陈晖。"

石强锋睁大了眼睛。

"他说什么了?"连海平却好像早想到了。

"说沈小舟就是靠外貌取胜,利用男女关系才赢了这份工作什么的,还说我们会后悔,总有一天会求着他回来,总之……挺偏激的。"

石强锋说:"男女关系,跟谁,有这事儿吗?"

扈向泽笑了,说:"看来最大的嫌疑人是我了,沈小舟是我招的嘛。不过我对她,没有任何能称得上男女关系的瓜葛,干干净净。我们公司快要上市了,作为公司创始人之一,洁身自好的自觉性还是有的,你们可以调查。"

连海平望着扈向泽,也微微笑了笑,说:"陈晖的邮件在哪儿?"

回到车上,石强锋读着打印出来的邮件。正如扈向泽所说,陈晖的邮件写得气急败坏,又自视甚高。

"这陈晖有中二病吧,晚期了。我那天就觉得他不对劲儿,同学死了,有那个样的吗?现在知道他这是恨啊,他恨沈小舟!"石强锋断言道。

连海平沉吟着。

事不宜迟,从绿诚环保科技公司出来,连海平和石强锋就到南方理工大学来找陈晖。邓老师领着他们二人走到环境系实验室门口,朝里指了指。

"不是都离校了吗,他还不走?"石强锋问。

"他准备读研。"

连海平客气地送走了邓老师,和石强锋进了实验室。陈晖穿着实验服,正在实验台前鼓捣着一台台式电脑。看见警察来访,他愣了一下,冷淡地打了个招呼。

"忙什么呢?"石强锋主动询问。这是连海平交代的,这次询问由石强锋担纲,主动进攻即可。

"没什么。"陈晖情绪不太好,诅咒了一句什么。

"你说什么?"

"我说电脑,数据丢了,恢复不了。"陈晖很烦。

石强锋把打印出来的邮件放在陈晖面前。

"这是你写的吧?"

陈晖看了一眼,微微一惊,不当回事儿似的。

"是。邮件是我个人隐私吧。"

石强锋训斥说:"不懂法。警察办案,没什么隐私不隐私的。"

陈晖哼了一声。

"你邮件里说的沈小舟那些事儿,有什么证据吗?"

"你们自己去查。"

"现在就是在查!沈小舟利用什么男女关系得到了工作?没有证据,这些话……这些指控能随便说吗?这是要负法律责任的!"石强锋提高了嗓门。

陈晖犹豫了,低头思索着。

连海平在一边冷眼旁观,他看见实验室里有个玻璃柜子,里面放着些试剂瓶,柜门是锁着的。他信步踱过去,仿佛不经意地查看着。

陈晖抬起头,说:"我看见过。"

石强锋马上问:"看见什么了?"

"有一天,去绿诚面试回来,我看见沈小舟跟一个男的在一块儿。"

连海平把手机放在胸前挡着,悄悄给药品柜拍了几张照。

石强锋说:"是谁,是不是绿诚的副总扈向泽?"

"没看清楚,反正那个男的开了一辆好车,他们都是一路的。"

"哪一路的?"

"权贵。有钱人找有钱人,什么事儿办不成?"

"你对社会的认识还真是……"石强锋有点儿哭笑不得。

连海平走回陈晖这边,说:"就算沈小舟跟这个男人在一起,你凭什么认定他们有那种关系?"

陈晖冷笑了一下,说:"见多了,开着跑车来学校接人的,哪个关系是干净的?"

连海平点了点头,认真地说:"好,你说的情况很重要,我们会调查。"

警察离开后,陈晖继续鼓捣着电脑,硬盘发出刺刺拉拉的声音,干脆读不出来了。陈晖俯下身,恨恨地从主机里把硬盘拆了下来。他拿着硬盘,走到废液池边,把硬盘放了进去。硬盘表面迅速被腐蚀,冒出了气泡。陈晖望着水中的硬盘,好像解气了些。

连海平和石强锋出了环境系实验楼,回到车上。

"陈晖这人挺阴,偏执内向型的,我看很有杀人犯的潜质。"石强锋说。

连海平没搭腔,先拨了一个电话。

"老郭,沈小舟的血液检验结果出来没有,是什么麻醉剂?"

郭大法说:"还在比对,麻醉剂的种类多,只能一个一个试。"

"我给你说几个,看有没有。"连海平拿着手机,把药品柜的照片放大,才发现玻璃反光,看不清楚,他放下手机,回忆着,"乙醚和氯胺酮你应该验过了,还有戊巴比妥钠,氨基甲酸乙酯,异丙酚,水合氯醛,普鲁卡因,我认得的就这几种。"

石强锋听着连海平报药名,暗暗吃惊。连海平挂了电话。

"现在去哪儿?"石强锋问。

连海平说:"去查一下沈小舟到底有没有男友。"

石强锋说:"陈晖的话能信吗?我看是他随口编出来给自己圆谎。"

一路开到了旭日厂,他们先去问了孙秋红。孙秋红说没有,让他们去问岳春夏。有些事情,孩子也许不跟父母讲。

又到了岳红兵家,岳春夏仍是一脸愁容,情绪低落。岳红兵站在一旁,担忧地观望着。

"男朋友?"岳春夏对这个问题有些不解似的。

石强锋说:"对,她有吗?"

"没有吧,要有街坊早传开了。"岳红兵在背后插话。

岳春夏也摇摇头说:"小舟没有男朋友。"

连海平观察着她。

他们开车从旭日厂返回,这一天的调查告一段落。

石强锋说:"证实了吧,沈小舟没男友,陈晖就是信口胡扯。"

连海平不置可否:"有时候,好人也会说谎。"

"你怀疑谁?"石强锋没听懂。

连海平说:"抓到凶手之前,所有人都要怀疑。"

沈家门口停着一辆棚式小吃车,玻璃上贴着"蚵仔煎"三个字。孙秋红在洗手盆里投了抹布,洗净拧干后,用抹布擦洗着小吃车。

擦干净了,孙秋红进了家,放下洗手盆,走进厨房,洗菜准备做饭。

沈华章在客厅沙发上坐着发呆。沈小海在一旁,收音机凑在耳朵上,口中念念有词:"北京,多云转晴,25到32摄氏度。北京,多云转晴,25到32摄氏度……"

沈小海喋喋不休,沈华章突然大吼一声:"别说了!"

沈小海吓了一跳,站起身来,看着自己脚尖转起了圈。

"别说了别说了别说了……"

"闭上嘴!"

孙秋红急慌慌跑进来,拉住沈小海。

"小海没事儿,没事儿,爸爸不是说你。"

沈华章仰天呼了口气,好像快憋炸了,他厌烦地站起身,要回卧室。有人敲了几下门,门没关,一个中年女人自己走了进来。来人是丁淑兰,穿得整齐干净,眉眼温润,看得出年轻时的清秀模样。看起来她跟这家人挺熟。

孙秋红看见是她,不咸不淡地打了个招呼:"来了。"

沈华章看见丁淑兰,又坐下了。

"小海怎么了?"丁淑兰看见小海的样子,问道。

孙秋红敷衍了一声,拉着小海去了侧房卧室。然而她留了门,从门缝悄悄打量着客厅里的情形。看见丁淑兰走到沈华章身边坐下,孙秋红好像有些介意,留意听着他们的对话。

"你怎么样?"丁淑兰的声音。

过了会儿,沈华章说话了。

"心里疼,又疼得不痛快,像被老虎钳子夹着。"

"你可不能垮了。"

沈华章沉默了一会儿,再开口时,有些哽咽。

"我做了个梦,梦见小舟已经结了婚,生了个女儿,才一岁半,一家三口来家里玩儿,小舟和孩子就坐在床上,教孩子背诗,那么长的唐诗,孩子两遍就记住了,跟小舟小时候一样聪明、可爱,我们都高兴啊、拍手啊、笑啊……然后,我就醒了。醒来的那一刻,真比死还难受啊……小舟再也没有那一天了……"

孙秋红听见沈华章压抑地哭了,丁淑兰也哽咽起来。沈华章的梦,让她也听呆了。

第二天,连海平和石强锋兵分两路,分头调查。

连海平又去了绿诚环保科技公司。他对前台说明情况,前台打了个电话,扈向泽很快走出来,迎上他。

"连警官,还有事儿吗?"

"还有几个问题。"

这里不是说话的地方,扈向泽看看周围,和气地邀请:"到我办公室来吧。"

扈向泽的办公室宽敞明亮,装点得挺雅致。他关上了门,和连海平在沙发上落座。茶几上有瓶装水,包装上也是一片绿叶,扈向泽请连海平喝。

"您尝尝,我们公司自产的,我保证比市面上所有的瓶装水都纯净。"

连海平没客气,拿起一瓶拧开,喝了一口。

"那个同学的情况,您查了吗?"扈向泽问。

连海平说:"这个不能讲。"

"是我不该问。"扈向泽自嘲地笑笑。

"这次来是向你核实一些信息,主要是你19日的行程。没别的意思,沈小舟的所有社会关系都要深入排查。"连海平公事公办地说。

"理解,您尽管问。"

"19日你是怎么去的青州?"连海平打开笔记本。

"开车。"

"什么车,车牌号多少?"

扈向泽拿起一张便笺,写了递给连海平。连海平看了看,夹在笔记本里。

"当天的行程?"

"从早到晚都跟客户在一起,谈完了吃饭、娱乐,大半夜才回酒店。"扈向泽在办公桌上找了找,拿起一张名片递给连海平,"这是接待我的人。"

连海平接了。

"晚上在哪儿住？"

"酒店。"

"哪个酒店？"

扈向泽迟疑了,笑了笑。

"听说案发时间是前半夜吧,我还没回酒店。"

"例行问题,请回答一下。"

"这是不是涉及隐私了？"

"只要登记了,我们就能查出来,请帮我们节省点儿时间。"连海平微笑着。

"莲花大酒店,806房。"扈向泽无奈地说。

"最后一个问题。"连海平看着扈向泽的脸,"你有女朋友吗？"

扈向泽笑了,笑得很坦然。

"太忙了,顾不上。"

石强锋则通过辅导员邓老师,约了两个陈晖的同班同学,也是一个宿舍的。他们约在校外见面。

在路边等了半天,还不见人来,石强锋看了看手机上的时间。

"迟到二十分钟了。"

"唉,正常。"

"您对陈晖了解多少？"石强锋随口和邓老师聊。

"抱歉,了解得不多,知道他父母都是造纸厂下岗工人。"

"造纸厂,不就在旭日厂旁边吗？"石强锋心头一动。

"对,都在老工业区嘛。不过听说他们家搬出来了。"

这说明陈晖很可能也熟悉旭日厂。

"您有他家地址吗？"

"不清楚,他不爱说自己家的事儿。"

正说着,一辆出租车在路边停下,两个男生下了车。他们看起来都是城市孩子,穿戴比陈晖时尚多了。

"警官,车费能报了吗？"

"没问题。"石强锋笑着应道。

路边有家冷饮店,石强锋邀请大家进去,找了个冷饮店靠里的座位。男生一人一杯冰饮,两人看起来都像刚睡醒,打着哈欠。

"陈晖这人,大学四年我们都不熟,独来独往,跟谁都不对付,每次宿舍聚餐,都请不动他。"

"他怕花钱,连奶茶都没喝过,只喝水。"

"说实话我们都有点儿怕他,跟他住一个寝室,睡觉都不踏实,就怕哪天晚上……你懂吧?"

石强锋说:"为什么这么说,他有暴力倾向?"

"这么说吧,有一次全寝室闹肚子,就他没事儿,我们开了句玩笑,是不是你干的,他把饮水机一脚踹翻了。"

石强锋琢磨着,问:"你们觉得他为什么不合群?"

"家里穷,认为别人都看不起他,自尊心特别强,又特别自卑。"

"心理扭曲了,除了学习好,干啥啥不行。"

两人笑了,笑中带着些讥诮。

石强锋有点儿反感,忍着继续问:"他有女朋友吗?"

"怎么可能有!憋一脸青春痘。"

"对了,陈晖还有个习惯,隔三岔五的,晚上8点就离开学校,半夜才回来,有时候第二天才回来。我们怀疑他是去……你懂吧?"男生的表情有些猥琐。

石强锋却眼睛一亮。

石强锋去了南方理工大学,到保卫处查看监控,然后有些兴奋地带着收获回到了队里。老郑正向连海平汇报,他先听着。

"联系了在青州接待扈向泽的客户,大概证实了扈向泽的说法,晚上吃饭唱歌,一直喝到十一二点。"老郑说。

"具体几点?"

"说喝多了,记不清,到家后半夜了。"老郑顿了顿,"不过吧,这个扈向泽还真有点儿情况,我查到前年一起民事纠纷案,扈向泽跟一名已婚女下属纠缠不清,女方的丈夫知道了,把扈向泽的车砸了。反正扯来扯去,扈向泽坚持说不知道女方已婚,最后也没有追究女方丈夫的责任。要我说,人家有没有丈夫,你怎么可能不知情呢。"

"扈向泽……看着不像啊,挺正人君子嘛。"石强锋有些意外。

老郑说:"装得像呗。"

"这也算不上什么疑点吧。"石强锋说。

连海平思索着,掰了块茶饼嚼着,说:"我总觉得扈向泽隐瞒了什么事儿。"

"不就这事儿吗?"石强锋不以为然。

连海平摇头。

老郑说:"要相信老连的直觉。"

连海平说:"不是直觉,见过的人多了,就能总结出一些共性。"

"看看我查到的情况,陈晖有点儿意思……"石强锋等不及了,拿出手机正要展示什么东西,这时,两名穿制服的警官敲了敲门。

"连海平在吗?"

连海平转头一看,马上明白他们是来干什么的了。

小会议室里,两名警官和连海平相对而坐。虽是公事公办的态度,但语气是温和的。他们有问有答,基本情况很快了解完了。

"好,问题就是这些,我们回去会再次核实,不会让一名好警察背黑锅。"他们合上了笔记本。

连海平点了下头。

"是谁发了这封匿名邮件,你有没有什么想法? 如果存在诬告,是要反向调查的。"他们又问了一个没有记录在案的问题。

连海平说:"没有。"

"最近局里在考察接替冯钟山同志的大队长人选吧,会不会……"

连海平马上打断:"不可能是赵厚刚,他不是那种人。"

连海平一回到技术处,老郑就关心地迎上来:"啥事儿?"

"没事儿,跟案子没关系。"

石强锋瞅着他,只见连海平表情平静,看不出什么。

"捋完了?"连海平走到大鲁跟前问。

"扈向泽的车,出城高速出入口的监控里都找到了,"大鲁指点着电脑,"19日上午走,20日上午回,符合他的说法。"

"那就排除了,还是看我的……"石强锋有点儿急不可耐了。

"别急,一个一个来。莲花大酒店的监控视频呢?"连海平问。

大鲁说:"刚发过来,你让我喘口气行不行?"

连海平说:"我来看。"

他们围住了一台电脑,查看着酒店发来的视频。监控拍到的是酒店大堂。

视频快进着,时间很快超过了19日的午夜12点。大堂里的人越来越少,还是不见扈向泽的身影。

连海平皱眉紧盯着。石强锋倒不那么热心,抱着膀子,憋着话似的冷冷看着。

时间行进到接近1点,扈向泽终于走进了大堂。

图像并不清晰,人离得也远,连海平暂停了一下,看清了确实是他。

"没错,是他。"大鲁也肯定道。

第三章

067

连海平继续播放,大家意外地看到,大堂咖啡厅里走出一个女人,和扈向泽会合了。两人一起穿过大堂,朝里走去。视频中能看出女人戴着头巾墨镜,还披着大丝巾,仿佛不愿被人认出。她跟在扈向泽身后,特意保持了一点儿距离。

老郑说:"这鬼鬼祟祟的,别又是什么女下属吧?"

"连队的直觉挺准,他确实隐瞒了大事儿。"石强锋的语气不大好听。

老郑瞪了石强锋一眼:"有怀疑就要消除怀疑,才能放下心,懂吗?"

连海平不以为意,关了视频,跟石强锋说:"陈晖的情况,说吧。"

石强锋大咧咧地把手机交给隋晓,说:"帮我连到大屏上,谢谢。"

他录下的视频被投放到了大屏幕上。他是对着监控显示器录下来的,视频中是南方理工大学的校门。第一段视频,6月19日晚上8点出头,陈晖走出了校门。第二段视频,6月19日晚接近12点,陈晖又回来了。

连海平微微有些惊讶。

"什么意思?"老郑问。

"这是沈小舟被害的时间段,陈晖不在学校。"连海平说。

这个发现很关键,陈晖有充分的作案时间。石强锋一脸得意。

连海平他们回到专案组办公室,碰上了郭大法。老郭正自己倒茶喝。

"我说你们这儿有点儿好茶没有?"他大概没找着什么好茶。

"验出来了?"连海平问。

"异丙酚,沈小舟血液里有,浓度不大,胃里残余多。"郭大法说。

"喝下去的?"

"嗯,没味儿,要是掺到咖啡奶茶果汁里头,喝不出来。你上次给我报的那一串儿有异丙酚,你那个嫌疑人的实验室里有。"郭大法喝了口茶。

石强锋嘿了一声,眼睛放光,陈晖的嫌疑又加重了三分。

"但是这东西很常见,容易搞到,也有人拿它当毒品。知道迈克尔·杰克逊吧,为了治失眠,他的私人医生天天给他注射异丙酚,后来一不留神就……"郭大法做了个"挂了"的手势。

"把陈晖盯上吧,"连海平当机立断,看看石强锋,"大学校园这个环境比较特殊,石强锋,你先去。"

老郑说:"咱们队年轻人太少,要不去借几个人,我看隋晓挺像大学生。"

石强锋赶紧打断:"别了,我三天三夜不睡都没事儿!"

他们在南方理工大学环境系对面的楼上找了个房间,埋伏下来。

石强锋整日待在房间里,观察着对面的环境系教研楼。白天,他望着来来去去不时经过的大学生们,好像有点儿羡慕他们的生活。

晚上,小齐给石强锋送来了盒饭。石强锋还没顾上吃,就看见陈晖从环境系走了出来。

"出来了。"石强锋丢下盒饭,马上站起身来。

"我去吧,你吃。"小齐特意穿了一件南方理工大学的T恤衫,做好了准备,打扮得像个理工科男博士。

"不用。"石强锋戴上帽子和一副平光眼镜,出了门。他身上的T恤印着大花图案,有种土味的新潮。

石强锋远远跟着陈晖,穿过夜晚的校园。陈晖走路不看人,一路独行。走到一条林荫道,石强锋看见他站住了,左右环顾,看周围无人,从路边草地上捡起了什么东西。看起来像是绳子,有弹力,摩托车车用的那种绑带。陈晖把绑带一圈一圈绕在手上,捆扎结实,装进了背包。作案工具?石强锋目不转睛地盯着他。

陈晖回到了男生宿舍。石强锋在宿舍对面找了个位置,在黑暗中坐了下来,观察着宿舍门口。

"怎么样?"连海平打来了电话。

"回宿舍了。"

"你盯两天了,让小齐替你。"

"不用,万一他今天晚上出动了呢。"

"好,有情况汇报。"连海平坐在车里,挂了电话。车停在南方理工大学校门外,他掰了块茶饼慢慢嚼着,一起熬夜。

宿舍熄灯了,路上只有零星的学生夜归经过。石强锋拍打着蚊子,从兜里摸出一个酸杏,咬了一口,龇牙咧嘴。

"干什么呢?"一个夜巡的保安发现了他。

石强锋赶紧朝保安挥手,让他走开。保安起疑了。

"你出来一下,是本校学生吗?哪个系的?"

"我……物理系的。"石强锋随口应付。

保安上下打量了他一眼,攥紧了手里的棍子。

"你可拉倒吧,冒充个体育生还行,你要是物理系的,我还是霍金呢,出来!"

石强锋有点儿郁闷。

"不是……保卫处没跟你打招呼吗?我在执行任务!"

第二天一早,连海平刚走进刑侦大队,就看到了坐在长椅上的沈华章。他身边还有个年轻人杨涛,沈小舟出水后,就是杨涛首先认出来的。

第三章

沈华章看见连海平,马上站了起来。

"我接到电话,说可以领走小舟了?是真的吗?"

连海平说:"是。"

"破案了?抓到了?"沈华章眼中燃起希望。

"没有。遗体检验完毕就可以领走。"

沈华章眼中的希望又灭了。

"那有进展吗?有怀疑对象了吗?"

连海平说:"抱歉,办案情况不能说。"

"家属也不能说?"

"有规定。"

杨涛赔着笑求情:"您能透露点儿吗?沈叔叔天天盼着破案,心老揪着,都快垮了。"

"您放心,案子一破,我一定第一时间通知您。"连海平劝慰沈华章,又转向杨涛,"杨涛,你跟他们家熟吧?"

"熟,小舟从小跟着我玩儿,就像我亲妹妹一样。"

"多陪陪他们。"连海平说。

杨涛主动拿出手机,打开一张照片。

"这是小舟上个月跟我照的。"

照片上,沈小舟和杨涛站在一辆新面包车旁。杨涛大哥似的搂着沈小舟的肩,沈小舟俏皮地竖起两个大拇指。

连海平说:"你的车?"

"对,我买了新车,她跑来祝贺我,说我也是有车族了。"

沈华章看着照片,眼睛一红,扭过头去。杨涛关了照片,连海平看见他的手机壁纸是他和一个女孩儿的合影,看起来像情侣,女孩儿不是沈小舟。

"这是?"连海平问道。

"我女朋友……本来就要结婚了,日子就这几天,小舟还说要在婚礼上给我弹一首琵琶……"杨涛有点儿说不下去了。

两人告辞。连海平目送他们离去,拿出笔记本,写下"杨涛,金杯车"。

又到了晚上,连海平依旧将车停在大学校门外路边。他在车里跟江明滟打着电话,说儿子的事情。

"你告诉他,作业必须完成,我回去要检查。"

"都初中毕业了哪有作业?"

"辅导班没有吗?"

"他说没有。"

"你打电话问问老师,要多方取证……"

手机发出提示音,是石强锋来电,连海平忙挂了江明滟的电话。

"陈晖朝学校大门去了!离男生宿舍最近的门。"石强锋说。

连海平说:"南门,我在。"

石强锋不远不近地跟在陈晖身后,专拣暗处走。今天他穿了破洞牛仔裤和大T恤,T恤上印着骷髅头,像个混混,不像个警察。陈晖背包走着,突然回头看了一眼。石强锋迅速拿起手里的瓶装水,仰头喝水。

有个送外卖的骑着摩托车路过,叫石强锋。

"哥们儿,理科楼怎么走?"他没用"同学"这个称呼。

"不知道,我体育生!"石强锋没好气地答了一句。他看见陈晖走出校门,拐了弯,连忙拔腿追上去。

连海平看着石强锋向汽车走来,开门上了车。

"看见他了吗,往哪儿去了?"

连海平指了指不远处马路对面的公交站,陈晖正在等车。他低着头,站在不引人注意的角落。

"平时这会儿他还在实验室,今天活动规律改变了!"

连海平看石强锋眼有血丝,眼圈发黑,胡茬都冒出来了,整个人却很兴奋。

"他平时宿舍、食堂、实验室,三点一线规律得很!还有,你看他今天穿了件长袖,背了包,不正常啊,不正常!"

一辆公交车开来,陈晖往前走了一步。

"我上车跟着。"石强锋要下车。

连海平说:"别去了,车上人少,藏不住。"

石强锋看了看,公交车没坐满。陈晖上了车,直接走到最后一排坐下了。

公交车启动,连海平也发动汽车,掉头跟了上去。公交车后面没有玻璃,不透明,看不到车里。只要靠站,连海平就着意观察着上下车的人们。

跟了一段儿,连海平看了一眼倒车镜,微微皱眉。

"后面好像跟了辆车。别回头。"他提醒石强锋。

石强锋也看倒车镜,看不出是哪一辆。

"不会吧,谁会跟着咱们?"

连海平也不确定,突然在路边停下了车,又观察了片刻。几辆车开了过去,连海平重新上路。

石强锋说:"还跟吗?"
"拐弯了。"
"谁会跟着警察,吃饱了撑的?"
"可能看错了。"连海平说。
他没看错,跟在他们后面的那辆车转过了弯,在路边停下。车里坐着花弟和鲲哥。
"怎么了,发现咱们了?"
"不能跟着连海平,他太警觉了。"
"那是个狠人啊,当初端了老鱼的场子,一个没跑掉。举报他拿黑钱恐怕没什么用。"花弟愤愤地说。
鲲哥沉吟着,说:"再狠也有弱点。"

公交车靠了站,很多人上下车。连海平在路边停下,望着上下车的乘客,猛然觉得不对劲儿。
"你去看一眼陈晖在不在车上。"他交代石强锋。
"没见他下车,我一直盯着呢。"石强锋说。
"去吧。"
"他要看见我呢?"
连海平坚定地说:"去。"
石强锋见连海平神色,赶忙下车,快速跑了过去。公交车已经启动,石强锋几步追上,从侧面扫了一眼车里。连海平看着石强锋跑了回来,一脸焦急。
"他不在!"
大街上人来人往,不见陈晖的影子,他消失了。石强锋在道边左顾右盼寻找着,急得原地打转。
"没看见陈晖下车啊,哪儿去了?飞了?"
石强锋天上地下到处看,目光聚焦在路上的下水道井盖上,片刻后自己摇了摇头,这个想法太荒诞。
连海平凝眉思索片刻,说:"上车。"
"上哪儿?"
"回三纺厂。"

某个房间里,凶杀正在进行。不知道是什么地方,也看不到凶手是谁。只看到被皮带勒紧的脖子,胡乱挥舞的双手,乱蹬的双脚,张大的嘴,渐渐充血流泪的眼睛。渐渐地,腿脚停止了动作,轻轻抽搐着。脚指甲染成了祖母绿色。

第4章

连海平掉了个头,迅速开回三纺厂公交站。

"有个戴帽子穿灰T恤的人,在三纺厂那一站下了车。但是一路过来,没有这个打扮的人上车。"

"你还记得每个上车的人穿什么衣服?"石强锋挺惊讶。

"没特意记。三纺厂下车的人多,那会儿我被分散了注意力,没盯紧。那个人应该是陈晖。"连海平有些懊恼。

"他在车上换了衣服?"石强锋更郁闷了。

"可能是把长袖外衣脱了。"

"难道他发现有人跟着他?这小子不会这么灵吧!"

连海平琢磨着,不能确定。

回到三纺厂这一站,连海平停下车。虽然站名叫三纺厂,但工厂早就不在了,这一片都是破旧的居民小区。

连海平说:"你在这儿盯着。陈晖要回学校,可能还会从这儿上车。我去周围转一转。"

石强锋答应了,下了车,找了个不显眼的角落待着。连海平开车上路,沿街搜寻。这是一片被城市开发落下的街区,还保持着一二十年前的模样。光膀子的人们坐在路边下棋打牌,路边摊占据了人行道,路边有个院子的墙上挂着废品收购站的牌子。连海平慢慢开着车,在行人中搜寻着陈晖的身影。

石强锋在三纺厂站盯着,盯得双眼冒火。忽然,他看见路对面一辆三轮电动车驶过,开车的人穿着灰色T恤,虽戴了帽子口罩,但看上去很像陈晖。石强锋精神一振,飞身而出,跟着跑了几步后,意识到自己目标太明显。他拦住一辆经过的电动车,骑车的是个男青年,后面带着个女青年。

"哥们儿,警察,借你车用用,追个嫌疑人。"石强锋友好地恳求。

男青年停下车,看了他一眼,说:"行啊,用吧。"

石强锋走上前去,男青年突然一拧油门,电动车嗖地蹿了出去。两人扬长而去,留下一串笑声。

"看他那个逼样,还警察呢!"

"比你还不像好人!"

石强锋忍着气,拔腿去追陈晖。只见三轮车在前方转了个弯,扎进了一条小路。石强锋快步赶到路口,抬眼看,这条小路通向一大片平房区,面积大,小路多,三轮车早不见了。

连海平快要开到街道尽头了,再往前一片荒芜。这时石强锋来电,他按了免提,听见石强锋说:"我看见陈晖了,骑了辆三轮车。"

"确定是他吗?"

"我看就是!他进了这片儿平房区,我没跟上。"

"什么样的三轮车?"

"电动的,平板的,收废品的老开的那种。"

连海平眉头一动,想起了什么,打转方向盘掉转车头,说:"你先进去沿路找,我一会儿就到。"

他开车返回,在刚刚看见的废品收购站门口停下车。晚上收购站已经关上了铁门,有个中年男人在院子里整理着废品。连海平走上去敲门。

男人转头看了一眼,说:"不收了,明天来。"

连海平把手伸进铁门,打开门里的插销,自己推门进来了。

"哎谁让你进来的,听不懂人话?"男人很不愉快。

连海平一直走到男人跟前,伸手就能控制他的距离,拿出证件亮了亮:"警察。"

男人吃了一惊,下意识地伸手想抄什么东西。连海平盯着他的手,男人把手缩回来了,讪讪地笑笑。

连海平拿出手机,打开陈晖的照片给男人看:"这个人刚来过没有?"

男人认了认,说:"没有。警察同志,你看我也该下班了,媳妇儿还在家等着呢。"

"家?你不就住这儿吗?"连海平指指院子里一处小房子,房子旁边的晾衣绳上还挂着衣服,"你有媳妇儿吗,扣子都掉了两个。"

"不是,我媳妇儿懒……"男人的目光躲躲闪闪,往门口挪步,突然撒腿要跑。连海平早估准了他的去路,拦截过去,伸脚钩了一下,男人摔了个响脆。

石强锋穿行在平房区狭窄的街道上,道路两侧有临街房,也有小院子,都年久失修,破破烂烂的,不过人气挺旺,到处都是生活的痕迹。

石强锋挨家挨户找三轮车,遇见关闭的院门,就扒门缝往里看。他找了一阵儿,一位在一户院门口坐着的大妈盯上他了。一家门前停着一辆三轮车,路灯昏暗,石强锋走上前去,凑近了仔细看。三轮车用锁链锁在路边电桩上,也是电动的,石强锋伸手去摸电瓶的温度。

"干什么的?"

石强锋转过身,身后站着两个大妈。除了说话这位,另一位拿着个口哨放在嘴边,随时要吹似的。

"我是警察。"石强锋忙说。

"警察?就你这样?偷车的吧。"大妈瞅着石强锋,显然一点儿不信。石强锋有点儿怒,今天第二次被人这么说了。他不想理她们,抬腿要走。

"别跑!我们一吹哨,你出不了这胡同!"

"我真是警察。"石强锋伸手掏兜,要拿证件。

大妈很警惕,后退一步,说:"别动!手拿出来!"

石强锋还在掏,情急之下,摸了两个兜还没找着。

"吹!"大妈支使同伴。

"别吹!"石强锋把证件掏出来了。

大妈们验看了石强锋的证件,态度立刻变得热情起来。

"早说嘛,真没看出来!我们这片儿的片警我都认识,你面生!"

石强锋说:"我是刑警队的。"

大妈说:"哟,查什么案子呢,用我们协助吗?只要一声令下……"另一位大妈又噙上了哨子。

"别吹,我就找辆三轮车。"

"啥样的?谁家有三轮车,我都知道!"

石强锋有些意外惊喜。

男人老实了,蹲在地上。连海平聊天似的问着话。

"哪里人啊?在老家犯事儿了吧。"

"你怎么看出来的?"

第四章
075

"老实回答问题,立个功,能减刑。"连海平举起陈晖照片,"再看看,他开了一辆平板电动三轮。"

"刚刚最后一个来送废品的,可能是……他戴了口罩,我也不敢说就是。"

"他拉来了什么东西?"

男人站起身,把连海平带到一堆废品跟前。这一堆主要是大件,旧电器,破自行车,还有纸箱和一包易拉罐。连海平戴上手套,翻了翻,没什么发现。

男人说:"这个人隔三岔五地就会来一趟,送的都是大件。"

"他最近有没有拿来过一个笔记本电脑?"

男人摇头。

"拿来过女人的衣物吗?"

男人脸色变了变,把连海平带到了居住的小屋里。他从床下拖出一个破行李箱,说:"这都是我收的,记不清都是谁拿来的了。"

打开来,箱子里都是些女人内衣之类。男人说:"我知道现在你们能验DNA啥的,这上边就是有我的DNA,我也没干什么伤天害理的事儿。警察同志你一定要相信我!"

连海平有些哭笑不得。

男人又说:"我在老家也就偷过一回电缆,跑出来几年了,天天提心吊胆的,现在你找上门来,我反倒踏实了。"

连海平最后一次拿出陈晖照片。

"你说他隔三岔五就来一趟,都是晚上这个时间吗?"

大妈把石强锋领到一个小院门前,朝里指指。

"这户就姓陈,他们家儿子是大学生。"

石强锋隔着院门,能看到狭窄的院子里停着一辆三轮车,知道找对了。

另一个拿哨子的大妈终于开口了:"这两口子都是好人哪,他们干什么了?"

"不能讲,也请你们一定要保密。你们先回去吧,我们的人一会儿就到,谢谢啊!"石强锋一本正经地说。

"保密纪律我们懂,那我们就收队了!"大妈们很干脆,马上闪人了。

石强锋在门口蹲守,翘首以盼,终于看到连海平快步走来的身影。他朝连海平身后看了看,没别人。

"没叫支援?"

"不用。这家?"

"对。你不是说……那我去看看有没有后门?"

"不用,一起来吧。"

连海平走上前去,敲了敲院门。片刻,脚步声穿过院子,传来开门声。门开了。开门的是个四五十岁的中年女人,穿着围裙,很朴素,面相有些老。

连海平说:"你好,我们是警察。陈晖在家吗?"

陈母有些意外。

"你让一让。"

石强锋就要往里冲,连海平拦住了他,语气温和地跟陈母说:"能进去说吗?"

他们进了院子,里面也就两间房,院子一侧有个单独的自建厨房。陈母带他们进了正屋。房间不大,算是个厅,有饭桌和凳子,一侧还放了张床。一个中年男人正坐在桌边,擦洗着一台很旧的空调内机,看见来人,诧异地抬起头。

"陈晖呢?"石强锋没好气地问。

陈母指了指里头的隔间,里面有水声,是在水盆里洗毛巾的声音。陈晖大概在擦澡。

陈父看了看他们,看不出来头,小心地问:"你们找小晖有事儿?"

一侧的房门打开了,陈晖顶着湿头发,脖子上搭着毛巾,端着盆水走出来,看见警察,愣了。

连海平和陈晖父子在桌边坐下,石强锋站在门口,堵着门。

听警察说明情况,陈父一脸抱歉:"我腰不好,搬不了重东西。收了大件,小晖隔几天就回来一趟,帮我送到废品站去。"

陈晖低着头一言不发。

连海平问:"6月19日晚上,陈晖也是回来帮忙的?"

"是。平时他回来,也不在家住,大半夜的也要回学校。家里热嘛,也没个空调。今天回来没说什么,他就住下了,我猜可能是有事儿,不问,他也不说。"陈父解释说。

石强锋明显地有些失望,不耐烦地指摘陈晖:"你在公交车上换衣服干什么?还反侦察呢还!"

陈晖不言语。陈父替儿子回答说:"这活儿脏,他怕弄脏了衣服。每次都把旧衣服穿在里面,回家脱了才干活儿。"

连海平又问:"你们以前是造纸厂的吧,怎么搬这儿来了?"

陈父看了看陈晖,有些不好意思:"我们下岗以后,身体都不好,也干不了什么活,只能收收废品。在造纸厂,街坊邻居都认识,孩子……自尊心强,就搬家了。"

石强锋有些郁闷,瞪着陈晖训斥道:"收废品又不丢人,你怎么不早说?交代明白了,不就先把你排除了吗?我们盯你这几天,浪费了多少时间?"

陈父说:"真是对不住,我替他给你们赔不是。小晖不爱说话,心气高,不通情理的时候也不少,可他不会干那畜生干的事儿。"

"您说的我们都会核实清楚,放心,不会冤枉他。"连海平转向陈晖,"最后一个问题,你说看见过沈小舟跟一个开跑车的男人在一起的事情,是真的吗?"

陈晖低头答道:"是。"

"好。"连海平站起身,准备告辞。

陈母端着两碗面走进来,放在桌子上,每碗面上都卧了一个荷包蛋,见警察要走,赶紧挽留:"两位同志,忙到这么晚,吃口饭吧。"

石强锋一口回绝:"不用了。"

"没什么好饭,多少吃点儿,别白跑一趟嘛……"陈母不安地搓着手,目光中似有哀求,好像儿子的清白就在这两碗面上。

连海平看看她,指示石强锋坐下:"吃吧。"

又看着陈母笑笑:"不会就我俩的吧?"

陈母高兴了,连说:"都有,都有。"

一家三口和两个警察围着桌子,稀里呼噜地吃面。石强锋看见陈晖低着头,眼泪噼里啪啦地滴下来,砸在面碗里。

"我不该写那封信,不该那么说沈小舟。"陈晖突然呜咽着开口了。

大家停止了吃面,望着陈晖。

"我知道他们都看不起我,看不起我爸妈,我学习好也没用。我真的很想尽快改变现在的生活,想争口气。我太想要那份工作了,想挣钱,想成功……"

陈晖父母望着儿子,有说不出的辛酸与无奈。

连海平说:"他们看不起你,是他们的错,不用去追求他们眼里的成功。你成绩这么好,将来也许会成为一名教授、科学家,还不算成功吗?你想想,你真的想变得和他们一样吗?"

陈晖愣住了。

吃完了面告辞,连海平和石强锋沿着黑暗的街道向外走。

"陈晖他爸会不会替他打掩护?"石强锋还是不太死心。

"不会。"

"你不是说要怀疑所有人吗?"

"核实一下6月19日晚上大路上的监控就知道了。他爸说的应该是实话。"

"你是不是同情他们?"石强锋看了连海平一眼。

"不是同情,是了解,我熟悉这个群体。我爱人就是大厂子女。"

石强锋唉声叹气:"要不是陈晖,那线索又没了。"

连海平却长长呼了口气,说:"也好。"

"好什么?"

"至少现在,还不是那种案子。"

"哪种?"

"为了争一口饭吃,一个寒门子弟杀了另一个寒门子弟。"

石强锋不大同意:"杀人案就是杀人案,谁杀谁都不行。"

连海平叹了口气:"你说得对。但总有些案子,让人特别堵得慌。"

连海平回到家已是后半夜,就没进卧室,在客厅沙发上睡了。

天刚亮,连江树背着书包蹑手蹑脚向外走,还没出门,就被连海平叫住了。连江树站住,看见他爸在沙发上坐起了身。

"这么早去哪儿?"

"去玩儿。"连江树满不在乎地应道。

连海平脸色马上沉下来。江明滟从卧室出来了,及时止住了连海平的训话。

"他去上英语辅导班呢。这孩子,跟你爸找什么别扭?快走吧!"连江树哼了一声,甩手出了门。

江明滟一边穿好衣服,一边问连海平:"醒了?几点回来的?怎么不回屋睡去?"

"回来得晚,你睡得浅,怕吵醒你。小树吃早饭了吗?"

"也怕吵醒你,没做,让他外边吃去。"

连海平搓了搓脸,站起身来,说:"晚点儿给辅导班老师打个电话,看他去了没有。"

江明滟白了他一眼:"你怎么防儿子跟防贼似的,别到家了还是警察那一套。"

石强锋去找马叔,顺路买了油条豆浆包子,和马叔一起吃早餐。

"现在这年轻人怎么回事儿,为了面子敢跟警察说谎。"石强锋狼吞虎咽地吃了一阵儿,感慨道。

"说谁呢,当着长辈别给自己抬辈分,你也是年轻人。"马叔笑话他。石强锋笑笑。

马叔又说:"你当年也把面子看得比天大,牙都让人打掉了,非说是嗑核桃崩的。"

石强锋想起了什么,有点儿气不顺。

"对了,我现在看着,是不是还不像个好人?"

马叔笑了一声,石强锋反应过来,马叔看不见。

"对不起,忘了。"

马叔说:"你现在什么样,我不知道,当年头一眼看见你,我就知道,你不是个坏人。"

石强锋有点儿感动,被嘴里的东西哽住了,顿一顿才咽下。

"从小没人跟我说过这样的话。小时候寄养在农村,说是亲戚,也没什么亲情,我妈一年回不去几次,看我一眼就走了,我根本不知道她是谁。后来她再也没来过了。十来岁我就跑出来了,在城里……就那么着,稀里糊涂地长大了。那时候争个面子,打个架,好像就是因为知道自己无依无靠,必须得在这个世界上给自己争个位置。"他看看马叔,又说,"我这样的人,能走上正路,当上警察,多亏你了马叔。"

石强锋说得有点儿正式,马叔有些不好意思,打着哈哈说:"一大早地做什么思想汇报,还让不让吃饭了?"

"真的,我看了卷宗,才知道我妈一些事情……她不是个大家眼里的好女孩儿。当年要是有马叔你这样的人,能给她指指路就好了。"石强锋很认真。

马叔不知道该说什么,只好跟了一句:"吃吧,凉了……"石强锋的手机响了,他看了一眼消息,立马跳起身来。

"有事儿,你自己吃,我走了!"说完一转眼出了门。

马叔呆了片刻,叹道:"这小子,什么时候变得爱谈心了?"

石强锋打了辆车,一路赶到了印染厂。大门口还挂着印染厂的旧牌子,里面大部分厂房已经拆平了,有些池子还没有填平。围着一个水池,现场拉起了警戒线,很多警察在忙忙碌碌。大早上围观群众还不多,都被远远地挡在了外围。

石强锋拿着证件,给把守的民警看一眼后,朝水池走去,边走边穿上鞋套。远远看见,潜水员打捞上来一具遗体。遗体湿淋淋的,被放在塑料布上,看头发长度、穿着、身形,是女性。赵厚刚、林子和法医们正围着遗体勘查。

林子转了下头,看见了石强锋,眉头一皱,当即迎着走了过来,边走边喝道:"怎么就你?"

石强锋说:"我离得近。"

"你先别靠近,没勘查完呢。"

"你不是进来了吗?"

林子不满地看他一眼:"你才干几天刑警,证儿还没焐热乎呢,进去一通乱踩,怎么弄?"

石强锋赔了个笑脸:"那天的事儿,对不住,出手太快,得罪了啊。"这话让林子更窝火了:"你吹什么你,说我防不住你是吧?"

"怎么会,八个我你都防得住……我就看一眼。"石强锋皮着脸想绕开林子。

"添什么乱,待着!"林子伸胳膊阻挡。

"来,给我一下,咱们就扯平了。"

石强锋一把抓住了林子的手腕,往自己脑袋上扯,林子往回夺。这招数像耍泼皮,林子吃不住劲儿,连连后退,威胁道:"撒开!不然我可动手了啊!"

"石强锋。"石强锋的去势被连海平的声音阻断了,他放开了手。

连海平赶到了,脸色不好看。

冯大队和他们擦肩而过,边疾步向前走,边招呼他们:"都来!"

他们走向水池。只见池子里又爬出一个潜水员,手里抓着个黑色塑料袋。他们走近了。黑塑料袋子放在地上打开后,露出了一只雪白的脚。大家的表情又凝重了一层。

连海平轻声自言自语:"左脚。"

刚刚开盘的金海一号是精装高档小区,一套四居室里,客厅的大落地窗正对海景,金海集团副总梁雪涛和岳红兵站在落地窗前,望着大海。

梁雪涛递给岳红兵一根雪茄,岳红兵摇摇手:"不会。"

"这套大四居,还有刚才那套三居,格局都不错吧。"梁雪涛把雪茄收了,装进衣袋。

"真不错。"

"那就给你留着了,这套你们两口子住,那套你闺女住,一栋楼,有自己空间,串个门吃个饭也方便。"

岳红兵笑笑说:"不敢,别开这种玩笑。"

"又不是不要钱,内部价嘛,价格咱们定。"

"先别说这个了,找我什么事儿,不是真让我来参观样板房吧。房子该怎么盖,我不懂。"

"不懂可不行,旭日厂将来就是金海三期,怎么盖必须考虑你的意见嘛。"

岳红兵漫不经心地说:"你们不是打算盖别墅吗?"

"当然要有别墅区,旭日厂的位置比金海一号还要好,没有别墅配不上它的黄金位置,临海要配置私家海滩,还可以打造几处网红景点,大有可为。"梁雪涛顿了顿,话锋一转,"可惜出了命案,现在的人迷信,越有钱的越迷信,这事儿传出去,能不影响价格吗?肯定会影响。所以啊,旭日厂职工的安置房计划可能需要再研究研究,是不是不要原地安置,可以再等几年安置到城北去,就不要再压缩金海三期的盈利空间了。海景房听着好听,住起来不实用嘛,太潮湿,尤其不适合老年人居住,也就卖给外地人当度假房合适。这个情况,岳总……岳厂长,你觉得有没有做做工作的可能性?"梁雪涛望着岳红兵,脸上有个不咸不淡的笑。

岳红兵望着大海,沉默不语,脸上渐渐浮起一个冷笑。

"打几千人的脸,我还真没那么大的巴掌能只手遮天哪。"他转过身,说道,"站太高了,有点儿头晕,我先回去了。"

岳红兵抬脚走了。梁雪涛望着他走,把雪茄掏出来,自己点上了。

又出了命案,专案组汇聚一堂,如临大敌。邱局也到了,站在白板跟前,看着最新的被害人照片,绿脚趾姑娘。

赵厚刚先汇报初步调查情况。

"死者身份查明了,叫贾贝贝,是外地来本市务工人员,没有固定工作,被害前在KTV、酒吧等娱乐场所串场子,当酒托。作案手法,简单说,和王一珊案非常一致,有性侵,没有留下DNA。"

"王一珊案距沈小舟案将近三个月,沈小舟案到现在,这才几天?"邱局若有所思,看了看大伙儿,"现在有三起案件,我们来找找这三起案子还有什么别的异同点好不好?"

冯大队说:"邱局,你要想到了就说嘛。"

邱局笑笑,接着说:"从三个被害人的身份和职业来看,王一珊和贾贝贝都是外地来本市务工人员。王一珊和家人早就失去联系,贾贝贝有待调查,从她从事的职业看,恐怕也不是出自真正关心她的家庭。简单说,她们两个都是高风险受害者,出事儿了无人寻找,不易发现。沈小舟不一样,大学生,又是本地居民,父母很关爱她,一旦失踪马上就来报案,是低风险受害者。"

"一般习惯选择高风险受害者的凶手,往往会避开低风险受害者。"冯大队接口道。

大家基本上听懂了两位老江湖的意思。

赵厚刚说:"邱局、冯队的意思是,杀害沈小舟的不是同一个凶手?"

邱局转向一直没有发言的连海平。

"连海平,你也说说嘛。"

"我想等等老郭的检验结果。"连海平说。

冯大队说:"不是检验完了吗?"

连海平说:"我请他做了一个新的检验。"

"验什么?"邱局也有些意外。

说曹操,曹操到了,郭大法拿着检验报告进来了,直接递给连海平。

"验出来了。"

连海平看着报告,冯大队性子急,催促道:"什么结论,说呀!"

郭大法说:"连海平让我重新检验了王一珊、沈小舟还有贾贝贝三名被害者足部的擦拭样本,从皮肤表面和指甲缝里提取的微量检材。"

在场的人精神一振。

冯大队问:"检出DNA了?"

"没有,不是生物检测,是化学检测,王一珊和贾贝贝的样本检出了藻酸盐、氧化锌、硫酸钙等痕量成分……"郭大法要习惯性卖关子,见冯大队瞪着他,只好公布答案,"就是倒模用的材料。比如要做个脚模,先是液态的,倒进容器里把脚包裹住,凝固之后,再打开倒硅胶。"

赵厚刚想明白了:"这个凶手把脚切下来,是为了方便做脚模?"

郭大法说:"这是个合理推测。"

连海平看完了检验报告,接口说:"沈小舟的脚上没有。"

赵厚刚恨恨叹了口气。冯大队和邱局对视一眼。

冯大队说:"看来不该并案。"

邱局说:"也不是不该,并就并了,专案组已经成立,也不必撤销。沈小舟这个案子,虽然可能是另一个凶手,但共同点也很显著,我总觉得,再查下去,两个案子说不定还会出现交集。"

"那就一个案子两个方向,是不是同一个凶手,查到底就知道了,"冯大队再次分配任务,"老赵,你查王一珊和贾贝贝,有必要的话,请省厅专家做一个凶手的心理画像,老连,你查沈小舟,人手可能要分走一些。"

石强锋犹豫了一下,明知故问:"我跟哪边?"

冯大队还没答话,林子撂了一句:"这边儿人够了啊。"

石强锋笑笑说:"我跟连队。"

孙秋红系着围裙,在厨房做饭,刚淘了淘米,沈华章走了进来,说:"在哪儿能买一块好点儿的墓地,你去问问吧。要风景好的。"

孙秋红被丈夫突兀的要求搞了个措手不及,她放下米锅,在围裙上擦手,说:"我这就去问。"

她解了围裙,刚走出厨房,想起了什么,走了回来,跟在小院里坐下的沈华章说:"咱买过墓地。"

沈华章有些奇怪:"什么时候买的?"

"就是去年,岳厂长的爱人说过好几次,买的也不是墓地,是理财产品,听说是经营墓园的,让咱买,我跟你商量过,你说行,就买了。"

"买了多少钱的?我忘了。"

"五万,她说一年能收一万五的利息,这眼看就一年了,我去问问她。"

"五万?咱们拿得出五万?"

孙秋红小心翼翼地说:"少了,人家不让买呢。"

两人到了岳家,岳红兵和杜莉两口子挺热情,招待他们在客厅里坐下,给他们倒了水。

第四章

然而提到正题,杜莉犹犹豫豫,一脸抱歉,说:"咱们……可能上当了。"

沈华章和孙秋红吃了一惊。岳红兵也很意外。

杜莉说:"我去要过,那个理财公司,现在连本金都拿不出来,好多人正跟他们闹呢。"

沈华章问:"那墓园呢?"

"就是空口白话,连个影儿都没有。我也是才知道,本来想告诉你们,可是……出了小舟这事儿,我不想再给你们……"

沈华章和孙秋红脸色灰了。

岳红兵说:"老沈,别着急,你们这钱我们赔了。"

杜莉碰碰他,小声说:"这钱咱们也拿不出来,咱们家投的更多。"岳红兵有点儿尴尬:"我来想办法,不能让小舟没个安身的地方。"沈华章叹了口气,和孙秋红站起身来,准备回家去。

岳春夏突然从房间里走出来,说:"沈叔叔……有次小舟开玩笑,说她将来老了……她不要墓地,她的……骨灰,要么养花,要么喂鱼,都比埋在墓地里好。"她说着说着,眼泪下来了。

沈华章呆呆地看着岳春夏,惨笑了一下,说:"像小舟说的,如果这是她的心愿,那就听她的。"

专案组,连海平望着电脑上正在播放的视频。这是一段十字路口的监控,沈小舟走进了监控范围,穿过马路,向一旁走去,走出了视线。石强锋和老郑他们也凑在一旁观看。

"现在没有嫌疑人的线索,需要重新调查沈小舟的行动线。"连海平拿出地图,指点着这个监控中的十字路口,沿着沈小舟行动的方向,画到下一个路口,"下一个路口没有发现沈小舟,她在这一段路上消失了。有几种可能?"

这段路是沈小舟从吴波车上下来的地点。

石强锋说:"又叫了辆车?"

连海平说:"看手机记录,她没有再叫车。有可能拦了一辆路过的出租车。去现场看看吧。"

他们到了现场,站在路边观望着这条沈小舟走过的路。这条路车辆多,挺繁忙。

连海平目光落在不远处的公交站:"也可能上了一辆公交车。这个公交站台有监控吗?"

老郑说:"没有。但是现在公交车上都有监控。这个公交站有九趟车,我去把监控都调过来。"

"嗯,还有19日下午4点,不,3点之后路过的所有出租车,不排除有路边趴活儿的。还有别的可能吗?"

石强锋努力琢磨着。

小齐望着路两边的商铺,还有小区,说:"有没有可能她进了路边什么商店,或者小区里的住家,被杀之后才被凶手转移了?"

石强锋看了小齐一眼,为自己啥都没想到感到一点儿懊恼。

连海平点头说:"有可能,道路两边的所有商铺住户都要排查。还有一种可能,她上了一辆熟人的车。"

石强锋说:"但是她没有再打过电话,这熟人是碰巧路过?不会这么巧吧。"

连海平说:"巧合也不能排除。"

当即开始排查所有的可能性,一直忙到深夜,却没有查到任何线索。沈小舟似乎真的从这条路上莫名消失了。

第二天,石强锋先到了专案组,拿着个食品袋,顶着油乎乎的头发,到座位坐下开吃,吃的是鸡蛋灌饼,边吃边听旁边赵厚刚一组讨论案情。

林子拿着一份报告,抱怨道:"专家给的这个凶手画像,太笼统了吧。男性,二十岁到四十岁之间……独居,有一定经济基础,教育程度较高,从事较为自由的工作……全市这种单身狗得有几十上百万吧,怎么查?"

石强锋悄悄凑到了林子身后,伸脖子看着报告,忍不住插了一句:"经常购买女鞋,从这儿查。"

林子把报告合上,斜了他一眼,鼻子里冒冷气,说:"你以为我们没查吗?锯骨刀这么小众的工具都查不到来源,别说女鞋这种大众产品了。"

石强锋说:"锯骨刀就用买一把,肯定想方设法隐瞒购买信息,女鞋经常买,难免会留下记录啊。还有做脚模是不是要购买原材料,这也是条路……"

林子不耐烦地打断他:"你是指导员?你才查过几个案子?噢,零个……一月一日,圆蛋!你呀,跟着你们队长好好学学,主要是学'话少'这个优点……"

石强锋厚着脸皮继续说:"咱再推个理啊,这个凶手会不会是个残疾,自己少了一只脚?"

"你说得对,说不定少了两只脚,坐轮椅呢……"林子还要接着怼,赵厚刚咳嗽了一声。连海平来了。

连海平带着石强锋出了专案组,一路向外走,穿走廊,下楼梯。

"你对这类凶手感兴趣?"连海平问他。

"嗯,哪个警察不感兴趣?"

"你对这类凶手的认识来自哪儿?"

"哪儿都有。学校里也听过讲座。"

"电影电视上看过不少吧,编的,是挺好看,不过这么多年,我没有见过一起命案是凶手费尽心机,设计得让人摸不着头脑的,也没有一次破案是靠纯粹的推理推出来的。刚当上刑警,都想破大案。其实我们破案,主要靠四个轮子两条腿一张嘴,是枯燥的重复劳动。"

石强锋迟疑了一下说:"我知道。"

他们走出大楼,到了车前。

"去哪儿?"石强锋问。

"沈小舟的葬礼。"

"我们……要参加吗?"

"已经排查了所有出租车、公交车、沿街店铺、小区监控,都没有发现沈小舟。说不定她真的碰上了熟人。"

"你觉得是陈晖说的那个人?"

"不知道,但是说不定凶手会在葬礼上出现。"

"嗯……哎,你这不就是推理吗?"

"不是,是经验。"连海平淡淡地说。

距旭日厂不远,临海一处,景象开阔,有树有花,风景秀美。在场的有沈华章、岳红兵一家三口、杨涛母子和一些相熟的街坊。除了辅导员邓老师,还来了很多年轻的大学生们,另外还有绿诚的副总扈向泽。

"嫂子呢?"丁淑兰悄悄问沈华章。

"在家看着小海。小海最近很敏感,不愿去邻居家待着。"

丁淑兰叹了口气。

家里,沈小海在房间里听收音机,收音机播放着天气预报。他听到了北京,就跟着重复:"北京,小雨转中雨,22到31摄氏度……"

孙秋红在卧室收拾沈小舟的东西,把床上桌子上胡乱堆放的杂物摆放整齐。收着收着,在床角缝隙里发现一只女儿的袜子。

她蓦然想起来上次女儿要找这只袜子。

"唉,在这儿呢,上次找呀找呀找不着,这么大的姑娘了……"

她突然收住了唠叨,好像心里被蓦然插了一刀。她在床上坐下,静静地发呆,手里紧紧攥着女儿的袜子。

海边,沈华章将骨灰倒进一个土坑,种上了一棵小树,敷上土。树上钉了一张铭牌,照片里的沈小舟笑得灿烂。岳红兵在沈华章身旁,帮忙张罗着。

大学生们纷纷放下一朵白花。

邓老师说:"放假了,好多同学是从外地赶回来的。"

沈华章感激地点点头。

岳红兵说:"老沈,给小舟弹一个吧。"

沈华章拿起琵琶,在一块石头上坐下,调音拨弦,弹起一曲《春江花月夜》。他双眼渐渐红了,海风吹乱他半白的头发,把乐声带走。大家站着,安静地听。

扈向泽悄悄走到岳红兵身边,递给他一个厚厚的信封,说:"岳总,帮我转交给小舟家人吧,刚给她父亲,他不要。"

岳红兵看了他一眼:"你是……"

"我是小舟本来要入职的绿诚环保科技公司的,这是公司的心意。"

岳红兵收了,说:"我代他们先谢谢你。"

"不,应该的。请放心,以后有什么困难,我都会尽力帮忙解决。"

扈向泽低声告辞,在琵琶声中转身走开,走了几步,碰上了连海平。

"走了?"连海平打个招呼。

扈向泽有些尴尬,微微一笑:"回去还有个会,只能先走一步。对了,酒店的事情,请您保密。公司就要上市,不想出现什么不必要的花边新闻。"

连海平点了点头,目送扈向泽离去。

《春江花月夜》如泣如诉,连海平观察着每个人。只见杨涛异常悲痛,泪流满面。岳红兵表情沉痛,低头看着地上,不时用手扶一下头上的帽子。岳春夏却没有哭,呆呆的,好像丢了魂儿。

连海平的目光扫到了远处,一个戴帽子的年轻男人站在路边,正向这边张望。年轻人身后,停着一辆白色汽车,跑车的样子。连海平迅速拿出手机,打开摄像,拉近焦距,拍了一张。年轻人却转身上了跑车,开走了。

葬礼结束,大家走向停在路边的汽车。沈华章是坐杨涛的车来的。连海平走过去,拿起手机给沈华章看。

"见过这个人吗?"手机上是刚刚拍下的年轻人照片,离得远,面目不清。

沈华章看了下,摇头,不认识。同行的岳春夏看见了,似乎认出来了,她看了沈华章一眼,犹豫着没有说话。连海平捕捉到了这个表情。

"对了,还有件事儿问你。"连海平和石强锋领着岳春夏走到一边。

没等问,岳春夏就说了:"我见过……那个人。"

"他是谁?"连海平问。

"他叫张昊阳,是小舟的……"

石强锋接口道:"男朋友?"

"不是,他喜欢小舟,但不是男朋友。"

"上次问你,你怎么不说?"石强锋有些不满。

"不是男朋友啊,喜欢小舟的人多了,我们系就有好几个。"

石强锋哼了一声。

"他喜欢沈小舟,沈小舟不喜欢他?"连海平继续问。

"也不是不喜欢,就是……"岳春夏卡壳了。

"那他们算朋友吗?"

"大概……算吧。"

"会一起出来玩儿?"

"有时候……会。"

"那不就是谈恋爱吗?"石强锋说。

"不是的。他想恋爱,小舟不想,所以经常叫上我。小舟都不想让别人知道她认识张昊阳,特别是家里。"

"为什么,他是个富二代吧?"

"就因为他是个富二代。"

石强锋不太理解:"什么意思,富二代还成了短板了?第一次听说。"

岳春夏说:"小舟觉得他……还没长大。"

"他多大,未成年?"

岳春夏摇摇头。岳红兵开车路过,停下车等着。

"你们自己去找他吧。"岳春夏上了车。岳红兵和连海平打了个客气的招呼,开车走了。

"他想谈恋爱,沈小舟不想,这是个强动机啊!多少案子,都是因为这个。"石强锋恍然大悟似的,兴奋地跟连海平说。

连海平却不置可否。

回到大队,张昊阳的情况很快就查到了,他家在本地颇有名气。

"张昊阳,他爸是张墨卿,听说过吧。"老郑递给连海平一份资料。

"谁呀?哪个集团老总?"石强锋问。

老郑说:"书画名家,多少大领导家里都挂着他一张墨宝。"

"艺术家?"石强锋冷笑了一下,"艺术家的儿子还那么庸俗,开什么跑车?"

"不光是艺术家,他还有个生意。"老郑补充道。

一栋别致的二层小楼,门头的牌匾上写着四个字:"玉艺天成。"从右往左写的,大概是张墨卿的手笔。连海平和石强锋在门前停下车。

石强锋看了看牌匾,念道:"成天艺玉……念完这个名儿,我都有点儿抑郁了。"

进了玉器工作室,几名或年轻或年老的师傅在雕琢玉器。陈设的木架上摆放着一些雕好的成品。石强锋凑近一个玉雕观看,问师傅:"这得多少钱?能顶一套房吗?"

师傅看了看他,笑而不答。

一名工作人员带着连海平和石强锋上楼,来到二层的一间办公室。办公室不大,古色古香,大桌子上摆着苹果电脑。张昊阳正坐在桌前发呆,看到连海平他们进来,慌忙起身。

"你们好,是来提货的吗?"张昊阳白皙清秀,穿着鳄鱼Polo衫、休闲裤,看着整整齐齐,不太像个纨绔子弟。不过他右手上缠着纱布,非常醒目。

连海平说:"我们是警察。"

张昊阳脸色变了变。

石强锋说:"手怎么了?"

"……割破了。"张昊阳迟疑道。

两人在会客沙发上刚落座,连海平就开始提问,不给张昊阳喘息的机会。

"你最后一次见到沈小舟是什么时候?"

"……就是那天……她出事儿那天下午。"

"几点钟?"

"……3点左右吧,我去学校找她,她有个社团活动刚刚结束……"似乎每个问题张昊阳都要思考一下,将连海平提问的速度降下半拍。

"找她干什么?"

"她第二天就离校回家了,我想开车送她,她说不用,就分开了。"张昊阳的回答总是有些犹豫,吞吞吐吐,说着说着,眼圈渐渐发红。

"你和沈小舟是什么关系?"

"……朋友吧。"

"不是男女朋友?"

"……不是。"

"你跟沈小舟是怎么认识的?"

张昊阳想了想,好像在组织语言,片刻后说道:"去年我父亲给南方理工大学捐赠了一批书画,在捐赠仪式上,小舟作为学生代表,弹了一首琵琶曲,然后……我们就认识了。"

"认识之后呢,你就开始追求她?"连海平一个问题接一个问题。

"……是。"

"每次都是你约她?"

"对。"
"吃饭、看电影……"
"嗯。"
"给她买过东西吗?"
张昊阳犹豫了一下,说:"买过,她没要。"
"你想进一步确定关系,她不同意,是吧?"
张昊阳点点头。石强锋跟着问了一句:"为什么?"
"因为……"张昊阳犹豫着。
连海平不等他说完,把话接了过去,说:"因为她看不上你? 你这么好的条件,要什么有什么,她父母都是下岗职工,她凭什么? 从去年追求到现在,都不愿跟你确定关系,是遛着你玩儿吗?"
连海平一边说,一边观察着张昊阳的表情。石强锋理解了他在干什么,也注意到张昊阳脸上慢慢有些怒意。

连海平接着说:"愿意跟你约会,吃饭,看电影,不愿意跟你更进一步,我不太理解这女孩儿是怎么想的……"
"请不要再说了……"
"这不是打击你的自尊吗,给你持续的心理劣势……"
石强锋插嘴道:"就是精神控制!"
"不是! 她不是那种女孩儿,是我配不上她!"
连海平步步紧逼:"是她说的吗,你配不上她……"
"不是! 不是的,她从来不会对我说这样的话! 是我不成熟,没主见,从来不知道自己想干什么,她不会喜欢上我这样的人!"
连海平停止了追问,望着张昊阳。他脸色苍白,嘴唇发抖。
"沈小舟被杀那天晚上,你在哪儿?"连海平终于问道。
"……跟几个朋友在一起。"张昊阳说。
"在一起干什么?"
"喝酒,喝了一晚上。"
"心里难受?"
"对!"
石强锋说:"不就拒绝了你送她回家吗,至于吗?"
"因为她之前跟我说过,以后不想再跟我见面了!"
石强锋有些讶异。连海平很快问:"之前是什么时候?"

"6月7日。"

"6月7日……沈小舟的生日?"连海平很快想到了这个日期的意义。

张昊阳点点头。

连海平说:"那天……你向她表白了吗?"

张昊阳惨然笑了笑,说:"我真他妈蠢,不说那些蠢话,本来还能继续做朋友……"

石强锋说:"那你19日那天还去找她?"

"我想见她,我忍不住。你们不会觉得是我……我就是杀了自己,也不会伤害她!"张昊阳终于绷不住哭了。

连海平等他情绪稍稍平缓了些,说:"19日晚上跟你一起喝酒的所有人,把名字给我们。"

问完了话,连海平和石强锋离开玉器工作室,上车返回。

"他是装的吧,演得挺像那回事儿。"石强锋评价道。

连海平没吭气。

石强锋又想起了什么,眼睛一亮:"对了,19日下午他见过沈小舟,要是之后他没走,悄悄跟着沈小舟呢?所以沈小舟在那条路上,怎么那么巧碰见一个熟人,就能解释了!"

"查查监控里有没有他的车就知道了。"

连海平的手机忽然响了,来电显示是江明滟。她一般不在上班时间打电话,他蹙了蹙眉,接了。一接通,就听见江明滟焦急的声音:"快回来,小树出事儿了!"

第四章

第5章

  石强锋开着车,往花园路交警队赶。
  "靠边停,你先回队里。"连海平脸色阴沉,指了指路边。
  "我送你去,花园路交警队,我知道在哪儿。"石强锋没停。
  "不用,停车吧。"
  石强锋努力说服:"送你去,我又不进去,在外边等着。我先回队里,咱们再会合,一来一去十公里呢,给队里省点儿汽油吧。"
  连海平没有再坚持。
  二十分钟后,石强锋开车赶到了花园路交警队。他在大门外停下车,连海平下车朝里走。石强锋笑了笑,饶有兴趣地观望着。
  连海平刚进院,就看见一辆特斯拉开出来,车头上有撞击痕迹,开车的是个中年男人,虎着脸。
  交警队办公室里,办公桌后面坐着一名中年交警。江明滟陪着连江树坐在条椅上。看见连海平进来,江明滟站起来,松了一口气。连海平扫了儿子一眼,只见连江树垂头丧气。交警和连海平握了手,挺和气。
  "滨海大队的吧?事儿都说清楚了,车是他开的。其他两个孩子,家长已经领走了。修车的费用,对方是打算走保险,还是怎么的,你们跟他们商量。"
  连海平说:"好,谢谢。"
  连江树嘀咕了一句:"那别我们车的那个怎么办?"
  连海平不解。交警说:"说是有辆车突然变道,别了他们的车,才撞到了路边。放心,已经调取了行车记录仪的录像,查到对方车牌后,也要追究对方的责任。但是你毕竟是无证驾驶嘛,按规定,未满十六周岁,免予拘留,罚款二百。"

连海平点头。

交警又说:"都是警察,这个批评教育,你看是你来还是我来?"

"你来,别留情面。"

"开个玩笑,已经批评教育过了。警察子女,尤其要守法,要给别的孩子起到表率作用,对吧?"

连江树低头不说话。江明滟说:"树儿,答应一声啊。"

连海平脸色更难看了。

出了交警队,连海平沉着脸一路走到院门口,江明滟母子跟着。连江树走得慢,他妈拉扯着他。

连海平停住脚,说:"从今天起,一直到开学,辅导班接送,其他时间不准出门。"

连江树说:"我要去姥姥家住。"

"什么?"

"我要去姥姥家!"

"不可能!"

"你天天不在家,你管我呢!"

江明滟劝架:"你俩别吵了!"

连江树扭头就走。连海平气急,压着火气跟江明滟说:"把他带回去,晚上再说。"

"晚上也不许吵!"江明滟扔下话,匆忙去追儿子。

连海平又叮嘱道:"以防万一,带他去医院做个检查。"

石强锋一直坐在车上看戏。他看连海平走回来,上了车,冲着离去的连江树努了努嘴,调侃道:"你儿子?不太像你,挺有性格嘛。"

"开车。"连海平冷冰冰地说。

"你刚才……是发火吗?头回见。工作中太冷静,总是冷处理,一回家火蹭上来了,有气都跟亲人撒,这可不太好。"石强锋有点儿贫嘴。

连海平慢慢扭过脸,冷冷地看着石强锋。

石强锋说:"你看,又冷处理,想骂就骂,我无所谓。"

连海平说:"你说完了吗?"

"我就是随便说说。张昊阳那几个人证的资料发过来了。要不你先处理家事儿,我叫上老郑他们去问?"

"走吧。"

第一个人证在滨海高尔夫球场。阳光下,球场绿草如茵,朝尽头远望,能望见蓝色大海。连海平和石强锋找到人时,这个年轻人正在挥杆打球,对警察的来访毫不在意。

石强锋转头四顾,故意装作十分艳羡的样子:"咱们这儿还有这么好的地方?对外开放吗?"

年轻人说:"开放啊,交会费就行。"

"多少钱?"

"不知道,我只管玩儿,不管钱的事儿。"他挥出一杆,把球打飞,自己颇为满意,又放上一个球。

"6月19日晚上你在哪儿?"连海平打开笔记本,开始提问。

"杀人案那天晚上吧?喝酒。"

"张昊阳在吗?"

"在。就是为了他喝的,失恋了嘛。"

"在哪儿喝的酒?"

"一个哥们儿家。"这一杆打得不好,他骂了一句,又放上一个球。

连海平说:"具体地址。"

年轻人摆着动作,手里的杆一起一落比画着,捞鱼似的瞄准着,说:"不知道,谁还记门牌号啊。"

"谁家?"

"忘了,我跟着去起哄的,管谁家呢。"

石强锋有些气愤,上前用脚挡住球的去路。

"别捞鱼了,问你话呢。"

"请让开,我是证人,又不是犯人,我没义务回答你。让开,不让我可打了!"

石强锋看了看连海平。连海平没表态。

"打,不算你袭警,打吧。"石强锋怂恿他。

"哎,不要这样……"连海平劝了一句,不过语气并不是很坚决。

年轻人气哼哼地瞪着石强锋,突然挥杆打了下去。石强锋瞬间抬脚,朝着球杆正中踩下去。下一秒,一个折弯的高尔夫球杆远远飞了出去。

离开球场,连海平和石强锋上了车。

连海平说:"注意影响,下不为例。"

石强锋说:"反正球场有监控,他先动手,讹不着我,不抓他算他走运。这帮富二代,谁惯他们呢。"

专案组白板上贴了被害人王一珊和贾贝贝的照片,林子正在向赵厚刚汇报调查进展。他指着最新被害的绿脚趾姑娘贾贝贝,说:"这个贾贝贝啊,今年2月才来到本市,在本地也没什么亲戚朋友,一直在找工作。在一个饭馆,是个日料店,当过服务员,干活不上心,啥也学不会,很快就被辞退了。平时喜欢拍一些生活小视频发到网上,点个外卖,买个小东西装饰一下出租房,化个妆啥的,都拍。"

贾贝贝的抖音小视频,投到了电子屏上,这女孩儿把生活的点点滴滴都发到了网上。林子给赵厚刚看一个视频,是女孩儿拍自己用热水盆泡脚。脚指甲染成了绿色。

林子说:"我们正在追查翻模原材料的来源,查了线上线下的零售渠道,深圳、东莞和山东的生产厂家,目前都没有结果。"

大家沉默了一会儿。赵厚刚说:"这凶手有点儿本事,反侦察意识挺强。"

"很强啊,现在监控这么多,贾贝贝最后是在哪儿遇上凶手的,都查不到,根据她最后的行动路线,大概率是在海边跟凶手走的。"林子有点儿愤愤。

赵厚刚眉头一皱:"王一珊最后消失的地点,应该也是海边。"

刑警小杨搬着一摞硬盘走进来,放在桌子上,嚷嚷道:"石强锋那个笨招,咱们还真听啊。"

林子说:"怎么是他的招儿?专家说的,咱们本来就得查。"

赵厚刚看着那些硬盘。林子解释道:"专家指出,凶手可能会经常购买女鞋。我们排查排查各大商场专卖店的鞋类专柜。"

"这是全市的?"

"差得远呢,这也就十分之一吧。好在真没几个自己一人去买女鞋的男性!"

赵厚刚沉吟着:"贾贝贝被害前,有没有借过高利贷?"

小杨说:"她被害前不久,账户确实多了一笔钱,两万现金,还没来得及花呢。"

赵厚刚眼睛一亮:"马上提审高利贷团伙!"

先提审的男犯人叫老刁,上次追逃抓回来的案犯之一,老刁脸上还青肿着。

林子把贾贝贝的照片给老刁看。

"认识她吗?"

老刁看了一眼,眼珠子转了转,好似认出来了,然而嘴里说:"不认识。"

林子说:"老刁,知道为什么审你吗?赵警官骨折了,这是重伤。"

老刁似乎很委屈,说:"不是我打的呀!"

林子继续给他算账:"锤子是你买的呀,你支付宝付的账,你是凶器提供者。抓捕的时候,虽然你是第一个缴械的,可除了动手的那一个,说不定你比其他人还得多坐个三年五年……十年八年的,亏吧?太亏了!"

老刁很沮丧。

赵厚刚把照片推到他面前:"再看看,认识吗?将功抵罪,还有机会。"

老刁咽了口唾沫，说："见过。超过一万的现金，必须经过老鲨的手。人是老鲨叫走的，后来发生了什么事儿，我不知道。"

商业区一栋写字楼外，连海平和石强锋讯问第二个证人，也是个年轻人，富二代，然而看起来像个在公司上班的小白领，正端着杯星巴克喝着。

"你还上班呢？"石强锋好奇地问。

小白领说："对，一家广告公司。"

"你爸的公司？"

"不是，我将来想开个广告公司，先体验一下。"

这个年轻人给他的印象还行，石强锋脸色缓和了些。

连海平问："6月19日晚，是在你家喝酒吗？"

"对，在我那儿，我自己住。"

"喝到几点？"

"1点多吧，那天早上差点儿没起来。"

"张昊阳手上的伤怎么回事儿？"

"噢，喝晕了，酒瓶割破了。不然还散不了呢。"

连海平嗯了一声。

小白领说："你们怀疑张昊阳啊，他不至于的，在圈儿里他可是个五好青年。"

"是吗？"连海平反问道。

"你们不知道吧，张昊阳很小的时候，爸妈离婚，他跟着他妈。上高中的时候，他妈去世了，他爸一直没生出儿子来，又想和好，把他接回来了。他虽然也像我们似的，没有后顾之忧了嘛，但是很规矩的，一点儿不张扬，他妈把他教育得蛮好。最开始他爸带他参加各种聚会，他特别放不开，后来才好一点儿，愿意跟我们玩儿了。我们都知道，他有个苦苦追求的目标，就是那个……女大学生，我们都没见过。但是以他的性格，见到虫子都不踩，别说杀人了，不可能。"

问完了这个富二代，他们重新上路。

石强锋说："这个富二代不太像富二代，还上班打卡！"

"你觉得他的话可信吗？"连海平问。

"我看……还是先抱怀疑态度。"石强锋有长进。

"下一个是谁？"

石强锋看看名单，哼了一声："见过……不是个好东西。"

李达达的公司不大，装修得很有格调，看不出是做什么贸易的。

办公室里，李达达和连海平、石强锋相对而坐。石强锋抱着胳膊，横眉冷目。李达达态度和气,虽皮笑肉不笑的,但很有礼貌,跟上次见面大不一样。

连海平则心平气和,拿起桌子上的名片,先聊两句:"进出口……都卖什么?"

"看我的兴趣吧。"李达达扬起手里的电子烟,"比如这个……"又指指他们坐的沙发,"那个……"他抬起脚,指脚上的鞋,"这也是……这房间里的,基本都是。凡是我喜欢的,就要,我想生活得舒服点儿。"

石强锋冷笑了一下。

李达达说:"还有那天晚上喝的酒,也是我拿的。"

连海平说:"你等于是这个小圈子里的头儿,是吗?"

"算不上,大家认可我吧。"

"你跟张昊阳关系怎么样,了解多少?"

李达达抽了一口电子烟,说:"都是哥们儿,不想背后议论他。但是既然您问了,我就说说吧。昊阳呢,人很好,就是……挺软弱的。回到他父亲身边以后,生活环境突然变了嘛,他挺无所适从的。大学读的是……工商管理?他爸想让他接班,但他对书画玉石那一套不感兴趣,又不知道自己想干什么,很迷茫。然后,他认识了沈小舟,是叫沈小舟吧?"

连海平问:"你见过沈小舟吗?"

"没有。昊阳不舍得给我们见,护食儿。"李达达笑起来,石强锋又瞪了他一眼。

李达达收了笑,接着说:"开玩笑。但是他说过,他特别依赖那个女孩儿。他无所适从的时候,沈小舟给了他很多鼓励。用昊阳的话说,那女孩儿就像个小太阳,一看见她,心里就亮了。"

连海平说:"你跟张昊阳关系很近吗?他跟你说这么多心里话。"

"我跟他有共同点,我也很迷茫啊。这个公司,就是迷茫的产物。"

石强锋说:"你是想说,富二代也不好当吗?"

李达达看看石强锋,说:"对了,上次的事儿,我正式跟二位警官道个歉。抱歉给您看到了我病态的一面,现在吃了药就好了。"

他彬彬有礼地微笑着。石强锋不知道李达达这话是讽刺还是真心的。

连海平回到家,发现江明滟自己坐在客厅沙发上,餐桌上没有晚饭。连海平感觉不对劲儿,走到儿子卧室看了一眼,没人。

"连江树呢?"

江明滟说:"我让他去姥姥家了。"

连海平有点儿生气:"不是说了不准去吗?"

"他说了,坐牢也到姥姥家去坐。就让他去吧,我爸说话他听。你俩一见面就吵,他都这么大了,记仇了怎么办?"

"我是为他好。"

"他不觉得呀,他认为你看不上他呢。"

"我不信他这么糊涂。我去找他回来。"连海平转身要走,江明滟赶紧拦。没走两步,连海平的手机响了,他接起来。

白天见过的那位交警在电话里说:"老连吧,我是花园路交警队老贾,有个情况跟你说一下。你儿子开车时,是有辆车突然变道,恶意别车,但是我们查了对方车牌,是假车牌,所以还需要进一步调查。"

连海平有些诧异:"能给我发一张照片吗?"

"没问题。"

连海平挂了电话,查看老贾发来的照片,觉得这辆车的车型似曾相识——很像跟踪陈晖的晚上,在后面跟随的那辆车。他皱眉思索着,摇了摇头,感觉太凑巧了点儿。

江明滟问:"谁呀?"

"没事儿。跟他姥爷说,这几天别让他乱跑。"连海平坐下了。

江明滟松了口气,笑了:"答应了? 我给你做饭去!"

鲲哥脸色阴沉,推门进入KTV包房。花弟正搂着个女孩儿,拿着麦克风吼着一首情歌。见鲲哥进来,花弟连忙松开女孩儿,毕恭毕敬打招呼。鲲哥示意女孩儿出去,女孩儿乖乖离开了。

"你对连海平的儿子动手了?"鲲哥面无表情地问。

"就吓了他一下,给连海平找点儿麻烦嘛,看他懂不懂了……"

鲲哥伸手从花弟手里夺过麦克风,照着他脑袋砸了下去。一下,就出血了,鲲哥又接连砸了几下,麦克风变形了才丢到地上。

花弟捂着头,也不敢呼痛,说:"鲲哥,我做错了?"

"你怎么不直接干掉连海平?"

"他是警察呀,那麻烦太大了……"

"动他的家人,结果是一样的。"

"那……"

"以后一切听我安排。接着唱吧。"鲲哥说完出去了。

大早上,天还没亮起来,孙秋红就起床了。

她把蚵仔煎小吃车擦洗了一遍,直到干干净净,光可鉴人。

擦完了车,孙秋红进厨房准备早餐,快手快脚地切菜熬粥。厨房里还放着几个做蚵仔煎的备料桶,她打开一个,里面是海蛎子。她一个个拿起,检查着海蛎子的鲜活度。

一家三口坐在餐桌旁吃饭,孙秋红看沈华章放下了筷子,小心征求他的意见。

"今天我想出摊儿去。"

沈华章像没听见似的,嗯了一声,就要起身。

孙秋红又说:"你跟我去吧,不用帮忙,看着小海就行。"

沈华章像刚听清楚,盯着孙秋红看了几秒钟,没说话,摇了摇头,走开了。

孙秋红被他看得心虚,拿着筷子的手抖了抖,问小海:"小海,跟爸爸在家,好吗?"

沈小海愣了一下,使劲儿摇头。

菜市场路边,孙秋红支起了蚵仔煎小吃车,开张了。沈小海在摊子后边坐着。

有行人路过,打招呼:"出摊儿了啊。"

"出摊儿了。"孙秋红忙活着。

行人走了两步,又拐回来了:"给我来一个。"

孙秋红答应了,赶忙把剥好的海蛎子肉和上红薯粉、鸡蛋、葱花等配料,调匀了在铁板上油煎。她虽动作麻利,但一个人有点儿忙不过来。

"抱歉啊,就我一个人,慢点儿。"

"没事儿,好吃不怕晚。"

四周渐渐有越来越多的人认出了孙秋红,买菜的、带孩子的,都是街坊邻居。他们望着孙秋红,小声交流着,目光中有着老百姓天然的怜悯和同情。他们一个个走过来,都要买。围的人越来越多,孙秋红得先剥海蛎子再做,忙乱不堪。

"好嘞,好嘞,抱歉啊,您得等等。"

"没事儿,不着急,你慢点儿,别划着手。"

有人认识沈小海,从自己买来的吃食里拿了东西给他吃。

"小海,吃个果冻,拿着。"

一个老太太问孙秋红:"你家老沈呢?怎么也不来帮把手?看把你忙的。"

"他……帮不上忙。张姨,你不是不吃这个吗?"

"我……给老头子带一个回去。"

孙秋红知道了大家的好意,埋头干着活儿,转过身的时候,用袖口抹了抹眼睛。

专案组,石强锋吃着鸡蛋灌饼,站在白板前,研究着赵厚刚那组的被害人资料。他好像看出了什么,凑近了看,伸手指点着贾贝贝照片下面的资料。

"这个……"

"别摸啊,你那油手。"林子马上呵斥道。

石强锋收回手,走回连海平这边,拿起手机查了查地图,更确定了。他看了看赵厚刚他们,小声跟连海平汇报自己的发现。

"被害人贾贝贝在一家日料店当过服务员。樱之屋,跟张昊阳那个玉器工作室在一条街上,距离不到500米。"

"樱之屋?"连海平皱了皱眉。

"对,这么贵的地方,张昊阳肯定上那儿吃过饭吧?"

"去跟赵组长汇报一下。"

"这咱们的嫌疑人……"石强锋不太情愿。

连海平说:"去吧。"

石强锋只好站起来,走到赵厚刚那边,指着白板,低声汇报自己的发现。听石强锋说完,赵厚刚点头说:"知道了。"

林子却不以为然:"一条街就一定吃过饭?"

连海平接口道:"张昊阳办公室垃圾桶里,有樱之屋的餐巾纸。"石强锋惊讶地看了连海平一眼。

林子说:"那可能是叫的外卖嘛。"

赵厚刚头也不抬,不冷不热地说道:"谢谢啊。我们继续把高利贷这条线蹚到底。张昊阳你们已经在查了,就接着查。"他结束了这个话题。

赵厚刚的态度,让连海平有些尴尬。

孙秋红在小吃摊忙得连轴转,一抬眼,张姨把沈华章带来了,几乎是押着来的。沈华章脸色不好看,不愿来又懒得跟老太太争论的样子。

"人给你叫来了。帮帮她,本来就是两个人的活儿!小海,跟我来,去我家玩儿,别碍你爸妈的事儿。"老太太招手叫小海,沈小海看了看他爸,起身跟张姨走了。

沈华章冷冰冰地看了摊子一眼,走到沈小海腾出的地方坐下了,也不动手,就看着。

孙秋红说:"你不用动,这就差不多了。"

沈华章没打算动,看着孙秋红忙前忙后,脸上渐渐浮起一个冷笑,说:"小舟的案子还没破,凶手还没抓到,还有心情做生意?"

孙秋红听见了,手抖了一抖,也不辩驳,只管低头干活儿。

沈华章又说:"看他们都高高兴兴的,该吃吃,该喝喝,小舟没了啊,她什么都吃不上了。"

孙秋红还是不说话。

沈华章声音高了起来："她走了才几天？我就想清清净净地想着她,行不行？我们马上就要饿死了吗？为什么要急着挣几个臭钱！"

他踹了一脚,把一个备料桶踹翻了,红薯粉撒了一地,面粉飞扬。

群众吓了一跳,纷纷劝解："老沈,干什么你！疯了吗你？"

沈华章干脆把剩下的桶都踢了,狠狠地说："对,我就是疯了,疯了才好呢。"作践完了,他抬腿走了。

群众安慰孙秋红："唉,这老沈……算了,他也是心里难受,撒出来也好。"

他们七手八脚地要帮孙秋红收拾,孙秋红劝住大家。

"不用不用,我自己来,今天对不起了,不卖了,大伙儿都回去吧。"

不远处,岳红兵提着一兜子蔬菜,站在路边远远看着。刚才那一幕他显然都看到了,他没有上前劝解,反而下意识地往后躲了躲,掉头走去,目光中似有愧意。

人都散了,孙秋红独自默默收拾着地上的东西。她蹲在摊子后面,打扫了红薯粉,又将洒了的海蛎子捡回桶里。

小吃车挡住了她,把她暂时与世界隔开。孙秋红机械地收拾着,突然,她用肩上的毛巾捂住嘴,汹涌地哭了起来。这是女儿死后,她第一次痛哭,然而也只能压抑着,把哭声闷在毛巾里。

菜场上人来人往,没人注意到摊子后面的这位母亲。

专案组,连海平掰下一块茶饼,放进嘴里一边慢慢嚼着,一边翻看着自己的笔记本上,这些天来的走访记录、沈小舟的时间线等等。似乎太疲惫了,他眼神有些散,搓了搓脸。

连海平又去了那个野滩,提着四个负重沙袋走向大海。他戴着沙袋,奋力游着,劈风斩浪。游累了,他立起来踩水,大口喘着气,望着夜空下的海面。海水消耗了他的体力,然而好似暂时洗去了他的疲惫和烦扰,集中了他的精神。他眼神渐渐聚焦,似乎灵光一闪,想到了什么。

第二天,连海平和石强锋又去了南方理工大学。

进了校门,连海平观察着两侧道路,在找什么东西,他边走边说："沈小舟从社团活动出门,到大学西门叫车,中间有二十五到三十分钟的时间。按正常步速,从社团阶梯教室走到大学西门,十分钟就够了,至少还多出了十五分钟时间。"

石强锋说："不是跟张昊阳说了会儿话嘛。他要送,沈小舟不让送什么的。"

"十五分钟,能说很多话。"

连海平在笔记本上画了个路线草图,抬头寻找道路两旁所有的监控探头。见到一个,就在草图上标记下来。

第五章

"这是从阶梯教室到学校西门的路。"到了大学保卫处,连海平把路线草图给工作人员看,"把6月19日下午3点以后,这条路线上的所有监控视频都调出来。"

工作人员说:"有几十个呢。"

"二十三个。"连海平说。

连海平和石强锋一人一台监视器,挨个检索监控视频。石强锋看得眼睛发酸,不时揉着眼皮。连海平把茶饼递过来,石强锋看了看,掰了一块放进嘴里,嚼了两下后,一咧嘴把茶渣吐到垃圾桶里。

"怎么这么苦?这茶叶多少钱一斤?超不过十块钱吧。"

"便宜,提神就行。"

连海平换了一个视频文件,接着看。很快,他说了声:"有了。"

石强锋闻听,凑过去看。视频中,沈小舟和张昊阳走在一条人来人往的校园主路上,张昊阳看到走来的沈小舟,迎了上去。两人打了招呼,说了几句话,沈小舟看起来要走,张昊阳拉了她一下。沈小舟朝一边看了看,示意张昊阳跟她来。然后他们走出了视频范围。

连海平看了一眼草图,点了点另一个角度的监控。

石强锋找到这个视频文件,打开来。只见视频中,沈小舟和张昊阳离开主路,走进了路边树篱后面的小花园。沈小舟的身影被树丛挡住了,张昊阳也被挡了不少。然而看得出,张昊阳越来越激动,不时有肢体动作,好像在央求沈小舟,几乎要下跪似的。终于,沈小舟离开了花园,只剩下张昊阳。他呆呆地站着,发了会儿愣。

连海平盯着他看,突然看见张昊阳走到一棵树跟前,发疯似的用力击打树干,打了很多下。张昊阳转过身,迎着监控探头的方向走来。

连海平停住了视频,望着显示器上张昊阳的脸。虽然不太清晰,但仍能看出他的怒意,和他们上次见到的那个气质温和的年轻人判若两人。

连海平和石强锋回到专案组,老郑和小齐马上汇报。

"找到了!"小齐指点着地图上那条沈小舟消失了的街道,"19日下午4点09分,沈小舟从这儿走过,在这条路上消失了。4点12分,张昊阳的车也通过了这个路口,四分钟之后,4点16分,从另一头的路口过去了。"

"沈小舟半道从吴波的车上下来,正愁接下来怎么走,张昊阳就出现了,沈小舟会不会上了他的车?"老郑说。

线索再次指向了张昊阳,大家对视一眼,有些兴奋。

连海平和石强锋马上赶到"玉艺天成"玉器工作室。工作人员这次没带他们上去,而是小心地指了指楼梯,让他们自己上。

两人刚到二楼,就听见一个男人沉声呵斥的声音,听起来应该是张昊阳的父亲,书画协会会长张墨卿。

"年轻人,要有精气神,可以活得浓墨重彩,也可以活得清新淡雅,但是不能丧了气,失了神,你给我打起点儿精神来!"

"训儿子还训出排比句来了。"石强锋就要去打断。

"等一下。"连海平拦住了他。

"咱们是查案,不用等他训完吧。"

"听听,可以侧面印证他们口中的张昊阳到底什么样。"

石强锋鼻子里哼了一声,抱着胳膊倚着墙听。

只听张会长说:"不想干这一行,可以,我给你资金,你想干什么就去干什么,你有目标吗?"

张昊阳没有回答。

"没有是吧?那就把心收回来,路给你铺好了,接着走啊!有麻烦我帮你清扫,有坎儿我帮你蹚平,你是张墨卿的儿子,把腰给我挺起来!"

石强锋说:"当爹的怎么都是这一套?该管的不管,不该管的都管。"

又听张会长说:"你看看你,六神无主,失魂落魄,如丧家之犬,你能不能有点儿出息?"

听到这儿,连海平抬脚走到办公室门口,敲了敲门。

张会长在里面说:"进来。"

进了办公室,空气里似乎还飘着张会长的怒气。

"张会长,我们是警察,有个案子,需要请张昊阳跟我们到局里去协助调查。"连海平客气地表明来意。

"有事儿不能在这儿问吗?"张会长穿着考究的中式服装,保养得当,看起来颇有书画家风范。

"依法传唤。"石强锋直接拿出传唤证递了过去。

张会长看了看传唤证,说:"这个事情,我跟李局确认一下。"

石强锋说:"我们分局没有姓李的局长。"

"市局。"张会长拿出手机,要打电话。

张昊阳却抬脚向门外走去,说:"走吧,我跟你们去。"

张会长叫道:"站住!"

张昊阳没停步,走了出去,石强锋跟着出去了。

张会长留住连海平,说:"请留步。有个情况告知你一声,张昊阳有先天性脑血管狭窄,问话的时候请注意措辞,不要让他太激动,可以的话,我请一名医生随时候着。"

连海平有些意外,淡淡回答:"您随意,我们不会比您的措辞更激动。"

回到警队,连海平、石强锋立即审讯张昊阳。

连海平态度很和气:"请你再说一遍6月19日下午和沈小舟见面的情况,从头到尾都说了什么话,双方是什么反应,完整复述,不要有遗漏。"

张昊阳却沉默不语,好像连开口的力气都没了。

"那咱放电影吧,你配音就行了。"石强锋打开显示器,放起那段沈小舟和张昊阳的监控视频。

张昊阳看了一眼,目光马上被吸引过去,盯着视频中的沈小舟,似乎不愿意放过每一秒。连海平观察着他的表情。放到花园段落,看不到沈小舟了,只能看见他自己,张昊阳似乎很失望。

一直放到张昊阳挥拳击树,石强锋暂停了视频,说:"沈小舟跟你说了什么啊,看你那个杀气腾腾的样子,伤你自尊了?不会比你爸说的还难听吧?那肯定生气!"

张昊阳又沉默了一会儿,终于开口,说:"我没生气,我就是想跟小舟聊聊,让她忘了我生日那天说的那些蠢话,我们重新开始,还做朋友。可是她觉得,还是不见面的好。她知道,只要我还能见到她,就做不成普通朋友。我……很绝望,所以有点儿激动。"

连海平说:"是很激动吧,你脑血管有问题,还这么激动,不想活了吗?"

张昊阳惨然笑了笑,没说话。

连海平又问:"沈小舟知道你这个病吗?"

"知道。"

"是不是因为这个,所以不愿接受你?"

"如果不是因为这个病,她可能早就不见我了。"

"和沈小舟做朋友,就那么重要吗?"

张昊阳深吸了一口气,说:"小舟……是我的精神支柱。你们大概也听见了,我爸觉得我是个废物,我自己也没什么可反驳的,我确实不知道自己想干什么,小舟一直在鼓励我,去尝试不同的路。"

他沉默了一会儿,说:"现在小舟没了,什么路都无所谓了。"

连海平问:"那天下午你和沈小舟分开之后,走了什么路?"

"回家的路啊。"张昊阳不大明白。

"你和沈小舟走了同一条路,你一直在跟着她吗?"

张昊阳很吃惊,说:"怎么会呢?我根本不知道她要去哪儿。"

连海平示意石强锋打开下一段视频,是张昊阳的车通过两个路口。

"沈小舟在这两个路口之间消失了,她上了你的车吗?"

"没有……"张昊阳呆呆地看着视频,好像突然明白了什么,"你是说,我本来能接上她?"

他好像胸口遭受了一下重击,骤然缩起了身体,似乎无法承受突如其来的痛苦。极度的痛苦中,张昊阳突然笑了笑,这个笑有点儿让人毛骨悚然。

问完了张昊阳,没什么突破,石强锋和连海平出了讯问室。

"要么是真的,要么他也装得太像了。你信吗?"石强锋不甘心。

连海平说:"不要主观判断。人先拘着,去办搜查证吧。"

"搜哪儿?他的车?"

"车,住处,办公室,所有地方。"

石强锋回到专案组,看见赵厚刚一组正聚在白板前面。

"有动静了,这是经五路建设银行自动取款机上的探头。"林子把一张照片贴到白板上"老鲨沙宏利"的名字下面,是一张监控视频截图,ATM机上的,一个戴着棒球帽和口罩的男人。

赵厚刚问:"是沙宏利吗?"

"认不出来,但是……"林子贴上第二张照片,也是一张监控视频截图,是街道场景,林子指着照片里的一辆车说:"银行外面发现了沙宏利的车。"

赵厚刚点点头,说:"露头了就好办,撒网吧,加班加点,用最快的速度找到他。"

林子看见石强锋,调侃道:"加班,抓人,来吗?"

石强锋有点儿羡慕似的,到一旁坐下。

"我们……有任务。"

旭日厂居民区里有个小超市,门前宽敞,总聚着人,大部分是中老年人,有下象棋的,打牌的,喝小酒的,还有个理发的,竖着一片硬纸板,上面写着"理发八元",这里是街坊闲人的一个据点。

金杯面包车在超市门前停下,杨涛下了车,打开后厢门,走向小超市。超市店主是个五十来岁的男人,就在门口坐着,跟杨涛打了招呼,站了起来。

"十箱够不够?不够我再给你进。"

"够了。不大办,摆不了几桌。"

杨涛和店主走进超市,一人搬了一箱白酒出来,放进面包车后厢。放下酒,杨涛皱了皱眉,紧了紧腰带。

"腰怎么了?"

第五章

"前几天搬东西,没吃住劲儿,闪了一下。"

闲人们听见了,马上打趣。老窦说:"大小伙子闪着腰,那得搬多重的东西,搬的是不是人?"

杨涛脸色变了一下。

老窦又说:"是不是往床上搬媳妇儿闹的?"

老包说:"听说新媳妇儿是大学生,你高中毕业了没有?怎么高攀上的?"杨涛不愿意多说,不搭茬,只来来回回搬酒。

老窦说:"大学生怎么了,咱们厂出的大学生多了……"

老包突然示意,让他别再说了,他们看见沈华章走了过来。大家都小心起来,不再乱说话。沈华章不再是往日整洁清朗的模样,头发乱糟糟的,胡子拉碴。他走进超市,拿了一瓶白酒出来,就在超市门口坐下,拧开瓶子喝了一大口。

杨涛跟他打了个招呼,看着他手里的酒瓶。

"沈叔叔,您……现在喝太早了吧。"

沈华章随意地摆摆手,让他别管。

杨涛无奈,说:"家里还有事儿,那我就先走了。"

他上了车,又看了一眼沈华章,开车离去。

沈华章又喝了两口,脸色发红,长出了一口气,居然笑了笑。

店主说:"老沈,别喝了,回家吧。"

"家?哪有家?"沈华章站起身,走到理发的破椅子上坐下,叫理发的,"给我剃个光头。"

理发的看看沈华章的头发,说:"你喝多了,我可不敢剃,你酒醒了找我麻烦呢。"

沈华章伸手拿起工具盒里的推子,打开了,朝着自己脑门上推去。推子过处,留下一条白色的沟。大家都看得有点儿傻眼。

沈华章把推子扔给理发的。

"剃吧。"

冯大队在办公桌后面坐着,邱局在门口探进头来,敲了敲门,晃晃手里的乒乓球拍。

"打儿盘?"

冯大队看看他,说:"商量事儿就商量事儿,老打什么球?"

邱局说:"一来一回,就商量清楚了。"

冯大队说:"我可不让着你啊!"

活动室有张乒乓球台,邱局和冯大队分别拿了拍子,两头站好。冯大队发球,开打。冯大队是横拍,攻势威猛,邱局是直拍,刘国梁的路子。来回几个球,谁都接得住谁,水平相当,都不菜。

邱局说:"上头来电话了,问张昊阳的事儿,听说队里把人拘押了,问理由充分不充分,别过度执法。"

冯大队说:"要是连海平觉得充分,那肯定充分,还有谁比他更严谨?"

两个人你来我往,各有输赢。

邱局说:"连海平申请搜查张昊阳住所、汽车,但是房子和车子都在他爸张墨卿名下,上头说形势有点儿敏感啊。"

冯大队说:"有什么敏感的,上次张昊阳交代案发当天见到沈小舟的情况,没说实话嘛,实际情况是,两个人有冲突,张昊阳情绪激动,很可能跟踪了沈小舟,搜查他有理有据,敏感个屁呀!"

冯大队一记猛扣,得分了。邱局收起了拍子,准备休战。冯大队不让走。

"哎,接着来,我马上就赢了。"

"我签字去。"

"不差这一个球。"

邱局站住,瞄了瞄冯大队,突然发了个刁钻球,冯大队没接住,下网了。

"这是什么招?我怎么没见过!你还藏有绝招啊你?"冯大队有点儿气急败坏。

"无他,唯手熟尔。"邱局笑呵呵地走了。

张昊阳公寓里,一只孤独的扫地机器人在宽敞平滑的客厅地板上游走着,一只戴手套的手关掉了它的开关。

连海平直起腰,观察了一下这套宽敞的公寓,客厅落地窗对着蔚蓝大海,有一百多平方米,装修得体,干净舒适——然而看起来有些太干净了。

郭大法的看法跟他很一致:"太干净了吧,刚装修过?样板间啊。行,今天看谁本事大。"

勘验人员们全副武装,纷纷拿起装备,各自投入工作。

连海平注意到书架上有个相框,里面是张昊阳与已故母亲的合影。他拿起相框,把后面打开看了一下,没有东西,就放回原处。

石强锋穿着鞋套走到连海平身边,问:"这儿会是第一现场吗?"

"不知道。"

"我们找什么?"

"找所有异常的东西,所有可能和案子有关的东西。"

石强锋耸耸肩,也开始到处翻找。

地下停车场，张昊阳的跑车被警戒带围了起来。另一队勘验人员全副武装，里里外外做着取证。

"郭大法交代了，除了所有的表面，还有所有的缝隙，能够着的都要取证，实在够不着的，看情况申请拆车。"他们打开车门，后备厢，钻进车里，一点儿一点儿地取指纹、验血迹。

张昊阳公寓卫生间里，郭大法仔细提取着浴缸下水口的物证，浴缸一尘不染，像新的似的，下水口一根头发丝都没有。郭大法先用鲁米诺试了，没有血迹。他和连海平对视一眼，摇了摇头。郭大法换了工具，准备动手把下水口卸开。

连海平走回客厅，进入一间卧室，交代正在翻抽屉的刑警："注意找找有没有麻醉药品。"

他走进一间书房，石强锋正从抽屉里拿出几盒药。

"这什么药？都是英文。"

连海平接过看看："抗抑郁药。"

"这你都认识？"

连海平打开药盒查看，每种药都拆开吃过，他皱了皱眉。

石强锋说："他还抑郁？住这么大的海景房，有什么好抑郁的。"

连海平走出房间，进入张昊阳的主卧。扫视一圈后，他走到床边，掀起床品，查看床垫下面各个地方。没什么东西。他拿起枕头，仔细捏了一遍，一个枕头似乎有些异样，他打开枕套，从里面抽出一方丝绢。丝绢上印着沈小舟的脸，似乎是她在弹琵琶的样子。

石强锋凑过来看了看，说："每天晚上贴着脸睡呢，有点儿变态吧。"

连海平把丝绢装进物证袋，交给勘验人员，又去打开衣柜。衣柜里整整齐齐挂着张昊阳的衣服，连海平把每个衣兜都摸了一遍。终于，发现了一条头巾。头巾打了个结，黄黑方格，某著名国际品牌。连海平想到了什么，拿出手机调出一张照片，是从沈小舟走过最后一个路口的监控截取的最清晰的一张照片。连海平把照片慢慢放大，聚焦到她的脑后马尾上，马尾上束了一条头巾，看花色和这条一模一样。

石强锋凑过来看，渐渐醒悟，眼睛慢慢睁大。

"张昊阳后来又见过她！"

连海平举起头巾对着阳光细看，打结的地方有根缠绕着的长发。

石强锋指着这根头发，激动了："这个这个……"

郭大法在门口喊了一声："有了！"

连海平回头，郭大法高兴地举起一个物证袋，里面有几根棉签。

"变色了，有血迹。"

暗潮缉凶
108

回到警队,连海平再次提审张昊阳。

"6月19日下午3点23分,你和沈小舟在南方理工大学校园里分开之后,你又见过她吗?想好了再回答。"

"没有,我真的希望见过。"张昊阳似乎还沉浸在懊悔的痛苦中。

"那你是从哪儿得到这条头巾的?"连海平出示装有头巾的物证袋。

张昊阳看了一眼,有些诧异:"你们从哪儿得到的?"

"你的衣柜里。"

张昊阳呆了一呆,似乎有些失望:"我还以为你们找到了她的。"

石强锋说:"什么意思,这不就是沈小舟的吗?上面有根头发,已经去验DNA了,有什么你赶紧倒,晚了性质就不一样了!"

张昊阳愣了片刻,说:"这条头巾是我第一次送给小舟的礼物,她戴了一次,后来查到价格两千多,非要还给我。我知道上面有她的头发,你们……别弄丢了。"

石强锋说:"她头上戴的呢?"

"是后来在夜市买的,十块钱,她说无所谓,一样戴。"

连海平一直盯着张昊阳的脸,说:"在你住处卫生间浴缸下水口,我们发现了血迹。"

张昊阳有些迷茫,说:"我不知道,我的吧。"

"是你的吗?我看你很痛苦,如果是因为激动失手伤害了她,倒不如说出来痛快些。"

张昊阳看着连海平,渐渐有些愤怒,咬牙说道:"其实判刑、枪毙,我都无所谓,可我不能承认伤害过小舟!"

出了讯问室,石强锋说:"有两条头巾,就这么巧吗?不可能吧。"

"他的逻辑完全自洽,没有自相矛盾的地方。"连海平琢磨着。

"那怎么弄?"

"去核实。沈小舟戴的到底是两千多的,还是十块钱的。"

"问她爸妈?"

"他们分不清,去问岳春夏。"

连海平抬腿就走,石强锋问:"不等郭大法验出结果了?"

连海平说:"血迹应该是张昊阳自己的。如果有沈小舟的,他刚才就交代了。"

一家小饭馆,林子和几个便衣刑警走进来,互相使个眼色。饭馆里有个男人正在吃面,戴着棒球帽,就是ATM机监控中的人。林子和刑警们在男人四周松散地坐下,形成一个包围圈。

男人警惕地抬了抬头,然后放下筷子,拿纸巾擦嘴。事不宜迟,林子打个手势,大家一拥而上。

男人慌忙大叫:"别打别打!我有肝炎!"

林子一愣,男人突然朝下一钻,老鼠似的从桌子下面钻了过去,往门口飞跑。刚跑到门口,赵厚刚吊着胳膊拦住了路。男人还没反应过来,赵厚刚伸出大巴掌,手掌几乎盖住了男人的脸,朝后一推。男人仰天跌倒。

刑警们把他按结实了,七手八脚提溜起来。赵厚刚瞧瞧这个男人,看他气质猥琐,好像跟"老鲨"这个名字很不相称。赵厚刚皱起了眉。

"沙宏利?"

"不是……我还当你是沙宏利!"

岳红兵带着连海平和石强锋走进客厅,面色为难。

"春夏生病了,自从小舟出了事儿,她就天天躺在床上,饭也不怎么吃,工作也不找。"

连海平说:"我们就问几句话。"

岳春夏起来了,神色憔悴,拿着装着头巾的物证袋辨认着,好像很迷茫。

"孩子太虚弱了,头都是晕的,要不让她休息休息,咱们改天行不行?"岳红兵求情。

连海平看看岳红兵,又看看岳春夏。

岳春夏却开口了,说:"这不是小舟的,这是真的。小舟的是夜市买的,商标都拼错了。"

石强锋说:"肯定吗?"

"真的她不戴,说戴了头重脚轻,傻瓜。"

连海平点点头,石强锋很失望。岳春夏眼睛红了,又要哭的样子。

岳红兵赶紧扶起女儿,说:"进屋躺着吧,尽量别再刺激她了,经不住啊。"

连海平二人起身告辞,刚走到院子里,杜莉追了出来,没头没脑地问:"警察同志,'坐地生金'的老板抓住了吗?"

连海平没听明白:"谁?"

"就是非法集资,卷了钱跑了的那个,把我们都坑了!听说跑澳大利亚了,咱们能把他抓回来吗?"

他们听得莫名其妙。岳红兵赶紧走出来,把他老婆拉回去了,说:"人家是刑警,这是经侦的事儿,瞎问什么?抱歉啊,不耽误您的事儿了,再见。"

连海平观察着岳红兵的神情,问道:"岳厂长,6月19日,就是案发当晚,您出过门吗,在这附近有没有看见过什么可疑的人?"

岳红兵说:"我?那天晚上没出门,在家看电视呢,是吧?"

杜莉说:"记不清了。"

连海平说:"好,不打扰了,再见。"

出了岳家,回到车上,石强锋问连海平:"你刚问岳红兵……是什么意思?"

连海平说:"岳红兵被光子打伤的那天早上,讯问记录上写的是,当时他在家门口洗车。"

石强锋想了想:"你觉得,他头天晚上用过车?"

连海平沉吟不语。

"他没动机啊。"石强锋不大相信。

连海平搓了一把脸说:"也许是我想多了。"

岳红兵拉杜莉回到屋里,杜莉还愤愤的。

"我为什么不能问,他们不都是警察吗?都比咱们知道的多!"

岳红兵不想接茬儿,说:"我去给春夏煮个荷包蛋。"

杜莉气没撒出来,继续唠唠叨叨。

"你这个厂长当的,真窝囊,不值!以前的厂长就算下了台,哪个不是捞得腰缠万贯的,你说你,在厂子最垮的时候上任了,还什么都没干就倒闭了,你就是个顶锅的!什么都没捞着,有点儿芝麻绿豆大的好处,也从指头缝里漏光了,光落了个厂长的虚名,叫你一声岳厂长,有什么用,有屁用!"

岳红兵忍了忍,脸上仍堆了笑,说:"对不起啊,让你受委屈了。"

他转过身,走进厨房,笑容没了。

连海平小组开会,冯大队听取调查进展。

老郑说:"张昊阳那个玉器工作室都搜了,没有什么发现。"

小齐说:"他的车也做了二次勘查,没有沈小舟的任何痕迹。"连海平说:"血迹的DNA结果也出来了,就是张昊阳自己的。"

石强锋不大服气,说:"我认为就是张昊阳,家里、车里收拾得那么干净,太反常了,做贼心虚。"

连海平说:"车刚洗过,做了大保养,家里收拾得干净,是因为每三天做一次保洁。这些也都有解释。"

冯大队:"总之没有漏洞,没有证据,是吧。"

连海平说:"对,目前的证据都是间接的,甚至有些连间接的都算不上,很容易被推翻。"

冯大队有些惋惜地说:"嗯,那只能先放人了。"

第五章

石强锋吃了一惊:"现在就放?"
冯大队说:"证据无法锁定,拘押时间也到了。"
连海平说:"虽然证据不能锁定他,也不能排除他的嫌疑,他应该隐瞒了什么事儿。为他做证的一个证人说了假话,说他手上的伤,是当晚喝多了割破的,其实不是。"
石强锋也想起来了,说:"对呀!咳,我还觉得那个小子最靠谱呢!这么看,说不定那几个富二代都做了假证,要不把他们也一个个弄回来敲打敲打,说不定能打开缺口!"
连海平摇摇头,说:"没用,他马上可以找出别的解释,比如为了张昊阳的面子,或者喝多了记不清。既然他们能说假话,就是想好了借口,问不出来。"
冯大队沉思片刻,也很无奈,说:"放吧,有了证据,还能再抓。"

张会长来接儿子了。他一眼没看张昊阳,跟冯大队握了手。
张昊阳低眉顺眼,恳求连海平:"头巾能还给我吗?"
张会长皱了皱眉,不好发作,只瞪了儿子一眼。冯大队看看连海平。
连海平说:"既然不是沈小舟的,可以还给你。"
石强锋取来了装着头巾的物证袋,递给张昊阳。
张昊阳打开仔细看了看,说:"头发呢?"
石强锋说:"不好意思,做检测用了。"
张昊阳很失望。
张会长脸色更加难看,一把抓过头巾,随手一丢:"上车。"
说完他先打开后座车门上了车。
张昊阳捡起头巾,上车前,他跟连海平说:"小舟那天可能……"
他又犹豫了。
连海平问:"什么?"
"情绪不太好,不知道……有什么烦心事儿吧。"
张会长在车里呵斥:"还不上车!给我丢的人还不够吗?"
张昊阳低头上了车,车门关上,车开走了,连海平目送他们远去,若有所思。

黄昏,两辆车在海边停下。其中一辆是视频中沙宏利的车。
赵厚刚小组押着棒球帽男人下了车。棒球帽男人朝荒草中间指了指。
"我就是在这儿捡的车。见它停了两三天,没人要,我就打着火开走了,车上发现一张银行卡。"
赵厚刚望着夕阳下的废弃码头。

"沙宏利坐船跑了？……飞机票是障眼法？"林子问道。

"也可能哪儿都没去，已经被干掉了。车放在这儿就是为了让我们发现。"赵厚刚打量着周围的环境，语气幽幽。

"他是管事的，谁要干掉他？"

赵厚刚摇了摇头，转身走去，说："接着查。"

连海平回到家时，时间还不算晚。江明滟等着他一起吃晚饭，家里就两人，她愿意等。

"小树这几天可听话了，除了去上辅导班，就没出过门，作业也都写了，还帮姥姥姥爷干活，听说还会换灯泡呢……"吃着饭，江明滟说。

"明天我有空，去看看他吧。"连海平接了一句。

江明滟惊讶地看着连海平，眉开眼笑。

第二天，连海平夫妻去了江明滟娘家，她家是老变压器厂的，父母都是工人，江明滟从小就在这个家属区长大。他们刚在一栋破旧家属楼前下了车，就发现连江树在路边站着。

"树儿！接我们呢？"江明滟很惊喜。

连江树却毫无惊喜，看见连海平，脸撂下来了。

"他怎么也来了？"

"怎么说话呢？快来拿东西。"他妈批评他。

"我不见他！"连江树接过江明滟手里的点心和牛奶，自己转身上楼了。江明滟有点儿气。

连海平说："算了，你先上去吧。"

"我上去骂他！"江明滟独自上楼了。

连海平独自在路边站了会儿，忽然看见一个男孩骑车过来了。男孩跟连江树一般大，又黑又瘦，穿着篮球背心。连海平盯着他看，男孩以为连海平把他认出来了，讨好地打招呼。

"叔叔好。"

"来找连江树？"

"对。他又不出门，只能来找他了。"

连海平说："上去吧。"

黑瘦男孩锁了自行车，边跟连海平点头哈腰的，边往里走。连海平突然注意到男孩左肩上有一道隐隐的瘀痕，方向和形状像安全带勒的。他想叫住男孩问问，又打消了这个念头。

第五章

回到警队,连海平去法医科拿了一包东西,给郭大法看了看。

"我拿一套。"

郭大法说:"干什么,还亲自取指纹啊?让小赵去……"

连海平摇摇头,留下几张人民币,有零有整。

郭大法一愣:"哎,不是公事儿啊?"

连海平已经走了。

他去了一个城中村改建的别墅区,按门牌号找到一栋别墅。别墅不算豪华,造型有点儿土。他敲了敲门,开门的是个中年男人。连海平在交警队见过,开着特斯拉离开的就是他。

连海平说:"你好,我是连江树的家长。"

中年男人脸色立刻变得不太欢迎:"有事儿吗?"

连海平说:"您的车,我能看看吗?"

"干吗?已经定损了,走保险就完了。"

"不是,我就看一看。"

中年男人上下打量连海平:"听说你是警察,有那个……搜查令吗?"

"对不起没说清楚,我不是以警察身份……"

"那没什么好看的!"中年男人把门关上了。

连海平苦笑了一下,无奈离开。刚走了不远,黑瘦男孩追了上来,说:"叔叔,我家车在4S店,就小区南门对面。"

"谢谢。"连海平又留意看了看他肩头的伤痕。

黑瘦男孩说:"叔叔,你别告诉我爸,我去找过连江树好吗?"连海平一愣,点了点头。

找着了小区南门的4S店,撞坏车头的特斯拉停在工位上。连海平一眼看见了,走近查看。

修车师傅瞧见他,过来问:"您有事儿吗?"

连海平说:"我是警察,这辆车,里面还没动吧?"

"没有,里边不用修。您是警察?这车……没出大事儿吧?"

"看看,您忙去吧。"

修车师傅离开了。连海平戴上手套,打开车门,坐进驾驶位,检查了一下方向盘后,取出小包里的工具,在方向盘上取了指纹。

然后,他下车,进了后座,观察着前排座椅的靠背,仔细寻找着。接着,分别在两个靠背上都取了指纹。

他动作细致、专业,一丝不苟。取完指纹之后,又将方向盘、座椅上的磁粉用湿巾擦干净了。

顶着大太阳,连江树扛了扎好的一沓纸箱片,卖给小区里收废品的,换了几块钱,揣兜里往回走,走了没几步,就看见了连海平。

连江树一愣,正琢磨着要掉头走还是绕着走,连海平就走过来了,上来就说:"车不是你开的,为什么要承认?"语气很平和,没有责怪的意思。

"是我开的。"连江树嘴硬。

"开车的是那个车主家的孩子吧,你同学。他肩膀上有伤,是安全带勒的,他就坐在驾驶位。"

连江树踌躇了一下,硬扛着说:"后座也有安全带。就是我开的。"

"你开的,那你的指纹怎么会出现在副驾驶座位的靠背上?当时你坐在后排。"

连江树愣住了,好像在回忆:"指纹……交警没取指纹啊……"

连海平说:"我昨天刚取的。"

"你……你怎么知道是我的指纹?你还从家里取了指纹去比对?"

"我一直都有你的指纹啊,你五岁的时候,我就提取了你所有的指纹。前几年还保存了你的DNA数据。"连海平说。

连江树瞪大了眼睛,难以置信似的:"为什么?你觉得我会犯罪,杀人放火?"

"当然不是,为了安全。"

连江树脱口而出了一个脏字,冷着脸转头就走:"你走吧,赶紧走!"走了两步,他从兜里掏出卖废品的几块零钱,甩手丢给连海平。

"这是卖破烂的钱,不是我偷的,还给我姥爷!"

连江树噌噌噌地走掉了,连海平有些怅然。

他回到家,发现桌子上没有晚饭,走到厨房看看,冷锅冷灶。他正有些意外,江明滟从卫生间走了出来。

"没做,出去吃吧。"江明滟往脸上抹着护肤霜。

"怎么了……"连海平不明所以。

"咱俩上次一起出去吃饭是什么时候,就咱俩?"

连海平想不起来。

"你这脑子都想不起来,得猴年马月了吧。"江明滟收拾利索了,拿起了包。

他们出了门,在家附近找了一家川菜小馆。江明滟就点了三菜一汤,很朴素,但每道菜都看起来烹饪到位,火候正好,挺有卖相。

连海平说:"再点点儿。"

江明滟把盘子摆整齐,拿手机拍了拍饭菜,说:"够了,吃不完,晚上少吃点儿。主要是形式,内容不重要。"

连海平笑笑,两人吃饭。

江明滟说:"今天你又去看小树了?"

连海平看了江明滟一眼。

"我妈看见你了,你又跟他说什么了? 气得他晚饭都没吃。"江明滟笑了笑。

"没说什么。"

"你这两天怎么有空了? 案子呢?"

"线索断了,暂时没有进展。"

江明滟给连海平盛了碗酸辣汤。

"这次是什么案子,我怎么感觉你这回特别累呢?"

"没有吧,都这样儿。"

"你要想说,就说说。"

连海平笑了笑。

"别担心,没什么,等案子结了,再告诉你。"

江明滟给连海平夹了一筷子菜。

"说不说都行,我呀,就是怕你太闷了。"

连海平点点头。两人吃着饭,喝着汤,像在家一样。

第6章

  连海平又做梦了。那条沈小舟消失的街道上,他跟在沈小舟的身后走着,天色阴暗,街上人很少,冷冷清清。

  沈小舟一边走,一边回头张望着,似乎想拦一辆出租车。然而没有车停下来。她有些无奈,继续向前走。一辆白色跑车从她身边擦过,看起来是张昊阳的车。车在她前面十来米远停下来了,车窗缓缓降下,一只手从车窗里伸出来,示意她过去。她犹豫了一下,向车走去,走到跟前,好像说了几句什么,拉开了车门。

  连海平在她身后喊:"别上车!"

  沈小舟回头看了一眼,变成了那个照片里的女孩儿。女孩儿上了车,连海平追过去。突然,他脚下踩到了水。他抬起头,眼前不再是街道,而是海边。涌上沙滩的细浪打湿了他的鞋,是一双破旧的产于上世纪九十年代初的运动鞋。他抬眼转头,见女孩儿并肩站在他身边,正望着大海。

  "咱俩的名字都来自唐诗啊,都是跟大海有关的诗。"女孩儿说。

  "长风破浪会有时?"年轻的连海平问道。

  "我没有那么大的气概,我最喜欢的两句是'小舟从此逝,江海寄余生'。"

  "噢?"他有些疑惑。

  "怎么了?"女孩儿转过头来,瞪了他一眼,"你是不是以为我学习很差,肯定是个文盲啊?"

  "不是。这两句词,有点儿……孤独。"

  "如果有一天,我想自己走,不要问我为什么,好吗?"女孩儿又转头望向大海。

"为什么？"

女孩儿看着他，抿嘴笑着，摇摇头。

"好吧。"

"如果有那一天，说明我身上所有美好的一面，都已经展现给你了，你记住就好了。"女孩儿微笑着说。

"你怎么总说这样的话？"连海平的语气有些急。

"开玩笑的。"女孩儿笑了，她突然指向沙滩，"那个贝壳好漂亮，帮我捡回来。"

连海平看去，发现沙子里有个洁白的月亮贝，他走去捡起来，转回身，女孩儿却不见了。他转头找，看到女孩儿正向海中走去。

"回来！"他着急地喊道。

女孩儿像没听见，继续向前走，水渐渐到了她的腰。连海平大步追去，水深了，他变跑为游，一跃扎进水里。再露出头来看时，女孩儿已经不见了。他使劲儿向前游，游到女孩儿刚刚消失的地方，一个猛子扎下去。水下没人。他浮出水面，焦灼地转着圈，查看着海面。

有嗡嗡的声音击穿了他的梦境。连海平睁开眼睛，醒了一下神。手机还在震动，但不是连续的，好像是收到了很多消息。

连海平和赵厚刚两人被叫到了冯大队的办公室。

"都看见了吧，昨天晚上有人发了微博，爆料了沈小舟的案子，题目叫《女大学生之死》。"冯大队把手机扔在桌子上，吃了一粒中药丸，没嚼，黑着脸直接咽了，他敲了敲桌子，"洋洋洒洒一大篇，写得活灵活现，煞有其事，除了那些社会上已经传开的消息，还提到了很多细节，有些是只有我们才知道的细节……"

专案组里，刑警们也在议论这件事儿。

林子说："比如那条名牌头巾的事儿，他们是怎么知道的？"

他往石强锋这边看了一眼。石强锋眉头紧蹙，读着手机上的帖子。

小杨说："不是张昊阳自己说的吧？"

林子说："不可能。爆料的大部分内容，指向的就是张昊阳，说这个富二代从小学到初高中，一直是个问题少年，平时不吭不哈的，谁要招惹了他，一动手就伤人，有次用小刀把同学划伤了，也没负任何责任，赔了一大笔钱了事儿。爆料也没把自己架在火上烤的吧……"

冯大队办公室里，冯大队接着说："还说他作为杀害沈小舟的重点嫌疑人，疑点重重，但是就这么毫发无损地走出了公安局。一夜之间，这个事情已经在网上发酵了，你们看看评论，除了骂张昊阳的，被骂得更多的是谁？"

专案组这边,林子抱怨道:"咱们警察呀!被骂惨了,这锅背的,依法办案也是罪过。"

小杨说:"这些事儿,一个微博账号,是怎么知道的呢?"

林子说:"那咱就不知道了。其实要我我也生气,一个重大嫌疑人,眼睁睁只能看着他走,能不窝火吗?能不想收拾他吗?"

石强锋压抑着怒火。老郑吹着杯子里的茶叶,开腔了:"林子,别卖弄你那小心眼儿了,要不咱俩开个单间,你先审审我?"

林子说:"哥,我可没说你,咱多少年的战友了,知根知底!"

冯大队办公室里,冯大队伸指头点点桌面:"张昊阳的根底,再挖挖,看是不是像网上说的那样,性格有很大问题。另外,挖一下这个微博账号'风云头条'的消息源。它的帖子后面还附了一篇《变态凶手的心理研究》,结合对张昊阳的那些描述,好像就是想让公众认为,张昊阳就是这一系列案件的唯一凶手。这么做的目的是什么?"他看了看连海平和赵厚刚,又问:"你们觉得,消息源会不会来自我们内部?"

赵厚刚说:"不会。"

连海平沉吟着,没有说话。

专案组这边,眼看就吵起来了。

老郑说:"都是警察,什么该说什么不该说,行为规范上写得明明白白,都懂。"

林子说:"但是有的人啊,恐怕行为规范还没读一遍呢。"

石强锋终于忍不住了,喝道:"你说谁呢?"

办公室里突然静了下来,赵厚刚和连海平进来了。

石强锋余怒未消,继续说:"所有案件记录这个专案组的人都能看见,凭什么是我们这边的人?"

"石强锋!"连海平喝了一句。

林子说:"我可没说是谁,怎么还自己认呢?"

"林子!"赵厚刚也呵斥道。

林子也闭了嘴。

纠纷暂时压下,两组人各忙各的。

这边,连海平问老郑:"风云头条是谁运营的,查出来了吗?"

老郑说:"隋晓正在查。"

那边,林子很泄气,说:"王一珊、贾贝贝都借过高利贷,好不容易有了交集,这个放高利贷的老鲨又人间消失了,是死是活都不知道!"

赵厚刚紧锁眉头,挠着胳膊上的夹板,好像想把它去了。

连海平叫了石强锋正要向外走,听了这话,想起了什么,然而欲言又止。赵厚刚注意到了他的犹豫。

连海平二人下了楼,走向汽车,赵厚刚从楼里快步追了出来。

"海平,"赵厚刚两步走上来,"说几句话。"

赵厚刚脸上挂着笑,诚心诚意的样子,连海平示意石强锋先上车,他和赵厚刚走到一边。

"我先道个歉,"赵厚刚说,"这几天吃了枪药,坏了脑子,对你蛮不客气。上次纪检组也问过我话,怀疑是我诬陷你黑钱。我以为是你说了什么,就犯了驴脾气,上下看你不顺眼……后来有人跟我交了底,你一秒钟都没怀疑我。是我小人了!"

连海平不好意思地笑笑。

"咳,怎么说呢,"赵厚刚掏心窝子了,"老连你知道,我是当兵的出身,没上过警院,从基层摸爬滚打学破案,全靠笨功夫,本事就这么多。你呢,科班高才生,有文化懂理论,破案有板有眼,还能出奇制胜,我心里是佩服你的。"

连海平让他说得不好意思,有些尴尬地笑笑。

赵厚刚接着说:"我来队里两年多了,咱俩一直走得不近。怪我,总感觉你有点儿傲气,怕是看不上我这老粗……"

"傲气?我没有傲气,我就是……"连海平嘴有点儿急,似乎很怕这种误会。

"对,是我想错了,冯队跟我说过,你就是这性子,跟谁都这样,面儿上不爱说,本事都藏在里头。我吧,还真不太知道怎么跟这种性子的人打交道,想抽空跟你喝顿酒,也不知道你爱不爱喝……"

"喝不多……"

"没关系,话就是这个意思。你跟我别客气,我皮糙肉厚,有话只管跟我撂。"赵厚刚拍拍自己的吊臂,佐证他的皮糙肉厚,"一个专案组,孩子吵架放屁,家长也不用在意。其实本质上,咱俩都是直肠子,不过一个外放,一个内收罢了。"

"……行。"

"好,那我就问了,王一珊和贾贝贝借贷的事儿,你有什么想法?"

连海平笑了笑,好像轻松了些:"我就是想,她们借款的金额都不低,如果仅仅是为了生活花销,一般不会一次借这么多,是不是可以查查,她们借贷是为了干什么。"

"这些孩子,十个有八个是为了买手机。"

"不一定,手机不用借这么多。她们借贷,一般都有明确目的。"

"那干什么,赌博,吸毒……买鞋?"赵厚刚猜想着,忽然意识到这是个思路。

连海平和石强锋开车上路。起初石强锋不说话,开了一会儿,还是忍不住。

"如果对张昊阳那些爆料是真的,其实他有点儿像个变态凶手。表面软弱无害,其实内心阴暗。"

连海平不置可否,脸色有些冷淡。

"这也能解释为什么沈小舟的死状跟其他人不一样。因为他认识沈小舟,所以区别对待。"

连海平还是没接茬儿。

石强锋看了看他,突然来了一句:"不是我爆的料!我没违反纪律。"

连海平有些诧异,说:"我从没觉得是你啊。"

他们到了一个新建小区,风云头条的地址在这儿。石强锋在一栋居民楼前停下车,张望了一眼。

"这个风云头条怎么在居民区?不会就是个宅男搞的吧。"石强锋嘟囔着。

进了居民楼,按照门牌号找到一套普通住房,门上连个公司铭牌都没有。

石强锋趴在门上听了听。

"有人,好像挺热闹。"

连海平敲了敲门,把证件举起来,对着门上的监控探头。

一个三四十岁的男人开了门,男人叫姚广博,带着连海平和石强锋往里走。这人社会气息浓厚,虽努力把自己精英化,但气质很油腻。

这是一套三居室,客厅是工作区,坐了六七个人,都是年轻人,有男有女,看起来都挺忙,有对着电脑打字的,有打电话的。

"我正等你们呢,估摸着你们快来了。"

姚广博说着把他们带到一个单独的房间——他的办公室,分别落座。一个男青年走进来,把一个手机放在支架上,对着他们三人——主要是对着两位警察。

姚广博问:"能拍吗?"

连海平说:"可以。但不能外传。"

姚广博清了清嗓子。

"那我先自我介绍一下,我叫姚广博,是风云头条的创始人。我原来是市报记者,四年前辞职创业,进入自媒体行业,创立了这家公司。"

话音未落,一个女编辑探头进来,字正腔圆报告说:"姚总,评论数一万六千一了,转发量两万一千九,四万五点赞。"

女编辑说完就缩了回去,姚广博很满意,问警察:"请问二位警官莅临敝公司有什么指示?"

石强锋对他这个油腻味儿撇了撇嘴。

连海平开门见山地说:"我们来,一是请你删除《女大学生之死》这篇文章,案件还在侦破过程中,你发布的信息会干扰办案;二是请你说明文章中的内容有没有事实依据,消息源来自哪儿。希望你能配合。"

姚广博脸上露出很诧异的表情:"哟,这是命令吗?"

连海平说:"命令这个说法不准确。这是重大刑事案件,你有义务配合我们的调查程序。"

"义务?我的权利呢?民众的知情权呢?舆论的监督权呢?"

"现在案件还在调查过程中,等调查有了结果,你说的所有权利都在,都可以行使。"连海平耐心解释。

"不对吧,调查过程也需要监督,民众也需要知情啊,不然,怎么查案,只能听你们的了?"

石强锋忍不住讥讽:"对啊,不听警察的,难道……"

连海平拦住了石强锋继续往下说。

"你们会不会一叶障目?会不会滥用权力?比如让我删帖,这个要求合理吗?"姚广博显得越发油腻。

连海平说:"这个要求是合理的。"

"就算我答应,恐怕我的三百万粉丝不答应啊。别忘了,舆论是改写过法律的,比如正当防卫……"姚广博口气很大。

女编辑再次探头进来汇报。

"姚总,评论数一万六千三了,转发量两万二千四,点赞……"

石强锋忍不住喝道:"你先出去行吗?一分钟报一次数啊!"

女编辑看看姚广博,姚广博摆了摆手,让她出去。

谁知一个男编辑又探头进来,说:"姚总,张昊阳的初中班主任回话,说他用小刀划伤同学的事情是谣传,根本没这事儿。您看怎么发?"

姚广博说:"就这么发,我们要尊重采访对象的一言一语,最后加一段评论,是谁让班主任这么讲的,她有没有什么难言之隐,你组织一下语言,客观质疑嘛。"这个套路,看来他很熟。

石强锋瞪了瞪眼睛。

连海平说:"这不太客观吧。"

"真相就是质疑出来的。这样吧,你说我不客观,那你可以拿出证据,向网管投诉嘛。"姚广博皮笑肉不笑。

连海平说:"我再说一遍,现在案件还在侦破过程中,发布未经核实的信息,会给凶手脱罪的机会。"

"抱歉,这话我不懂,我是在帮你们啊!"姚广博几乎不掩饰话里的得意。

连海平顿了顿,好像也在忍,说:"好吧,那先说第二件事儿,请说明一下你的消息源。"

姚广博笑了,说:"这比第一件事儿还难办,我是记者出身,保护消息源是铁律!"

离开风云头条,回到车上,石强锋气呼呼的。

"还治不了他了?"

连海平说:"帖子可以走程序删掉,但是影响已经造成了。消息源他不说,也可以走程序强制传唤。"

石强锋忖了忖,说:"这人虽然欠得很,但是……如果张昊阳真有事儿呢,让他感受一下众怒,是不是能把他吓个够呛,露出马脚。"

连海平轻叹了一声:"这是把双刃剑。"

旭日厂居民区小超市门前照旧聚集了不少闲人。这次,沈华章也在其中,他的头发剃光了,顶着一头青白的发茬,气质好似换了个人。他手里还拿着一瓶白酒,不时喝一口,喝得眼神发直,脸色发红。

超市店主拿着手机在看,看到了令人意外的消息,有些惊讶,来问沈华章:"老沈,案子破了?"

"什么?"

"人抓了吗?"

"抓谁?"沈华章一头雾水。

"网上说是小舟的这个……男朋友。"

"放屁,小舟哪有男朋友?"沈华章马上驳斥道。

"你不知道?说是个富二代。"

沈华章盯着店主的脸,店主让他看慌了,把手机递过去。

杨涛搬着香烟糖果之类从超市里走出来,听见了对话,慌忙跑过来。"别!网上都是胡扯!"他撂下箱子,想拦住手机。糖果砸在地上,五颜六色撒开了。

沈华章回到家,一脸怒气,摇晃着到处趔趄了一圈,找着了正在卫生间洗拖把的孙秋红。

"你,过来。"

孙秋红看看他,放下东西,跟着他走出来,走进卧室。沈华章在床上坐下,又站起来,手脚不稳似的,先嘿嘿笑了两声。

孙秋红说:"又喝酒了?我给你倒杯水。"

"你知不知道小舟有男朋友?也不是男朋友,就是个男的,姓张。"沈华章问罪似

第六章

的说。

孙秋红愣了一下,明白过来。

"网上说的吧,一早就有邻居告诉我了。小舟……是跟我提过这个人,想跟小舟谈朋友,她觉得不合适……"

沈华章眼睛大睁,马上打断了她:"你说什么,小舟跟你提过?"

孙秋红还没反应过来,沈华章吼了一声:"你别胡扯!怎么可能?小舟怎么可能告诉你不告诉我?她什么时候跟你说的?说的时候我在哪儿?我死了吗?为什么跟你说?"

沈华章喝多了,红头涨脸,语无伦次,这个往日英俊清朗的男人,现在面目扭曲得像个劳改犯。孙秋红竟好似有些害怕了,低着头不敢说话。

沈华章在床上躺下了,好像吼累了,说:"出去吧。"

孙秋红默默走了出去。

当天深夜,沈华章走进厨房,没有开灯,就着昏暗的光,打开橱柜,找了一阵儿,找出一把三寸长的剔骨刀来,开海蛎子用的。他拿了磨刀石,洒上水,轻轻地磨刀,一下一下。

从风云头条回来的第二天,连海平被冯大队单独叫到了办公室。

冯大队说:"帖子已经删了,但是消息源姚广博还是不肯透露,而且已经找了律师,说是否交出消息源跟案件侦破并无直接相关,打太极嘛,不跟他耗了。"

连海平点头。

"这个消息源是谁,你有什么想法?"

连海平看看冯大队,说:"你是不是觉得,可能有人故意扰乱视线,想误导我们办案?"

"你认为呢?"

连海平想了想,摇了摇头,说:"不知道,也可能是社会上对张昊阳这种身份的人积压的怨气。"

"所以很多人对我们依法办案反而不理解。"冯大队叹息道。

连海平说:"我想知道张昊阳到底隐瞒了什么事情,现在他压力很大,有可能会寻找化解的出口,能不能申请监听他的电话?"

冯大队看看连海平,笑了笑,说:"着急了?报上去也不会批,理由不充分。现在案子影响这么大,盯着咱们的眼睛很多,越是这种时候,越要办得稳。你一向最沉得住气,别被带乱了阵脚啊。"

监听不成,盯梢可以。

连海平和石强锋坐在车里,远远盯着张昊阳的玉器工作室。门口没有张昊阳的跑车,而是停了一辆路虎。

直到下班时间,张昊阳走出了工作室,身边还跟着个中年男人。男人先给张昊阳打开路虎车门,等他上了车,男人才绕到驾驶位,上车开走了。这男人面色黝黑,身材敦实,看起来很朴素。

石强锋疑惑:"他爸这是给他找了个保姆?"

连海平说:"保镖,看这个人的身形步态,应该当过兵。"

他们启动汽车,遥遥跟上。

接下来,他们分成两个小组,连跟了张昊阳两天,却毫无收获。

另一头,专案组里,林子对贾贝贝贷款用途的调查有了发现,正向赵厚刚汇报调查情况。

"查着了,不是赌博,也不是吸毒,贾贝贝搜索过很多整容医院的信息,她借贷肯定是要整容。"

赵厚刚看看贾贝贝的照片,挺漂亮。

"她要整容,整哪儿?"

"那就不知道了,我看没什么需要整的地儿,但女孩儿不这么想啊。"林子说。

旁边刑警小杨插了一句:"王一珊被害前,拉过双眼皮。"

赵厚刚问:"在哪儿拉的?"

小杨在电脑上查了查,说:"美丽星美容医院。"

林子眼睛一亮:"贾贝贝也搜过这个美丽星!"

这天上午,连海平二人一路跟着张昊阳的车,看见路虎在一栋商业楼前路边停下。楼不高,也不新,看起来有些俗气,叫宝洋大厦。

远远看见,张昊阳打开车门下了车,往商业楼走。保镖很快跳下车,三步并作两步赶上了张昊阳,拦住了他的路。张昊阳和保镖说着什么,坚持要往里走,保镖一把抓住了张昊阳的胳膊,张昊阳怎么使劲儿也挣脱不开。保镖一手拉着他,一手拿出手机打电话,然后把手机放到张昊阳脸前。张昊阳对着手机,很快放弃了挣扎,乖乖跟着保镖回去,上了车。

石强锋说:"告家长了这是,厌了。"

连海平打量着这栋商业楼,楼不高,也不新,六层,楼体上最醒目的招牌是一家KTV,"大螯KTV",一只大螃蟹用大螯夹着麦克风在唱歌,楼上可能是一些乱七八糟的公司、商户。

第六章

"大白天的他去KTV干吗？吼两声发泄发泄？"石强锋话里带刺。

连海平收回目光，跟着路虎继续上路。

商业楼上还有个招牌，美丽星美容医院。

过了饭点，刑侦大队食堂里没几个人。石强锋要了份饭，越吃越困。隋晓拿着饭盒走进来，直接走到他对面坐下。

"哎，吃到鼻子里了！我就见过两岁小孩边吃边睡。"

石强锋打起精神，快速扫荡剩下的饭菜。

隋晓打开饭盒，她自己做的，看起来色香味俱全。

"尝尝，我做的。"她给石强锋夹了一筷子蔬菜。

石强锋看看菜，又去看隋晓饭盒里的肉。

隋晓说："别看了，肉没你的份，吃菜吧你。"

石强锋两口把蔬菜吃了。

隋晓边吃边拿出手机，说："看见了吗，有人又发了个帖子，说沈小舟的事儿，又火了。"

石强锋一愣，也拿出手机查找。

"谁？不会又是那个风云头条吧，还敢发？"

"不是，这个帖子不涉及案情，就是一个网友发的，讨论的是男女关系，说沈小舟把真的名牌头巾还给张昊阳，偏要戴个地摊山寨货，这是欲擒故纵，虚伪，后面肯定憋着大招什么的。"

石强锋哼了一声。

隋晓说："还有人说她有个富二代男友，还遮遮掩掩的，说明这个富二代还不够富，可能就是个备胎，肯定还有更大个儿的土豪等着她。"

石强锋说："现在这些女的，怎么就知道钱？沈小舟不是那样的。"

隋晓瞪了他一眼："你怎么知道是女的说的？这酸溜溜的口气，更像臭男人说的吧。"

"不管男的女的，我就不明白了，现在这人都怎么了，不相信这世界上还有简单的、纯真的人？要不就得是见钱眼开，要不就得是一肚子心眼儿，谁不现实谁就是装的，必须人心险恶才是真的，那有意思吗！"石强锋有点儿生气。

隋晓看着他，笑了。

"石强锋，有时候你还挺可爱的。"

石强锋吭哧了一声，突然夹起隋晓饭盒里的肉，得意地嚼起来。

连海平回到家,坐在桌前,打开一台破旧的笔记本电脑。他打开搜索页面,输入了"宝洋大厦",查询商户列表。数十家各色各样的商户、公司列了出来,连海平一家一家浏览着。

江明滟从厨房走出来,说:"你还不赶紧睡会儿?"

"一会儿就睡。"

江明滟给他放下一杯牛奶,把他手边的茶饼拿开。

"别嚼它了。奶我热过了,喝了吧。"

"嗯。"

"喝呀。"江明滟等着,不走。

连海平无奈,只好端起牛奶一气儿喝完,把空杯子给她看。

江明滟看看他,抽了张纸巾给他擦了擦嘴,拿着杯子和茶饼走了。连海平笑笑,继续浏览网页。

夜里都下班了,专案组办公室里空荡荡的。

石强锋坐在桌前,在笔记本上写着对张昊阳的跟踪记录。笔没水了,他甩了甩,起身到连海平的桌上寻找。他拉开连海平的抽屉,只见里面是排列整齐的办公用具。太整齐了,石强锋咧了咧嘴,小心地拿了一支笔。他合上抽屉,突然好奇心发作,转头看看,办公室没人。他拉开另一个抽屉,翻了翻,都是文件。

他在文件下面发现了什么,小心地抽出来,是张照片。石强锋望着照片,表情复杂。照片上是连海平一家三口的合影,他们看起来很幸福。

宝洋大厦美丽星美容医院的办公室里,一名男整容医生在电脑上查询着,赵厚刚和林子等着。

"没有,没有贾贝贝的记录。"医生查完了。

"她们会不会用假名?来整容不好意思嘛。"林子猜测着说。

"这个……我们是正规医疗机构,不允许使用假名字。"

林子把贾贝贝的照片给医生看:"您再仔细看看。"

"我是做这行的,别的会认错,脸不会认错。比如王一珊,您一说我就想起来了。"

赵厚刚说:"王一珊有没有说过她为什么整容?"

医生再次笑了笑,说:"我们现在不建议使用整容这个说法,可以叫医美或者美容嘛,来做医美,当然是为了美,自我提升,自我实现,给人生注入新的……"

林子说:"你们这儿有给脚整容……美容的吗?"

医生一怔,露出蒙娜丽莎的微笑,好像林子问了个愚蠢的问题。

第六章

回到车上，林子叹着气："我本来抱了很大希望，要是她俩都来过，可能就要逼近真凶了。多好的一条线索，现在又是个烂线头。"

赵厚刚说："不一定。至少王一珊和贾贝贝是整过容或者计划整容的，那就不是烂线头。"

"我有个推测啊，凶手如果不是整容医生的话，会不会是整容失败的人，所以对要整容的人非常嫉恨。"林子动起了脑子。

"那他为什么要切被害人的脚？"赵厚刚不以为然。

林子琢磨着，说："手术事故，导致了他截肢？"

"什么整容手术还会导致截肢？"

林子苦思冥想着，突然眼前一亮："增高手术嘛！没听说过吗？把腿截开了再加一截儿，结果，失败了！"

赵厚刚失笑，说："行了，照你这么说，凶手拄着拐杖，坐着轮椅，还杀了两个人？"

林子嘟嘟囔囔："这不是……头脑风暴一下嘛。"

晚上，玉器工作室外，连海平和石强锋坐在车里盯梢。

石强锋看了看表，已经过了9点钟。

"今天怎么回事儿，怎么还不走，他还加班呢？"

连海平看看石强锋，只见他眼圈发黑，眼里都是血丝。

"困了就睡会儿。"

"困是困，睡不着，一惊就醒。"

连海平想起什么，拿出手机，打开了一个视频，像是一个纪录片片段。视频中，海水中的一只海月水母在轻盈游动，配乐也有些催眠的意味。

"看看这个，海月水母，它顶盖开合的频率和人类睡眠时的脑电波非常接近，看着看着就睡着了。"

石强锋盯着看了一会儿，说："有点儿想吃海蜇皮了。"

连海平笑笑，收起手机："小时候去海里游泳，我还见过它。听说海月水母是深海生物，不常见的。只有深海里发生了什么巨大的扰动，它才会浮到海面上来。"

石强锋拧开瓶装水，喝了一口，有意无意地问："小时候？你老家是本市的吗？"

"不是，云县的，也靠海。"

"什么时候离开老家的？"

"考上警官大学就出来了，后来……父母不在了，就很少回去了，大概有十年没回过云县了吧。"

石强锋好像想起了什么似的，说："对了，1998年云县出过一起凶杀案，你知道吗？"

被杀的也是个年轻女性。"

连海平微微一惊,说:"你怎么知道?"

石强锋说:"在警校的时候,老师说过这个案子。1998年,你刚刚大学毕业吧,参与过这个案子吗?"

连海平似乎有些震动,很快搪塞过去:"1998年,我记不清了,没有吧……"

石强锋说:"那个女被害人挺可怜的,我见过现场照片,她是在一条河里被发现的,现在想起来……她有点儿像沈小舟。"

"是吗?"连海平也拧开了瓶装水喝。

石强锋把剩下的水一口一口喝光,说:"听说那个女被害人,还有个孩子。"

连海平顿了一秒,把水瓶放下,水咽了,把瓶盖慢慢拧上。过了那么几秒钟,他俩都没有说话,连海平好像陷入了沉思。

石强锋突然伸了个懒腰,说:"今天怎么这么困,我能不能请个假……"

连海平很快批准:"行,去吧。"

石强锋麻溜下了车,走出老远,回头看了一眼,拐弯走进一条小路。他站住了,有些懊悔,在墙上捶了两拳。

连海平在车里坐了一会儿,有些心神不定。

他拿出手机,翻查着通讯录,拨出了一个电话,联系人是"云县老焦"。铃声一声一声响着,然后接通了。

老焦说:"海平,多久没打电话了,有事儿吗?"

"老焦,下班了吗?"

"还在局里,值班呢。有什么事儿说吧,知道你,没事儿从不瞎客套。"

"1998年的'七二五'案,你还记得吧?"

老焦那边儿顿了顿,说:"问这个啊。怎么了?"

"我以前不知道,当时……被害人是不是有个孩子?"

"孩子?时间太久了,都二十年了,我也记不清了。这样,我现在就去查一查,然后给你回电话。"

"好,谢谢。"

连海平挂了电话,只见张昊阳和保镖走出了工作室,上车开走了。他搓了一把脸,开车跟上。

连海平一路跟随着,只见路虎开进了路边一处加油站。他远远停下了。

张昊阳的保镖把加油卡递给工作人员。

工作人员插入机器试了试,把卡拔了递回来:"您好,卡里没钱了。"

第六章

保镖说:"不可能吧,上次还剩一千多。"

"真没钱了。"

保镖接过卡看了看,放进手套箱,然后转头看了张昊阳一眼,张昊阳闭着眼睛似乎在睡觉。

"我马上回来。"保镖下车走向加油站商店。

张昊阳睁开了眼睛,看着保镖开门进去后,从兜里摸出一把备用车钥匙,起身跨向驾驶位。

连海平看见路虎启动了,加速开出了加油站。他有些意外,开车跟上时,看到保镖从商店里跑了出来,边跑边拿出手机。

他继续跟着张昊阳。路虎开到一个十字路口,停下等红灯。一辆小车突然插到了连海平车前停下。绿灯亮了,路虎通过了路口,然而连海平前面的车没有动。这个绿灯很短,只有三十秒。连海平按了一下喇叭,小车往前挪了一点儿。

一辆电动车飞快地从旁边擦过,开车的是沈华章。

连海平忽然注意到这辆小车的车型有些眼熟,他打开手机,找出交警老贾发来的视频截图,一样的车型、颜色,然而车牌不一样。

连海平马上拍了照,然后悄悄打开车门,正要下车走上前去,这时,小车却启动抢先通过了路口。黄灯变红了。连海平只好继续等红灯,遥望着远去的路虎,有些焦急。

路虎在一条无人的小路边停下来,张昊阳下了车,打开后备厢,翻找着什么东西。一个人从他背后悄悄靠近,一把揪住他的衣领,把剔骨刀凑到他脸旁。张昊阳一惊,回过头,愣了愣,认出了沈华章。

"你是……小舟爸爸?"

沈华章的手在抖,像从来没拿过刀似的,刀刃都反了,他咬牙切齿地说:"是不是你干的?"

张昊阳望着沈华章,没有抵抗,眼神在犹豫,然而最终什么也没说。他慢慢放低身体,跪下了,好似在等着解脱。

"说,是不是你?"沈华章放开了张昊阳的衣领,开始抽张昊阳耳光,哑声嘶吼,"是不是你?是不是你?"

一个人扑了上去,抓住了沈华章持刀的手,把他拉开。是杨涛。

"沈叔叔,跟我回去。"

沈华章往回挣,杨涛不撒手,说:"你借了我妈的电动车,我就觉得不对劲儿了。别这样,这是犯法!"

"犯法就犯法,我是为了小舟……"

"小舟不会想让你这样的!"杨涛大声打断他。

沈华章一愣,手垂了下去。

连海平开车,一路寻找着。他看见一辆金杯车从一条小路开了出来,虽一晃而过,仍看出开车的是杨涛,他身边坐着沈华章。连海平有些诧异,掉转车头,钻进这条小路。他关掉车灯,慢慢向前开,看到了前方停在路边的路虎。张昊阳在车后,仍跪坐在地上,垂着头。

连海平观察着他,只见张昊阳站起身来,从衣袋里拿出手机。手机屏幕亮着,有电话打进来。张昊阳把手机关了,扔到后备厢,又从后备厢里拿了什么东西,系在手腕上,重新上车开走了。

连海平跟着张昊阳,一路出了城。路两旁出现了农田。大约开了十几公里,离开大路走小路,路灯全无,连海平也关了车灯,全神贯注地跟着。

张昊阳终于到达了目的地,是一处独院。这独院在一个村子的村头,有独立进出的道路,院子有一人多高的围墙,围起的面积足有两个篮球场那么大。

连海平远远盯着,看见院门打开,路虎开进了院子,门又关上了。他等了会儿,悄悄下了车,向院子走去,沿着外墙勘查。

离分局不远的一个夜市里,石强锋和隋晓在烧烤摊吃烧烤,喝的是可乐,不是啤酒。

隋晓说:"叫我出来,到底有什么事儿啊。"

石强锋没滋没味地喝着可乐,也不吃串儿,不说话。

"又挨批评了?是不是在心里写检查呢?"

石强锋还是没话,想着和连海平在车上的一番对话,有些懊悔。

隋晓伸手在他眼前晃了晃:"好吧,你继续你的飞行模式。"

她拿起手机看着,忽然发现了什么:"哎?沈小舟还干过这个?"

"什么?"石强锋有反应了。

"哟,有信号了?"

"给我看看。"

隋晓把手机举到石强锋面前,是一张网络图片。图片里是沈小舟,抱着个琵琶,图片一侧还有很多留言,好像是在某个平台直播的视频截图。

"哪来的?"

"记得上次那个帖子吗?是那个帖子下面的一条评论,有人挂了这张图。"

石强锋有些诧异,拿出自己的手机,正要查看时,收到一条消息,连海平发来的。他扫了一眼,马上站了起来。

"张昊阳有情况,我回队里叫人。"

第六章

"我也去。"隋晓扔下烤串。

"别闹了,吃你的。"

"什么意思,我不是警队的吗?"隋晓横了他一眼,"你还不一定打得过我呢!"

两辆车在黑暗中驶来,停在了连海平的车后。车上下来了老郑、石强锋、隋晓和几名刑警。连海平和他们会合,看见隋晓,愣了一下。

石强锋有些尴尬,主动解释:"她非要来,请示了冯队……"

连海平点了点头,问老郑:"小齐呢?"

"刚好请了假,修手机去了。他妈老打电话,给他安排相亲,他一烦,把手机摔了。"老郑说。

连海平皱了皱眉。

老郑看着院子:"什么情况?"

连海平说:"张昊阳在里面。"

"他果然有秘密!"石强锋兴奋了。

连海平说:"我刚刚看了一圈儿,这应该是个经营非法勾当的场所。虽然看起来像个农村院子,但看排风系统,安装了中央空调,是进口的,高档货,还有自己的给排水系统、卫星天线。"

"赌场?"老郑问。

"不像。我估计,涉毒或者涉黄。"

石强锋有些失望:"我还以为是张昊阳专门用来杀人的地方。"

连海平说:"不管是什么地方,先打掉它。"

"要是没有张昊阳杀人的证据,打掉它干什么?还把他惊了。"石强锋有疑问。

连海平看了石强锋一眼,说:"我有个判断,打掉之后,就知道了。"

老郑问:"咱们人够吗?"

"够了,看门口的车辙印,今天没来什么人。"连海平说着,在地上画了个院子草图。

"我查看了围墙,只有院子东侧有一处墙头的玻璃碴儿被磨平了,附近还停了一辆车,可能是他们特意留的口儿。石强锋、隋晓,你俩一组,去守着这个地方,等我信号。"

隋晓说:"没问题。"

石强锋有些不情愿:"还是正面突击更适合我。"

连海平看着他说:"两个人要互相照应,保护对方的安全。"

石强锋听懂了,答应下来,和隋晓一起,悄悄绕到了院子东侧。连海平、老郑和其他刑警轻手轻脚地走到了院子大门口。

一名刑警发问:"门口有探头吗?"

老郑说:"不会有,来这儿的人谁也不愿意被拍下来。"

他们走到门前,看了看门上的锁,很牢固的样子。

老郑说:"可惜小齐没来,这锁也就二十秒。"

"破门吗?"一名刑警提着破门锤。

"不,我们是查访,不是抓捕。"连海平对步话机说,"石强锋,守好了吗?我要敲门了。"

步话机里传出石强锋的声音:"我已经上墙了,我给你们开。"

连海平一愣,赶紧制止。

"别!"

院子东侧,石强锋在墙头上,把步话机扔给隋晓,猫一样跳了进去。石强锋刚落地,就有刺耳的啾啾声响起。这里居然安装了遥感警报。

石强锋一脚把警报器踹了,刚要跑向院门,院子里灯光就亮起了。

有人从房子里冲了出来,叫骂着:"谁呀,我弄死你!"

院子里一声炸响,像枪声,土制猎枪的声音。

连海平脸色一变:"破门。"

刑警上前,抢起破门锤,几下才把门锁撞坏。

连海平一脚把门蹬开,冲了进去,大喊一声:"警察!"

听见连海平的喊声,开枪的人跑回了屋里。

石强锋躲开了这一枪,这枪打在了墙上,砖屑乱飞。院墙边停着两辆车,除了张昊阳的路虎,还有一辆货车。他飞身躲到了路虎后面。

墙外隋晓喊了一声:"石强锋!"

石强锋答道:"我没事儿!"

连海平冲进院子,头一眼就看见院子里伫立着几个高大的人形黑影,一动不动的,背着光看不清他们的面目。接着,院子对面跑过来一个人,拿着木棒直奔他而来。

连海平举枪:"别动。"

那人却不停步,嘴里发出呜呜呀呀的怪声。连海平没有开枪,而是迅速收枪,掣出甩棍。来人冲到他跟前抡棒打来,他闪身避开,甩棍挥出,准确击中了对方手臂关节。对方木棒脱手时,他脚下一绊把人按倒,反剪胳膊上铐子。

老郑跑过来:"怎么不开枪?"

连海平说:"他智力有问题。"

老郑这才注意到被连海平按倒的这人,似乎是智力残障人,年轻力壮,目光却呆愣愣的,还在怪叫。

第六章

把人交给其他刑警看守,他们悄悄上前,向正屋围拢过去。对面的房屋都黑着灯,忽然,黑洞洞的窗口里火光一闪,砰的一声,伫立的人形被打得木屑乱飞。听起来是土制猎枪。

警察们赶紧躲闪开。连海平这才看清楚,原来人形黑影都是木雕,菩萨、关公、财神之类的,都大红大绿的,很民俗。里面又砰砰放了几枪,打在木像上。老郑被飞起的木片擦伤了头皮,血流了半边脸。

连海平说:"你先撤回去!"

老郑说:"没事儿,他妈的!"

忽然,连海平看见石强锋猫着身子贴墙根潜行过去,直奔正房,闪身进了房门。门里很快响起喝骂和打斗声,又是一声枪响,窗口玻璃被打得粉碎。

连海平焦急,立刻冲过去,只听石强锋在里面喊了一声:"趴下吧你!"

然后,一把短管猎枪从门里扔了出来,接着石强锋提溜着个男人出来了。连海平松了口气,正要去捡枪,嗖的一声,一根弩箭从另一个窗口射出,擦着他飞过。身后老郑骂了一声。连海平赶紧闪避,回过头看见老郑也跟着闪,然而有支箭插在老郑胸前。连海平大惊。

老郑伸手把箭拔了,揉了揉胸口说:"幸亏,穿着呢。"他穿了防弹衣。

连海平松了口气。

老郑骂道:"冷热兵器都有,还真他妈全乎!"

被石强锋制服的男人对着窗口喊道:"媳妇儿,把弓放下!他们真是警察!"

战斗结束,逮到三个人,都铐上了。一对三十多岁的夫妻,还有被连海平按倒的那个傻小子。

女人对还在呜呜叫的年轻人说:"宝子,别害怕,他们不是坏人。"

连海平问:"张昊阳呢?"

男人对着一侧厢房努了努嘴。

连海平走进厢房,里面黑着灯,借着院子里的灯光,这个房间看起来像个酒店的高级标间。张昊阳躺在一张大床上,一动不动。连海平走过去,看见张昊阳闭着眼睛,枕边扔着针管,胳膊上扎着一条头巾,就是他曾送给沈小舟的那条。看他脸色,像个死人一般。连海平摸了摸他的颈动脉,还有救。

石强锋奔出院门,绕到东侧,看见隋晓还站在原地,双手举枪指着墙头,全身绷紧,一动不动。看见了石强锋,隋晓才放松下来,胳膊僵了,腿弯软了一下。

她突然看见石强锋肩膀一片红,吃了一惊。

"你受伤了?"

"没事儿,小伤。"石强锋好像才发现,满不在乎。

警察们抬着张昊阳匆匆跑出去。石强锋和老郑受了伤,也跟着离开。

男人跟连海平解释着:"我们不是毒贩,我们的主业是造像,生意好得很,我们不缺钱。贩毒要杀头的,我们不干!"

"张昊阳注射的是什么?"

"就是麻醉剂,软性的,给朋友们提供个娱乐,真不是毒品。"

"那你们准备这些刀枪棍棒干什么?"

"我以为你们是……来找事儿的村民,要知道是警察,就不抵抗了!"

连海平让警察把男人押走了,单独问剩下的女人。

"张昊阳常来吗?"

女人说:"以前来过,后来有大半年没来了,最近又来过几回。他的事儿,我也在网上看见了,压力大,来放松放松。"

"既然你知道那个命案,那6月19日,案发那天晚上,他来过吗?"

"来过。"

连海平盯着女人的眼睛。

女人说:"真的来过,一直待到后半夜。我跟他非亲非故的,没必要帮他做假证。"

"那天他不是自己来的吧,还有谁?"

女人犹豫了,避开连海平的目光,说:"那就记不清了。"

"还有几个年轻人吧。"

女人显然不敢说。

连海平摆摆手,说:"带走吧。"

收队了,警察们撤走了。

连海平最后离开时,手机响了,来电的是"云县老焦"。

老焦说:"海平,查到了,被害人真有个孩子,男孩,1998年的时候三四岁吧。"

"三岁还是四岁?"

"那就不清楚了,这孩子之前一直在农村寄养,没跟着他妈,幸好啊……"

"现在这孩子在哪儿?"

"这个还没查到,还要查吗?"

"帮我查查吧,谢谢啊老焦。"

连海平挂了电话,呆了半晌。他看着院子里的木像,表情各异的神仙们站在昏暗的灯光里,这个景象有点儿超现实。

第7章

天刚亮,岳红兵就起床了。

他去掉头上的纱布,扔到垃圾桶里。终于解脱了,他痛快地洗了把脸,接着做早饭,煎鸡蛋,下面条,动作熟练。

他将两碗做好的面条端到餐桌上,面上卧着煎鸡蛋。

他先去卧室喊杜莉,杜莉说昨晚上又失眠了,要再睡会儿。他又把一碗面端到女儿房间,放到床前桌子上。

岳春夏醒着,仰脸发呆。

"醒了?趁热吃吧。"

岳春夏说:"我不饿。"

"吃吧,不想吃面,把鸡蛋吃了,营养得跟上。"

岳春夏翻了个身,背过脸去。

岳红兵站在房门口,望着初升的太阳。他回头看看,餐桌上的面还放着。妻女还各自躺在床上,家里太安静了,没有活气。

他忖了一会儿,拿出手机,走到院子里,给梁雪涛打了个电话。

专案组,连海平坐在桌前,抱着胳膊闭目养神。石强锋他们都不在。电话响起,他马上抓了起来。听着电话,他的脸色沉了下来。

挂了电话,连海平马上起身去法医科,郭大法拿着橡皮锤在身上到处敲。

"昨晚送来的针管检测了吗?"连海平问。

郭大法把一张检测报告递给连海平。

"针管里的残余,有他们说的软性麻醉剂成分,但不止这个,还有别的,我已经测出了三种以上的其他成分。这玩意儿,应该是一种鸡尾酒,猛得很。这一针下去,就像上了环游地球的过山车……"

郭大法用橡皮锤捶了一下桌子,加重感叹效果。连海平点点头。

"张昊阳怎么样了,醒了吗?"郭大法问。

连海平摇了摇头。

他马不停蹄又去找冯大队,办公室里,冯大队正坐在桌后看文件。

连海平说:"张昊阳没抢救过来。"

冯大队吃了一惊:"怎么回事儿?"

"他本身有先天性脑血管狭窄,据抢救的医生说,他注射的东西,引起了脑血管严重收缩。"

"收缩?那玩意儿……不是应该扩张血管吗?"

"如果只是那夫妻俩所说的麻醉剂,就不该引起收缩。但是,张昊阳注射的是鸡尾酒,成分很复杂,老郭还在继续检测。"

冯大队和连海平对视了一眼。

冯大队说:"审!"

连海平先提审夫妻俩里的丈夫。

"冤枉,太冤枉了!他也不是第一次来,每次用的都一样,怎么这次会出事呢?"男人叫苦连天。

连海平说:"你还是老实交代你的上家吧。"

"没有上家,我自己配的!难道是原料搞错了?要不就是哪一步流程出了问题?"

"你哪儿来的原料?"

"种的,罂粟、麻黄什么的。我知道,这是违法,我认!"

"那么复杂的化学反应,你会吗?"

"会,不难,不信我给你写方程式。"

"设备呢?"

"我去年做了一批,就洗手不干了,设备扔掉了。对了,肯定是时间太久,过期了!变质了嘛,所以不纯了。"

"虽然化学方面我也不内行,但你刚才说的,都是胡扯。你如果坚持这个说法,"连海平站起身,"去跟缉毒大队解释吧。"

男人脸色变了变,还是什么都不再说。

男人被带走,换上了女人。

第七章

连海平先问:"那个有智力障碍的年轻人,是你弟弟吗?"

"是,他现在怎么样?"女人立刻露出了关切的表情,不是装的。

"挺好,有专人照顾,你放心吧。等他情绪平复下来,我们会把他送到专门的机构,生活上不会有问题。"

"谢谢您。"

"你要想早点儿出去照顾他,最好主动坦白。"

女人没说话。

连海平又说:"张昊阳这次注射的针剂是哪儿来的?还有,6月19日那天晚上,除了张昊阳,还有谁去了你们那儿。这两个问题,你都知道答案吧。"

女人踌躇着,终于开口了,说:"那个麻醉药是前两天有人拿给我们的。"

"谁?"

"我没看见,人没进院儿,我老公去车上拿的。"

"什么车?"

"就是一辆灰不溜秋的小轿车,停得远,我也认不清是什么车。"连海平打开手机,给女人看交警老贾发来的那张汽车图片。

"是这个样子的吗?"

"好像是。"

"6月19日晚上呢?都有谁?"

"这个……我真的不知道。"

连海平观察着她。很显然,她知道,但不敢说。

二中队的调查也在继续,赵厚刚和林子挨个走访全市的整容机构,至今毫无所获。这天,他们又走访了一家整容医院,拿出贾贝贝的照片,给一位戴眼镜的男医生辨认。

"没有,没见过她。"医生的答案没有惊喜。

赵厚刚两人已经来不及失望,正要告辞,医生又说:"等一等。恕我冒昧啊,我能不能从美学的角度,谈一点儿看法?"

赵厚刚说:"您说。"

医生说:"我如果是她,想要让自己更美的话,首先要整的,是牙吧。"

赵厚刚和林子看着贾贝贝的照片,她咧嘴笑着,露出一口不那么整齐的牙。他们恍然大悟。

他们出了医院,上车离开。

林子说:"查牙科诊所?整牙和整容,还能叫共同点吗?"

"不管怎么样,查到底再说。"

林子苦着脸说："牙科诊所比整容医院可多了去了,这得查到什么时候?"

赵厚刚说："贾贝贝没有在网上搜索过牙科相关信息,很有可能就是在路上看见的,从她住处附近开始查。"

梁雪涛约了岳红兵中午在一家饭馆见面。岳红兵到了,只见饭馆富丽堂皇,应该是云州最好的餐厅之一了。他竟有些自惭形秽。

礼宾领着岳红兵,走到了一个包间门口。岳红兵敲了敲门,然后推开厚重的木门,进去了。包间里,人没上桌,茶座坐了两个人,正在喝茶。一个是梁雪涛,另一个是扈向泽。见岳红兵来到,他们都站了起来。岳红兵看见扈向泽,有些意外。

"我来早了。"

梁雪涛忙说："不早不早,不是外人。我给你们介绍一下,这是咱们云州的明星企业绿诚环保……"

扈向泽主动说："我们见过,岳厂长好。"

"对,见过。那你们先聊。"岳红兵要回避。

扈向泽拦下他："不用,您坐,我聊完了,马上就走。"

岳红兵没接话。三人坐了下来,梁雪涛给岳红兵倒了茶。

"对了,我跟扈总是聊金海三期——就是你们旭日厂,环境监测评估的事儿。等项目开始推进,你们迟早还得见面。"

扈向泽接口道："对,旭日厂是重型工业企业,生产了这么多年,厂区环境里恐怕会有相当程度的化学和重金属污染物残留,比如重金属铬,对人体健康的影响不容小视,一定要妥善处理,达到安全标准……"

梁雪涛笑着打岔："扈总,话题太专业了吧。"

"咳,一不小心,理工男的本质又露出来了。"扈向泽自我解嘲地笑笑,脸色又严肃起来,诚恳地跟岳红兵说,"其实我想说,要是沈小舟还在,这个项目我一定会让她参与。能给旭日厂尽份儿心,她一定会很高兴。"

听了这话,岳红兵的表情变得不自然。他看着面前的茶杯,拿起又放下,说："扈总有心了。"

扈向泽收住了话头,说："我还有事儿,就先走一步,你们聊。"

客套完了,他起身离开,只剩下了梁雪涛和岳红兵。两个人都没说话,让空气里的尴尬飘了会儿。

终于,梁雪涛向岳红兵递上一支雪茄,动作很慢,像在试探。岳红兵犹豫了一瞬,接了过去。梁雪涛笑了。

第七章

连海平去医院看石强锋和老郑,开车走在路上时,手机响起,来电是个陌生号码。连海平接了,听着电话,他皱起了眉,在路口掉了个头。

他去了风云头条,姚广博那个媒体公司。还是那套单元房,门开着,连海平走了进去。里面跟上次来大不一样,客厅里一片狼藉,电脑都被砸了,推在地上。接着,他看见了小齐。小齐垂头丧气地坐着,那个女编辑在旁边,气鼓鼓的。还有两名民警在一边看着他俩。

连海平走过去,先出示了证件。小齐看见他,脸色发红,很羞愧。"怎么回事儿?"连海平问民警。

"她说,"民警指女编辑,又指小齐,"这儿是他砸的。"

小齐说:"不是我。"

女编辑高声说:"就是你!"

民警说:"非要找他领导,这不就把您叫来了。"

连海平一头雾水,问小齐:"你来这儿干什么?"

女编辑抢话说:"我没看上他,他报复我来的!"

连海平看看女编辑,看看小齐,又看看民警,说:"我保证不是他,要是他,门锁不会是撬开的。"

避开了人,连海平单独询问小齐。

小齐一脸愧疚:"前些天,我跟她相过亲。她跟我说,她是幼儿园老师。我挺喜欢幼儿园老师的,聊天的时候,她问我案子的事儿,我就多了一句嘴……"

"你说了什么?"

"我说,沈小舟案跟其他几起案子可能不是一个人干的,就说了这么多。我错了,我愿意接受处分。"

连海平点点头,说:"昨晚上把手机砸了,是因为这事儿?"

"对,后来他们爆料张昊阳,我才知道她是干这个的,打电话质问她,她还想套我案子的事情,我太气了,没忍住……今天早上就来找她……"

民警走过来,说:"查到监控了,早上4点多,有几个戴头套的进了这个单元,跟邻居说的时间也对得上,动静不小,楼下还以为地震了!"

民警给他们看手机视频,几个戴头套的人偷摸进了单元门,都拿着家伙。小齐深深松了口气。

处理了这事儿,连海平下楼,走出单元门时,忽然看见姚广博正在一旁打电话。

"张昊阳……真的吗?"姚广博仿佛难以置信,很快挂了电话,琢磨着。

"得到消息了?"连海平走了过去。

姚广博看见连海平,微微一惊。

连海平又说:"还想再发个帖?"

姚广博不答。

"你上次发帖的内容大部分都是无中生有。你现在知道了,无中生有照样有杀伤力,足以杀死一个人。"

姚广博说:"你不会是想说,他是因为我们爆料死的吧?您是警察,可别瞎安罪名!"

连海平看着他的手机,说:"那你要再发个消息吗?你猜舆论会不会反噬?"

姚广博犹豫着。

连海平说:"你可以说服自己,他的死跟你没关系,可真的没关系吗?你当过记者,用虚假爆料让一个人身败名裂,这也是新闻的正义?"

姚广博显然松动了,有掩不住的懊恼。

"告诉我,你的消息源是谁?"

"医院啊。"

"上次的消息源。"

姚广博看着连海平,叹了口气。

"有人给我们送了一份匿名材料。"

"纸质的?"

"对。"

"现在在哪儿?"

"没了。还有,我可以告诉你,上次帖子那么火,是因为有水军拱火,但水军不是我找的,不请自来。"

连海平不动声色。

姚广博说:"都是实话……我也没想到他会死。"

病房里,两张病床,石强锋和老郑在打吊瓶。

"不疼,"石强锋看起来挺兴奋,跟连海平絮絮叨叨,像喝多了咖啡似的,"跟蚂蚁咬了一口差不多,一点儿感觉都没有,挂什么吊瓶,我从小到大都没挂过!"

老郑说:"挂的是消炎药,你看他,吃止疼药吃兴奋了。"

老郑老婆打开保温饭盒,炖了整鸡汤。她先揪了个鸡腿,放在盖子里拿给石强锋。

"我不是说想吃杀猪菜吗,补补血。"老郑对炖鸡不大满意。

"不过年杀什么猪,"郑嫂立马把他顶了回去,"你才流了几两血?你一个大男人补什么血?这么大年纪了,石子儿崩脑袋上了,不知道躲开?你属猪的?就吃鸡肉,以后给我'鸡'灵点儿!"

老郑不敢顶嘴,乖乖吃鸡。

石强锋吃着鸡腿,继续跟连海平说话:"这么说,张昊阳的嫌疑也排除了?"

"对。"

"那几个富二代给他做证,因为那天晚上他们也去了那儿?所以抱团打掩护!"

"推测,没有证据。"

石强锋把鸡腿吃光了,抹了抹嘴,望着连海平说:"昨天晚上我犯错误了,不听命令就行动,你怎么不说我?"

"认识到了就好,回去写个检查。"连海平随手拿起挂在床脚的石强锋病历,一眼扫到了石强锋的生日,1995年8月8日。

"你生日挺吉利。"

石强锋说:"那个生日是随便选的,我根本不知道生日是哪天。"

老郑很奇怪:"你怎么连自己生日都不知道?"

"我是在农村亲戚家长大的,没人知道我哪天生的。"石强锋满不在乎地说。

老郑跟着问:"你妈呢……"

郑嫂猛地掭了老郑一下,老郑把话咽回去了,顺嘴补了一句:"不知道也好,自己选个8月8日,多霸气!"

石强锋说:"听说我是4月,春天生的。"

老郑说:"那你怎么不叫春生?石春生,这名字多配你呀。"

郑嫂骂道:"放屁,你正月生的,你咋不叫增生?"

郑嫂看石强锋的眼神不一样了,变得怜爱了,又给了他一个鸡腿。

"吃,都是你的!"

连海平笑笑,放下病历,走了出去,若有所思。

他穿过医院走廊,忽然看见张昊阳的父亲张会长正坐在墙边休息椅上发呆,脸上昏暗无光,全无神采。

他看见连海平,嗓音干涩地叫了一声:"连警官。"

连海平说:"张会长。请节哀。"

"昨天晚上,昊阳给我发了一条微信。"张会长拿出手机给连海平看。

张昊阳留言:"爸,我是有罪的,别再管我,让我自生自灭吧。"

连海平问:"您知道他说的是什么意思吗?"

"不知道,你知道吗?"

连海平摇头。

"他是不是要向你们自首……那个女孩儿到底是不是他……"

"不是,已经排除了。"

张会长眼睛里的光散了,说:"是我害了他。我应该给他多一些关爱……还有自由。他就不会什么都不跟我讲了。"

连海平看着张会长,不知道该说什么。

连海平回到家,发现连江树回来了,正跟江明滟在桌前吃饭。

一看见连海平,连江树就站起身来,说:"妈,我走了。"

"还没吃完呢。"江明滟拦住他,又问连海平,"今天怎么回来这么早?"

"别走了。"连海平对儿子说。

连江树看着他妈,不看他爸,说:"我就回来拿点儿东西。"

连海平说:"儿子,爸爸先跟你道个歉。别走了,跟我聊聊吧。"

连江树和江明滟都很意外。

进了卧室关上门,连海平和儿子相对而坐。连江树有点儿不适应,摆弄着手机打掩护。

连海平也不看他,慢慢说自己的。

"你也知道,我是个内向的人,其实小时候更严重,性格孤僻,特别怕跟人说话,所有事儿都藏在心里。说不定我有点儿自闭症,但是那个年代,谁知道自闭症是什么,照样得上学,跟人打交道,过集体生活,就那么被推着赶着长大了,看起来正常,内心的性格大概还有点儿自闭。虽然当了警察,必须要说很多话,但那是破案,是工作,其实我还是不善于日常生活中的交流。"

连江树渐渐停止摆弄手机,竖起了耳朵。

连海平继续说:"我这个性格,让你受了很多委屈,因为我不善于交流,可能工作也耗尽了我的耐心吧,所以对你经常采用不需要交流的办法,太简单粗暴了。儿子,对不起,以后我会注意。性格也许改不了了,我尽量改改自己的交流方式。"

连江树头次听到这些,有点儿蒙,不知道该作何反应。

连海平笑了笑,说:"我看到你不是这个性格,我很高兴,你开朗大方,会比我成长得更好,有更多的快乐。这次能原谅我吗?"

连江树咽了口唾沫,说:"没事儿。"

连海平想起什么,拿出手机。

"对了,你见到开这辆车的人了吗?"

连江树看见汽车图片,说:"没有,根本没停就跑了。车不是我开的,对不起。"

"我知道。"连海平站起身,"走吧,我送你回姥姥家。"

"还走呢?"

"对,你能不能帮我说服你妈,跟你一块儿上你姥姥家住几天?"

"为啥?"

第七章

"我这段时间办案,太忙,天天早出晚归,影响你妈睡觉,她自己待着又闷,不如一起去姥姥家热闹。等案子破了,我去接你们。"

"我妈不愿意去怎么办?她怕你吃不上饭!"

"想办法嘛。"

连江树琢磨片刻,打开卧室门走了出去,说:"妈,我姥姥那天做了个梦……"

连江树的故事很有用,江明滟决定回娘家。出门前她跟连海平说:"你自己好好吃饭,别凑合,我过几天就回来。"

连海平笑着送走母子俩,关上门,回到餐桌旁吃饭。他想起了什么,走去打开家里的旧笔记本电脑,导入手机里的两张照片。一张是交警老贾发来的视频截图,另一张是跟踪张昊阳时突然挤到他前面的那辆车,他拍了照。两辆车车型一致,车牌不同。

连海平先把老贾的照片放大,一点点地寻找着,终于在左尾灯下方,找到一条细小的划痕。他又打开第二张照片,放大同一位置,仔细寻找着,然而没有划痕。似乎不是同一辆车,连海平有些意外。

隋晓在食堂吃饭,边吃边看手机。石强锋端着餐盘走过来,在她对面坐下,他出院了。然而隋晓看了他一眼,并没显得惊喜,手机都没放下。

"没事儿了?"她随便问了一句。

石强锋活动了一下左肩,眉头皱了一下,忍着疼笑笑,说:"没事儿,我好得快,人送外号'金刚狼'。"

隋晓哼了一声:"连队批评你了吗?"

"看我负伤,小批了两句。对了,你帮我写份检讨吧?"

"去!"隋晓把一个盖着的饭盒推到石强锋面前,"加个菜。"石强锋打开饭盒,是红烧肋排。

"受伤原来待遇这么好,看来以后……"

"闭嘴!"

石强锋把话咽回去,一口一个吃排骨。

隋晓看着手机,突然哎了一声:"那条评论怎么没了?"

"哪条评论?"

"上次给你看过的,有人发了张图片,沈小舟当主播弹琵琶的那个,我还打算给连队汇报呢。"

"哦,截图了吗?"

"废话,我是干什么的?不行,你自己吃吧,我查查去。"

"截图了还查什么?"

"一名优秀的技侦警察只会截图吗？吃完把饭盒刷了！"隋晓瞪了他一眼，站起来匆匆走掉了。

二队的调查也有收获。自从赵厚刚和林子有了新思路，查访了数家牙科诊所。这天，他们找到了一家私人小诊所。一位男牙医，三十多岁，高度近视，拿着贾贝贝的照片，盯着看了多时。赵厚刚和林子耐心地等着。

"来过吗？"林子有点儿耐不住了。

"噢，来过，一眼就认出来了。"牙医说。

林子惊喜，又抱怨道："那还看了半天，怎么不早说？"

"我在看她这个牙，想当时给她建议的什么方案。这姑娘挺爱说话，跟我聊了好半天，我还奇怪，她后来怎么没来呢。"

赵厚刚说："她有没有说为什么要整牙？"

"那还能为什么，因为牙不齐嘛。"

赵厚刚有些无语。

牙医又说："牙整好了，她就能当主播了。"

"主播？她说要当主播？"

"对呀，就是网上那个，表演、聊天，还有带货，挣钱的。"

"你怎么说话老说半句呢？"林子抱怨道。

"她还说，有个公司已经答应录取她了，提成很高，半个月就能把整牙的钱还上了。"牙医还有后半句，可谓惊喜不断了。

赵厚刚问："什么公司？"

牙医努力回忆着，赵厚刚和林子满怀希望地看着他，希望有更大的惊喜。

牙医回忆完了，斩钉截铁地说："她没说！"

尽管如此，赵厚刚和林子走出诊所上了车，都有些振奋。

赵厚刚说："马上再深挖王一珊的社会关系，看她是不是也有当主播的意愿。"

林子说："我一直以为，网上那些主播都是单干呢，还有公司？"

赵厚刚白了他一眼："幼稚，你还以为那些网络段子都是真的？"

隋晓查到了线索，向连海平汇报她的发现。她先展示了那张沈小舟的视频截图。

"这是网络热帖的一条评论，今天被删除了，我就查了发布评论的这个ID，全网搜索，很多人在不同网络平台习惯用同一个ID。幸好这个ID比较特殊。"

发布评论的ID叫"自作多情空余恨"。

石强锋评论道："写错了吧，应该是自古多情空余恨。这个文盲！"

第七章

隋晓斜了他一眼,继续说:"结合本市的IP地址缩小范围,最后发现了一个隐藏的个人主页,应该是他自己注册的网站。"

她打开这个个人主页,页面风格有点儿简陋。

"主页上保存了大量小视频,倒是不涉黄。"隋晓接着点开"视频收藏",只见各色美女视频,似乎都是抖音、快手上的录屏。她找到一个打开,是沈小舟弹琵琶的视频,截图应该就来自这段视频,背景是在一间卧室里。

"视频长十几分钟,她弹到第二曲的时候,渐渐有人打赏。"

沈小舟弹的是《春江花月夜》,指法娴熟。

隋晓指点着视频上滚动的留言和打赏:"自作多情空余恨也打赏了,我统计了一下,十几分钟的视频,他打赏了五六千块的礼物。"

石强锋吃了一惊,问:"五六千?人民币还是这个……游戏币?"

隋晓说:"相当于价值五六千元人民币的礼物。"

"他是不是傻啊!家里印钱的?"石强锋不能理解。

"而且他留言比较猥琐,一直要求沈小舟少穿点儿什么的,挺下流的。"隋晓把视频拖到最后。沈小舟停止了演奏,脸色不好看,关掉了直播。

石强锋骂了一句。

"我本来以为他是个托儿,但是……"隋晓又打开主页上的个人信息,看到一张照片,照片上的人只露出头顶和两只眼睛。

隋晓点了打印,把这张照片打印出来了。

"这个人恐怕就是正主,自作多情,不太像个托儿。"

连海平望着这张照片,说:"有点儿眼熟。"

"你见过他?"石强锋又使劲儿看了一眼。

"不是,背景有点儿眼熟。"

背景像是个公司内部,这个男人坐在工位上,可能是用电脑上的摄像头自拍的。连海平在照片一角看到了背景墙上一个绿色的尖角。

"我知道他在哪儿了。"连海平临走前向隋晓点了下头,说,"干得不错。"

连海平和石强锋开车走在路上。

石强锋拿着照片,仔细瞅着:"绿诚环保科技公司?这是那片树叶的尖儿?"

"嗯。"

"这么说,这个'自作多情空余恨'很可能见过沈小舟本人了?"

连海平又嗯了一声。

石强锋琢磨着:"会不会沈小舟知道了打赏的人是他,打算跟公司揭穿他的下流嘴脸,所以他就……"

连海平突然打断了他,说:"我们到绿诚之后,不要透露我们的目的,确认是他,就带走问话。"

"为什么?"

"我觉得案情有些复杂,凶手背后还有别的牵扯。"

"还有帮手？你说的是什么意思？"石强锋有点儿蒙。

连海平沉吟着,说:"我越来越有个感觉,沈小舟这个案子,我们的调查都是在房间外面打转,还没有找到那个门,房间里到底是什么,还不知道。"

"什么房间?"

"沈小舟本人也是,按她之前给我的印象,我没想到她还做过这个。而且她做主播的那个房间,是个卧室,不是宿舍,也不是她家里,调查中也没有发现她租过房子,那么是在哪儿？感觉没那么单纯。"

石强锋皱了皱眉:"做过主播怎么了？怎么不单纯？"

"按她的性格、观念、学历,她不应该去做这个。"

石强锋莫名有些不快,说:"这又不是什么不光彩的事儿,她可能就是为了给家里挣钱!"

"可这不是个适合她的挣钱方式。"

"怎么了,太轻浮,不自重？你特别看不上这样的女孩儿吧?"石强锋的语气有些愤愤。

连海平有点儿莫名其妙,说:"我不是这个意思。我想说,案子可能比我们预期的要复杂,所以调查的时候要控制信息……"

"行,你怎么吩咐我怎么干。"石强锋望着窗外,不说话了。

到了绿诚环保科技公司,前台认出了他们,不敢怠慢。

"扈总正在开会,要不要去叫他……"

"没事儿,我们等一等。请问洗手间在哪儿?"连海平说。

"进去往里走,那个角儿上,靠右手。"

"谢谢。"连海平走了进去。

石强锋也说:"有点儿渴了,我去倒杯水。"

前台说:"我给您拿。"

"不用,你别离岗,不是有茶水台吗,我自己去。"

两人进了公司,沿不同路线穿过工作区,留意寻找着目标,观察着员工们的脸。员工们都在工位上干活儿,没人在意他们。

第七章

连海平注意到，每个工位一侧的隔挡上，都贴有员工的个人照片、名字和职位名称。他看到了墙上的绿叶形logo（标志），目测了一下"自作多情空余恨"自拍的方位，但那个方向上的员工，都不像照片上露出的上半张脸。然后，他看到了一个空着的工位。石强锋正要路过那个工位，连海平用目光示意，石强锋领会了，路过工位时，看了一眼隔挡上的照片，是个男工，和"自作多情空余恨"很相似。

石强锋走了过去，到茶水台倒了杯水，借喝水的时机，琢磨了片刻，想到一个办法。他端着一次性水杯原路走回来，路过那个工位时，很夸张地绊了一跤，手中的水全洒到了座椅上。

"哟，对不起。"石强锋一边抽了几张桌子上的纸巾擦拭，一边悄悄打开了手机的拍照功能。

"没事儿，不用擦。"旁边的一个工位员工看了他一眼。

"这哥们儿上厕所去了吧，回来您帮我跟他说一声抱歉。"石强锋一只手擦桌子，另一只手悄悄按着拍摄键。

"他请假了，得好几天呢，回来早干了。"

石强锋回到前台，和连海平会合。

扈向泽正跟连海平握手，挺热情，说："抱歉，刚刚在开会，咱们进去聊。"

石强锋向连海平暗暗点了个头。连海平说："不用了，就问两句话。你们有没有向沈小舟提前支付过工资，或者说沈小舟有没有提出过预支工资？"

扈向泽说："没有，从来没有。"

"请财务给我们开个证明。"

"没问题。"扈向泽等着连海平继续问。

连海平却说："好了，就这个事儿。"

"就这么点事儿，打个电话不就行了。"

"按规定必须当面询问。"连海平顿了顿，又想到什么，"对了，案子一直没破，肯定会扩大排查范围，方便的话，你把贵公司员工名单给我一份，姓名、身份证号、电话、住址即可。"

扈向泽说："好，马上打印！上次的事儿，谢谢您帮我保密。"

连海平和石强锋回到车上。石强锋拿出手机给连海平看他拍下的那个员工的照片，连海平打开手机里"自作多情空余恨"的自拍和石强锋拍的照对了对。

"还有。"石强锋又打开一张照片，是从工位向后拍摄的照片。两张都对上了。眼睛特征，背后的墙面都一致。

连海平说："是他，叫什么？"

"黄彬。正好这个时间点请假，太巧了吧！"

连海平在打印出来的员工名单上,很快找到了黄彬。

黄彬住海艺花园,是个新小区。连海平和石强锋按地址找着了黄彬家,敲了半天门,没人应。

"不是跑了吧？他手机号多少,要不让技术处定个位？"石强锋有点儿慌。

门里有人吆喝了一声:"你们是谁？"

连海平把证件放到了猫眼跟前。

开了门,黄彬一瘸一拐地带着他们到客厅沙发上坐下。这是个两居室,挺新。桌子上还放着吃剩的外卖盒。

"我没有报警啊,你们来干什么？"黄彬个子不高,不光腿脚不便,脸上也有伤,鼻青脸肿的,不过看得出来本来也跟英俊二字没啥关系。

石强锋看看他:"报警？你被车撞了？……被人打了？……被抢劫了？"

"都不是,一场误会……你们不是因为这个？那为什么来？"

连海平说:"我们调查的是沈小舟的案子。"

黄彬的脸色变了一变,强装镇定地问:"谁？跟我有什么关系？"

连海平说:"沈小舟去过你们公司好几次,你见过她本人吗？"

黄彬想了想,好像恍然大悟似的:"噢那个被杀掉的……听说要入职我们公司,我没见过她。"

连海平说:"没见过？沈小舟要入职的,不是和你一个部门吗？没向你们介绍过？没关系,我们会向你的同事核实,如果你说了假话,下次谈话就不是在这儿了。"

黄彬犹豫着,有些慌了。看连海平就要起身告辞,他忙说:"见过,见过一次。我刚才脑子不清楚,说错了。"

连海平又坐下了,说:"一看见她,你就把她认出来了吧。"

"我以前又不认识她,怎么会认出来？"

"你送过她几千块的礼物,应该忘不掉。"

"您这话是什么意思？"

连海平从包里拿出几张打印纸,第一张是黄彬的个人主页,第二张是他的自拍照,第三张是沈小舟直播的视频截图。

"这个'自作多情空余恨'是你吧。"连海平不等黄彬回答,"你现在脑子清楚了,别再说错了。"

黄彬表情僵了片刻,丧气地点了点头。

石强锋说:"沈小舟知道这是你吗？"

黄彬说:"她怎么会知道？我是匿名的!"

"找到你没那么难,起这么个名儿,我们也就花了半小时顺藤摸瓜查到根儿了。她发现是你,以后你在公司可就不好做人了……"

"她不可能发现,那次她在公司看见我,很友好的!"

连海平说:"有人发现了吧,不然你为什么把这张图片删掉了?"

黄彬有点儿慌,下意识地碰了碰脸上的伤。

连海平立刻捕捉到了,问:"有人逼你删的?"

"没有,不是,我自己删的。"

"为什么要删,你本来不就是为了让大家知道,沈小舟不是表面上看起来的乖女孩儿吗?"

"我……"

"你本来挺怨恨她的吧,打赏了几千块,连个响儿都没听着。"

"不至于,几千块不算什么。"

石强锋抢白道:"不算什么,你家有矿吗?"

"真的不算什么,打赏就是这样的,我也就送一辆豪车,榜一大哥都是送别墅的,一套一套的。"

"榜什么哥?"石强锋不明白。

"榜一大哥,就是打赏最多的大哥,主播才会答应见面。我就冲到过一次榜一,花了三万多,主播才跟我吃了一次饭。"

石强锋瞪大了眼睛:"三万多吃个饭,这他妈哪是主播,巴菲特啊!"

"比巴菲特差远了,吃完饭,连我名儿都没记住。"黄彬有点儿愤愤不平。

连海平说:"你既然知道是骗人的,为什么还要接着打赏?"

"从那以后,我就只打赏特别喜欢的。"黄彬认真地说。

"你喜欢沈小舟?"

黄彬犹豫着,不敢回答,怕说错话。

连海平说:"既然喜欢,为什么对她说那些不尊重的话?"

"我是……考验她,有的主播,根本不介意,越说她越来劲儿,跟你要大别墅,这种靠不住的。"

看着黄彬正经的样子,石强锋想笑。

连海平说:"沈小舟通过考验了吗?"

"不知道,她没给我机会,再也没来过。"

"你对她还是有怨气,所以才在网上挂出那张截图。"连海平换了语气,"没关系,人之常情,可以理解,但是你有没有想过,其实沈小舟对你并不反感,甚至会感激你。"

"什么?怎么会?"黄彬不理解。

"沈小舟家里经济很困难,你一下就送给她几千块的礼物,她不可能没看见。"

"她对我一点儿回应都没有啊!"

"也许她有什么难言的苦衷吧,说不定是身不由己,没机会回应你呢?沈小舟做主播,是她自愿的,还是有人逼她?逼你删掉那张图的人,是不是怕沈小舟做过主播这件事儿被人发现?"连海平循循善诱,黄彬好像听进去了,陷入了沉思。

"是有人逼你删掉那张图的,对吧?"连海平终于问道。

黄彬反应过来,正要说什么,连海平接着说:"如果不是,你刚才就会反驳我。"

黄彬看了看他们,说:"你们能保护我吗?"

连海平说:"可以,可以安排你到指定医院养伤,专人看护。"

黄彬咽了口唾沫,认了,挺委屈:"他们打我。"

石强锋说:"他们?不止一个人?"

"一伙儿人啊,都是王八蛋!我都删掉了,还用棍子打……"黄彬满怀怨气。

石强锋说:"什么人?"

"都戴着头套,没露脸!"黄彬悻悻地说。

石强锋和连海平有些失望。

黄彬却又说:"我装昏,听见有个人打电话,跟一个叫鳌哥的人汇报。"

连海平眼睛一亮:"鳌哥?"

从黄彬家出来,连海平和石强锋把"鳌哥"这个名字发给老郑后,两人找了个路边小店,对付一口晚饭。一人一碗宽面,就着大蒜。

正吃着,连海平手机响了。老郑在电话里说:"查到了。本市就一个鳌哥,姓敖,东海龙王敖广那个敖,本名敖小杰,鳌哥的鳌是那个……螃蟹那个大钳子,不是也叫鳌吗,就那个鳌。"

连海平想起了什么——张昊阳走向宝洋大厦,大鳌KTV的标牌十分醒目。

老郑说:"这个敖小杰是个人物,名下有个大鳌文化传播公司,主要从事网络直播业务,据查签约了二十多个主播。"

连海平说:"有沈小舟吗?"

"没有,她可能是试用吧?这个公司去年被查过,因为搞低俗下流表演,罚了笔款,责令整改,现在还在运营。公司地址……"

连海平:"我猜猜,宝洋大厦?"

老郑说:"没错儿!"

连海平挂了电话。石强锋已经把面吃完了,擦着嘴问:"鳌哥谁呀,哪头蒜?"

连海平说:"叫敖小杰。"

第七章

石强锋听见这个名字,顿时有些不自然。

岳红兵在家门口停下车,和街坊打着招呼。他提着个环保布袋,好像刚刚买了菜。进了家门,他先去女儿卧室看了一眼,又提着袋子进了自己卧室。

杜莉还在床上躺着,听见声音,欠起身来:"哟,天都快黑了?"

岳红兵说:"饿了吧,我马上做饭。"

"不想吃,没心情。"

岳红兵从环保袋里抽出一个大信封,打开来抽出两张纸,放在杜莉身边的枕头上。

"你看看,心情能好点儿吗?"

杜莉拿起来,两张纸上是两套房子的房型图。

"谁的房子?"

"你要,就是你的。"

"我要,当然要!多少钱?"

岳红兵说:"这你不用管。不过这房子不能留在手里,过段时间,转手卖了,你亏掉的钱就补回来了。"

"卖吧,我不稀罕房子。"

岳红兵犹豫了一下:"然后……我想送你们娘俩出国。"

"出国?好好的出国干什么?"

"春夏一时也找不到工作,她也不想工作,就去国外接着读书吧。"

"你不去?就我们娘俩,我可顾不过来。"

"去,等厂里的事儿了结了,我就去。"岳红兵把纸收好,放进抽屉,"现在想吃饭了吧?"

岳红兵提着环保袋走出卧室,轻轻地叹了口气。

第 8 章

石强锋开着车,似乎有些心事。天色渐渐暗下来,下班晚高峰差不多过去了。

"不回队里了,去敖小杰的公司。"连海平说。

"现在?晚了点儿吧,恐怕都下班了。"石强锋似乎不大想去。

"这个行业,晚上才开始上班。"连海平忖度着说,"我有个感觉,沈小舟这个案子,从第一个嫌疑人吴波开始,到陈晖,到张昊阳,好像有人,或者说,有一股力量一直在跟我们较劲儿,想把我们的调查方向带歪。"

"你觉得就是敖……"

"我觉得我们可能要找到那个房间的门了。"

石强锋一路无话,一直开到宝洋大厦。

望着大鳌KTV发光的招牌,石强锋有些犹疑。他跟着连海平下了车,朝大厦走。终于,他鼓起了勇气,说:"连队,等会儿见了敖小杰,能不能让我来问话?"

连海平站住了,看了石强锋一眼,说:"你认识他?"

石强锋点了点头。

"怎么认识的?"

"我能不能晚点儿再说?"

连海平同意了。进了大厦,两人乘电梯上楼。同乘的有好几个潮男潮女。石强锋望着一个几乎分不清男女的年轻人,皱了皱眉,似乎觉得自己已经老了。

到了二层,电梯门打开,有轰隆隆的音乐声传来,这层是KTV,潮男潮女们一拥而出。

楼上就是大鳌文化传播公司,然而不太像个文化公司,装修得有点儿像个KTV。前厅里,几个年轻人围着个大茶台,有喝茶的,有喝啤酒的。

见连海平二人进来,一个年轻男人起身迎上来,只有他穿着衬衣,显得稍微规矩些,他大概是前台。

"干什么的?"

连海平亮了亮证件:"警察,找敖小杰。"

与此同时,一辆车在宝洋大厦外停下,车里坐着林子和刑警小杨。

他们望着楼上的标牌。小杨问:"就这儿?"

林子说:"对,肯定就是这个大螃蟹公司,KTV也是他家的。那个美丽星美容医院也有敖小杰的股份,整完容就去当主播,肥水不流外人田嘛。"

"你说老鲨的高利贷会不会也是一路的?借贷整容,当主播还钱,自产自销一条龙啊。"

"这个思路老大已经去查了。这些人啊,鬼得很,藏头不露尾。"

"咱们就在这儿盯着,不上楼啊?"

林子指了指停车场里一辆卡宴,说:"敖小杰的爱车。"

他们蹲守的目标,似乎也是敖小杰。

大鳌文化传播公司里,一个穿着花T恤、胳膊上有文身的小弟带着连海平和石强锋走向公司深处。到了一间办公室门前,他敲了敲门,把门推开。

石强锋斜眼盯着这个装腔作势的小弟,很看不上他,冷哼了一声,走了进去。连海平跟在后面进了门。

敖小杰马上从大班桌后面绕了出来,春风满面地伸出手。

"锋哥!"

石强锋没握手,亮了亮证件。

敖小杰也把手缩回去了,说:"石警官,贵客贵客。"

他脸瘦身瘦,还挺白,发型也很规整,穿着Polo衫,并没有什么"螃蟹"气质。他看了看连海平,说:"这位是?"

石强锋说:"我们中队长。"

"噢,领导!您大概不知道,我跟石警官的交情可老了,当年火车站以西,论拳头,我就服石警官一个!"敖小杰显得热情又坦诚。

石强锋脸色有些尴尬。连海平却不动声色,毫不意外地点了点头。

办公室里还有个跟班,浓眉大眼,一身白花花的肌肉,一看就经常撸铁。他警惕地看着两位警察,敖小杰对他摆了摆手,说:"大勇,你先出去吧。"

大勇听话地出去了。敖小杰招呼两位警察在沙发上坐下。

"我还以为你是来看兄弟的,看来是公干?"敖小杰跟石强锋说。

"对。你认识沈小舟吗?"石强锋直接问道。

"谁?你还是急性子,茶还没上呢就开聊。"

"不喝茶,先回答问题。"

"沈小舟……谁呀?你再给我提个醒?"敖小杰好像第一次听见这个名字。

石强锋把沈小舟直播的视频截图拿出来了。

"看看,认识吗。"

敖小杰拿起来仔细看。

"噢她,认识,这不就在我们的直播室吗?"

"直播室,在哪儿?"

"当然在公司里,好多呢,三十间。我对她有印象,长的是天然的漂亮,个人特点突出,镜头感好,很有大红大爆的潜质,可惜就干了几天,直播了两次吧,说什么都不干了。"

"为什么不干了?"

"粉丝太热情,大学生脸皮薄,招架不住呗。主播看着简单,也不是什么人都能干的,有的有性格没天赋,有的有天赋没……"

石强锋打断他:"行了,明白了。"

"噢,她出什么事儿了吗?"敖小杰仿佛一无所知。

石强锋盯着他说:"她被杀了,这么大的案子,网上都传开了,你不知道?"

敖小杰大咧咧地回答:"是吗?我们是互联网公司,天天加班,忙得顾头不顾腚,跟我们无关的资讯,不产生价值的,我都不关心,没空儿。"

石强锋有点儿恼火:"你不知道这事儿?那你为什么找人……"

连海平打断他,插了一句:"沈小舟和你们公司是怎么联系上的,她怎么会来这儿工作?"

敖小杰说:"她是我一个哥们儿介绍的。"

"谁?"

"叫张昊阳。"

石强锋有些不相信:"张昊阳是你哥们儿?"

敖小杰说:"对呀,楼下的KTV也是我的,以前他常来,就认识了。最近来得少,好久没见他了。"

石强锋看了连海平一眼。

连海平说:"你们的主播是怎么工作的,我们能看看吗?"

第八章

155

"当然！您尽管看,绝对合法合规。"

敖小杰带着连海平、石强锋出了办公室,穿过走廊,大勇忠犬似的亦步亦趋跟在身后。走廊两侧都是包厢,门上有玻璃,看起来就像KTV内部的样子。

"我这公司的格局跟楼下的KTV一个风格,装修的时候就是照着来的,但房间里边不一样。"敖小杰边走边介绍,导游似的。

连海平和石强锋透过门上的玻璃朝里看。每个房间的布置都不一样:有的看起来就像是女孩儿的卧室,床上的被子都故意弄乱了;有的像酒吧里的小舞台;有的像情趣酒店的房间,各色各样,满足各种幻想。女主播们对着手机,各自表演、谈天。

"这生意不错,无本万利吧。"连海平说。

"这您可说错了。"敖小杰说,"先不说占这么大的地方都是钱,培养一个主播,也要投入很高成本,现在竞争多大啊,有实力也得靠吆喝!涨粉丝,刷流量,造声势,举行线下见面会,都是钱啊。"

"怎么刷流量,你也找水军?"

"那当然,必须的,咱有嫡系部队。现在各行各业,都得拼流量,流量就是成本。还有,我要求主播不能开美颜,最多开个磨皮,那种开着滤镜是天仙关了滤镜是蛤蟆的招儿,咱不用,不能欺骗粉丝啊,对吧?该整容的就去整容,咱不靠软件提高颜值,硬件上直接拔高。对了,我把她们叫出来,请二位检阅一下。"

连海平说:"不用了。"

然而敖小杰对大勇吩咐了两句,大勇在手机上给主播群发了个消息。

楼下车里,林子和小杨都拿着手机观看主播表演,划开一个个直播视频,女主播们有聊天的,有唱歌的,有跳舞的。

小杨说:"这都是大螃蟹家的?"

林子说:"嗯,你发现没有,怎么都长一个样?"

"一个模子里刻出来的,还真分不清谁是谁。"

林子看着手机上的直播,却见女主播朝一侧看了一眼后,笑着对镜头撒娇,说:"各位大哥,人家去方便一下,马上回来,大家不要走开哦。"说完离开了画面。

小杨勾头看了一眼,说:"哎,我这个主播也上厕所去了。"

林子划拉了一下,另一个主播位也空着。

"搞什么,上厕所都步调一致,这……克隆人啊?"

大鳌文化传播公司里,主播们都走出了房间,在各门前站着。走廊里花枝招展站了两排,看这接受领导检阅的阵势,连海平和石强锋都有些尴尬。

"今天两位警官来视察,大家打起精神,拿出气势,展现实力,给两位领导献唱一曲

《爱拼才会赢》!"敖小杰热情高涨地喊话。

"别唱了,让她们回去吧。"石强锋有点儿烦。

连海平忽然注意到一个女孩儿,那女孩儿望着石强锋,满脸惊喜,显然认识他,是久别重逢的眼神。石强锋根本没注意到她。

"要不,就听听吧。"连海平说。

"谢谢您给我们这个机会。预备,开始!"敖小杰打了个手势。

姑娘们亮出嗓子唱起来,边唱边笑,可能自己也觉得滑稽。连海平拿出手机,笑着拍了几张照片。石强锋不解地看着他的举动,拍什么照?

"整齐点儿!"敖小杰指挥着,又对连海平道歉,"见笑了,都擅长单打独斗,不会合唱。"

好不容易拖拖拉拉唱完了一小节,连海平鼓了鼓掌,说:"可以了,谢谢。"

楼下车上,林子看着手机。主播回来了。

"都回来了。真去上厕所了吗?这得多大的厕所。"

忽然,他们看见连海平和石强锋从大厦出口出来,走到停车场,上车开走了。

"怎么回事儿?他们怎么到这儿来了?"林子两人面面相觑。

两组的调查不约而同瞄准了大鳌文化传播公司。

送走了警察,敖小杰回到办公室,从大班桌抽屉里拿出一个备用手机,是老式的诺基亚。他拨了个电话,电话响了很久,终于被接了起来。

"大哥,"敖小杰对手机说,"那两个警察来过了,看来他们还是发现了……对,我就按您交代的说了……"

离开大鳌文化传播公司,连海平和石强锋驱车上路。

石强锋开着车,笑了笑说:"现在你知道我的历史了,我跟敖小杰,大概十年前认识的……"

连海平说:"历史不重要,历史把你变成了什么样的人才重要。"

石强锋微微一怔。

连海平举起手机给石强锋看:"这个人认识吗?"

手机上是那个认出石强锋的姑娘。

石强锋看了两眼,说:"有点儿……有点儿像,又不太像。"

连海平说:"看这个下巴,她整过容。"

"那就对了,应该是她,她叫樱桃。以前下巴是圆的,怎么整成蛇精了,这好看吗?"

"樱桃?"

"噢,外号,她叫徐颖。"

第八章

"樱桃喜欢过你吧?"

石强锋有些不好意思,承认了:"对。"

"明天你约她出来。"

"这……我没喜欢过她呀！再说,我现在有……"

"这是侦查任务。"

石强锋不吭声了。

连海平说:"敖小杰对运用水军很在行。风云头条的姚广博说过,把张昊阳那个热帖炒起来的水军,是不请自来的。"

石强锋没接话,皱眉琢磨着。

连海平回到家,简单吃了口饭,就去卫生间洗漱,老婆儿子都不在,架子上的牙刷只剩下一支。他听到手机响起,匆匆擦了手,走回客厅,看到来电的是"云县老焦"。

"海平,孩子的下落我打听过了。"老焦在电话里说。

"怎么样?"

"这个孩子啊,是1995年4月生的,一生出来就被他妈送到了农村亲戚家寄养。"连海平默默计算着时间。

老焦说:"但是这孩子十来岁的时候,从这个寄养家庭跑出来了,离家出走了,听说有人在你们市里见过他,也不知道是真是假。"

"这孩子叫什么?"

"叫什么不知道,他随寄养家庭的姓,姓石,石头的石。"

线索在脑子里连到了一起,1995年春天出生,在亲戚家长大,离家出走,姓石,以及那次奇怪的对话……没想到,她的孩子就在自己身边。连海平一时失语。

石强锋又去了马叔家。路上买了几个羊蹄当夜宵,他吧唧吧唧啃着,马叔却不吃。

"你真不吃?"

"不吃,听你吃就行了。"马叔咽了下口水。

"瞧把你馋的,马不吃夜草不肥。"

"马老了,不能肥。你跟那个姑娘怎么样了?"

"什么姑娘?"石强锋装傻。

"别废话,你抓紧点儿,都是警察,也不会嫌弃你加班,赶紧定下来,把事儿办了得了……"

"哎,你怎么变这么啰唆,着什么急,还想抱孙子啊?"

"我着什么急,我又不是你爸……"话一出口,马叔有点儿后悔。石强锋也暂停了啃羊蹄。

"我是说啊,该谈就谈,不耽误……"

石强锋突然说:"你还记得敖小杰这个人吗?"

马叔一愣,想了想:"敖小杰? 记得,怎么了?"

"没事儿,最近案子里又碰上了。"石强锋继续啃羊蹄,马叔犹豫着,没再说什么。

青天白日,岳红兵从闲人聚集的小超市里走出来,手里拿着一条芙蓉王,在门口坐下了。闲人们看见是他,还有点儿不习惯。

老窦说:"岳厂长,头没事儿了?"

"还有点儿晕,坐会儿。"

老包说:"头晕还抽烟啊。"

"也对,不该买。"岳红兵把整条烟拆开了,挨个往闲人手里塞。

闲人们都挺高兴,纷纷收进衣兜里。有个要当场拆开抽的,看看别人,也收起来了。

老窦说:"岳厂长,咱们跟金海集团谈好了没有? 什么时候拆,楼什么时候盖,还有盼头没有?"

岳红兵说:"快了。"

老包说:"我还没住过海景房呢。"

岳红兵说:"其实住海景房也不好,太潮湿,特别家里有老人的,不能住。"

老窦说:"听他说,谁自己住呢,到手了就卖给外地人。"

有个正在下象棋的老杨,杨保革,五六十岁,黝黑强壮,阴阳怪调来了一句:"那案子还没破,警察不让动吧,为什么偏偏死在厂里头呢?"

这话不对味儿,岳红兵瞪了这人一眼。闲人们也不爱听,有人翻白眼。

超市店主打岔,拿着手机,问大家伙儿:"知道什么是主播吗?"

老窦说:"主播,新闻联播吧。"

店主说:"不是,你看看,挺好的姑娘,怎么张口就跟人要赏钱呢? 这不就是网上要饭吗,还不如要饭的,要饭也就赔个笑脸,不用扭腰掉胯的。"

杨保革说:"有的人就好扭腰掉胯,弹琴卖唱,就不是什么正经人。"闲人们憋不住了。

老窦说:"你可别让你老婆听见,她年轻的时候可是厂文艺队的。"

杨保革说:"我不怕指名道姓,我说的是沈华章!"

老包说:"有意思嘛,这么多年还较什么劲儿呢。"

老窦说:"比什么比,你看你长的,别看他现在剃了光头,照样碾压你……"

第八章

杨保革怒了，把棋子啪地一拍，发狠说："至少我没生个傻子，没断子绝孙！"

岳红兵站了起来，先跟杨保革对面下棋的人说了句"对不住啊"，伸手把象棋摊子掀了，对杨保革说："回家去。"

杨保革忽地站了起来，顺手抄起了手边的酒瓶。他比岳红兵高出半头，岳红兵指指自己头顶，说："来，破鼓不怕捶。"

杨保革瞪着眼，酒瓶举起来了。

"爸，你要再进去，可就出不来了。"

杨保革回头看，杨涛冷眼看着他，也没打算拦。杨保革哼了一声，把酒瓶放下了。

杨涛开车带杨保革回家。杨保革说："你多什么嘴，我一瓶子把他送回医院去。"

杨涛一脸寒霜："小舟出事儿那天晚上，你去哪儿了？喝多了吧，记得怎么回来的吗？"

杨保革突然抬起手，在杨涛脸上扇了一巴掌。

到了家，杨涛和杨保革谁也不搭理谁，前后进了家门。

丁淑兰正坐在客厅里发呆，见他们回来，慌忙站起来："哟，该做饭了。"

杨涛叫住她，说："妈，我想跟你商量件事儿。我想，婚礼能不能先不办了，推迟……"

"推迟，推到什么时候？"

"等小舟的案子破了再办。你要同意，我去跟唐娟说。"

杨保革说："推迟个屁，就剩两天了，席都定了，人都请了，打谁的脸呢！"

看杨保革有些醉态，丁淑兰把他往里屋推："你先进去躺着。"

丁淑兰又对儿子说："我知道你为难，但是现在什么都准备好了，钱都拿出去了，改不了了……我想，小舟也会理解的。"

杨涛说："本来跟沈叔叔说好了，婚礼上请他来弹琵琶……现在怎么办？"

杨保革从里屋探出头来："本来就不该请他，琵琶听着丧气！"

丁淑兰走去把里屋门关上了。

杨涛说："妈，就算办……那天咱们就不放鞭炮了，行吗？"

丁淑兰说："不放了，不让你沈叔叔听见。"

杨保革在里屋喊道："放，大放，驱驱邪气！"

大中午，石强锋顶着一头汗赶到商场临街的冷饮店，和连海平会合。连海平把一杯冷饮推到他面前。

石强锋以为是给樱桃准备的，说："等我见了她，都不凉了。"

连海平说："给你的。"

石强锋没想到,有点儿受宠若惊,不安地拿起来瞅了瞅。

"噢噢,柠檬金橘,挺好。你不喝?"

"不喝。"

石强锋喝了一口才想起来,说了声:"谢谢啊。"

连海平也有点儿尴尬,没话找话指了指石强锋身上的T恤衫。

"怎么不换件精神点儿的。"

石强锋往自己身上瞅了瞅:"这不行吗?好几十呢。我不会挑,你会挑吗?"

"不会。"

两人沉默了片刻。

石强锋说:"我约她见面,隋晓知道了,会不会不高兴?"

连海平说:"你小看隋晓了。"

"这么多年没见了,我怕她对我太热情。"

"这是工作,热情也得接着。她为什么叫樱桃,爱吃樱桃?"

"不是,"石强锋犹豫了一下,"别人给她乱起的。"

"她和敖小杰关系近吗?"

"近,比我认识得还早。"石强锋踌躇着,"其实,我认识的敖小杰,那时候还不叫鳌哥啊,挺讲义气的,那些年我在街上流浪的时候,帮过我不少忙。虽然不是什么五好少年三好学生,但我觉得他……不至于跟杀人案扯上关系。再说沈小舟当主播是几个月前了,凶手杀害她的动机不该是这事儿吧。"

"你认识的敖小杰,会开所谓的文化公司吗?会指挥一群女孩儿,给警察唱歌吗?"

石强锋不语,喝着冷饮。

连海平说:"人都会变,你都当了警察了。他逼黄彬删掉沈小舟的图片,肯定是有原因的,至少,他不想让人知道沈小舟在他那儿当过主播。"

石强锋点点头,放下冷饮,看了看手机。

"那我过去了。不知道樱桃变没变。"

连海平说:"去吧。"

石强锋起身离去。看着石强锋离开的背影,连海平表情有些复杂。

商场游戏厅里,一台大屏幕前,樱桃拿着一把枪,正对着屏幕打僵尸。僵尸被她打得嗷嗷乱叫,纷纷毙命。石强锋走了过来,饶有兴趣地看。

樱桃转头看见了他,也没打招呼,往投币口塞了一堆游戏币,把另一支枪扔给石强锋。石强锋接了,立刻加入战斗。

两人联手打僵尸,很快就配合得犹如珠联璧合,节节胜利。现场引起了群众围观,

第八章

161

大都是孩子,都挺崇拜地看着他们。僵尸老怪也被打成了一堆肉酱。他们赢了。

樱桃高兴地在石强锋肩上捶了一粉拳,随手把枪丢给围观的孩子,招呼石强锋:"咱们走吧。"

接过枪的孩子兴奋地继续战斗。

樱桃拿着装满了游戏币的小筐子,转移到了跳舞机前面。

"试试这个?我们以前没玩儿过。"

石强锋说:"现在也不会玩儿。"

他们又跑到抓娃娃机跟前。

樱桃说:"给我抓几个娃娃!"

石强锋说:"这个我也没玩过。"

樱桃在他胸口拍了一下,说:"这个不用学!来,我教你。"

她抓着石强锋的手,去转动手柄,移动着玻璃柜里的爪子。这些亲昵的小动作,让石强锋有点儿不适应,只能硬着头皮照收。

第一次抓空了,又抓第二次。

石强锋说:"我会了。"

樱桃松开手,脸却凑在他的脸边,几乎耳鬓厮磨,说:"往左一点儿,往后一点儿。"

她拍了一下按键,爪子抓起了一个娃娃,投进了出口。樱桃取出娃娃,高兴极了,抱住石强锋,在他脸上亲了一下。

石强锋不由自主地躲避。

"哎,樱桃,别,公共场合……"

樱桃放开了石强锋,好像有些生气似的。

"别叫我樱桃,以前我胸小,现在还小吗?"

她昂首挺胸,石强锋眼睛不敢往那儿看,傻笑着,说:"那叫什么?"

"你不会连我叫什么都忘了吧?"

"徐颖啊,怎么可能忘。"

樱桃望着石强锋,一刹那好像有些感动。

"今天的节目就是打游戏啊。"石强锋和樱桃打上了街霸。

樱桃说:"对啊,这就是咱们以前最常见面的地方。"

石强锋借机提起了敖小杰,笑说:"每回敖小杰——现在叫鳌哥了,都是我手下败将,裤兜都让我掏干净了。"

樱桃说:"其实他比你打得好。"

"怎么可能?"

"因为你拳头比他硬,他怕你揍他。"

"是吗?"石强锋手慢了,一不留神被对手KO(击倒),Game Over(游戏结束)。

石强锋离开后,连海平去了宝洋大厦。他在大厦外面逡巡了一番,观察着附近的监控探头。

"这摄像头是市政的还是大厦的?"他问一个停车场的工作人员。工作人员说:"都是物业的。"

连海平继续找,在马路对面找到一个交通探头,遥遥对着大厦出入口。他回到警队,去技术处找到大鲁,拿着手机给他看自己拍下的照片。

"这是宝洋大厦对面的探头,把6月19日晚上的监控视频调取过来。"

大鲁看了一眼,说:"宝洋大厦?你跟赵厚刚撞车了,他也要了这个监控。"连海平有些诧异。

从技术处出来,接着去找邱局。进了邱局办公室,邱局和冯大队都在,赵厚刚也在。

邱局说:"海平,坐。"

连海平坐下,看看赵厚刚。看来他们调查撞车的事儿,这几位都知道了。

冯大队说:"邱局说对了,你们两组的调查出现交集了。老赵,你先说。"

赵厚刚早就准备好了材料,理清了思路,介绍说:"好。我从头说。"

他一边说一边出示相应被害人和嫌疑人的照片。

"王一珊、贾贝贝两起案子并案之后,我们先发现一个共同点,她们都跟老鲨沙宏利借过高利贷,但是老鲨失踪了。两种可能,外逃或者被害了,根据种种迹象,我倾向于被害。然后我们又发现贾贝贝和王一珊借钱很可能都是为了整容,贾贝贝做过牙齿矫正,牙医很明确地说,她整牙是为了当网络主播。根据这个线索,我们进一步查访了王一珊的社会关系,确认了她整容也是为了当主播。接下来我们调查了本市的相关行业,嫌疑最大的是一家叫大鳌文化传播公司的,地址在宝洋大厦,王一珊整容的医院美丽星也在宝洋大厦。宝洋大厦还有一家大鳌KTV,贾贝贝和王一珊都是常客。进一步调查发现,美丽星和大鳌文化传播公司有密切关系,这就形成了一个闭环。而且大鳌文化传播公司的每个主播,都是敖小杰亲自挑选的,很可能就是在KTV选中她们的。所以,现在的调查方向,就是这个大鳌文化传播公司的老板敖小杰。"

邱局点头说:"嗯,说得很清楚,依我看,这个逻辑链目前是成立的。"

冯大队问道:"你们怀疑是敖小杰用当主播为由,对她们进行诱骗,伺机杀害?"

赵厚刚说:"对,目前对敖小杰实行了二十四小时监控,我们要进一步搜集证据。"

连海平皱眉沉思着,好像有些事儿还没想通。

邱局看他的样子,问道:"沈小舟案是怎么查到宝洋大厦去的?"

第八章

163

连海平回答说:"沈小舟也在大鳌文化传播公司当过主播,四个多月前直播过两次,就不干了。"

其他三位有些诧异。

连海平接着说:"但是有一点我觉得不太符合逻辑。王一珊、贾贝贝都是外地人,跟家里长期失联,容易成为加害目标。沈小舟不是这个情况,她和敖小杰的联系是几个月前的,而且沈小舟和贾贝贝被杀时间也过于接近了,所以……虽然我们的调查方向出现了交集,我总感觉……反而疑点更多了。"

冯大队说:"不管怎么样,先把敖小杰看住了,全力查……"

连海平说:"对了,我们已经见过敖小杰了。"

赵厚刚吃了一惊。

连海平补充道:"今天正要跟你汇报。老赵,抱歉,不知道你们也刚好查到他。"

邱局问:"对敖小杰这个人,你什么感觉?"

连海平说:"精明,善于伪装,一定和沈小舟案有关。石强锋正在通过一个主播,进一步调查他。"

冯大队有些意外:"石强锋?怎么让他去……"

连海平说:"石强锋和他们认识很多年了。"

赵厚刚似乎不大放心:"他不会冒进吧?"

"我愿意相信他。"连海平淡淡地说。

天色将晚,石强锋和樱桃离开商场,来到了一条商业街上。樱桃挽住石强锋的胳膊,石强锋犹豫了一下,四周看看,没有脱开。

"想吃什么,我请你。"他问樱桃。

樱桃说:"我想喝酒。"

"你晚上不上班吗?"

"上啊,烦得很,喝了酒才好演给他们看。"

"那……去酒吧?"

"酒吧的酒不好喝,都兑了水的,去我家喝吧。"

石强锋犹豫着。

"你怕我吃了你啊?"樱桃斜了他一眼。

石强锋笑笑,笑得有点儿夸张。

他们去了樱桃家。开门进屋,她家很宽敞,三室一厅,装饰一新。"租的还是买的?"石强锋挺惊讶。

"买的。"

"当主播这么挣钱?"

"我是自己人,又跟了他这么多年了,才能挣这么多,那些新来的还几个人合租呢。"樱桃从小吧台上拿了一瓶洋酒,倒了两杯,递给石强锋一杯。

石强锋看了看酒杯,说:"能从啤的开始喝吗,上来就整这么猛的。"

"我就爱喝猛的,蒙得快。"樱桃打开冰箱,给了石强锋一瓶啤酒。

很快,樱桃喝得半醉,歪在沙发上,脸颊发红,眼神迷离。石强锋拿着啤酒来回踱步。

樱桃拍拍身边的沙发:"你能坐下吗?"

"我转转。"

"坐下!"樱桃的口气是命令又是娇嗔,石强锋无奈坐下了。

樱桃问:"你有女朋友吗?"

石强锋停顿了半拍,说:"没有。"

樱桃望着石强锋,渐渐好似有些幽怨,说:"昨天你看见我了吗?"

"当然看见了。"

"可是你根本就没看我。"

"余光,余光看见的。"

"你怎么弄到我电话的?"

"我是警察呀,简单。别喝了,晚上不上班了?"石强锋去拿樱桃的酒杯,樱桃躲开了。

"不去了,不差我一个。"

"那一晚上少挣不少打赏啊。对了,你们打赏提成多少?那些新来的跟你提成一样吗?"石强锋不经意地提问。

"不一样。"

"那会不会有纠纷啊,干的都是一样的活儿。"

樱桃半响才回答说:"别说这些了。你找我,不是为了怀念旧时光吧。"

石强锋说:"就是,瞎聊嘛。"

樱桃说:"骗人,你有女朋友。你刚才犹豫了一秒,能让你犹豫一秒的,肯定是你真正喜欢的。"

石强锋不知道说什么。

樱桃在沙发上翻了个身,望着天花板,说:"别以为我看不出来,以前你都把我当哥们儿的,我知道你喜欢什么样的。你找我,是为了问什么事儿吧。"

石强锋不忍再骗她,却也不能说出自己的真正目的。

樱桃说:"你知道吗?我不喜欢樱桃这个外号,虽然不是你起的,但我特别不愿意

第八章

听你那么叫我。我想在你眼里,是个完完全全的女孩儿。我躺在整容医院手术台上,一下就想起你来了,好想让你看看我现在的样子。"

石强锋很尴尬,说:"其实……我不在乎那些。"

"后来我打听过你,听说你上了警校,当了警察,我就知道咱俩的路越走越岔,走不到一条上了。"

"那不会……"

樱桃说:"我根本不想当什么主播,以我的性格,天天对着手机哄大哥们打赏,那是我吗?有个傻瓜打赏了三万多,就为了跟我吃个饭,是不是有病?"

石强锋想起了黄彬:"是不是姓黄……不想干就别干了。"

"那我还能干什么?我什么都不会呀,难道也去上警校啊。"

"你去吗?我给你当介绍人。你就是我师妹了,等毕业了,我带你,像以前一样。以前我爱跟你玩儿,就因为咱俩对脾气。"石强锋语气轻松地说。

樱桃笑了笑,有些惆怅:"我知道,敖小杰对那些女孩儿不好,有时候我挺可怜她们的。"

"怎么不好?"

樱桃又沉默了会儿,说:"敖小杰没有对不起我,我不能说他的事儿。你去问一个叫小南的女孩儿吧,最近她受伤了,想走,又走不成。问得出问不出,就看你们的了。"

石强锋点了点头。

樱桃说:"你走吧。我想睡了。"

"等你睡了我再走。"

"走吧,你放心,我今天挺高兴的。"

石强锋离开樱桃家,下了楼。他在楼下站了会儿,看着楼上一个窗口的灯光。灯光熄灭,他才转身离去。

第二天,在警队食堂,石强锋悄悄跟隋晓坦白。

"昨天我去见了个女孩儿,虽然是为了查案,但是有个情况必须跟你说一下……她喜欢过我,不对,现在也喜欢我。"

隋晓瞥了他一眼:"你喜欢她吗?"

石强锋摸摸自己心脏位置,说:"有人了,放不下其他人。"

隋晓忍着笑瞪了他一眼,说:"那给我汇报什么,发生什么了吗?"

"没什么,就是衣服未遮盖部分有几次体表接触,我躲不开。你看要不要惩罚?"

"切,我有那么小气吗?"隋晓撇了撇嘴。

"你最大气了。就是接下来还要去见另一个女孩儿。"

"叫小南吧,连队跟我说了。我跟你去。"

石强锋一愣:"你跟我去?信不过我啊?"

隋晓说:"你紧张什么,要是小南有什么事儿,跟你一个男的说不出口,我去,好说话。"

"我还没想好怎么约她呢,不能惊动敖小杰,也不能提前跟她透露情况,怕她不敢来。"石强锋琢磨着。

"问连队吧,他可能已经想好了。"

小南,二十多岁的姑娘,长得清秀,然而脸上总有些担惊受怕的神情。她在路边的水果摊上挑挑拣拣,选着打折的苹果。她的左手无名指和小指用石膏固定着。包里传出手机铃声,小南放下苹果,拿出电话接了。

"你好,你是周小南女士吗?"手机里是隋晓的声音。

"我是。"

"我是第三医院骨科的,你尽快过来复查一下吧。"

"上次说,让我三周以后去复查啊。"小南有些意外。

"对,但是我们主任重新看了片子,让你赶紧过来一趟,最好今天就来,趁我们主任没下班。"

小南有点儿担心,不挑苹果了:"好,我现在就去。"

第三医院骨科,一名护士领着小南敲了敲一间诊室的门,把门推开,示意小南进去。小南道了谢,有些紧张地走进诊室。诊室里拉了一道帘子。

门关上了,石强锋在门后,顺手把门上了锁。小南吓了一跳。帘子拉开,连海平和隋晓走出来。

小南问:"请问哪位是……主任?"

隋晓友好地笑了笑,说:"小南,我们是警察。"

留下隋晓和小南,连海平和石强锋走出诊室。石强锋站在门口守着,连海平走到等候区坐下,戴上耳机,收听着隋晓和小南的对话。石强锋看见了,也忙戴上耳机。

诊室里,小南很紧张,手足无措,说:"你们找我有什么事儿啊?"

隋晓拿了一瓶水,拧开递给小南,接着打开一份资料。

"别担心,不是你的事儿。我们找到了你近一个月来在各个医院和小诊所的病历,你怎么受过这么多次伤啊。除了手指骨折,以前还有过皮下出血,肩部关节脱位,软组织挫伤,阴道撕裂……"

小南狐疑地说:"你到底是医生还是警察啊。"

第八章

167

"警察。受伤的病情归医生管,受伤的原因归我们管。"
"可是……我没报案啊。"
"不报案我们也管。这些伤都是殴打和性侵造成的吧,这是犯罪。"
小南低着头,不敢说什么。
隋晓的语气尽量温和,说:"你不是本地人吧,家是哪儿的?"
"四川。"
"爸爸妈妈都在吗?"
"在……你别告诉他们。"小南流泪了。
隋晓说:"你想回家吗?"
"想,但是我欠了钱,回不了。"
"能回,我们把伤害你的坏人抓起来,你就能回了。"
小南支吾着,仍不敢说。
隋晓说:"别怕,把你知道的都告诉我们,他们一个也跑不了。"
问完了话,隋晓送小南离开,回来向连海平汇报。
"我跟她说了,回去继续工作,就当什么事儿都没发生,我们很快就会行动。"
"她行吗?"
"我看行,这姑娘挺坚强的。"
连海平点点头。石强锋发着愣,拳头紧攥。
"哎,怎么了你?"隋晓叫他。
石强锋才反应过来。

晚上,专案组办公室里就剩下石强锋自己,他戴着耳机,听着录音。
小南说:"我们的房间,他们都有钥匙,那天晚上来了好几个人……"
"有敖小杰吗?"隋晓问。
"没有,有个人说,鳌哥嫌我们贱,他们不嫌……"
石强锋摘下耳机,眼睛冒火。
更深的夜里,他独自去了宝洋大厦。经过地面停车场的时候,他看了一眼,看到敖小杰的卡宴停在老地方。
石强锋上楼进了大鳌文化传播公司,直接往里走。围着茶台的马仔们纷纷站起。
前台认出了他,说:"哎,鳌哥不在。"
石强锋说:"放屁,车在呢。"
前台朝楼下指指:"唱歌呢。"
石强锋下楼进了大鳌KTV,给前台女孩儿亮了下证件,说:"警察,敖小杰在哪儿?"

前台女孩儿看了眼证件,怯怯地朝里指了指。

KTV最大的包间,能坐几十人。装修得很炫目,茶几上摆着酒水果盘。里面坐着敖小杰、大勇、几个马仔和两三个女孩儿。大勇在唱歌,唱的是情歌,跟他五大三粗的外表不太匹配。

敖小杰正跟一个染着红发的女孩儿聊天,拿着手机给她看旗下主播们的表演。

"数数,一晚上能打赏多少?"

红发女孩儿衣着暴露,穿着短裙、凉鞋,脚指甲染成了石榴红。

"能有多少啊?"

敖小杰说:"嘿,刚有人送了个皇家礼炮,这个是六万多个币,十个币一块钱,你算吧。"

红发女孩儿用了五秒钟,才算出来,一惊一乍地说:"呀,这么多!能买一双LV(路易威登)鞋了。"

敖小杰笑说:"多攒几个,买个包也不是问题。"

"这打赏都是我们的吗?"

"看你的业绩了,打赏越多,提成越高。来,你先试试镜,跟我说,谢谢榜一大哥哦,妹妹给你比心。手举起来,挺胸,比个大的,人家给的是礼炮,要是送兰博基尼,"他搓了搓手指,"比这个就行了。"

红发女孩儿正要依样画葫芦,包间门突然被人一脚踹开,石强锋进来了。

红发女孩儿吓了一跳,举起的手放下了,没好气地说:"谁呀,真讨厌!"

马仔们正要叫嚣,看见是石强锋,纷纷看向敖小杰。

敖小杰笑笑,说:"哥,还是这么豪气啊。来,给我哥比个心。"

他举起双手,带头比了个隆重的心。女孩们面面相觑。

石强锋扫了一圈,说:"让他们先出去。"

"没问题。"敖小杰吩咐大勇,"去开个小包,你们先玩儿。"

红衣女孩儿不甘心地问:"我通过了吗?我能当主播吗?"

敖小杰说:"当主播要先学会听话哦,去吧。"

大勇很不放心,敖小杰满不在乎地比了个OK,大勇似乎心领神会,带着其余人离开,包间里只剩下石强锋和敖小杰。

"哥,有事儿啊?"敖小杰笑着问。

"有事儿,跟我走吧。"石强锋没跟他废话。

"去哪儿?"

"回队里,自首。"

敖小杰仿佛很惊讶,说:"你倒是把话说明白呀哥,自首我也得知道自己犯了什么法。"

"以前咱们虽然是混蛋,也干过不少混蛋事儿,但是还知道什么事儿绝对不能干。"石强锋语气冰冷。

"我干什么了?"

"干了不是人干的事儿。"

"我真糊涂了……"

石强锋直接发问:"除了沈小舟,你认识王一珊和贾贝贝吗?"

"谁?这俩名字我第一次听说。"敖小杰很无辜似的。

石强锋冷笑说:"是吗?你就是在这间包房,诱惑她们两个也能当主播的吧。"

"沈小舟死了,你刚说的这两个人,也都死了吗?"敖小杰惊讶地问,"哥,你可别拿这事儿吓我。你现在是警察,我现在呢,还算是个混蛋,可我还是你认识的那个混蛋,我什么时候对女人动过手?"

石强锋盯着敖小杰。敖小杰跟他对视,似乎并不心虚。

"你是怎么管这些女孩儿的?"

"雇佣关系,怎么了?我是老板,她们是员工,互相尊重,人性化管理……"

石强锋打断他,喝道:"放屁!殴打、性侵、恐吓、要挟,这是人干的事儿吗?"

敖小杰收起了笑脸,很郑重:"哥,你是警察,说出来的每个字都是有分量的,不能乱说,能压死人。你要不信,我们现在就上去,把姑娘们都叫出来,你当面问。"

石强锋冷笑了一声。

敖小杰很敏锐,似乎立刻捕捉到了含义,说:"问过了?有人跟你说的……是樱桃吗?"

"她什么都没说。"

"那就是有人嫌提成少,给我泼脏水。"

石强锋不耐烦地说:"别扯淡了,我什么性格,你很清楚吧,要是没有证据,会来找你吗?"

敖小杰望着石强锋,低头思索着,片刻抬头,阴阴一笑,说:"是不是楼下已经被警察包围了?"

石强锋愣了一下。

敖小杰猜对了。楼下,大厦外围,一辆车上,连海平戴着耳机聆听着石强锋与敖小杰的对话。另一辆车上,是赵厚刚,也在听。其他多辆车上,都有警察。他们真的把宝洋大厦包围了。

石强锋出发之前,队里商量好了抓捕敖小杰的计划。

冯大队说:"现在抓了,敖小杰完全可以说他不知情啊,都是手下干的。"

赵厚刚说:"一锅端了,各个击破。"

连海平沉吟不语。

石强锋主动说:"我申请先打头阵,套出敖小杰的口供。"

冯大队和赵厚刚看看连海平。

连海平说:"我也正有这个想法。但是不能刻意套话,那不是你的性格,你一反常,他反而会察觉。"

石强锋说:"明白,我就按我的性子来。"

现在石强锋就是按着他的性子来,对敖小杰毫不客气,说:"你觉得我一个人带不走你?"

敖小杰站起身,很真诚的样子,说:"当然不是,你以前是我哥,现在还是,哥说去哪儿,我就去哪儿。"

"主动坦白,是为你好。"

"我懂,等着大部队打上门来,性质就不一样了。"听敖小杰的语气,好像已经认栽了。

石强锋点点头。

敖小杰又说:"我有个请求,走之前,咱们唱首歌吧,吼一吼,痛快痛快。"

石强锋说:"我不会唱歌。"

敖小杰说:"我唱,你听,最后一次了。"

石强锋犹豫着,同意了。敖小杰点了歌,打开音乐,音量调到了最高,震耳欲聋。

"太吵了!"然而石强锋的声音被淹没了,只看见他张嘴。

敖小杰也张嘴:"没事儿,隔音好!"

楼下,连海平的耳机中传出嘈杂的音乐声,他皱起了眉。

步话机里赵厚刚发问:"什么情况,还真唱上了?"

连海平说:"先等等。有情况石强锋会发消息。"

楼上包间里,音乐声中,门悄然打开,大批马仔泥石流般一股脑儿涌入,片刻之间,进来了十几个。大勇殿后,把包间门关上了。看来他们早有安排。

"干什么?"石强锋一愣。

敖小杰不答,打了个手势。音乐突然变得高亢,马仔们二话不说朝石强锋扑过去,石强锋立刻反应过来,动作如豹子般敏捷,出手没半点儿花招,都是最实用的攻击方式,几拳就把冲上来的两个先锋打倒。

敖小杰拿着话筒,唱起来了。马仔们在歌声中虎视眈眈,伺机进攻。石强锋伸手摸向腰间,那儿藏着监听设备。然而他的手又挪开了,看着马仔们,目光中渐渐透出好勇斗狠的气概,冷笑起来。

"行,好久没练了,那就练练。"

他挑衅似的招了招手,马仔们扑了上来。石强锋退后两步,守住有利地形,马仔扑上一个,打回去一个。他出手凌厉干脆,手脚并用,也许招式并不好看,或者说根本没有招式,但是被打倒的、打疼的马仔越来越多。

战斗了几个回合,石强锋虽然也受了点儿伤,嘴唇见了血,衣服也撕破了,肩上的伤口崩裂,染红了衣袖,但马仔们没有对他造成实质性伤害。

敖小杰躲在角落,一边唱歌观战,一边拿出手机,发了条消息。

马仔们横眉立眼盯着石强锋,给自己打气,互相催促。

"他不行了,上啊。"

"什么铁路西战神,就这样儿吧。"

石强锋冷笑,从腰后掣出了甩棍,一甩抖开,说:"我这还没开始呢,来,接着唱!"

马仔们看见他装备升级了,摸摸自己身上被打疼的地方,犹豫不前。有几个马仔跃跃欲试,也拿了棍棒冲上前来,石强锋精准打击,眨眼之前,马仔棍棒脱手,嗷嗷叫。

大勇像白鲸分开海水分开众人,向石强锋浩荡奔袭,石强锋留神看他步伐,提前赶上,一下把他铲翻,扬起甩棍吓他,让他别动。

大勇说:"你犯规!"

石强锋说:"你蠢蛋!"

忽然包间门打开了,两个马仔拎着樱桃的胳膊进来,一直把她揪到石强锋面前。樱桃挣扎着,突然看见了石强锋。

"石强锋?"

石强锋看着敖小杰,眼中射出凶光。

"放开她!"

敖小杰打了个手势,马仔突然把樱桃推向石强锋。石强锋伸手接住她,没防住底下,大勇一把抱住了他的腿,成功把他扳倒。马仔们抓住机会,一拥而上,泰山压顶似的,牢牢压住石强锋,将他脸摁在地上,让他喊不出来。

敖小杰亲自上前,在石强锋身上摸索着监听设备。石强锋挣出一只手,向敖小杰打去,打得不重,手又被马仔们按住了。敖小杰找到了监听设备,解下来,小心地放到一边。

樱桃扑上去想救石强锋,敖小杰扇了她一巴掌,抓住她的头向茶几一磕。樱桃晕过去了。

马仔们七手八脚地用扎带捆住了石强锋的手脚。敖小杰把话筒递给一个马仔,附耳对他说了几句,马仔拿起话筒,接着唱歌给楼下的警察们听。敖小杰打了个手势,马

暗潮缉凶

仔们拖着石强锋出去了。

他们拖着石强锋进了一间储物室，一个马仔搜出石强锋的手机，递给敖小杰。敖小杰抢铁锤把手机砸得粉碎。

石强锋说："敖小杰，你知道你在干什么吗？！"

敖小杰说："让他闭嘴。"

马仔用皮带把石强锋的嘴勒上了。

敖小杰又说："给他打一针，让他好好睡一觉。"

文身小弟随即跟上，从皮夹里取出一根针管，给石强锋打了一针。

敖小杰说："锋哥身体好，一针恐怕不够，再来一针。"

文身小弟有点儿犹豫，说："两针会出事儿吧……"

敖小杰伸手夺过皮夹，又拿出一根针管，给石强锋扎上，说："哥，睡吧，不痛苦。"

石强锋嘴巴都是血，两眼也快瞪出血来了。

敖小杰把针管拔了，随手扔下，交代所有马仔："上楼，等着我。"

他上楼回到大鳌文化传播公司自己的办公室，找出一个诺基亚手机，打电话。

"知道了，马上办。您放心，这一天我早有准备。等风平浪静了，再跟您请示。"他挂了电话，把SIM卡取出毁掉，手机丢进水杯。

他打开柜子，里面有个保险箱。输入密码，打开保险箱，里头都是现金，足有大几十万。

他把现金装进一个大包里，出了办公室，和等待的马仔们会合，然后从包里拿出一沓一沓的钞票，每个马仔发一沓。

"现在马上走，去哪儿我不管，也不要告诉我，往全国各地跑，越偏远的地方越好，等事儿过去了，我会叫你们回来。我不打电话，就不要找我。还有，要是被抓了，敢说一句不该说的，后半辈子到哪儿都别想好好过，知道了吗？"

马仔们接过钱，纷纷答应了，感激称谢。

敖小杰挥挥手说："走吧。"

马仔们一哄而散，离开了公司，只剩下大勇。

大勇看看包里剩下的钱，指指那两排直播间，说："她们呢？"

敖小杰说："给她们发什么钱，还欠我钱呢。"

他们最后看了一眼公司，扭头就走。

楼下，连海平听着耳机里的歌声，已经吆吆喝喝唱了半天，没有停下来的意思，他有些疑惑。手机响了，是个陌生号码，他接起来。

"是连海平吗？"马叔在电话里说。

第八章

"我是,你是?"

"我叫马超群,以前是东城大队的,病退了,石强锋这小子跟我熟。"

"噢,有事儿吗?"连海平有些意外。

"你们是不是在调查一个叫敖小杰的人?"

连海平一愣,没有接话。

马叔说:"你别误会,石强锋没有跟我说具体案情。石强锋这孩子跟敖小杰有过交情,但是他恐怕不知道,敖小杰这个人很滑头,背信弃义的事儿没少干,石强锋心眼实,我怕他弄不过敖小杰。他今天晚上有任务吗? 我刚刚给他打电话,联系不上了。"

连海平说:"别担心,石强锋不会太鲁莽。"

马叔说:"不怕你笑话,我这眼皮老跳呢,心里不踏实,所以才找你。要是能联系上他,让他给我回个信儿。"

"行,放心吧。"连海平挂了电话,立刻给石强锋打电话,果然无法接通。

他马上抓起步话机:"情况有变,立刻抓捕!"

话音刚落,只见数辆小汽车、摩托车、电动车从宝洋大厦开了出来,向不同方向逃窜。

赵厚刚在步话机里吼道:"水淹老鼠窝了这是,抓! 一个都别跑了!"

埋伏的警车迅速启动,警笛大作,展开追捕。

连海平没动,对着步话机问:"石强锋的位置在哪儿?"

很快有人回答:"还在楼里边。"

连海平凝眉略一思索,跳下车,向宝洋大厦冲去。

大厦出口,敖小杰和大勇穿着潮男帽衫,盖住了头脸,低头绕过大厦,朝一旁溜走了。

连海平与他们错过了。他闯进KTV,直奔前台,喝道:"警察! 刚刚敖小杰在哪个包间?"

前台女孩儿怯怯地朝里指。

连海平赶到大包间门口,破门而入,只见里面一片狼藉,那个唱歌的马仔也跑了,没有石强锋的身影。他在地上发现点点血迹,不由得心惊。

连海平心急火燎,打开一间一间包房查看。有的包房有人唱歌,有的包房是空的,然而找不到石强锋。他正焦急,忽然听到有人呼救,循声跑去,看到樱桃跌跌撞撞跑出来,额头发青。

连海平拦住她:"石强锋在哪儿?"

樱桃带着连海平往回跑,进入储物间,在角落里找到了石强锋。石强锋靠墙坐着,双手被扎带捆着,虽然看起来意识不清,但仍努力用手指抠着自己肩上的伤口,血染红了半边衣衫。

连海平去掰他的手,喊道:"石强锋!醒醒!"

他在地上发现了两个空针管,捡起来,用手套包了装进衣兜。

樱桃看着石强锋抠进他自己伤口的手指,颤声问:"他这是干什么?"

"他怕晕过去,想让自己疼。"连海平掰开他的手,又叫他。

石强锋迷迷糊糊睁开了眼睛,说:"定位器……"

他又晕了过去。连海平明白了,拿出手机,跟楼外的刑警们通报:"马上追踪石强锋的定位器,应该在敖小杰身上。"

刚刚敖小杰从石强锋身上解下监听设备时,石强锋挣出一只手,抓了敖小杰一把,将一个小小的定位器放进了敖小杰衣兜。

连海平背起石强锋向外跑,一路跑到车边,把他放进汽车后座,绑好安全带。然后他启动汽车,拉响车内警笛,油门踩到底,风驰电掣开了出去。

连海平目视前方,眉头紧锁,他一路疾驰,车速飞快地在车流中灵活穿梭,见了红灯就闯。

"去……去哪儿……"石强锋迷迷糊糊醒来了。

连海平说:"医院。"

石强锋含糊不清地说:"追……追敖小杰……"

连海平说:"有人追他,没事儿,不怕他跑,跑了也能抓回来。"

石强锋又说:"我……我要死了吗……"

连海平马上打断他,喝道:"不会!你必须好好的!马上到医院,给我坚持住!"

石强锋又晕了过去,连海平猛踩油门。

敖小杰和大勇开着一辆车行驶在逃亡路上,车是一辆破大众,不是他的爱车卡宴。这是辆备用的跑路车,噪声很大,正开着,仪表盘亮灯了。

大勇说:"轮胎没气了吧?"

敖小杰说:"妈的,这车多久没开了?跑路车也要保养啊!"

果然,还没开出市区,车就爆了胎。这条路很偏僻,打车都打不着,没办法,他们只好下车换胎。然而,换胎这件事儿,他们都是门外汉。

"顶哪儿?"大勇拿着千斤顶问。

"车架。"敖小杰拿着手机,手机上是刚刚百度出来的换胎教程。

"哪儿是车架?"

敖小杰有些不耐烦,把手机杵到大勇脸前,说:"自己看。"

大勇瞪眼睛看了看,还是不明白。

"找个视频行不行?"

敖小杰急了,骂道:"靠,你怎么不学学换轮胎?"

"你吼什么,从来用不着我动手啊!你怎么不学?"

大勇蹲下,把千斤顶放在车下,笨拙地摇着手柄。

他们都没注意,一辆七座商务车不紧不慢地经过了他们,朝前开了几十米后在路边停下了。车上下来了几个人,是鲲哥和几个手下。他们全都戴上了头套,把手里的铁锤藏在衣服里,往回走。

看大勇笨手笨脚,敖小杰很郁闷。忽然,他觉察到有人靠近,刚刚抬头,几个人影扑了上来。

敖小杰喊了一声:"大勇小心!"

大勇转过头,看见了打来的铁锤。他一偏头,用肩膀硬扛了一下,直起身来,伸手就去夺铁锤。

敖小杰要跑,发现已经被包围,就哧溜钻到了破车底下。

大勇一人跟三个人对打,挨了不少锤头,好在他肉厚,体壮如牛,抗击打能力强,居然怎么也打不倒。

敖小杰趴在车底下,一边双脚乱踢,以防被拖出去,一边喊道:"大勇,别打了,快跑啊!"

他只能看见外边乱纷纷的人腿,大勇的脚跟踉踉跄跄,终于倒了下来。还看见一辆车倒退着开了过来,停在旁边。那些人试图抬起大勇,然而大勇太重了,一时弄不起来。

敖小杰喊:"大勇,大勇!"他不敢出去。

忽然,远处响起了警笛声,听声音正在靠近。那些人犹豫了,扔下大勇,纷纷上了车,很快离去。敖小杰在车下等着,警笛声越来越近。

"大勇,大勇!"

趴在地上的大勇有了反应,转着头往车底下看了一眼,又艰难地爬起来,靠车坐下,挡住敖小杰。敖小杰看见又有一辆车停下了,有几个人下车后发现了大勇,朝这边跑过来。

"敖小杰呢?"是林子的声音。

大勇说:"不知道,跑了。"他支持不住,倒了下来。

有人打电话叫救护车。

车里车外找了一圈儿,有个人趴下来朝车底下看,是林子。

林子看见了敖小杰,笑着招呼他:"敖小杰,出来吧!"

医院病房里,石强锋躺在病床上输液,昏迷不醒。

连海平坐在床边,看着输液管里的药液一滴一滴流下,流入石强锋的血管。他拿出手机,打开一张照片,是那个女孩儿——石强锋母亲的照片。他注视着石强锋的脸,好像想从他脸上找到些熟悉的特征。

石强锋动了一下,忽然睁开了眼睛,迷迷糊糊看过来。连海平惊觉,收起手机,关切地靠近他。

石强锋没头没脑地问了一句:"我知道你跟我妈谈过恋爱,为什么跟她分手?"

连海平吃了一惊,迟疑着说:"是她跟我分手的。"

石强锋毫无反应,眼睛又慢慢闭上了。连海平一时有些迷惘。

第二天一早,石强锋病情稳定了。连海平终于放心,走出病房,给郭大法打电话。

"老郭,昨天捎给你的针管,有结果了吗?"

郭大法说:"有了。"

"跟沈小舟体内发现的成分一样吗?"

"不一样,沈小舟用的是异丙酚,这个是氯胺酮。石强锋怎么样了?"

"还没清醒,医生说抢救及时,没有生命危险。"

郭大法感叹说:"这小子体格可以呀,这一针管下去,一般人几十分钟就呼吸停止心脏停跳了,他还挨了两针,命够硬的。"

上午10点多钟,沈华章从床上坐了起来,他刚退烧,看起来很憔悴。他缓了缓,慢慢下了床,走到衣柜前,找出一件干净的衬衫。

孙秋红正在客厅里抹桌子,看见沈华章穿着干净的衬衫走出卧室,忙问:"怎么起来了?我给你弄口饭。"

沈华章说:"别忙,今天是杨涛结婚的日子,收拾收拾该过去了。"孙秋红犹豫着,不知该怎么说。

沈华章走进卫生间洗脸刮胡子,说:"对了,红包准备好了没有?把我的琵琶拿下来。"

孙秋红说:"杨涛他妈来过,说咱们不用勉强去。"

沈华章顿了顿,语气很坚决:"你不用去,我去。他们也请了小舟,我是替小舟去。"

孙秋红不再争辩。

杨涛的婚礼在旭日厂居民区一个破旧的社区活动中心举行,社区活动中心有个大厅,能摆十来桌酒席。婚礼现场布置得有些朴素,就是平常人家结婚的那一套,大红为主,喜庆,不出格,也没什么特别的设计。

岳红兵两口子跟着丁淑兰打门口进来,和熟人们打着招呼,一直来到主桌。主桌坐着杨保革和亲家两口子。

丁淑兰打扮得很正式,显出年轻时的风韵,她招呼岳红兵坐下,介绍了亲家,亲家姓唐,也是小老百姓的样子。岳红兵和唐亲家握了手。

杨保革坐着没动,看他的神情,不像儿子结婚,倒像个外人似的。他面前放了个玻璃杯,里面不知是水还是酒,不时拿起来喝一口,看见岳红兵,还是爱搭不理的。

岳红兵不跟他一般见识,主动示好说:"老杨,还没开席就喝上了?"

"这是水。"杨保革说完又抿了一口。

岳红兵说:"你起来去照应照应,让大嫂忙前忙后的,不是规矩。"

"谁拿得出手谁接客,我们家她主外。"杨保革不动窝。

丁淑兰笑说:"我来吧,谁让我人缘儿好。"

亲家两口子有些尴尬,好似盼着赶紧完事儿。

唐父说:"鞭炮也不放了,仪式该开始了吧。"

"这就开始。"丁淑兰转过身,望向门口,怔了一怔。

沈华章刚刚进门,怀里还抱着琵琶盒,人看起来挺精神,衬衣西裤,整洁正式,正站在门口朝里张望着。

杨保革的脸马上黑了一层,把面前的不明液体一口干了。

中午时分,石强锋醒了。

他睁开眼睛,慢慢抬头打量了一下病房,看了看自己正在输液的手,接着看到了一旁椅子上闭目养神的连海平。他有些迷茫,好像不知道怎么到了这里。他望着天花板,努力回忆着。

连海平似乎睡着了。睡梦中,他又看见了那个白衣女孩儿,女孩儿正在走向水中。连海平急急跟上她,跟着下水,想把她拉回来。水淹到了女孩儿的腰,她停下了,回过头,向他摆手,像挥手告别。连海平很焦急,大步向前蹚。女孩儿却笑着,指了指他身后。他回过头,只见岸上有个两三岁大的孩子,正坐在地上玩耍。再回头看,女孩儿已经消失了,只剩下空空的水面。他急坏了,蹚水向前寻找着女孩儿,然而向岸上看了一眼,只见那孩子起来了,正在向远处跑。他站在水中央,进退维谷,左右为难。

连海平睁开眼睛,梦还在脑子里盘旋。他调整了一下坐姿,瞟了一眼床上。他猛地坐直了,床上是空的。

大街上,石强锋上身穿着医院的病号服,下身穿着自己皱巴巴的裤子。他伸手拦出租车。一辆出租车停下,石强锋上了车。

"刚出院啊哥们儿?"司机是个年轻人。

"嗯,去滨海区公安分局。"

司机狐疑地看了他一眼,石强锋从裤兜里摸出了警官证。

"明白了,您这是卧底查案吧!"

出租车行驶在路上。石强锋打开车窗,吹着风,仿佛期待着什么。开出不远,前方堵车了,看起来堵得很严重。司机刚想掉头,后面接二连三来了车,退不回去了。

"糟糕,你是不是有任务?"司机抱歉地说。

"对不住,我下车吧。"石强锋伸手摸兜,"忘了,手机坏了,也没带现金……要不你晚点儿去局里找我,我是刑警大队的……"

司机打断他说:"不用哥们儿,我就没打表,你下吧。"

石强锋道了谢,匆匆下车。他吸了口气,开始奔跑。

大马路的人行道上,一个穿着病号服的年轻男子大步奔跑,脸上笑着,仿佛要奔向春天似的,引得行人纷纷侧目。

杨涛和新娘小唐开始了挨桌敬酒环节。杨涛穿着西装,满头是汗,小唐穿着红色旗袍,挺普通的一个姑娘。先敬了主桌,所有人喝了一杯,杨涛和小唐转战下一桌。

沈华章放下酒杯,拿起琵琶,说:"该我了。"

丁淑兰说:"不用弹了,多吃儿多喝点儿。"

"说好了的,得弹,曲子我都准备好了。"

沈华章走向临时搭起的婚礼台,仪式已经举行过了,地上都是亮亮的碎纸。岳红兵帮他把椅子和麦克风在台子一侧摆好,沈华章坐下,试了试音。

他低头沉思片刻,对着麦克风轻轻说了一声"《渔舟唱晚》",开始弹奏。正在敬酒的杨涛听见琴声,诧异地回头看了一眼。

沈华章闭着眼睛,手指翻飞,喜庆的曲调波浪般卷向全场。众人望着他,被他娴熟的琴技惊住。只有杨保革不以为意,仿佛还被这琵琶声冒犯了,不住自斟自饮着。

琴声收住。沈华章停了片刻,又报了下一首:"《金蛇狂舞》。"琴声又起。

技术处办公室里,隋晓坐在电脑前,心不在焉。

大鲁走过来:"怎么还不吃饭去?"

"等会儿去。"

"刚买的好茶叶,来点儿?"大鲁拿着包茶叶。

隋晓还没说话,郭大法把杯子伸了过来,说:"给我来点儿。"

大鲁说:"怎么一听好茶叶你就出现了,好茶叶能召唤你?"

郭大法看看隋晓,说:"担心石强锋呢,他没事儿。"

"担心谁啊,没有!来点儿吧。"隋晓把杯子递过去,大鲁给她倒了点儿。隋晓起身去饮水机接水。刚接了半杯,大鲁脑袋凑过来。

"你接的是凉水呀!咳,都糟蹋了。"

隋晓这才反应过来,看着杯子里的"凉茶",接也不是,倒也不是。大鲁说:"干脆啊放你半天假,上医院去吧。"

"我去医院干吗?"隋晓没好气地说了一句,转过身,突然呆住了。

石强锋正站在办公室门口,满头大汗气喘吁吁地望着她,一脸傻笑。看见他,隋晓的眼圈一下红了。

沈华章最后一首弹的是《步步高》。曲子越来越高昂,越来越喜庆。

他弹奏着,慢慢睁开了眼睛,身边仿佛多了把椅子,女儿小舟坐在椅子上,也抱着一把琵琶,跟他合奏。女儿脸上带着笑,目光灵动,指法像他一样娴熟。

一曲终了,沈华章泪流满面。岳红兵赶忙带头鼓掌,走上去说:"好了,不弹了。"

丁淑兰扶沈华章下了场,回到席前坐下。

沈华章擦去眼泪,向丁淑兰赔罪:"对不起,今天该高兴……"

岳红兵给沈华章倒了满满一杯酒,说:"弹得真好,比大剧院的老师弹得都好,来,敬你一杯。"

沈华章说:"不喝了,我都忘了,小舟最烦我喝酒。"

杨保革脸色铁青,一杯接一杯地喝。他看着桌子对面,丁淑兰和沈华章小声说着话,拿起酒瓶,发现瓶子空了,他哼了一声,甩手把瓶子砸在地上。大家吓了一跳。

丁淑兰说:"你干什么?喝多了回家睡觉去。"

杨保革说:"我回家睡觉去,你上哪儿睡觉去?上他家?"

丁淑兰没想到他张口就是这么难听的,气噎住了。

岳红兵说:"老杨,不会说话就把嘴闭上。"

杨保革站起来,绕着桌子走,沈华章的琵琶盒放在一边,他伸手拿了起来。"这晦气东西,谁让你来的?"

他举起琵琶盒就要摔,杨涛及时赶过来,抢上一步,一把抱住盒子。

两人抢夺起来。杨保革身高力大,杨涛虽年轻,但一时也抢不过他。然而杨保革毕竟喝多了,底盘不稳,发力不匀,终于被杨涛抢了过去。杨保革收不住劲儿,歪着撞到酒席上,桌子翻了,酒菜撒了一地。

两位亲家早就站了起来,躲在一边,面如寒霜地看着这一场闹剧。看酒席也没了,他们拉起女儿的手,愤然离场了。

连海平从医院匆匆赶回队里,在专案组找着老郑。

"石强锋回来了吗?"

"没有啊,他不是在医院吗?"

"跑了。"

老郑吃了一惊:"他不是中毒了吗?还能跑呢?"

大鲁探头进来:"能跑,跑回来带着隋晓出去了,这是爱情的力量啊。"

石强锋带隋晓去了马叔家。他先换上了干净衣裳,又去厨房把买来的熟食一一腾到盘子里。隋晓和马叔两人在客厅坐着,隋晓有些窘,马叔虽看不见,也不太自然。

半响,马叔说话了:"这小子,真不会办事儿,也不提前打个招呼!我这儿乱吧?"

隋晓说:"挺好的,很干净。"

"都是他收拾的,老来,赶都赶不走。"

隋晓笑笑,转头四处看看。

"他跟你说了我是谁吗?"马叔忽然问。

"来的路上说了。"

"挺纳闷吧,突然带你跑这儿串门儿来?"

"他说……您是他现在唯一的亲人。"隋晓认真地说。

马叔一怔,有点儿感动,说:"你也是他唯一带来见我的女孩儿……不是,我不是说他交往过很多女孩儿,他还真没有!就是……咳!"他的嘴也变笨了。

"马叔,我知道您的意思。"隋晓及时接了话。

"带你来见我,这是动了真心了。"马叔笑说。

隋晓脸红了,幸好马叔看不见。

石强锋端着盘子走过来放下,隋晓赶忙站起,帮他把剩下的盘子转移过来。

两人在厨房的时候,隋晓捶了石强锋一拳。

"这是什么?"她注意到石强锋肩头淡淡的疤痕印儿。

"没啥。"石强锋慌忙把短袖撸了下来。

"什么东西……烧伤?"隋晓又给他撸上去了。

"不是……是除那个……文身落下的……身上也有。"石强锋有点儿不好意思。

隋晓愣了愣,轻轻用指尖碰了碰。

"你不会嫌弃我吧。"石强锋说。

隋晓摇摇头,很温柔:"除文身……疼吗?"

饭吃得差不多了,马叔脸也喝红了,端着酒杯对石强锋说:"今天高兴,可惜,你俩都不能喝。"

石强锋说:"那不正好,都是你的。"

"够了,您也别喝了。"隋晓收拾残局,送进厨房。

第八章

马叔跟石强锋说:"隋晓不错,你小子撞大运了。"

"看你说的,我也不差啊。"石强锋笑呵呵的。

马叔干了最后一杯,说:"敖小杰抓住了,这我就放心了。我知道,他以前帮过你,你拿他当哥们儿,我真怕你看不透他。他跟你不一样,有野心,以前我也想帮他走正道儿,他还以为我要抓他。我这双眼睛,恐怕就是他弄的。"

石强锋大吃一惊。

专案组里,冯大队、连海平、赵厚刚等研判着敖小杰的审讯情况。

赵厚刚:"从昨天到现在,敖小杰什么都不说,拐弯抹角打太极。对女孩们殴打性侵,他说是对手下管教不严,本人从未参与,杀人就完全不认了。"

连海平翻看着敖小杰的案情记录和审讯记录。

"有人赶在咱们前面袭击了他?"

冯大队说:"对。"

连海平思索着,说:"有人要灭他的口?会是什么人?"

冯大队说:"他很可能是知道的,但是不说。"

"老鲨,沙宏利,应该也被灭口了。本来以为敖小杰是黄雀,看来他也是个螳螂,背后还有更大的鸟。"赵厚刚说。

"都要被灭口了,也不说?"连海平有些意外。

"只能说这个黄雀很厉害,爪子伸得长。这个案子已经不是单纯的杀人案了,顺着绳子拽,后头很沉哪。"冯大队说。

连海平思索着,继续翻看着材料,发现了什么。

"这个跟敖小杰一起出逃的大勇,现在怎么样了?"

赵厚刚说:"在医院,救是救过来了,不过受伤挺重。"

"敖小杰是亲眼看着大勇被人打成那样的?"

"对。"

"但是审讯的时候,他一句也没问大勇的情况。"

"没问,就是个白眼狼。"

连海平说:"他确实不是什么仗义的人,但一句也不问就有点儿奇怪了。"

"你觉得……"冯大队猜想连海平的意思。

外面突然传来吵闹声,一名警察跑进来:"报告,石强锋要打敖小杰!"

讯问室外,林子和几名警察阻拦着试图进入讯问室的石强锋。隋晓在一旁,插不上手,干着急。

"警告你啊,别犯错误!"林子提醒他。

"我那是气话,我没要打他,我就问句话!"石强锋大声解释着。

连海平赶到了,叫住石强锋。

石强锋看见他,老实了点儿,说:"我不会打人,我有事儿要问他。"

连海平说:"审讯要按程序来。"

石强锋忍了忍,说:"行,你们问完了我再问!"

先由连海平审讯敖小杰,赵厚刚和冯大队等在隔壁观看。敖小杰似乎很困,都要睡着了。

连海平先把一份病历和一张照片放在他面前,都是大勇的。敖小杰眯着眼睛看,好像并不在意似的。

连海平说:"看清楚了吧,他伤得很重,但是没有生命危险。"

"不是有句话嘛,出来混,迟早……"敖小杰还要调侃。

连海平直接打断他:"打他的人也应该还。你不用表现得这么不在乎,有在乎的人不是什么丢人的事儿。"

敖小杰的笑僵住了。

"这是一份手续,"连海平又拿出一份材料,"我们已经和邻省的兄弟单位说好了,你和大勇都可以转移到邻省监狱服刑,换个名字,你们两个单独关押,他们不可能找到你。"

敖小杰眼皮动了动,说:"不是哄我的吧?"

"不是。"

"我怎么知道你是不是……"

"你应该了解过我,我说不是。"连海平盯着敖小杰的眼睛。

敖小杰慢慢松动了,他望着连海平,盘算着。连海平的目光渐渐瓦解了他的壁垒,终于他咬了咬牙,吐口了,说出了一个名字:"是李达达。"

连海平一惊。隔壁的人也是一惊。

"李达达?"

敖小杰说:"对,他爸是金海集团老总李龙和。李达达圈内人称小龙王。"

"李达达为什么要袭击你?"

"他是我背后的金主。我的公司、KTV都是他的,我就是个街头混子,哪有钱做这么大的生意,对了,我就是那什么……白手套儿!黑手套儿!"不等连海平再问,敖小杰自己顺嘴往下说,"我手下这些主播,我选一遍,他也要选一遍。有满意的女孩儿,我会带去参加他搞的秘密聚会,聚会我不能进,所以都发生过什么,我不知道,也不敢问。那两个死了的,我知道有一个去过。剩下那个,有人带去过,就是放高利贷的老鲨。"他苦笑了一下,"我确实知道得太多了。"

连海平说:"沈小舟呢?"

"没有,沈小舟我没带去过,她干了两次直播就走了,我再没见过她。"

连海平皱起了眉。

敖小杰说:"李达达让我逼那个死宅删帖,我还有点儿奇怪,他为什么不想让人知道沈小舟干过主播呢?"

"因为他不想让我们查到你,再查到他。"

"对了,沈小舟其实是张昊阳托李达达介绍给我的,沈小舟确实是想打工挣钱,她家穷!没想到还有这种人,靠着大树,还非要自己挣个仨瓜俩枣的。"

"现在你公司里,还有谁去参加过李达达的秘密聚会?"

敖小杰脸色变了变,犹豫了。

连海平说:"说吧,所有人我们都会保护。"

敖小杰说:"没有,公司里没有了……凡是去过的,我都没再见她们回来。"

审完敖小杰,根据得到的新情况,冯大队和专案组成员们分析案情,邱局也参加了。

赵厚刚说:"敖小杰交代,贾贝贝参加过李达达的秘密聚会。王一珊可能是老鲨沙宏利带去的,沙宏利应该也是李达达的傀儡。现在线索都指向李达达,应该立刻把他列为重点嫌疑人,集中火力查。"

冯大队点点头,说:"查,先暗访,不明查。他父亲李龙和是金海集团老总,著名企业家,不要再出现上次张昊阳的网络事件。掌握了铁证再出手,一出手就要钉死。老邱,你有什么指示?"

邱局仍是慢悠悠地开口:"虽然线索都指向李达达,但是我们不知道参加聚会的都有谁,聚会上都发生了什么。凡是参加过聚会的人都有嫌疑,但是这个凶手有自己独特的爱好和标记,是典型的性心理变态型杀手,我们需要去进一步验证和排除。连海平,你觉得李达达像吗?"

连海平迟疑了一下,说:"见过他两次,以他的性格和表现,我觉得有70%的可能。但是沈小舟……"

连海平说了半句,停住了,思索着。

冯大队追问:"沈小舟怎么了?"

"都还记得吧,沈小舟案发的第二天早上,李达达开车撞人,我把他抓到了队里。他当时的情绪很狂躁,而且身上有伤。"连海平拿出一份报告,接着说,"他还主动要求做了伤情鉴定,有一处是他反抗抓捕时我造成的,还有一处在手臂上,不像车祸受伤,像人为伤。但是沈小舟身上并没有防御伤,就是说她和杀害她的凶手没有搏斗行为,所以李达达身上的伤应该不是沈小舟造成的。"

冯大队明白了:"你是说,沈小舟有可能不是他杀的。"

连海平说:"不知道。"

讯问室里,石强锋审了第二轮,他冷冷盯着敖小杰。敖小杰让他看得有点儿慌,说:"哥,对不住了,没想要你的命,那个药不纯,劲儿小。"

石强锋说:"我的命无所谓。我问你,你记得一个叫马超群的警察吗?"

"马……马什么?"

"别装,你能认识几个警察?"

"噢,想起来了,马警官!想送我去上学的那位,我还奇怪呢,他后来怎么不找我了。"

"他出了车祸,眼睛看不见了。是你动的手脚吧?"

敖小杰说:"哥,这事儿你不能冤枉我……"

石强锋一拍桌子,目光刀子般戳定他:"说实话!"

"我真不知道他出了车祸,但是后来李达达有个手下跟我提过一嘴,说以后没人会找我麻烦了。"敖小杰忙解释道。

"哪个手下?"

敖小杰恨恨地说:"鲲哥,专门干脏活儿的,这次要干死我的肯定就是他。"

一栋别墅前,鲲哥敲门,敲了两下就等着了,很有耐心。过了半晌,李达达穿着睡衣开了门。

"还没睡吧,打扰了。"鲲哥态度很恭敬。

"你来干什么?"李达达不以为意。

"来请罪,敖小杰的事儿没办妥。"

李达达皱了皱眉,说:"算了,谅他也不敢瞎说。"

"他没有家人,不好控制,还是小心点儿好。"

李达达拍拍鲲哥的肩膀,说:"你小心就行了。"

他把门关上了。鲲哥无奈,转身离去。

深夜,李达达走进一间密室,房间里有架子,上面放着些纸箱。

李达达穿的不是睡衣,是透明雨衣。他打开抽风机,在房间中间放了一个铁桶,又从纸箱里拿出多件女人的衣物,扔进铁桶里,倒上助燃剂,点着了。

李达达注视着桶里的火焰,毫不在意地笑了笑,好像烧掉的是一堆垃圾。

第八章

第9章

孙秋红在厨房教沈小海做蚵仔煎,一步一步给他示范。

"剥海蛎子的时候小心点儿,从这儿开,别划着手,要是太难弄,买别人剥好的也行,红薯淀粉,一份两勺就够了,青菜用蒜苗,没蒜苗的时候用韭菜,切碎了,打一个鸡蛋,加点儿胡椒粉,调匀了……"

沈小海拿着收音机,放在耳朵边,对孙秋红的讲解毫无兴趣,喃喃道:"我要看电视,看天气预报,看北京。"

"不是已经听过了吗?"

"我要看电视,我要看北京,小舟在北京。"

"你先跟我学,学会了让你看电视。"

沈小海不学,拉着他妈:"我要看电视,我要看北京。"

"小海,听话……"

沈小海伸手扒拉,把孙秋红手里的碗扒拉到了地上,调好的面糊都洒了。孙秋红突然生气了,厉声说:"不能看!不学会了就是不能看!"

沈小海吓了一跳,躲开他妈的目光,嘀嘀咕咕:"北京,晴,25摄氏度到34摄氏度……"

沈华章从屋里走出来,说:"吵什么?电视给你打开了,看去吧。"

沈小海看了孙秋红一眼,趔趄着进了屋。

"怎么了,干什么非要让他学这个?"沈华章不解。

孙秋红朝屋里看了一眼,收拾着地上的面糊,低声说道:"以前有小舟,小海将来还有个依靠,现在怎么办,咱俩没了,他就得靠自己了。"

沈华章一愣,叹了口气,进屋去了。

调查有了确定方向,专案组迅速查访,很快有了收获。

"敖小杰回忆起了几个参加过李达达秘密聚会的女孩儿姓名,经过查找,发现都在近一到两年内先后离开了本市,有三人行踪明确,其中两个回了东北,一个回了四川,其他人没有下落。"赵厚刚熬了一脸胡子茬,下巴铁青,目光明亮,吊胳膊的带子脏兮兮的。

冯大队说:"到底李达达是不是变态,她们恐怕见识过。是自己吓跑的还是让送走的? 找找她们吧。"

赵厚刚说:"我已经分了三组人,散会了就出发。"

冯大队说:"做好准备,她们恐怕比敖小杰更害怕,能找到一个肯开口的,就好办了。"

这时有小警察进来报告,说:"有人报警,说有沈小舟案的情况要反映。"

"什么人?"冯大队问。

"是一对老夫妻。"

连海平跟着小警察来到接待处,看见来人有些意外,不是沈华章夫妇,根本不是熟人,而是杨涛新娘小唐的父母。

连海平带小唐的父母进了一间办公室,他们有些局促。连海平给他们倒了水,两人谁也不先开口。

唐母说:"你说呀。"

唐父说:"我先润润,走急了。"

连海平说:"不急,慢慢说。二位以前也是旭日厂的吗?"

唐父说:"不是,我们是做小生意的,要是旭日厂的就好了。"

"哪里好呢? 旭日厂早就关停了。"

唐母说:"关停了好呀,有地有房子,等着换海景房了。"

连海平笑笑。

唐父试探着问:"出了命案,恐怕拆迁分房这事儿,要耽搁了吧? 听说老板改主意了,要重新选地。"

连海平说:"这个事情我不太了解。你们要反映的是什么情况,和沈小舟有关吗?"

唐父说:"我要说的是杨涛的事儿。"

唐母说:"不是杨涛,是杨涛他爸。"

唐父说:"对,杨涛他爸杨保革。"

连海平说:"杨保革……和沈小舟有关系吗?"

唐父说:"和沈小舟她爸有关系,她爸叫沈……"

连海平接口说:"沈华章。"

"对,沈华章。早就听说杨保革很不待见沈华章,看昨天婚礼上那个样子,不是不待见,简直是有仇。"

连海平有些摸不着头脑了:"婚礼……杨涛的婚礼?"

唐母说:"对,让杨保革给搅了,撒酒疯,大吵大闹。这种场合,一点儿不给我们面子呀,这种家庭,我女儿才不要去,幸好还没领证……"

"杨保革为什么不喜欢沈华章?"

"因为他老婆,杨涛的妈,跟沈华章好过,陈芝麻烂谷子的事情,这么多年了还像小年轻一样记仇……"

"这些事情你们是怎么知道的?"

唐父说:"杨涛昨天晚上到我家赔罪,我逼问出来的。他们家和沈家关系好,婚礼上鞭炮都不放,就是因为沈家的女儿死了嘛。"

唐母说:"我看杨涛长得一点儿都不像杨保革,昨天见到那个沈华章,杨涛倒是挺像他的,白白净净的。你说会不会……"

唐父打断她说:"不要瞎猜。不过这个杨保革脾气坏得很,是个酒蒙子,经常打杨涛,从小就打,打狠着呢,就像不是他亲儿子,现在杨涛背上还有皮带留下的疤。"

唐母说:"我女儿心软,还同情他,我可不要同情,这种家庭还是躲得越远越好,万一干过什么要命的事儿,怎么过得下去?"

连海平渐渐从二人的絮絮叨叨中听出了指向性。

"你们是说杨保革有可能……"他打住了后半句,笑了笑,"好,你们反映的情况我记下了,谢谢。"

他想要送客了,唐父却又来了一句:"听说那个沈家的女儿是在旭日厂的沉淀池里发现的,是吧?杨保革下岗前,就在旭日厂的污水处理站上班。"

送走老两口,连海平当即找了冯大队。

冯大队起初不以为意,说:"你觉得他们提供的这个线索有用吗?我看是为了悔婚吧。"

连海平说:"只要是线索,就不能放过吧。沈小舟这个案子,本来就有很多异常的地方,和那两起案子似有联系,又有区别。以前这种复杂的案子,也出现过始料未及的情况,不起眼的人结果是真凶。"

"杨保革的底子摸了吗?"

"他有案底,从年轻时起就经常寻衅斗殴,因为伤人被关过两次。如果杨涛真的是沈华章的孩子,我觉得不能排除杨保革为了报复沈华章,加害了沈小舟这个可能。"

冯大队说:"那你就查到底。现在李达达嫌疑大,情况又复杂,赵厚刚已经派出去三组人,人手紧张,你分配一下,留下你要用的,其余的调给他。"

回到专案组,连海平说明情况,和石强锋、老郑、小齐等组员商量。

"一个人跟着我就行,其他人好好配合赵组长工作。"连海平说的一个人,看来是指石强锋。

"绝对好好配合。"老郑看了石强锋一眼,开玩笑,"没你,跟二队打不起来。"

石强锋却拧着脑袋发话了:"我要抓李达达。"

连海平有些意外。

老郑说:"不是抓,是查。"

石强锋说:"查了就抓。"

老郑说:"你要去那边儿?你可想好了啊。"

石强锋说:"想好了。"

连海平认真看了他一眼,说:"好,去吧。"

分局院里,林子在车边站着等石强锋,他俩被分到了一组。林子有点儿郁闷,看见石强锋走来,他嗤笑一声,先上了车。

连海平追了出来,叫住石强锋。

"是为了老马的事儿吧。"连海平猜到了石强锋瞄准李达达的原因。

石强锋咬了咬牙,说:"对。你放心,我不会冲动。"

"我知道。林子比你有经验,好好配合,不要起冲突,有问题及时给我打电话。"

"明白。"

连海平想起了什么,又叮嘱道:"还有,每次出任务前,仔细检查一遍车辆。"

"不会吧,他们现在还敢动手脚?"

"以防万一……自己小心点儿。"连海平语气平和道。

石强锋莫名听出了一丝慈爱的味道,他不大习惯,有些纠结:"知道了。"

他伸出手,好像想和连海平握个手,连海平还没反应过来,他又把手收回去了。感觉这个动作不大合适,他尴尬地笑了笑,转身上了车。

连海平和老郑奔赴旭日厂调查杨保革的情况。

开车走在路上,连海平问老郑:"小齐怎么样?"

因为上次"泄密",小齐写了检查。

老郑说:"以前话就少,现在话更少了。叫他小齐,其实也三十出头了,出了这事

第九章

儿,心里有疙瘩,相亲一概不去,这可怎么弄?"

"相亲还是可以去。"

"说的是嘛,大不了下次我先帮他查女方户口……开个玩笑。你也劝劝他。"

"好。"

老郑说:"还是石强锋有本事,咱们警队一枝花,刚来就被他占上了。"

连海平笑笑。

车驶进旭日厂居民区,到了闲人聚集的小超市。要打听消息,这儿是绕不开的情报市场。

老郑先下了车,走进超市,拿了两桶方便面,两根火腿肠,扫码付账。"有热水吗?现在就吃。"

店主给了他一个暖壶。老郑打开面桶,倒上热水,端到超市外面的小桌子上。

闲人们跟他打招呼。

老窦说:"郑大警官,什么时候能破案?"

"你知道学生最怕别人问什么吗……考试考了多少分儿!"老郑把方便面盖上,走到理发椅前坐下,"趁这工夫,先剪个头。"

理发师傅说:"想要什么样的?"

"那听你的,什么样最帅,就来什么样的,你的手艺我信。"

这话理发师傅很受用,拿出剪刀梳子,开剪了。

"头两天杨涛的婚礼,谁去了? 听说闹得乱七八糟。"老郑抛出了问题。

老包马上接住了:"没去,杨涛是个好孩子,他那个爹不行,孩子结婚,他撒酒疯,什么玩意儿? 岁数都活狗身上了。"

"杨保革为什么闹? 听说是因为沈华章?"

"这醋吃了几十年,一肚子酸气压不住了。"老窦添油加醋。

"也难怪他酸气,想当年沈华章和丁淑兰确实是般配,对吧?"

老窦说:"我们厂这掌故,你挺熟啊。"

老郑提醒说:"忘了? 我妹夫是你们厂的! 他俩不还上过电视嘛。"

老包说:"上过,1990年市里大会演,他俩代表我们厂出的节目,一个弹琵琶,一个跳那个唐朝的舞,那水平,不像咱地方电视台,那是中央台水平!"

"那他俩后来怎么没走到一起呢?"

老窦踌躇了一下,说:"人家的事儿,人家自己才知道。"

老包毫不犹豫接上茬:"我知道! 1991年的时候,沈华章的爹妈都得了病,沈华章也没空弹琵琶了。孙秋红本来就迷沈华章,她是职工食堂的嘛,天天给二老送饭,鞍前马后照顾得没话说,再后来丁淑兰突然就嫁给杨保革了,沈华章就跟孙秋红成了两口子。"

老窦说:"你这跟没说一样,这些事儿谁不知道? 他们为什么分了,你知道?"

老包说:"还能为什么,孙秋红是过日子的人,丁淑兰她不是啊,沈华章找谁?"

老窦说:"那是你,沈华章能跟你一样吗?"

连海平不知什么时候到了近旁,说:"沈华章和丁淑兰是1992年什么时候分手的?"

闲人们看见他,谈兴下降了些,没跟老郑说话那么放肆了。

老包说:"1991年冬天,我儿子正好出生,跟他爸妈一个医院。"

连海平思索着。

老窦说:"警察同志,这案子能破吧?"

连海平说:"肯定要破。"

老窦说:"一天不破,我们一天也不踏实。"

老包说:"怎么的,你也惦记海景房呢?"

老窦说:"放屁! 小舟是咱旭日厂的孩子,多出息的姑娘,让人害了,这仇得报!"

大家沉默了,看表情,都是这个意思。连海平竟有些感动。

林子和石强锋盯梢李达达,李达达开着一辆SUV,价值百万。他们跟着他穿过市区,李达达开得不快,林子有经验,拉开不远不近的距离。

"他怎么不开跑车?"坐在副驾驶的石强锋说。

"他怎么可能就一辆车?"林子不屑地说。

车在李达达公司楼外停下,李达达下了车。林子找地方停好车,熄了火,扫了一眼周围的情况,看见一个冷饮店。

"渴了,我去喝点儿凉的。"

林子下车,石强锋也热,要跟着下。

林子说:"车里留人。"

石强锋只好留下,说:"给我带一杯。"

"行,等着吧。"

石强锋看着林子走进冷饮店,拿了两杯冷饮,在窗口坐下。

林子一边玩着手机,一边打望李达达公司,看来没打算回车上。石强锋瞪了他一眼,舔了舔干渴的嘴唇,一会儿身上就出了一层汗。

到了傍晚,李达达走出公司上了车,林子才回来,把那杯冷饮递给石强锋。

石强锋接过,感受了一下温度,放下了:"谢谢啊,都烫手了。"

林子不理他,开车跟上李达达。

到了一家酒吧外面,林子停下车,看着李达达进了酒吧。

第九章

林子说:"这回换你放风,行了吧。给咱们弄点儿吃的,我要回锅肉盖饭。"

石强锋利索地下了车。过了好半天,他终于回来了,拿着两份外卖,递给林子一份。

"怎么这么慢?"

"跑得远。"

"谁让你跑那么远？人走了怎么办？"

"酒吧,哪有刚进去就走的。"

林子打开外卖盒子,他的是一份盖饭。石强锋打开他的外卖盒子,林子抽了抽鼻子。

"什么东西？"

石强锋没答话,稀里呼噜吃起来。林子闻出来了,不高兴。

"为什么要买螺蛳粉！臭烘烘的,还连汤带水,没盯过梢吗？这东西是盯梢违禁品！"

石强锋笑而不答。两人吃着,林子吃了两口就放下了。

"就着这味儿,吃什么都臭了。"

忽然,他看见李达达从酒吧出来了,还带了个女孩儿,一起上了车。

"这小子动作够快的！手到擒来啊这是。"

林子马上发动汽车,油门一踩,石强锋的螺蛳粉还没收好,洒了一身汤。

石强锋急道:"你急什么！"

林子瞅了他一眼说:"长个教训,蹲守的时候就别吃带汤的。"

"你以为我爱吃吗？就你车里这臭脚味儿,让我想起螺蛳粉来了！"

林子开车跟着李达达,石强锋带着气,不住评论他的开车技术。

"贴得太近了吧……哎,你再远点儿,红灯就过不去了……你是不是手眼不协调,要不换我开……"

林子说:"你给我闭嘴！我的驾驶技术,队里前三！"

石强锋说:"第一肯定是连队,他开车那个动作,跟《谍影重重》差不多,那才叫开车啊,又快又稳,见缝就钻,都不带刹车的……"

林子忍不住大吼一声:"连海平是你爹？"

石强锋一怔,好像被噎了一下,没还嘴。

他们看着李达达开车进了一个别墅区,林子开车到了门口,亮出证件给门卫。

"刚才那个车主,住哪栋？"

门卫说:"C1。您这是……"

"别问,保密啊。"

门卫连忙点点头,放行了。

找到了C1,是小区深处一栋别墅,绿树环绕,私密性很好。林子找了个隐蔽的位置,远远把车停下。石强锋打量着别墅周围,指了指一处树丛:"那儿。"

"解手啊?车上有瓶子。"林子故意说。

"那儿靠得近,万一那女孩儿有危险呢?"石强锋要靠近蹲守。

林子往树丛瞅了一眼:"行,去吧,听到什么给我信号。"他悄悄笑了笑。

石强锋下了车,缩头缩脑朝别墅走,注意观察着周围有没有监控。他走到树丛后面,藏好了,瞭望李达达的别墅,看见灯光亮起,人影在窗口晃动。

盯了会儿,他有些不确定,拿出手机,悄悄给连海平打电话。

"李达达带了个女孩儿回家,看不到他家别墅里的情况,我该怎么办?万一他要动手,我怕来不及。"

"女孩儿是他从哪儿带回来的?"

"从酒吧。"

连海平说:"之前的被害人没有直接从酒吧带走的。"

石强锋挂了电话,轰走围着他转的蚊子。蚊子多极了,成群结队。

林子坐在车里,看见一辆车在别墅外停下。很快,那个女孩儿从别墅里出来了,头发乱了点儿,看起来完好无损。女孩儿上车走了,应该是叫的专车。

石强锋也回来了,上了车,不住地挠着身上。

林子看看时间,说:"也就一个小时,就打发走了。李达达还真利索。"

石强锋说:"一个小时,靠,叮了我一百个包!"

林子好像刚想起什么:"哎哟,忘了……痒吧?"他拿出一罐驱蚊喷雾,明显是幸灾乐祸。石强锋很郁闷。

一早,沈华章起床走出卧室,发现客厅里打扫得干干净净,沙发上放着一包行李。他正觉奇怪,孙秋红从沈小海的房间走出来,拉了个行李箱。

"这是要去哪儿?"

"起来了?"孙秋红走进卧室,把零零碎碎的东西拿出来往包里装,都是她的东西。

"我问你去哪儿。"沈华章跟进去。

"饭在锅里,你一会儿吃了吧。下次做饭的时候,打开气门儿,用火柴点一下,不然打不着。油盐酱醋我都放到显眼的地方了,有几个你爱吃的菜,我也把做法写下了,在糖罐底下压着。"

沈华章越听越莫名其妙:"什么意思?你要出远门?"

"洗衣机上还有小舟贴的标签,你好好看看,就会用了,洗衣粉少放点儿,衣服搭出去,晚上记得收。"

沈华章急了,伸手夺过孙秋红手里的东西。

"你要干什么,跟我说清楚!"

孙秋红不看他,僵了会儿,终于说道:"前两天在电视里,看见省城有一家店,卖面包、蛋糕的,收的都是像小海这样的孩子,我想带他去看看,能不能让人家收下当个徒弟。"

沈华章愣着,放开了手。

"去……去多长时间?"

"不知道,要是好……就留在那儿吧。"

沈华章脸色一变,渐渐浮出些讥诮,不肯屈尊挽留,却又不甘心似的。

"好,好,走吧,不想回来就别回来。小舟的案子还没破,就不要这个家了,眼里只有小海,没有小舟?她是不是你的女儿?"

孙秋红停止了动作,忍耐着,终于,她把包归置好,拉上拉链,提着走了出去。

又花了一整天,连海平和老郑走访了几个杨保革以前的同事。得到的回答褒贬一致,都是贬。

"杨保革这个人,脾气大,心眼小,跟谁都不对付。"

"我们怀疑过他儿子不是他亲生的,他长得跟李逵一个样,能生出那么白净的儿子?他祖上积了多少德?"

有个同事现在是个菜贩子,一提杨保革,就很生气:"杨保革,不是个东西,我跟他有仇!有一回,开他个玩笑……"

老郑问:"是不是说他儿子……"

"是,刚说了半句,他抬手把我扔到了沉淀池里,就是你们发现沈家姑娘那个池子,他妈的,要不是有人手快关了阀门,我他妈就让吸到了排海管道里了!"

第二天一早,连海平来到队里,发现石强锋坐着打瞌睡,拍了拍他。

"回宿舍好好睡去。休息好干活儿才有精神。"

石强锋迷瞪过来,挠着身上的蚊子包。

"休息好也没用,李达达每天换着样儿往家带人,天亮前都完好无损地送走,都是白蹲啊。"

"不出事儿是好事儿。"

"他会不会知道咱们在盯着他?"石强锋有点儿泄气。

从队里出来,连海平和老郑又去了旭日厂家属区。

把车停在沈家门口,敲了门,在门口等着。开门的是沈华章。看见他们,沈华章目光中有些希望,然而观察出了他们的表情,希望很快又冷了下去。

"不是来告诉我案子破了吧。"

"抱歉,不是,向你了解一些别的情况。"连海平说。

"进屋说吧。"

"不了,上车吧,找个地方聊。"

换了老郑开车,连海平和沈华章坐在后座,一路驶出居民区。

沈华章说:"有什么话,问吧。"

连海平说:"听说你参加了杨涛的婚礼,闹得很不愉快?"

沈华章一怔,好似有些懊悔,说:"对,我不该去。"

"杨涛的父亲杨保革,以前和你有过冲突吗?"

"没有,没说过话。"

"你和杨涛的母亲丁淑兰,关系不错?"

"还行……这跟案子有什么关系?"

连海平从后视镜中看着他,说:"我要问你一个问题,可能有点儿难堪,但是希望你一定要真实回答。"

沈华章有些疑惑。

连海平顿了顿,说:"杨涛是你的儿子吗?"

沈华章蒙了,一时没反应过来这个问题是什么意思。

"我儿子?怎么会是我儿子,他爸是杨保革!怎么会扯到我身上?"

"因为丁淑兰。"

沈华章呆住了,又断言道:"不可能!他不可能是我儿子!"

"你再好好回想一下,有没有这个可能性。"

沈华章愣住了,拼命回想着,好似拿不准了,半晌说:"不可能,不可能,杨涛出生的时候,我已经结婚了,我跟她分开也有……"

他好像在计算时间,想到了什么,脸色有些变化,说:"你为什么问这个?"

连海平说:"有人反映了一些新情况,我们必须核实。"

沈华章费力思索着,表情有些迷茫。

"你刚刚为什么要问杨保革……"他好像捕捉到了这次对话的含义,颤抖着问,"他是嫌疑人吗?你是说有可能是杨保革……"沈华章的脸上突然现出极度的痛苦,难以置信似的,"是他吗?这么说,是我害了小舟吗?"他有些喘不过气来。

连海平说:"现在只是调查,没有任何推测和结论。"

老郑赶紧给他递上一瓶水,说:"喝一口,你别多想,我们就是问一问。再说,杨涛是不是,你不也拿不准嘛,他要不是你儿子,也就没那些个可能性了。别提前激动,好不好?"

车在海边停下,沈华章匆匆下了车,似乎需要赶紧吸一口新鲜空气。

连海平跟着下了车,说:"既然你拿不准,请你联系一下丁淑兰吧。"

一个小时之后,丁淑兰来了。她独自朝海边走来,远远看见沈华章和两位警察,有些犹疑。看见丁淑兰走近,沈华章不禁有些难为情。

丁淑兰说:"是你找我还是……"

沈华章说:"这两位警察同志有话问你。"

连海平客气地跟沈华章说:"要不你先回避一下。"

沈华章朝丁淑兰艰难地笑了一下,走到一旁去看海。

"还是沈小舟的案子,有些新情况需要了解。有个问题,不好开口,但是……"连海平跟丁淑兰说,他斟酌着措辞,丁淑兰不由得有点儿担心。

老郑接过了话,直截了当说:"还是我问吧,杨涛是沈华章的儿子吗?"

丁淑兰脸色乍变,呆住了,反应了半晌,看了一眼远处的沈华章,有些生气,说:"你们怎么能问这种问题?"

连海平说:"对不起,请实话实说。"

"不是!"

"不是?"

"不是,你们不信……去验血好了!"丁淑兰的语气很笃定。

连海平忖了忖,说:"杨保革脾气很暴躁吧,平时他对你有没有过暴力行为?"

"什么?"

老郑说:"他打过你吗?"

"没有,他不打老婆。"

"但是他打儿子呀,杨涛没少挨揍吧。"

丁淑兰渐渐听出了不对味儿,说:"你们问这些干什么?你们怀疑谁?"

老郑说:"常规询问,你别多想,查案嘛,就是相干不相干的都得查。"

连海平说:"这些问题请你保密,对杨保革和杨涛都要保密,好吗?"

丁淑兰又看了一眼沈华章,目光中似有些幽怨,沈华章避过了她的注视。

问完了话,把两人分别送回家,连海平和老郑开车离开旭日厂。连海平开着车,看了一眼后视镜说:"有尾巴。"

老郑没回头,也看了一眼后视镜,后面跟着辆金杯面包车。面包车里是杨涛,他盯着前方连海平的车,车拐了个弯,他也跟着拐。然而拐过去了,发现连海平的车停在路边,他急忙刹车,正准备倒车,老郑拍了拍他的车窗。被抓了个正着,杨涛脸红了。

"跟着我们干什么?"

杨涛说:"你们……是不是在调查我爸的事儿?"

连海平没否认:"对。"

"你们怀疑是他……杀害了小舟?"

"目前没有证据,你有什么情况要提供吗?"

杨涛说:"没有。"

"沈小舟出事儿那天晚上,杨保革在什么地方?"

杨涛迟疑了一会儿,似乎在回忆,说:"喝多了,在家。"

夜里,酒吧外,林子和石强锋看着李达达又带了个女孩儿上车离去。"妈的,一天不整能憋死?"林子骂骂咧咧。

他们开车跟梢,到了一个路口,李达达右转了,走的不是平常的路。"哎,不回家啊?"林子有些意外。

他和石强锋对视一眼,都有些兴奋,也右拐跟上。他们跟着李达达的车一路开到了海边的高尔夫球场。远远盯了一个小时,只见李达达和女孩儿在练习区打了会儿球,嬉笑着动手动脚。

"今天还加戏了,靠。"林子有些失望。

练完了球,李达达和女孩儿回到车上,然而没有离开球场,而是向一侧的客房别墅开去。夜里,别墅区无人,全都黑着灯。

林子也没开车灯,远远跟随,说:"这应该是金海集团的产业,还没正式开放。"

石强锋说:"一个人都没有,真方便。"

两人又互相看看,感觉有事儿要发生。

李达达在一栋别墅前停下,和女孩儿进了别墅。很快,别墅里灯光亮起。林子也停下了车。石强锋说:"我去看看。"

他下车潜行到别墅近旁,这别墅周围没遮挡,石强锋尽量矮着身子,来到窗户底下,探头看了一眼。李达达独自在客厅里,从一个手提包里拿出了几样东西,有绳子,还有手铐。石强锋一惊,精神了。

李达达拿着东西穿过客厅,向卧室走。石强锋在外面,溜墙跟着。然而到了卧室窗下,只听哗哗两声,抬头一看,窗帘被拉上了。

石强锋有点儿焦躁,在窗下凝神静气地听着。起初听见两人打情骂俏,女孩儿笑声很大。过了会儿,没声了。又过了会儿,女孩儿突然尖叫起来。

只听见李达达说:"使劲儿叫,这儿没人能听见。"

石强锋拿出手机,正想打电话,忽听女孩儿大叫了几声。来不及了,他收起手机,迅速兜回前门,一脚把门踹开,进了别墅,直奔卧室。

卧室门开着,石强锋抢上一步冲进去,却见李达达笑嘻嘻地在椅子上坐着,女孩儿在床上,脱得只剩内衣,双手被铐在床头,正装腔作势地叫着。忽然看见石强锋闯了进来,她真吓得尖声大叫。

李达达看见石强锋,似乎很吃惊,说:"石警官,你怎么来了?你住隔壁吗?抱歉吵着你了。"

石强锋很窘,问女孩儿:"他要伤害你吗?"

"你是谁?"女孩儿又问李达达,"他是谁,你没说还要加人啊!"

李达达对石强锋说:"我们玩游戏呢,你来得巧了,要不要玩儿?这妞儿可以先让给你呀。"

石强锋气急,扭头就走。李达达冷笑了一下,似乎早知道石强锋会来。

气走了警察,又打发走了女孩儿,李达达离开别墅,独自开车去了海边。夜色如墨,海面不见星光。他下了车,拿出电子烟抽了一口。

鲲哥踱步走来,在他身后站住,好像他一直跟着李达达似的。

"暂时……别再玩儿了吧。"鲲哥迟疑着说,"这次发现了他们,及时告诉了你,下次就不一定了。"

"不劳你费心,听天由命吧。"李达达不以为意。

鲲哥有些为难,说:"要不去见见先生吧,他想跟你说说话。"

"不见,没什么可说的。"

"先生说,希望你去国外散散心,可以玩枪,打猎,自由得多。"

"没意思,我哪儿也不去,死也死在这儿。"

鲲哥犹豫着,小心补了一句:"去国外,还可以看看你母亲。"

李达达突然翻脸了,骂道:"滚蛋!我的事儿,他最好不要管,知道都不要知道,不然一起下地狱!"

李达达上了车,车轮卷起沙砾,扬长而去。

白天,沈华章独自在家,在客厅呆坐。家里突然没人了,他竟有些茫然。有人敲门,他忙走去打开门,却是丁淑兰。沈华章一愣,顿时不大自然起来。

"嫂子在家吗?"丁淑兰问。

"走了。"

"走了？去哪儿了？"

沈华章不答，转身走去，丁淑兰有些莫名其妙，跟着进来，关上了门。

他们在客厅坐着，丁淑兰很拘谨，欲言又止，沈华章也没话。两人沉默了半晌，一齐开口。

"杨涛他……"

"杨涛……不是，他不是。"丁淑兰说。

沈华章望着丁淑兰，说："可是我算了日子……"

"他真不是……"

大门有响动，有人开门进来了。这个当口，孙秋红和沈小海居然拖着行李回来了。

丁淑兰慌忙站了起来，说："嫂子回来了？小海。"

孙秋红看见丁淑兰在，先是一愣，一句客气话没说，带小海进了屋。

"那我回去了。"丁淑兰说完匆匆离开。

沈华章心情有些复杂，走到小海房间门口，说："怎么回来了？"孙秋红不答话，只管安顿好小海。

沈小海低声絮叨着："我要回家等小舟，我要回家等小舟。"母子二人都不理他。沈华章感觉无趣，走开了。

夜里，沈华章一人躺在卧室床上，望着天花板出神。他辗转反侧，睡不着，终于他起来了，走出卧室，穿过客厅，走进沈小海的房间。看沈小海睡得正沉，他犹豫了一下，又走进沈小舟的房间。孙秋红在女儿床上睡。

窗外天色灰青，天还没亮起来。沈华章在床边椅子上坐下了，孙秋红听见响动，翻了个身，背朝着他。

"你也没睡着？"

孙秋红不说话。

"这两天我想了很多事儿，你能听我说说吗？"

孙秋红还是没反应。

"我跟丁淑兰什么事儿都没有，你别误会。"

孙秋红突然开口了，说："你当初为什么要跟我结婚？就是为了找个保姆吗？还是因为我给你爸妈送终，这是谢谢我？你现在一定后悔死了吧，我也后悔了。"

沈华章一呆。

孙秋红说："小海生下来，是那个样子，我就觉得对不起你。后来生了小舟，怎么那么好看，又懂事，学习又好，谁见了都夸，我跟她站一块儿，不认识的，都不相信我们是母女，其实连我都不敢相信她是我生的，像做梦一样。她跟你像，也跟你好，好像你俩

第九章

才是一家人,我是个外人。"

沈华章似乎有些心疼,站起来坐到床边,说:"你不是外人。"

"你坐回去。"

沈华章又坐回椅子上。

孙秋红说:"后来我才发现,她有了心事儿还是会跟我说,每次跟我说,我都不知道怎么办,只能让她自己拿主意,要不就去问你。她说,没事儿,不用我替她拿主意,就是想跟我说说,就好了。你还记得吗,小舟小时候,刚上小学吧,咱们全家去照相,你想跟小舟单独照一张,小舟说什么也不愿意,每张照片上都得是全家四个人。我有时候会想,小舟是不是也可怜我,可怜小海,她从小到大做的事儿,都是为了让全家在一块儿。现在,小舟没了,这家也就散了。"

孙秋红哽咽了。

沈华章说:"这两天,我一个人在家,想了很多事儿,现在想明白了,我这辈子,活得真糊涂啊。我得到了那么多,还觉得不够,我太不知足了。这世界上没有哪个人比你给我的更多了,可我给你的真是可怜。我是个没心没肺的人,一辈子没出过什么力,家里的事儿都是你扛着,我从来不知道感激。你走了,我才发现,家里的活气儿也都没了。看见你们回来,我心里好像一下亮堂了,真的高兴、踏实。"

孙秋红安静地听着,竟有些诧异,沈华章能说出这些话来。

"小舟在的时候,我好像总在小舟身上看见我自己的影子。怎么说呢,这孩子太有光彩了,像个小太阳,把我的眼也照花了,除了她,谁也看不见。我现在才看清楚,这个家之所以是个家,是因为有你。"沈华章轻轻叹了口气,"我后悔,这辈子给你的太少了,以后如果给我机会,我想补回来。小舟走了,我们都丢了半条命,以后的生活再也不会跟从前一样了,咱们把各自剩下的半条命凑在一起,为了小海活着吧。"

孙秋红没反应。

沈华章最后说道:"我不是怕以后没人伺候我,跟你装可怜,你听了也不用可怜我。如果还要走,就走,我帮你劝小海。"

话都说完,两人默然,似乎在等待着什么。

天渐渐亮起来了,外面传来声音,似乎有响动。

沈华章说:"小海醒了?"

孙秋红坐了起来。他们对视一眼,起身向外走。沈小海不在床上,声音好像来自厨房。

厨房里亮着灯,他们走到厨房门口,俱是一愣。沈小海在厨房忙乎着,他在做蚵仔煎,按照孙秋红教他的步骤,一丝不苟地加料、调面糊、油煎,嘴里还念念叨叨孙秋红教他的话。他居然做得又快又好。

沈华章和孙秋红没有打搅他,安静地望着他。
孙秋红说:"他听见了。"
沈华章说:"他可能早有感觉,小舟不会回来了。"

连海平到了队里,穿过走廊,椅子上站起一个人,是丁淑兰。看来,她早就到了,一直在等他。

到了接待室,丁淑兰似乎想明白了,不再隐瞒什么,一五一十说了前前后后。

"杨涛确实不是沈华章的儿子。厂里都传我跟他是一对儿,其实我们没真正好过。那时候,挺现实的,可能互相欣赏吧,又觉得对方不是结婚的料,都不会过日子。1991年,沈华章家里两个老人突然都病了,厂里的职工舞会他也不来了。那一年也是我们第一次听说,厂里不是铁饭碗了,多少年的职工,都会下岗。我怕下岗,我什么都不会呀。跳舞的时候,我就经常跟厂长搭伴……后来,不该发生的事儿也发生了。"

连海平说:"厂长……不是岳红兵吧。"

"不是,1991年哪是他?那时候岳红兵就是个工人吧。那时候的厂长后来因为贪污被抓了,现在还在监狱里。1991年底,我发现自己怀孕了,那个厂长不相信是他的,又怕我说出去,就跟我保证我不会下岗,还把我介绍给了二车间主任杨保革。"

"杨保革还当过车间主任?"

"当过,因为打架伤人,被撤了,后来又调到污水处理站。他知道孩子不是他的。他还以为是沈华章的,有次喝多了,还问过我。"丁淑兰凄然一笑,"我发誓说不是,其实也是实话。"

连海平说:"6月19日,沈小舟案发那天晚上,杨保革在家吗?"

丁淑兰想了想,说:"他出去喝酒了,后半夜才回来。"

连海平一惊,说:"可是杨涛说……他和杨保革的父子关系到底怎么样?"

"还能怎么样,从小打到大。说来也怪,今天他让杨保革跟他一起去外地拉货,一早就走了,以前可没叫过他。"

连海平脸色一变,立刻起身,到技术处,让隋晓马上定位杨涛的手机位置。很快有了结果,杨涛在旭日厂厂区。

连海平给老郑打了电话,让他到楼下会合,去旭日厂。他刚刚走出技术处办公室,迎面碰上石强锋,石强锋手里端着两杯奶茶。

"给隋晓的?"

"对,你喝吗?"石强锋有些不好意思。

三个人一起出发了。连海平开车,老郑坐在副驾驶,喝着一杯奶茶。石强锋坐在后排,喝着另一杯奶茶。老郑拿着手机,给石强锋看杨保革的证件照。

第九章

"认准了？"

"嗯。"

老郑收起手机，喝了一口奶茶，说："听说李达达耍了你们一手？"

"我就说嘛，他知道咱们在盯他！我看以后也不用盯了。"石强锋有些懊恼。

连海平说："他故意摊牌，目的可能就是让我们放弃监视。"

"都知道咱们盯上他了，他也不会动手啊。"石强锋恨恨地说。

连海平忖度着。

老郑喝着奶茶，说："我这杯怎么一颗珍珠都没有？"

石强锋说："你那杯是隋晓的，她不爱吃。"

"这是一杯没有灵魂的奶茶啊。"老郑把奶茶喝完了。

来到旭日厂大门前，连海平将车停下，下车走到大门口，观察了一番地上的车印，回来说："杨涛还在。"

当即决定，老郑留在大门口把守，连海平和石强锋开车进厂。

"他会去哪儿？"石强锋问。

"跟沈小舟有关系的地方。"

连海平一路开到污水处理站，没有人，警方留下的警戒带还在。他们下车走了一圈，寻找地上的车辙印。

连海平说："来过，走了。这儿太显眼了。"

石强锋说："这么大的厂子，怎么找？"

连海平开车，慢慢在厂里逡巡。生产车间停工多年，十分破败。这么找不是办法，连海平停下车。

"他可能把车开进了厂房，咱们分头找。"

他们下了车，分头挨个车间寻找。

连海平一路走，一路观察着地上有没有车辙痕迹。厂房入口大多敞开着，能拆走的设备都拆走了，留下了许多无用的垃圾。拆不走的钢架水泥结构还在，冷寂而落寞。他走在厂房之间荒芜的道路上，四周高大沉默的建筑将他包围。连海平举头四顾，站住了，似乎突然有些茫然，好像迷了路。

他望着空无一人的工厂，这里被时间抛弃了。忽然，他眼前似乎出现了一瞬的幻象，工厂恢复了以前的样子，工人们穿着工装，谈笑着，精神头十足地在厂区穿行。幻象一闪而过，工厂还是废弃的工厂。

连海平定了定神，在地上发现了车轮轧过的痕迹，一个厂房的入口紧闭。他走上前去，从高大的铁门门缝朝里看，看到了一辆金杯面包车。

他马上给石强锋打了个电话,告诉他来东区九号厂房。石强锋正在厂房之间乱找,抬头四顾,有些迷茫。

"哪儿啊,这儿太大了,我有点儿转向。"

"我给你发个定位。"

连海平挂了电话,发了定位,轻轻把门推开一点儿,闪身进去了。

进了厂房,一些锈迹斑驳的机器巍然耸立,将视线隔开。他悄悄接近面包车,朝里看了一眼,没人。

忽然厂房深处传来杨涛的声音。

"平时咋咋呼呼的劲头儿哪去了?你不是什么都敢说吗?说啊,是不是你?你不是个大男人吗,有什么不敢承认的?"

没有杨保革的回应。连海平循着声音悄悄绕过一道屏障,看到了杨涛父子。

杨保革靠着个水泥墩子坐在地上,歪头啐了一口血沫子,好像吐出了一颗牙。

杨涛站在他对面,手里拿着个扳手,指着他爸说:"说呀,小舟是不是你杀的?"

杨保革抬起手,原来他手里还攥着半瓶白酒,他灌了一大口,看着儿子,好像挺不屑似的冷笑着。杨涛越发激动,提着扳手朝前走了两步。

"杨涛。"连海平叫了他一声。

杨涛吓了一跳,转头看见了连海平,喊道:"别过来,你别管!我快问出来了!"

"还是交给我吧,我来问。"

"没用,他不会跟你说的,他最烦警察!"

"没关系,烦不烦,我们总能问出来……你先把扳手放下。"

杨涛好像才意识到手里拿着武器。

"我没打他,他喝多了,自己磕的!"

杨保革朝连海平含糊不清地喊道:"你们不是有枪吗?拿出来打他!"

杨涛骤然紧张起来。

连海平摊开双手,目光平静地望着杨涛,说:"我没带枪。杨涛,我知道你关心小舟,小舟会感谢你。但是你这个方式,你想想,以小舟的性格,她会赞成吗?"

杨涛一呆,愣住了,好像气慢慢泄了,扳手垂下来,脱了手。

连海平走去捡起扳手,来到杨保革身前,看看杨保革的脸。杨保革喝得红头涨脸,嘴唇破了,嘴边蹭了水泥墩子上的污迹,不是扳手打的。

连海平说:"能走吗?"

杨保革不回答,举起酒瓶还要喝,连海平伸手抓住酒瓶,轻轻夺过。夺过来之后,连海平稍有意外,感觉哪里有些不对劲儿。

突然,一个人影从机器后闪出,飞奔而来,是石强锋。他直取杨涛,连海平还没来得及叫住他,就一个大动作把杨涛放倒了。

带杨涛父子回到警队,连海平先去专案组拿了个杯子,倒了茶叶,接了开水,泡上一杯浓茶,又交代石强锋去找个握力器。石强锋莫名其妙,连海平却端着茶走了。

连海平回到讯问室,把茶杯放在杨保革面前,说:"喝口茶吧,醒醒酒。"

他留神看着,杨保革用左手端起了茶杯。

"你惯用左手?"

杨保革吹着气,喝了一口茶,放下茶杯,伸展了一下右手,说:"我不是左撇子,这手受过伤,抓不牢。"

石强锋拿着握力器走进来,连海平接过去,递给杨保革。

"用右手,使最大的劲儿握一握。"

杨保革没拿握力器,说:"杨涛没打我,我是自己磕的,你们别难为他。"

连海平说:"嗯,你碰水泥墩子上了,对吧?"

杨保革看了一眼连海平,拿起握力器,尽全力握了一下,大概也就小学生的力气。

"我不知道你们这是干什么,不用绕弯子了,我告诉你们,沈小舟出事儿那天晚上,我喝多了,大断片儿,第二天在我家厕所醒过来的时候,身上都是土。我不知道我都干了什么,杀没杀人,要是你们认定沈小舟是我害的,该咋办咋办,我给她抵命,枪毙了就行了。"

"把茶喝完。"连海平拿着握力器走了出去。

石强锋大概猜到了连海平的目的,有些失望,刺了杨保革一句:"手受伤了,也没耽误你打儿子呀。"

杨保革低头沉默,没有辩驳。

另一间办公室里,老郑陪杨涛坐着。

连海平走过来,劈头就问杨涛:"你爸的右手受过伤?"

杨涛愣了一下,说:"对,让机器轧过,表皮好好的,骨头折了好几根,抓东西不行。"

连海平说:"嗯,我从他手里夺下酒瓶,太容易了。"

老郑说:"噢,从酒鬼手里夺酒,那是虎口夺食啊。"

连海平又去法医科找到郭大法。

郭大法试了试握力器,说:"就能握到这个程度?要不是装的,那不是他。沈小舟颈部瘀痕是双手留下的,持续用力,而且右手的印痕更明显,这个手劲儿,不符合。"

回到讯问室,连海平跟杨保革说:"没事儿了,案子跟你没有关系,杨涛马上带你回家。"

杨保革很意外,呆呆望着连海平,回忆着什么,说:"我刚刚想起来了。"

"什么?"

"那天晚上,我去过我们厂旁边那条路。我走到那儿的时候,已经喝晕了,看见一辆车从厂里开出来,大晚上不开车灯,差点儿撞着我。我摔了一跤,再往后就断片儿了。"

"什么车?"

"就是那种……不是轿车……比轿车高……"

"SUV?"

"大屁股的,吉普?"

石强锋心里一动,打开手机,给杨保革看一张照片:"是这辆车吗?"

杨保革仔细看着,说:"像,像得很,就是这个颜色,后边背着个轮子。"

石强锋看看连海平,给连海平看了一眼照片。

车是李达达的。

问完了话,连海平和石强锋开车送杨涛父子到公交站。

杨保革自己先下了车,杨涛缓了一步,说:"连队,有些事儿不知道跟您说了有没有用,小舟其实……也不是一直那么坚强。"

"你是指……"

"在别人眼里,她什么都行,都拔尖儿,从小到大,每一步都是成功的,顺得很,好像就没什么烦恼,不管谁看见她,她都在笑,其实,她也会哭。"杨涛笑了笑,好像在自嘲,"挺奇怪的,她从小把我当哥哥,有人欺负她,我就去把那帮小子打跑。长大了,上大学了,早就比我懂得多见识广了,她每次回来,还是把我当哥一样,有委屈了会跟我说,好像我还能去帮她出气。"

"她都跟你说什么了?"

"也没说具体事儿,可能她心里其实挺难的,她家那个情况,好像她把自己当成家里的顶梁柱了,可是她才多大呀。大概一两个月前吧,我去城里办事儿,顺便带她吃个饭。她不在学校,肯定又出来打工了,在什么场子给人弹琵琶,可能受委屈了,说以后不干了,让我把琵琶给她捎回家。"杨涛说,"那天她哭了,哭了好半天。您说,会不会是遇上什么坏人了?"

连海平点点头,说:"这个情况,我们已经知道了。"

他们回到专案组,发现多了不少人,然而气氛有些沉重。

老郑说:"派出去的三组人回来了,找敖小杰交代的证人嘛,只在东北找着一个姑娘……在心理康复医院找着的。"

第九章

"什么医院?"石强锋没听明白。

"就是精神病院。不过人看着挺正常。"

连海平说:"人呢?"

"本来带去问话,可她不能在没有窗户的房间待着,一分钟都不行,现在带到冯大队办公室了。"

他们走到冯大队办公室,看到冯大队、赵厚刚等人都站在外面。大鲁打开一台电视显示屏,画面上出现了那个姑娘,办公室里正实时录像。

"是这个人带你去参加聚会的吗?"隋晓背对着镜头,向姑娘出示了一张照片。

姑娘看了一眼,说:"是,鳌哥。不是什么聚会,就……就一个人。"

隋晓又出示了一张照片:"你说的是这个人吗?"这次是李达达的照片。

姑娘看了一眼,很快缩回了目光,像被烫了一下。

"是。"

"他都对你做了什么?"

姑娘迟疑着。

"别紧张,慢慢讲,没有人能再伤害你了。"

"他……让我脱衣服,站到桌子上……把我的手绑起来……"

"怎么绑的?"

姑娘把手往后背了背,说:"在后面绑的……然后把我吊起来……"

"怎么……怎么吊起来的?"

姑娘指了指自己的脖子,说:"他一拉绳子,我就踮脚,好几次,我都快晕过去了……"

姑娘渐渐流露出惊恐与痛苦的表情:"后来他把绳子绑好,我只能用脚尖站着。他给我穿上高跟鞋,换了好多双,他还说,都是国外买回来的限量版,我根本穿不起,见都见不着的……"

连海平和赵厚刚交换了一下眼色。

赵厚刚说:"外国买的,难怪查不着。"

"他用手摸我的脚,还……用舌头……我喘不过气,说不出话,我觉得我就要死了,然后就什么都不知道了……"姑娘的眼神很慌,害怕回想那段记忆。

隋晓问:"醒来以后呢?"

"我醒来以后,就在一辆车上了。有个人跟我说,要是敢说一个字,我全家都活不了,他知道我老家在哪儿,门牌号都知道。他给了我钱,还给我买好了机票,让我回家。我每天都害怕,不敢睡觉,不敢出门,"姑娘定定地望着对面的隋晓,"你们能保护我吗?"

邱局在大家背后轻咳了一声。大家回头,见他背手站着,神情肃穆。

"好了,来吧,商量商量怎么抓。"

邱局、冯大队和专案组骨干成员开会。

赵厚刚首先发言:"杀害王一珊、贾贝贝的凶手,如果以前还有疑问,是李达达还是他身边的什么人,现在清楚了,就是李达达,这个结论没问题吧?"

石强锋说:"杀害沈小舟,他也有嫌疑。"

冯大队看了一眼连海平,连海平顿了顿,轻轻点了点头。

"好,我们接下来要确定的是,现在抓不抓?"冯大队看着大伙儿说。

"抓是能抓,抓了之后怎么办?"邱局慢悠悠地说,"我们只有人证,罪名也就涉及非法拘禁、故意伤害,能把他和三名死者联系起来的直接证据,"他看了大伙儿一圈,"有吗?是不是一条都没有?"

没人反驳,确实是没有。

"就算突击搜查李达达的所有住处,我们有把握找到证据吗?"

没人肯定。

"李达达的心理素质怎么样,预审有把握突破吗?"

连海平首先摇了摇头。

冯大队说:"反正你的意思是,现在不能抓,那接下来怎么打?"

大家思忖着。

石强锋举了举手说:"李达达干这些事儿,他爸会知道吗?"

邱局说:"掌握证据之前,我们只能当他不知道。证据只能从李达达身上找。"

林子补充道:"这小子现在很警惕,肯定不会再次作案,咱们上哪儿找啊?"

连海平下意识地接了一句:"不一定。"

大家疑惑地看着连海平。看连海平还在思索不开腔,冯大队忍不住催他。

"什么不一定,接着说。"

"哦,我是说以李达达的性格,他不一定不敢再次作案。他……应该很自负,甚至有点儿狂妄……"

石强锋和林子一起附和:"没错!这小子狂得很!"

两人互相看了一眼,都住了嘴。

连海平接着说:"其实那两起命案,他完全可以做到毁尸灭迹,让死者永远不被发现,但是他没有那么做,弃尸地点都离居民区不远,很快就被发现了。他大概觉得,就算被发现,也查不到他头上,警察不是他的对手。那次交通肇事把他抓了,他就给了我这种感受。所以……即便是现在,只要条件允许,我想我们有办法让他再次作案。"

第10章

隋晓气冲冲穿过走廊,往专案组走,石强锋亦步亦趋跟着她,边走边解释。

"是邱局说的,这个行动比较危险,所以决定从特警队抽调女警,没选你,不关我的事儿啊。"

隋晓不停步,瞪了石强锋一眼。

"真不关你的事儿?"

"领导决定的,我能说啥?"

"你一句话都没说?"

"我……"石强锋吭吭哧哧。

隋晓走到专案组门口,朝里看了一眼,领导们都不在,她直奔冯大队办公室。

"石强锋,你考虑好了,别失去我的信任!"

"我……"

"别以为我不知道,连队本来觉得我行,然后你说了什么?"

"谁告诉你的,怎么还出内奸了……是不是林子?"

"你管谁说的,你说了什么?"

石强锋嗫嚅着说:"我说……你脚长得不好看,不达标。"

隋晓来到冯大队办公室门前,敲门就进。冯大队、赵厚刚和连海平正在开小会,说着什么事儿,看见隋晓瞪着眼敲门进来,都有些莫名其妙。

冯大队说:"怎么了,有事儿吗?"

"石强锋说我不达标,"隋晓脱了鞋子,扯掉袜子,长腿一翘,光脚搭在一张椅子背上,"这怎么不达标了!"

石强锋在门口站着,很尴尬。冯大队和赵厚刚更尴尬,眼睛没处放。

冯大队说:"哎,隋晓,不是达不达标,是危险性太大……"

隋晓说:"我怕危险吗?传出去让人笑话咱们滨海大队没人!"

只有连海平像技术工人目测流水线产品质量似的,对着隋晓的脚端详了片刻,说:"我觉得……隋晓可以,而且她的长相包含了两名被害人的共同点。"

隋晓把脚拿下去了:"那就定我啦,不然我去找邱局!"

她走出办公室,扛了石强锋一肩膀。

专案组济济一堂,还请来了几个年轻的技术人员。办公室一角挂了白色背景布,一个摄影小组打着灯光,准备了数套服装,还有几顶假发。

连海平先向大家说明情况。

"要让李达达上钩,得先让他放松警惕,我们会通过非官方渠道放出消息,凶手已经抓捕归案,敖小杰认罪了,针对李达达的侦查行动全部撤回,然后再给他送上一个完美的目标,"他看了看隋晓,"根据掌握的情况,李达达有能力获取目标对象的身份信息、家庭情况,所以我们必须给隋晓打造一套完整的个人背景。"

电子屏上出现了要打造的身份信息,姓名李诗雅,贵州人,二十二岁,等等。

"这些信息会录入系统,确保可查。她的近期经历是几个月前和家里闹翻,离家出走来到了本市,暂时无业。另外,更重要的是网络信息,QQ、微信朋友圈,都要从头做一套。感谢贵公司给我们提供技术支持,这几天要争取做出至少半年的朋友圈内容,麻烦大家,恐怕要加班加点熬几个通宵了。"

连海平又示意摄影小组。

"朋友圈需要大量照片,自拍和写真穿插着来,一部分外拍,一部分拍好了PS,辛苦各位,先拍三百张,要不同季节,不同服饰,不同发型,妆容也要有区别。注意光线,要和选好的背景照片一致,做到天衣无缝。"

摄影小组说:"没问题,这事儿我们拿手,你们在网上看见的好多网红照,其实就是PS的。"

连海平又看向专案组的其他人员。

"大家负责编写朋友圈的文字内容,自己写,也可以挑一些热帖转发,要物质的、虚荣的、庸俗的、人云亦云的,傻一点儿的没关系,总之符合人物性格就行。这个李诗雅,英文名叫Lisa,就是个容易上当的拜金女孩儿。"

大家对这项工作蛮有兴趣,跃跃欲试。

"最后,整个行动要严格保密,不能向外透露任何信息,这关系到我们这位女警官

第十章

209

的生命安全。"

大家纷纷点头。只有石强锋望着隋晓,有些担忧。

赵厚刚说:"老连,要是抗战时期,你能干潜伏啊。"

大白天,石强锋和隋晓出门拍照。石强锋在一家咖啡馆外的车上等着,隋晓从咖啡馆里走出来,戴了顶假发,大墨镜,衣着稍有些暴露。

隋晓上了车后座,石强锋尽量不拿正眼看她。

"怎么样?"

隋晓举起手机,给石强锋看她刚刚在咖啡馆里自拍的一堆照片,表情和动作很网红。

"你还会凹这么尴尬的造型?"石强锋看得直皱眉。

"滚!下一家。"

石强锋开车上路,隋晓从袋子里又掏出一件上衣。

"别看我啊。"她在后座换衣服。

石强锋脸红到了耳根,眼睛不由自主瞟向后视镜,又赶紧摆正了,死盯着前方,说:"你怎么不在洗手间换了再出来?"

"节省时间……你以为让你看啊。"隋晓换好了衣服,狠狠瞪了一眼石强锋,抱着胳膊不理他了。

入夜了,专案组办公室仍坐满了人。

连海平看制图小组的PS成果。不同服装、不同妆容的隋晓被P到了一张张背景照片上,有在贵州的风景照、街头照,本市的风景街景,等等。

"很好,再做一些在海边的。"

接下来是文字小组给连海平看他们杜撰或转发的"作品"。

一条帖子,有几张人物照,是几个中外男明星和马云,配的文字是"谁是最性感的男人呢?当然是马爸爸了"。

另一条帖子,一张临海豪宅内部,落地窗面向大海,配的文字是"好想住在这样的房子里,在咖啡的香味中醒来"。

连海平走到"摄影角",隋晓拿着手机,正对着自己的脚自拍。

石强锋蹲在一边儿,劝说着:"差不多行了吧。"

隋晓不理他,拍了数张之后,又拿出一瓶不同颜色的指甲油。

"帮个忙行吗?"

"我哪会?"

"不帮忙就少说话!"

"你都染了几层了,明天再弄吧。我先教你几招防身术啊。"石强锋提议。

"不用教,学过。"

"我教你的都是警校学不到的,狠招儿。"

"小心我学会了拿你开练。"隋晓只管抹指甲油。

石强锋有点儿郁闷。

"隋晓,石强锋的想法没错,你就跟他学几招吧。"连海平帮石强锋说话了。

没想到连海平亲自发话,隋晓有些不好意思。

到了警队健身房,石强锋和隋晓上了场。隋晓站得笔直,等着石强锋示范,石强锋有些放不开,不知道从哪儿下手。

"你倒是开始啊。"

"让我想想……还真没教过……我先演坏人。"

他走到隋晓背后,犹豫了一下,伸胳膊来了个锁喉式。还没等他指导,隋晓突然给他来了个背摔。

"你行不行啊。"隋晓取笑他。

"我还没准备好呢!"石强锋倒是不急不躁。

第二个动作,石强锋不敢使劲儿,也不好意思贴得太紧,动作都是虚的,又被隋晓轻松化解。

"还是你演坏人吧。"石强锋很无奈。

隋晓给石强锋上了锁喉,石强锋却不敢下狠手,点到为止,破解不开。

"你的狠招呢?"

"松松……松开。"

"就这? 算了吧你。"隋晓不打算学了。

林子突然冒了出来,跟隋晓说:"他跟你下不去手,我跟他整,你看着。"

石强锋来了精神,说:"对对,这就好办了。"

"正好,早就想跟你正式比画比画了。"林子嘿嘿笑着。

两人马上开练。刚上手,石强锋突然一个出其不意的怪招,把林子放趴下了,问隋晓:"看清了吗?"

"你还真不按套路来啊你……"林子疼得龇牙咧嘴,骂了一句娘,他脚下使绊子,把石强锋缠倒。

两人胳膊腿一起使劲儿,掰扯不开,在地上扭成一团。

石强锋直嚷嚷:"你干什么,我这教学呢,你别报私仇!"

"男人都是傻子吧。"隋晓看着在地上扭麻花的两人,感叹道。

第十章

211

这天傍晚,石强锋和隋晓"外拍"回来,到食堂吃饭。已经过了饭点,本来食堂里只有他俩,忽然一瓶饮料放在了他们面前的桌子上。

石强锋和隋晓莫名其妙。

接着,又有人放了一瓶。然后,更多的饮料放了上来,有可乐、雪碧、冰红茶,各种各样,一会儿就放了十几瓶。食堂里来了很多人,都是年轻的一拨,围着他俩,笑呵呵的,看热闹似的。

"啥意思?"石强锋问他们。

刑警小杨指了指隋晓:"你们都公开了。老规矩,全喝完,让我们解解气!"

"想撑死我啊。"石强锋笑着。

"别闹了你们,"隋晓赶他们,又对石强锋说,"别喝!"

大家开始起哄,齐声高喊:"喝!喝!喝!"

石强锋架不住这阵势,拿起了一瓶饮料,仰头就喝。

"你傻呀!"隋晓骂他。

大家的鼓劲儿更热烈了。石强锋喝呛了,连连咳嗽,抹嘴跟大家傻笑着。

一旁,林子自己拿了瓶酸梅汤喝着,表情也有点儿酸。

"给他喝呀!"小杨支使他。

"滚,我还渴呢!"林子扛了小杨一把。

隋晓白了石强锋一眼,站起来走了,然而穿过人群,她脸上有了笑容。身后,食堂里传来起哄的声音,这些疲惫不堪的年轻人给自己找到了快乐。

几天过去,专案组的准备工作基本完成。

"李诗雅"的个人生活逐渐丰富起来了,微信朋友圈渐渐形成,衣食住行,吃喝玩乐,对豪车豪宅名牌包的向往,买到漂亮鞋子的兴奋。

最后一个帖子,是穿着一双高跟凉鞋的几张足部自拍照,李诗雅(Lisa)配文:终于买到了心水好久的鞋子,好看吗?

当晚,连海平和石强锋送隋晓去了李达达常去的那家酒吧,已经探明李达达就在酒吧里,而且是孤身一人。下车之前,连海平嘱咐隋晓,不要急于接近他,小心点儿,顺其自然,随机应变。

"有危险就发个信号,我们马上冲进去。"石强锋不放心地说。

"哪会这么快就有危险?我去了。"隋晓踩着新买的高跟凉鞋下了车,朝酒吧走去,穿衣打扮,举手投足,网红气十足。

"可惜,我不能进去。"石强锋望着她的身影,很是担心。

"没事儿,这才第一天,李达达还不一定能注意到她。"连海平宽慰他。

酒吧里，李达达独自坐在一处VIP沙发座里，慢慢喝着一杯酒，望着酒吧里、舞池中的男男女女，目光有些懒散，漫不经心。

两个女孩儿走近，她们显然认识李达达。

"小龙王哥哥，一个人啊。"

"自己喝多没意思，请我们喝一杯呀。"

李达达打量了她们一眼，摆了摆手，没兴趣。俩女孩儿很无趣，悻悻地离开了。

他继续扫视着舞场，发现了正在跳舞的隋晓。他似乎立刻感觉到了，隋晓的气质，与周围的女孩们似乎不大一样，有种说不上来的特别。他从头到脚审视了隋晓片刻，招了招手，一个侍应生马上弯着腰凑过来。

"那个……认识吗？"

侍应生辨认了一下，说："没见过，头回来吧。我给您叫过来？"

"不用。"李达达放下酒杯，走向舞场。

小小的手包随着隋晓的身体跳动着，她跳着舞，很兴奋，很享受这个无忧无虑在光影和乐声中沉迷的感觉。转个身，李达达正站在她身前，微笑望着她，手里拿着什么东西。

"你东西掉了。"

隋晓朝他手里看了一眼，亮闪闪的，像是条手链。

"不是我的。"

"不是吗？蒂芙尼的哦。"

"可惜，我不戴手链。"隋晓瞪大眼睛，很惋惜似的。

"这是脚链。"李达达看了隋晓脚踝一眼，"很适合你啊，我看就是你的。"

"你是不是在搭讪啊，这是假的吧？"隋晓好像明白过来。

"你试试就知道了。"

酒吧外面车里，石强锋听着耳机里的对话，有点儿惊讶。

"李达达找她了！不会这么顺利吧？"

连海平说："别急，他还要筛选。"

李达达和隋晓在VIP沙发座坐下。隋晓拿着脚链仔细看。

"这是真的吗？"

"纽约总店买的，说实话，我都不知道假货上哪儿找。"

隋晓看了看，爱不释手，有些不舍地把脚链放下。

"给你。"

李达达说："怎么不试试？"

"试了有什么用？这么贵，难道送我啊。"

第十章

"只要合适,就送你了。"

"你这搭讪的成本太高了吧。"隋晓将信将疑。

李达达波澜不惊地说:"我只想知道和它搭配的脚踝美不美,要是好看,一百条对我来说也算不了什么。"

隋晓做了个鬼脸,说:"这么有实力,那我就试给你看啦。"

她把脚链小心地戴在脚踝上,然后干脆把高跟凉鞋也脱了,说是凉鞋,其实就几条带子。

"早知道不穿它了,新鞋磨脚。"她用手揉了揉脚,俏皮地动了动脚趾,晃晃脚链。

李达达的目光突然变了,像即将捕猎的野兽的眼神。

"好看吗?"隋晓娇声娇气地说。

李达达的目光又收了回去,不动声色地说:"我没看错,非常美。它是你的了。"

"真的?"

"当然。你这双鞋设计得不好,我送你一双好穿又好看的。"

隋晓看看李达达,说:"你不是现在要请我去你家吧?我可不去,还不知道你叫什么呢。"

李达达拿出手机,打开微信二维码放在桌子上。

"我怎么会那么冒昧呢。一条链子,能认识你,我已经赚到了。"

隋晓心满意足,加了他的微信,马上用手机对着脚链拍了张照片。

"发朋友圈了,看见了吗?"

"看到了。"李达达翻看了几下隋晓的朋友圈,"李诗雅是你的真名还是网名?"

"当然是真名,网名是Lisa呀!"

连海平和石强锋在车上继续收听着隋晓与李达达的对话。

"你一个人跑到这儿来,家里放心吗?"

"闹翻了,相互拉黑,谁也别管谁。"

"为什么来我们这儿?喜欢大海?"

"什么呀,奔现翻车了,在网上吹年薪百万,其实连个房子都没有。我也没别的地方可去,就晃荡着呗,自由自在。"隋晓满不在乎地说。

"房子,我有啊。"李达达漫不经心地说道。

"大吗?靠海吗?"

"都挺大的,靠海的也有几栋。"

隋晓沉默了几秒,说:"你不是房产中介吧?"

石强锋听着,不觉笑了。

接近半夜,李达达才离开。隋晓从酒吧出来,上了连海平和石强锋的车,在后座解

暗潮缉凶
214

下脚链,装进手包里。

"我应对得怎么样?"

连海平说:"非常好,信息传达很准确很全面。"

石强锋说:"演得也挺自然,我要不认识你,我都信了。"

隋晓切了一声。

连海平说:"没想到这么快就完成了第一步。"

隋晓说:"那接下来怎么办?"

"不是加了微信吗,现在就是等。"

第二天,冯大队、连海平、赵厚刚研究着接下来的部署。

连海平说:"上次李达达很轻易就察觉到了我们在跟踪他,保不准他对我们大队的车辆信息有所了解。现在隋晓已经跟他建立了联系,我建议我们从外面借调几辆车……六辆吧,随时待命。"

"好,准备好六组人,开车的都得是老手。到时候六辆车上路,你俩谁在大本营指挥?"冯大队看看他的两员干将。

两员干将对视一眼。

"还是我上一线,"赵厚刚说,"老连指挥,这是个动脑子的活儿,谁在前谁在后,谁下谁上,下棋似的,老连比我强。"

"可以。"冯大队同意,"隋晓这次干得不错,第一竿就咬钩了,接下来我们只能等吗?今天晚上要不要再去加把火?"

"我看不用。"连海平说,"现在李达达要做选择,如果他没选中,隋晓再去也没用,如果他选中了,一定会联系隋晓。"

冯大队说:"好,那就等。"

一等就等到了晚上,专案组成员们没等到消息,李达达始终没有联系隋晓。大家在办公室里翘首以盼,心急的人不住看表,好像在等待高考分数似的。

"都快10点了,要联系早该联系了吧。"林子坐不住,直兜圈子。

石强锋说:"早呢,10点对你来说是该睡了,对我们年轻人来说夜晚刚开始。"

"谁10点睡觉? 你才比我小几岁,装什么下一代?"

无聊的人看着他俩拌嘴,算是个乐子。

隋晓倒真的担心起来,问连海平:"连队,要是他不联系我,咱们不就白准备了吗?"

连海平说:"如果他放弃了,至少你是安全的。我们再想办法。"

石强锋听到了这话,默默认同。

隋晓说:"我不要安全,我们费了那么大的劲儿……是不是我真的不达标?"

第十章

215

又是一天,隋晓和石强锋在食堂吃午饭。

"我看不是他没看上你,是连队判断失误,现在时机没到,他还是不敢,你想,前几天他还被我们盯着呢。"看隋晓没精打采的,石强锋劝慰她。

"你算了吧,才过去一天,怎么让你说得好像已经失败了呢。你是不是盼着我失败?"

"不是,真不是,我还盼着你立功呢……"

隋晓放在桌子上的手机震了一下。她立刻拿起来,看了一眼,饭也来不及收拾,站起来就走。

"哎,谁呀?"

隋晓头也不回,晃晃手机说:"我要立功了。"

石强锋脸色变了变,很想抽自己一巴掌似的。

隋晓拿着手机一路跑来专案组,找到连海平。

"他约我了,今天晚上见面。"

"在哪儿见?"

"海边。"

连海平和赵厚刚对视一眼,该来的终于要来了。

六辆车在分局院子里一字排开。上车前,赵厚刚给大家说了几句。

"都是老手,不用我教了,不准被发现,也别给我跟丢了!听老连统一指挥,谁也别掉链子,出发!"

刑警们上了车,井然有序地一辆辆开出大院。太阳沉下去了。

晚上8点,在刑警们的监视中,隋晓在滨海路边等待着。不久之后,一辆黑色奥迪在隋晓跟前停下,这辆车很陌生。隋晓迟疑了一下,走上前去,有些意外似的,和车里的人说了几句话,然后开心地上了车。

刑侦大队电子大屏上,是一幅城市地图。一个红点在滨海路上闪烁着慢慢移动,是隋晓的信号。地图上还有六个蓝点,分别标了1—6的数字,或远或近地分布在红点周围,是六辆监视车。

连海平和冯大队留守总部,盯着地图。

扬声器里传出赵厚刚的声音:"隋晓上车了。李达达开的不是平时那辆车。"

连海平皱了皱眉:"看清车牌号,通知各个小组。"

另一个扬声器里传出隋晓的声音:"咱们去哪儿啊?"

她随身带了监听设备,是一支口红。

李达达说:"带你去海边的大房子。"

"怎么不白天去？晚上什么都看不见啊。"

"你不是想在咖啡的香味中醒来，看见窗外的大海吗？"

"讨厌，你看了我的朋友圈啊。"隋晓好像很惊喜。

连海平盯着地图，向前线发布指令。

"1号车过了下个路口停下待命，2号车等我信号。其他小组平行移动。"

路上，1号车远远跟着李达达的奥迪，车里是赵厚刚和林子。

过了路口，1号车停下。停在路边的2号车，得到指令，上路开走。车里是老郑和小齐。

2号车后方，黑色奥迪跟了上来，2号车在前方带路似的。开了一段路，奥迪转向，离开了滨海路。驶过一个路口，3号车跟上了奥迪。

"不是去海边大房子吗，怎么往市里开？"李达达车里，隋晓问道。

"时间还早，先看看夜景吧。我很喜欢夜游车河，听着音乐，不像在开车，像在飞。"李达达伸手打开音响，是瓦格纳，震撼低沉的乐声响起，让人如临现场。

控制板下插着一个小设备，李达达顺手按了一下。

刑侦大队监控室的电子地图上，代表隋晓的闪烁的红点突然消失了。

"怎么回事儿？"冯大队吃了一惊。

正在监听的大鲁报告："隋晓的手机信号没了，监听频道也没声儿了。"

连海平说："李达达车上可能有什么干扰器，他刚刚打开了。"

"立刻把这个情况通知各个小组。"冯大队有些焦急。

3号车里，石强锋坐在副驾驶，开车的是一名老刑警。听到消息，石强锋大吃一惊，望着前方李达达的奥迪："什么？被发现了吗？"

老刑警说："不像，他车速没变。"

刑侦大队监控室里，扬声器里传出赵厚刚的声音："李达达发现了吗？要不要取消行动，我们马上截停他。"

连海平沉吟着，看看冯大队。

冯大队说："你决定，我支持。"

连海平面色未改，说："不，继续跟，这应该是他的习惯动作。从现在开始，各个小组随时向我汇报李达达的位置。"

路上，石强锋盯着前方李达达的奥迪，手里紧紧攥着一把手枪。前方，奥迪拐弯了，他耳机里传来连海平的指令："3号车继续向前开，下个路口右转。4号车准备。"

3号车继续向前，经过路口，放弃了跟踪。石强锋望着李达达的车远去，很不放心。

大队监控室，扬声器里忽然传来报告："糟糕，4号车报告，我们刚刚跟错了。出现了一辆和目标车辆一模一样的车，车牌号只差一位，一个是B，一个是8！"

第十章

"什么？哪冒出来这么辆车！"冯大队很意外。

"在哪个路口开始跟这辆车的？"连海平立刻查看地图。

"两个路口之前，昆仑路拐过来那个路口。"

连海平望着地图，飞快计算着时间和路程。

"5号车立刻掉头，走新科路向平安大道插过去，6号车从经三路到幸福路往回插，沿路寻找目标车辆，看到了马上汇报。3号车下个路口左转，向南走直线。4号车继续跟着现在的车。其他车辆向东南方向机动搜寻。"

地图上，六个蓝点按照指令调整方向，形成阵势移动着。

3号车里的石强锋一言不发，额头冒汗，两眼紧紧盯着路面搜寻着。

1号车里的林子有些愤懑："这辆冒牌车要是李达达安排的，这次行动可能已经失败了吧？"

"别再跟我说失败这俩字！"赵厚刚虎着脸说。

语气中有火气，林子赶紧闭了嘴。

监控室里，连海平和冯大队紧张地等待着。

终于，扬声器里传来声音："6号车报告，看到目标车辆，刚刚经过经八路路口沿幸福路向南开。我马上掉头跟上。"

连海平松了口气。

险情排除了，李达达也不在市区绕圈了，往城外开去。

赵厚刚的1号车重新跟上了他，向指挥部报告："目标车沿国道出城了，路上车太少，容易暴露，减几辆车吧。"

连海平说："好，1号2号继续跟，其他车退到一公里外等指令。"

扬声器里传来石强锋的声音："我们3号车在2号车前面，我申请加入第一队。"

连海平说："石强锋，小齐必须去。"

4号车的警察再次报告："他妈的又跟丢了！那辆车闯了个红灯！"

连海平皱了皱眉，说："没事儿，跟其他小组会合吧。"

这辆同款奥迪干扰车里是鲲哥。

他甩开了警方车辆，听着手机里传来的指示，是个中年男人的声音。

"你已经尽力了，不用管了，随他去。他要下地狱，就让他下，说不定置之死地而后生呢。"

鲲哥挂了电话，表情有些复杂。

路上，2号车里的小齐正开车前行，忽然看见路边有人招手。看清了是石强锋，小齐停下车。石强锋拉车门，副驾的老郑却落了锁。

"请示了吗？"

石强锋说:"他就说了1号、2号车,没说车上必须几个人吧。"

老郑无奈笑笑,开了锁。

他们沿着一条临海路,黑灯瞎火地开到尽头。赵厚刚和林子的车等在路边。

下车会合,赵厚刚指着路边一个院门:"刚刚进去。"

林子说:"这儿应该就是他的老巢吧。"

这条路的一边都是临海别墅,每栋别墅都是单门独院,占地面积不小,然而到处黑乎乎的,路灯都没有。

老郑说:"这些都是违建别墅,政府已经下令要拆的。"

赵厚刚取下吊着胳膊的肩带,活动了一下肩膀。

林子问:"行吗?"

"没问题。"赵厚刚耳机中传来指令,他听了听,"隋晓的监听频道恢复了,大家都听着。"

他们纷纷戴好耳机,调好频道。趁他们说话的工夫,小齐已经打开了院门上的锁,轻轻推开门,招呼他们。

警察们拿好了枪,在夜色中悄悄向别墅靠近。李达达的车停在院子里。

石强锋望着别墅,所有的窗口都挂着厚重的窗帘,只看得见窗边缝隙露出的一点儿灯光。他有些焦虑,听着耳机里隋晓的声音。

"真的看不见大海哎。"

李达达说:"明天早上就看见了。"

别墅里,李达达和隋晓站在落地窗前,外面黑魆魆的。

隋晓打开手机看看:"怎么还是没信号?"

李达达说:"信号塔建起来就有了。我去弄点儿吃的,喝点儿红酒好吗?"

"我想喝啤酒啊。"

李达达笑着答应了,走出客厅。

隋晓立刻打开手包,拿出一支口红拧开,装作抹口红,低声交代:"听我信号,有证据了再动手。"

他们蹑手蹑脚摸到了别墅前门,林子和老郑分别向两侧包抄,查看地势,赵厚刚、石强锋和小齐守着前门。

"信号没了,这房子里也有屏蔽器?"赵厚刚听着耳机,耳机里又安静了。

石强锋有点儿急:"开锁吧。"

赵厚刚说:"要是咱们进去了,还是上次你们在高尔夫球场那种情况,就定不了他的罪。"

"那怎么办?我们不知道现在里面什么情况啊!"

第十章

别墅里,忽然,灯灭了,变得漆黑一片。

隋晓立刻矮下身子,故意喊了一声:"呀,怎么停电了?"

只听黑暗中李达达说:"稍等啊,给你个惊喜。"

隋晓悄悄脱下高跟鞋,攥在手里。有个人影重新在客厅出现,似乎是李达达。

李达达戴着夜视眼镜,看着黑暗中的隋晓,举起了什么东西。

隋晓听到嗖的一声轻响,还没反应过来,就倒下了。她按亮手机,发现腰上插着一支麻醉针。晕倒之前,她奋力把手机扔向落地窗。

别墅外,林子和老郑匆匆回来了。

老郑说:"灯灭了,我好像听见落地窗被砸了一下。"

"开。"赵厚刚脸色一变,示意小齐。

小齐立刻取出工具,开始开锁。石强锋焦急地等待着,这次小齐没有倒计时。

"你怎么不数数?"石强锋催问。

"这个锁等级高,我不知道要多久。"小齐边动手边说。

"你让开。"石强锋举起了枪,对准门锁。

"不行!你要是克制不了自己,等会儿就不要进去。"赵厚刚制止他。

石强锋一愣,忍住焦急,放下枪。

咔哒一声,锁开了,不到一分钟,小齐真是神手,然而石强锋感觉已经过了一小时。赵厚刚拉住门把手,示意大家拿好枪和手电,做好准备,然后猛地拉开了门。石强锋第一个举枪闯入,手电扫过,客厅里仍黑着灯,没有人。

赵厚刚说:"石强锋守门,我和林子搜查一楼,你们两个上二楼。"

他们兵分两路,持枪潜行,挨个房间清查着。石强锋站在门口,用手电照射着客厅的各个角落。很快,五人重新在一楼会合。

"二楼没人。"

"一楼也没有。"

石强锋的手电指向楼梯下方,那儿有个隐蔽的门,他刚刚发现的。

"地下室?"赵厚刚走去,悄悄拧开把手,门开了,透出一线光。

他们悄悄潜入。石强锋打头走下楼梯。穿过一个小厅,石强锋看到一个房间里亮着灯光。他轻轻推开门,发现房间很大,正中间有一张金属台,金属台的地上四周铺了塑料膜。接着,他看见了李达达。李达达只穿着条内裤,外罩一件透明雨披,左手拿着一把小巧的电动锯骨刀,正俯身在金属台前。隋晓躺在金属台上,双手双脚被固定着,好像失去了意识。李达达拿着嗡嗡响的电锯,拎起她的衣服,就要切割。

石强锋吼了一声:"李达达!"

李达达反应很快,立刻将电锯移到了隋晓的脖子上,挨得很近。看清了来人,他笑了笑:"你们还是来了。她是警察吧?"

看他神色,竟似早有预感。

五把枪对准了李达达。

"她怎么了?"石强锋望着隋晓,心悬到了嗓子眼儿。

"没事儿。"李达达拍拍隋晓的脸,"醒醒!醒醒!"

电锯蹭到了隋晓的皮肤,流下一线鲜血。隋晓迷迷糊糊哼了一声。

石强锋吼道:"把那东西放下!"

"小声点儿,别吓着我,"李达达脸上带着装出来的笑,"这儿可是大动脉,我手抖一抖,她就救不活了。"

赵厚刚心平气和地说:"你先把电锯放下。"

"没问题,要不你们先把枪放下?"李达达仍笑着。

"可以。"赵厚刚答应了,首先把枪放在了地上。其他人照做,只有林子趁着遮挡,悄悄把枪别在了后腰上。他们亮出了双手。

赵厚刚说:"该你了。"

李达达望着他们,又看看隋晓,说:"可惜,她会是个好作品。"

他目光中突然燃起疯狂的火苗:"等等,我改主意了。我要带她走,就算少只脚,至少她还能活着。"

"你他妈……"石强锋气急,要往前冲。

赵厚刚拦住了他,对李达达说:"好,你先解开她。我们先从这儿出去,好吧?我们不拦你。"他举起了双手,让开了出路。

出去总是要出去的,李达达同意了,伸手去解固定隋晓手腕的带子。单手解不开,他想用电锯去割。电锯刚刚离开隋晓的脖子,赵厚刚闪电般抽出了林子后腰别着的枪。

一声枪响,震耳欲聋。

电锯飞了出去,撞在墙上,李达达看看自己的手,手指头少了一个。他还没反应过来,石强锋一步抢上,飞身跃起,挥出一个大摆拳,准确地击中了他的侧脸。这一拳石强锋用了全力,李达达一头栽倒,昏过去了。

一小时后,大队人马来到。他们支起了大灯,在别墅内外勘查着。

连海平和冯大队也到了,下到地下室。有警察拖来一个铁桶,里面是燃烧后的灰烬。

冯大队恨骂道:"王八蛋,证据都被他烧了。"

他们怀着希望,等着警察破拆房间里的一个保险柜。

"能开吗?"

第十章

"没小齐不能开的锁,他去拿工具了。"老郑说。

说话间小齐回来了,拿着一个电钻,一把大锤。

"这……不是精细活啊?"老郑很惊愕。

"暴力破拆也是一种开锁方式。"小齐打开电钻,朝着保险柜的锁头捅了下去。一番操作之后,小齐抡起大锤,朝着保险柜一角砸下,力度并不大,但铛的一锤,柜门应声而开,柜子晃都没晃。

保险柜里,赫然是一只竖立的人脚。大家虽有心理准备,也吃了一惊。

连海平戴着手套,把人脚拿出来,看了一眼,说:"假的。"

脚是硅胶制作的,挺逼真,很纤秀,肤色苍白,脚指甲染成了绿色。连海平说:"像是贾贝贝的翻模。"

冯大队说:"还是不够,再找。"

郭大法仔细勘查着地板砖的缝隙,说:"这王八蛋收拾得挺干净。"他趴在地上仔细寻找,终于发现了什么,用棉签蘸了蘸,变色了。

"有了,人血。"

凌晨4点钟,医院病床上,隋晓醒来了。她一睁开眼睛,就看见了石强锋。石强锋直勾勾看着她,不知道看了多久,见她醒了,惊喜在脸上绽开。

"你醒了……头晕吗?"

隋晓勉强笑了笑。

"还行,抓住他了吗?"

"抓了。对不起,我们去晚了。"石强锋悔恨交加。

"不晚,我不好好的嘛。现在咱俩都吃过麻醉枪了。"隋晓虚弱地笑着。石强锋难过了,沉默着。

"我想了,要是你出了事儿,我不管纪律不纪律的,马上一枪崩了那王八蛋。"

隋晓眼圈一红,说:"警察就别说这样的话。"

清晨,连海平刚洗漱完毕走出卫生间,手机响了,是江明滟来电。他接了,电话那头却是连江树。

"爸,我妈要回家。我姥姥天天赶她,说她不管你。"

连海平笑了笑,说:"那你们就回来吧。"

"能回去吗? 没事儿了?"

"没事儿了,晚上带你们出去吃好的。"

到了警队,连海平先去法医科,询问郭大法检验结果。

"已经比对出来了,血是王一珊的。"郭大法喝着一杯浓茶,最后把茶叶也吃了。

"不是贾贝贝的?"

"我猜他杀害贾贝贝的时候,长经验了,知道往地上铺塑料膜了。"郭大法把茶叶渣子啐了出来,"真是个祸害!"

离开法医科回专案组,连海平穿过走廊时碰见一个人,这人西装鲜亮,他见过。李达达第一次被他抓回来的时候,这个律师来过。

律师也认出了连海平,却不像上次那么友好,而是面无表情地进了讯问室。连海平路过讯问室,看到律师在李达达身边坐下了。

走廊那头,站着赵厚刚和冯大队,连海平走过去,看见两人都绷着脸。

"这小子,一个字也不说,就等着律师来。"赵厚刚有些气。

"证据确凿,谁来也一样。"连海平说。

"他要想拿钱买命,办不到。"冯大队说了一句,没再说下去,他看见邱局和一个男人走了过来。

男人五六十岁,衣着很平常,肤色有些粗糙,但是身材匀称,精神矍铄,气势内敛,眼神里有着不显露的威压。这张脸在本市很有名,他们都认识。

邱局带着男人走到专案组三个负责人跟前。

不等介绍,男人先向冯大队伸出了手:"冯大队吧,我是李龙和。"

冯大队不动声色和他握了手。

邱局介绍说:"这二人是专案组副组长赵厚刚、连海平。"

李龙和和赵厚刚、连海平二人也握了手,说:"对不起打扰了,是我要求一定要见见你们的。大家可以放心,我跟邱局已经表达了我的意思,尊重法律,尊重证据,有罪他必须要认,负自己应负的责。他对社会、对生命造成的巨大损害,我一定尽力弥补,但绝不以赔偿为由请求宽恕。你们抓了他,我毫无怨恨,对社会来说,你们是除暴安良;对我的家族来说,你们就像医生切去了一个恶性肿瘤……"

他惨然笑了笑,继续说:"虽然这个肿瘤是我的儿子。"

他弯下腰,向大家鞠了一躬:"犬子造了这么大的罪孽,我无话可说,对不起了。"

李龙和再次和邱局握了手,告辞离去。路过李达达所在的房间时,他一眼也没朝里看,就走过去下楼了。

"厉害,咱们抓了他儿子,他还给咱们鞠躬。"赵厚刚语带讥讽。

"他就这一个儿子吗?"冯大队问。

邱局说:"还有一个小儿子,在国外念书,听说他给那所学校捐了几百万美金。"

赵厚刚说:"李达达这是弃子啊。"

这时律师走出了房间,向他们打了个招呼:"他已经做好准备,可以再次审问了。"

第十章

律师下楼离去,赵厚刚冷笑了一下:"不知道都教了他怎么狡辩。"

连海平走到房间门口,朝里看了一眼。

李达达坐在桌前,发着愣,双眼直勾勾地盯着面前的一次性水杯,好像望着一个无底的黑洞。片刻后,他长长出了一口气。

赵厚刚和连海平负责审问,李达达看起来挺放松,居然痛快认罪了。

"我想通了,我都认,那两个,叫什么来着? 都是我干的,对了,还有沈小舟,也是我杀的。"

"沈小舟是你杀的?"连海平很意外。

"对。"

"什么时间,什么地点,什么方式?"

"要问这么细吗? 杀人的时候我脑子是晕的,因为激动嘛,也就记得个大概。好像是在海边碰上她的,晚上,就她一个人,我给她喝了一杯果汁,有麻醉药,迷晕了带走的。在哪儿干的,怎么干的,你们都去过了,也见过了。"

连海平望着李达达的眼睛。

李达达很平静,说:"我还干了些其他事儿,也都说了吧。沈小舟的学生卡,是我放到那个快车司机身上的,想让他当替罪羊,没成功。爆张昊阳的黑料,水军炒作,还有最后送了他一程,也是我找人干的,敖小杰就是我的马仔,成事不足的东西……还有什么事儿吗? 你们帮我想想。"

"给你办事儿的人还有谁?"赵厚刚问。

"奴才,我管他们是谁呢,在我这儿不配拥有姓名。"

"有一个叫鲲哥的吧,在哪儿?"

"早就散了,天涯海角,你们能抓就抓去吧。"

"我们跟踪你的时候,有一辆跟你一模一样的车,是你安排的吗?"

李达达愣了一下,笑了:"你是不是警察? 自己动动脑子,要是我发现你们了,还能坐在这儿吗?"

赵厚刚有些无语,想骂人。

连海平说:"那天晚上你和沈小舟是偶遇?"

李达达犹豫了一瞬,说:"对。"

"你选择沈小舟的方式和标准,和其他几个被害人完全不同,你知道她是本地人,也没有事先做严密的反侦查计划,选择她风险是很高的,这不是你的作风,你为什么要杀她?"

李达达一时没答上来,勉强笑了笑,说:"我早就看上她了,不行吗? 第一次在会所看见她弹琵琶的时候,我就心里痒痒了,有机会当然不能放过。"

"会所,什么会所?"

"不是,就是敖小杰那个公司。"李达达迅速改口,好像有一点儿乱。

连海平追问:"怎么是第一次见？沈小舟在当主播之前,你应该就见过她了吧,这个关系还是你介绍的。"

李达达沉默了会儿,好像在回忆,然后眼神忽然又灵活起来,说:"是吗？我都记不清了,反正她是我的菜,见了就忘不了,必须干！我控制不了自己,我有精神问题,在国外权威机构做过精神鉴定,你们查到了吗？"

连海平和赵厚刚顿时警惕起来。

赵厚刚问:"你有精神问题?"

李达达说:"是啊,我妈遗传的,现在她还在国外的精神病院住着呢。"

他终于放出了后招。连海平和赵厚刚意识到,麻烦来了。

审讯完毕,回到邱局办公室,大家都有些郁闷。

"他老子说得好听,肯定都是他安排的,两面三刀！"赵厚刚猛地拍了一下桌子。

"我就知道,不会那么容易,在这儿等着咱们呢！"冯大队也骂了句娘。

邱局淡淡地叹了口气,说:"我们能做的已经做了,接下来就是别的战友要打的仗了。"

连海平皱眉不语,突然站起来走了出去。他心里琢磨着一个问题,需要验证。

他约了杨涛,两人找了个中间位置,各自开车过去。一个小时之后,他们在一条安静的街道路边碰面。

"你上次说,有一天去见小舟,她哭了很久。具体是哪天?"连海平见了杨涛就问。

杨涛翻了翻手机里和沈小舟的聊天记录,说:"5月30日。"

连海平算了算时间,上次听杨涛说起时,他以为沈小舟是因为直播受了委屈。

"你说那天她在一个场子弹琵琶,什么场子,是会所吗?"

杨涛愣了愣,说:"对对,就是会所,我不知道会所是干啥的……"

"哪个会所?"

"不记得名字了……我带你去看看?"

杨涛带连海平去了会所。两人在会所对面停下车,杨涛指指会所大门,说:"就是从这儿接的她。"

这里不是市中心,而是临近交通要道的一个不繁华也不偏僻的地方。连海平望向对面的瀚潮会所,从外面看,是个简单低调的仿古大院,朱门灰墙,门上甚至没有牌匾,但能看见院内一角飞檐处露出的森森古树。

第十章

他注视了片刻,开车离去。

回到警队,连海平立即汇总了必要信息,再次找了邱局和冯大队。

"李达达没说实话,他第一次见沈小舟应该在瀚潮会所,而且他刻意隐瞒了这个说法。我查过了,这个瀚潮会所是金海集团的。他为什么要隐瞒?沈小舟在瀚潮会所有什么遭遇?和她被杀有没有关系?"连海平直接说出了自己的疑点。

邱局说:"简单来说,你认为李达达没有杀沈小舟,而是另有其人?那他为什么要顶包?"

"我不知道,所以,我想接着查。我们既然发现了沈小舟的另一个反常的生活侧面,就应该把细节摸清楚。"

邱局和冯大队对视一眼。

冯大队说:"李达达的案子赵厚刚负责收尾,他认罪的事情,先不要通知沈小舟家人了。"

邱局说:"那你就查。"

连海平开门进屋,赫然发现老婆和儿子已经回来了。母子俩坐在沙发上等着,饭桌上没饭。

连海平这才想起来,他们今天回家,忙问:"回来了?吃了吗?"

江明滟说:"没有啊,你不是说晚上带我们吃好的去吗?"

连海平看了看表,8点了,有点儿抱歉,说:"对不起,我忘了。"

江明滟撇了撇嘴。连江树早站了起来,从冰箱里拿出炒好的饭菜,一一放进微波炉。

"别逗我爸了,我妈早做好了,我俩都吃完了。"

夜深了,连海平夫妻俩躺在床上。连海平靠床头坐着,江明滟躺着看手机,背对着他。

连海平翻到手机里的白衣女子照片,把手机关掉放下。

"我想跟你说件事儿。"

江明滟没有反应。

"你还记得,我跟你说过的……云县,二十年前的事儿吗?我一直不知道,她还有个孩子……你想听吗?"

江明滟还是没反应。连海平凑过去看,手机还在放电视剧,江明滟却已经睡着了。连海平小心地帮她把手机关了,又关了灯,慢慢躺下,在黑暗中发着呆。

他出了门。他需要去游个泳,汲取力量。这次他游得很稳,像大战前的热身。从海里走上来时,他边均匀地喘着气,边解开手腕脚腕上的负重沙袋,将它们整齐地放在一旁。接着他用毛巾擦了头发,穿衣穿鞋,动作从容而稳定。收拾停当,他提起沙袋,看了一眼大海,海上黑云如山,几乎压到了海面。黑云中隐隐有闪电的微光。

他用力做了一个深呼吸,转身离开了。

第二天一早,连海平走出小区,一眼就看见石强锋在路边车里等他。

"你来干什么?"连海平有些意外。

"不是继续查沈小舟吗?现在你去哪儿,我就去哪儿。冯大队已经批准了。"石强锋看起来很精神。

连海平藏住了突如其来的一丝感动。

两人上路,去瀚潮会所。石强锋不紧不慢地开着车。

连海平说:"你没有问题要问吗?"

"沈小舟到底是不是李达达杀的?不用问,你觉得该查,那就查。"

连海平望着窗外,沉默了一会儿,说:"被害人是没办法开口说话的。你想过没有,这世界上几十亿人,唯一能替她们开口说话、讨回公道的就是案子的办案警察。没有其他人了,只有那么几个警察,有时就一个,警察是她们和正义之间的一线桥梁,是她们唯一的指望,所以,必须抓对人。我从当上警察遇到第一起案子开始,就这么告诫自己。"

石强锋也沉默了。他心里在打架,有话要从嘴里跳出来,又被他咽下去。过了许久,石强锋实在忍不住了,说:"你遇见的第一起案子,是1998年在云县吗?"

连海平一惊。

既然开了头,石强锋接着一语中的:"她是我妈。卷宗里有你的名字。笔录里说,你们曾经是……恋人关系。"

一串话说完,两人重新陷入了沉默。

过了会儿,连海平终于开口:"恋人关系,很早就结束了。我读警官大学第一年,暑假回家,她就跟我分手了。很突然,也很决绝。几年后我毕业分到了省厅,回家探亲的时候,正好碰上了她的案子。"

他顿了顿,眼神变涩了:"了解到她那几年的经历,我大概明白了她为什么一定要分手,她不愿意把我留在她的生活里,因为那生活太糟糕了。"

再次沉默。红灯,车停了下来。

石强锋等着绿灯重新亮起,说:"你觉不觉得,她当时的样子,很像沈小舟?"

"像,很像。"连海平看了石强锋一眼,"我一直不知道,她有个孩子。如果……"他欲言又止。

石强锋笑了笑,说:"本来,我还以为你是我爸呢。"

第十章
227

连海平一愣:"你怎么会想到我,我跟她,从来没有过……"

"我在卷宗里看到了你们在一起的时间,算了算,你就成重点嫌疑人了。"

"那你怎么排除我的?"

石强锋没吭声。

"查过我的DNA?"

石强锋不好意思地笑笑。他真的查过,偷偷拿了连海平的生物样本——杯子口取的,去了一家商业运作的亲子鉴定中心做鉴定,结果出来后他犹豫儿番,终于还是查看了。

"说实话,开始我挺恨你的,以为是你抛弃了她。因为你这个人,看着有点儿冷嘛。"石强锋故意将语气放得轻松。

"所以你才跟我发那些火……"连海平恍然。

"后来吧,了解你了……我又有点儿希望你真的是……"

连海平看着他,石强锋望着前方,淡淡一笑。

"结果你不是。这样最好,要是的话,我还不能给你当徒弟了。"这几句都是真心话,落地听响。

连海平咀嚼着这话,情感像潮水般忽起忽落,一时无语。

"我不知道谁是我爸,但他很可能不是个好人,把坏的方面遗传给我了。"石强锋开玩笑似的突然踩了一脚油门,闯了个黄灯,"你瞧,看见黄灯就忍不住踩油门,本性就想闯祸。"

连海平看看他,说:"你是个好孩子。"

"没事儿,该骂就骂,还像以前一样就好。"石强锋降下车窗,让风吹进来,不经意地问,"那个案子难破吗?"

"不难破,"连海平看了一眼石强锋,斟酌着字句,"梳理她的社会关系,没多久就锁定了嫌疑人。就是几年来纠缠过她的一个人。在云县,这家人有权有势,是数得着的,想要什么恐怕很少有得不到的。那个人更是一个无法无天的无赖,可她又偏偏不听话,是那种急了敢拿刀反抗的人,还要去告他们,结果就被……"连海平顿了顿,压下突如其来的愤懑:"因为我和她有那层关系,不能参与侦查。可我真的放不下,走不开,只想这一件事儿,胸口都快炸开了。我忍不住去查案,还擅自参与了抓捕,而且还把凶手打伤了。后来,对方抓牢这一点不放,逃脱了死罪,只判了无期。我对不起她,想让恶人得到应有的惩罚,就不能冲动。"

"那家人呢?"

"倒了。让我最难受的是,她那几年肯定很绝望,可我一点儿都不知道她的绝望。之后我也没回省厅,重选了岗位,到了这里,算是下放吧。"

石强锋叹了一声。

"想不到你还有一腔血气不管不顾的时候啊,好想看看你打人的样子!"

连海平笑笑。

"有空来家里吃饭吧,见见你师娘。"

"还有我弟,我感觉我跟他能成好哥们儿。"

两人都笑了,从海上卷来的风呼呼作响。

瀚潮会所的接待室也古色古香,布置得像皇宫侧殿似的。

一名经理模样的人接待了连海平和石强锋。他看着沈小舟的照片,面有难色。

"对,她是在我们这儿当过表演嘉宾,大学生,想挣点儿收入,噢,就是张会长的公子,已故的张昊阳先生介绍她来的。她琵琶弹得好,客人反响不错。半年时间吧,一个月有那么一两次表演。"

连海平说:"就只是表演?会所有没有给她安排其他节目?"

"那当然没有,就是表演,我们是高级会所,没有那些乱七八糟的,弹琵琶也是弘扬中国传统文化。"经理义正词严。

"表演现场有监控吗?"

"没有。很抱歉,来的都是贵客,我们要保护他们的隐私。"

石强锋说:"这违反规定,不管什么高级会所都是公共娱乐场所,怎么不安监控?"

"监控有啊,外边,院子里有几个。"经理朝外指指。

连海平说:"带我们去看一下录像。"

"这个……"经理犹犹豫豫,"听说案子已经破了,还有必要吗?"

"有没有必要,你懂还是我懂?"石强锋粗着嗓子说。

经理赔着笑说:"我需要请示一下。"

连海平说:"没问题,李龙和董事长昨天刚刚去过我们分局,你可以直接问他。"

不出所料,请示马上得到了批准。

连海平和石强锋跟着经理穿过会所走廊。路过一个紧闭的双开门时,石强锋拉开门看了一眼,里面是个大厅,装修得很高级,艺术感十足,灯光昏暗得恰到好处,座位都被巧妙地遮挡起来,钟磬之音隐隐传出,打造得颇为仙气。

经理说:"哎,请不要……"

石强锋把门关上了,说:"没见识过,看看。"

进了管理处办公室,就看见两台大屏显示器并排放着,经理上前摆弄着电脑。

"这儿有她第一次来的试用录像,您先看看。"经理打开一个视频,视频里沈小舟穿

第十章

着古风汉服,独自坐在大厅一侧的表演台上弹琵琶,"您看,穿得也规规矩矩,中国传统服装,都是高雅艺术。"

连海平说:"把会所里所有监控视频录像都调出来,然后你先回避一下。"

经理答应了,打开相应的文件夹,让出位置。

"您喝点儿什么?"

连海平说:"白开水就行。"

经理拿来两瓶纯净水放下,退着步出去了。连海平看看纯净水,是绿诚环保科技公司生产的,有绿叶标志。不过更高端,玻璃瓶的。

石强锋查看着录像视频,说:"还行,保存了三个月的。"

"看5月30日的。"

石强锋找到几个5月30日的视频文件。他将视频分到两个显示器上,两人各自查看。视频里是会所院子的几个角度,全是室外,亭台、楼阁、曲廊、花径,还有停车场。

石强锋说:"恐怕查不着什么,这种地方,坏事儿都是关着门干的。"

"也不一定,不是所有人都能注意到监控在哪儿。"连海平盯着停车场的录像,倍速快进着。画面中车进车出,来的贵客有自己开车的,也有带司机的。

"她来了。"连海平暂停了视频,画面中,沈小舟背着琵琶正在穿过停车场。时间是下午5点多钟。

"自己来的。"石强锋在视频中寻找着。

连海平继续快进,石强锋也把自己看的视频快进到5点钟之后,挨个查看。

"她出来了。"刚看了片刻,连海平又有发现。

石强锋凑过来,只见视频中沈小舟又回到了停车场,四处张望着好像在寻找什么。很快,她找到了,走过去上了一辆车。车是一辆宾利,车窗是暗色的。

"才进去不到二十分钟就出来了。"连海平看了看表。

"衣服也没换,还没表演吧。"

快进了大约半小时之后,沈小舟从车上下来了。

"二十八分钟。她手里拿的什么?"连海平盯着视频。

视频中,沈小舟手里似乎拿着一个大信封,匆匆离去。

"什么东西,不是钱吧? 她……在车上干什么了?"石强锋表情有些别扭,好像看到了不想看到的秘密。

连海平不语,将视频快速倒退,一直退到这辆车刚刚驶入停车场的时候,有一个角度看到了车牌号。

"这是李龙和的车。"

"沈小舟怎么会认识李龙和? 车上是不是李达达?"石强锋很惊讶。

然而这辆车从驶进停车位,到沈小舟上车下车,再到驶离停车场,车主人始终没下车。

连海平说:"车上有司机,李达达会自己开车。而且以他们的父子关系,他应该不会用这辆车。"

他们继续看视频,这辆车离开之后,沈小舟也匆匆离开了,时间还不到晚上7点。

连海平说:"她从这儿走了之后,和杨涛见了一面。杨涛说,她情绪很糟糕,还哭了一场。"

"沈小舟身上到底还有多少咱们不知道的秘密!"石强锋越发郁闷了。

离开会所,石强锋和连海平重新开车上路。两人都无话,默默琢磨着。

"现在怎么办?"石强锋问,"什么打法？会所就是李家的,咱们是不是已经打草惊蛇了?"

连海平说:"既然惊了,就打明牌吧。"

第11章

城市新区,一栋写字楼拔地而起,巍峨气派,是传说中的金海集团。

连海平和石强锋来到了金海集团。梁雪涛得到消息后,急匆匆赶来,见到二人,先握了手。

"对不住啊,您事先也没打个电话;董事长不在公司,让您白跑一趟了。"

连海平说:"他现在在哪儿?我们可以去找他。"

"有什么事儿先跟我讲好不好?我传达。"梁雪涛很客气。

"抱歉,不方便。给我个地址就行。"

"这个,也不太方便。"

石强锋说:"什么方便不方便,我们是警察!"

"我知道啊警察同志,"梁雪涛皮笑肉不笑地推诿,"可确实不方便,我级别不够啊。要不,请贵局的邱局长给我们董事长打个电话,亲自问一下?"

连海平盯着梁雪涛,笑了笑,说:"有意思。"

他招呼石强锋,转身走了。出了门,正要上车,一个工作人员追了出来,递给他们一张叠起来的纸条。

"董事长亲自批示了,这是他的地址。"

车上了高速,一路向出城方向飞驰。开了几十公里远,连海平和石强锋看到前方有个出口,路标牌指向"潜龙湾"景区。

他们下了高速,沿着一条景色秀美的柏油路在山水间蜿蜒前行。终于,他们拐上了一条小道,穿过树林再开上一段后,看到了"游人止步"的牌子。

"真行,好地方都让他们占上了,这地方迟早也得拆。"石强锋一踩油门,开了进去。

李龙和的农庄叫"潜龙农庄",是一个巧妙利用地势建成的大院子。从外面看,院子不显山不露水,非常低调。大门口,有个衬衣领带的瘦小男人——农庄的"助理"——一直候着,看见他们的车,马上引导他们开进农庄。

农庄里的建筑也是复古风格,院子很大,除了房子,还有菜园、果树,还用篱笆圈着鸡鸭,与江南风格的园林庭院和谐共存。

菜地里的西红柿长得又红又大。连海平和石强锋下车路过菜园时,看到菜地里有个戴草帽的人向他们挥了挥沾满泥土的手。居然是李龙和,他像个农民似的正在干活。

石强锋说:"儿子刚被抓,他这是来度假了吗?"

他们在凉亭里落座。凉台冰凉的石案上放着一盘水灵灵的西红柿,一盘翠绿的黄瓜,两盘树上刚摘下来的果子。

李龙和说:"尝尝吧,都是自家的,绿色有机无污染啊。"

连海平说:"不用了。"

李龙和拿起一个西红柿,咬了一口,说:"沙瓤,还是以前的味道。我现在只吃自己种的菜。"

石强锋很煞风景地来了一句:"上什么肥料?大粪吧。"

李龙和笑了笑说:"你以为有机是什么意思?"他大口吃,吃得很豪爽。

连海平说:"既然董事长知道我们要来,我就有话直说了。我们认为杀害沈小舟的人也许不是你儿子。"

李龙和停止了对西红柿的进攻。

"你认识沈小舟吗?"连海平跟着问。

李龙和把最后一口西红柿塞进嘴里吃完。他看着连海平,似乎从连海平眼中看到了问题的答案。他坦然承认道:"认识。"

"好。"连海平示意石强锋。石强锋拿出手机,打开了瀚潮会所停车场的监控视频,放了沈小舟上车的那一段。

"你在车里吗?"

李龙和用毛巾擦干净手和嘴,说:"在。"

"她在车上待了二十八分钟,发生了什么?"

李龙和看了看他们,说:"如果你的语气稍稍缓和一点儿,我会更乐意回答。"

连海平调整了一下语气,重新问:"请问这二十八分钟里发生了什么?"

"你看,这么聊就好多了。"李龙和说,"几个月前,她刚到会所做表演嘉宾不久,我

第十一章

233

就注意到她了。家境贫寒,修养不俗,天生丽质,又学业有成,很难得啊。对她了解越多,我就越器重她,想让她到我的集团来工作。那天在车里,说的就是这个事情。我还给了她一份聘用合同,就是她手里拿的这个,她想好了直接签字就行。"

石强锋好似松了口气,噢,合同。

"可惜她还是拒绝了我,专业不对口嘛,她还是想干她的专业去。对了,我还请她来过这儿,给我打造的这个田园生态系统提提建议。这个西红柿,她还给了5星好评呢。"李龙和温和地笑起来。

连海平问:"这个合同,她后来还给你了吗?"

"没有,不需要,没有签字盖章,没什么用。"李龙和微微一愣,随口答道。

"那6月……请问6月19日案发当晚,李达达在什么地方,你知道吗?"

"不知道。我们联系很少,见面更少。"

"那你呢,你在什么地方?"

李龙和招了招手,助理马上小跑过来。

"6月19日晚上,我在哪儿?"

助理马上查阅平板电脑,说:"6月19日晚上,您去集团和售楼处的员工代表见面了。"

李龙和说:"对,金海一号卖得不错,我去给业绩出色的员工发了奖金。"

助理打开了平板电脑上的视频,只见视频中李龙和跟员工代表们握手谈笑,发红包,其乐融融。时间正是6月19日晚。

"然后是聚餐。董事长也参加了。到晚上11点钟才散。"

连海平确认了,视频录制时间确实符合。石强锋有些失望。

李龙和说:"还有问题吗?"

"没了。"连海平站起身来,准备告辞。

石强锋说:"不好意思,憋了一路,我能给贵宝地贡献一泡有机液态肥吗?"

李龙和说:"请便。那边有洗手间。"

"不用。"石强锋顾自走到菜园旁边,解开裤子,大马金刀冲着黄瓜秧子就尿,有点儿像挑衅。

李龙和也不生气,和连海平说话。

"连队,其实我早听说过你,数一数二的破案好手,早就想和你认识了。我素来敬重英豪,和平时期,你们警察就是英豪。"

"惭愧。"

"金海一号的房子,你可以去看看,如果喜欢,后面的事情交给我。当然还是正常的购房流程,不能犯错误嘛。"

连海平说:"多谢董事长,我爱人还真去看过,我有时间一定去看看。"

石强锋撒完了尿,走过来。连海平和李龙和握了手,告别离去。

二人开车出了大门,敞开的大门自动合上。

连海平说:"停一下。"

石强锋靠边停了。连海平向后望了一眼,没人跟过来。他下了车,走到大门前,察看大门的顶角——那里适合安装监控探头,然而空空的。

农庄一角,鲲哥拿着望远镜观察着刚刚离开的连海平和石强锋。等看不见后他放下望远镜,回身进了仓库。这个大仓库是农庄的车库,里面停了两排车,有十多辆。除了李龙和的宾利,还有几辆很平常的车,比如导致连江树撞车的那辆、跟踪过连海平的那辆,以及抓捕李达达当晚出现的那辆奥迪。

连海平和石强锋离开农庄,开车返城。

石强锋说:"他这个不在场证明够硬的,有视频,还有一屋子人证。"

连海平说:"农庄门口本来安有监控探头,现在拆掉了,还留有印儿。"

石强锋一时没明白。

连海平解释说:"如果是故意拆掉的,那他是不想让人知道案发当天都有谁去过。"

"你觉得沈小舟去过？不能吧,这几十公里呢怎么去？咱们连沈小舟怎么离开那条街的都不知道！"

连海平沉吟着,过了会儿说:"那份合同,我们没有见过。"

"什么？"

"沈小舟没有还给李龙和,也不会扔掉。在学校没有找到,会不会还在家里,我们上次没注意到？"

"要是案发那天她带在身上呢？"

"那你想,她为什么要带在身上呢？还有,真的是合同吗？"连海平琢磨着,"去一趟沈小舟家。"

沈华章在卫生间里给沈小海洗头。这活儿大概是他第一次干,不太熟练。沈小海低头弯腰,一动不动,像只小狗一样听话。洗完了,沈华章用毛巾给小海擦干头发。孙秋红打门口经过看到了,意外且有些感动。

沈华章在水槽上的搁架上,发现了一个卡通发卡,只能是小舟的。他拿在手里,愣住了,不知道该放在哪儿。沈小海向他伸出了手。

大门口响起敲门声。过了会儿,孙秋红带着连海平和石强锋进来了。沈华章有些意外。

连海平和石强锋将沈小舟卧室又细细搜寻了一遍,这次只在书籍、资料中找牛皮

第十一章

235

纸文件袋,然而没有找到。

"你们找什么?"沈华章不解地问道。

"沈小舟有没有拿回来过一个牛皮纸文件袋,这么大?"连海平比了比大小。

"没见过。"

连海平和石强锋相互看看,摇了摇头,放弃了。他们朝外走,路过沈小海的卧室时,连海平看到沈小海坐在床上,膝上放着一个鞋盒,手里拿着个东西正在看。

"小舟的,小舟的。"

连海平看过去,发现沈小海手里的东西是个发卡。连海平走近看,发现鞋盒里有损坏的、过时的电子产品,比如旧手机、小音箱、计算器,还有铅笔、自来水笔、圆规、三角尺等文具。

孙秋红说:"都是小舟用坏了舍不得扔的东西,给小海玩儿的。"

连海平心头一动,仔细看去,在盒子里看见了一个亮闪闪的小东西。

"小海,我能拿一个吗?"

小海不看他,点了点头。

连海平戴着手套,把那小东西捏了起来,是一个U盘。

"小海,这个U盘是小舟给你的?"

沈小海看了一眼,连连摇头:"不是小舟给我的,不是小舟给我的。"

"这个U盘应该没坏,"沈华章也想起来了,"小舟有时候拿电脑回家写论文,就用这个U盘保存,好好的U盘她不会不要。"

石强锋想到了什么:"是沈小舟自己放进去的?"

"电视里的坏人总是抢U盘。"沈小海突然冒出一句。

连海平笑了笑:"小海,跟我们去一趟警队好不好?"

"小海他……"孙秋红怕小海不愿意。

"我们需要取个指纹。"连海平解释说。

然而沈小海眼睛看着别处,坚定地说:"去警队,去警队。"

连海平二人和沈华章一家三口出门挨个上车,沈小海一直抱着放进塑料袋的鞋盒。这时有辆车路过,停了下来。

"连队长好,老沈。"岳红兵在车里打着招呼。

连海平笑着点点头,上了车。

"小舟的事情有眉目了?"岳红兵问沈华章。

沈小海举着鞋盒嘟囔起来:"去警队,去警队。"

岳红兵看看鞋盒:"什么宝贝呀小海?"

沈小海没有回答。

"上车吧小海。"沈华章叫他。

他们上了车,开走了。岳红兵慢慢朝前开,看了眼后视镜,看到连海平的车远去。他似乎有些紧张,有些慌,在路边停下车,竟出了一头汗。

回到警队,鞋盒送去检验,连海平、石强锋和沈家三口在技术处一边吃着盒饭,一边等着。饭没吃完,隋晓戴着手套拿着U盘回来了。

"鞋盒上有沈小舟和沈小海的指纹,U盘上也一样,没有其他人的指纹。"

沈华章听明白了,说:"小海不会说谎,小舟不给,他不会拿。"

连海平说:"打开看看吧。"

隋晓把U盘插入电脑,打开,然而弹出了一个小窗,有密码。

"能破解吗?"连海平问。

"需要时间。"隋晓说。

沈小海又开口了,说了一串数字:"05261807。"

大家不解地看着他。隋晓将信将疑地输入这8位数字,U盘打开了。

"你怎么知道的?"沈华章很惊讶。

沈小海说:"小舟让我记住的。"

"这个数字有什么含义吗?"连海平问沈家的二位父母。

孙秋红似乎想到了,眼睛突然红了。

"好像……好像是我们一家四口的生日。小海是18日,小舟是7日……"

沈华章也看出来了,一时呆住。

警察们互相看看,仿佛这是沈小舟给他们留下的秘藏,其中或许藏着打开谜团的钥匙。他们凑到电脑前,满怀希望地查看着U盘里的内容。U盘里保存了海量文件,Word文档,Excel表格,PDF,图片,等等。

"有没有日记或者聊天记录什么的?"石强锋辨别着目录和文件名。

隋晓皱着眉说:"好像都是专业资料。"

"有隐藏文档吗?"

"已经全部显示了。"

连海平说:"分一分,咱们一起找。"

一找就是大半夜,不管看懂看不懂,他们把文档都挨个捋了一遍,却一无所获,没有任何沈小舟生活方面的片言只语,似乎只是她的专业资料库。

"感觉我都读了半个环保专业,可惜一点儿没看懂。"石强锋很失望,连海平也是。

第二天,连海平去找冯大队,他很疲惫,眼里都是血丝。

"这么说,李龙和的嫌疑可以排除吗?"冯大队看了报告说。

第十一章

237

连海平说:"还需要调查。"

"他的不在场证明无懈可击啊。"

"不管干什么,他还用自己动手吗?他和沈小舟之间,不会像他说的那么简单。"

冯大队顿了顿,说:"老连,按说以你的经验,用不着提醒你……你是不是对这个案子投入太多个人感情了?"

"什么意思?"

"你一直在找不是李达达杀害沈小舟的证据,要是沈小舟真是他杀的呢?你要不要跳出自己的逻辑再梳理梳理?"

连海平看着冯大队,说:"是不是上面催着结案?"

"催是催,跟这没关系。我跟老邱都能帮你争取时间,可咱们总得有个期限,有个说法。"

"再给我两天。"

冯大队拿出一份文件递给连海平:"这是又审出来的,李达达杀害沈小舟的翔实口供,你看看,细节基本对得上。"

连海平拿起来,快速翻看一遍。

"没有我想知道的。"

"你还想知道什么?"

"我想知道,沈小舟在6月19日下午4点到晚上遇害这段时间里,都发生了什么!"

连海平把文件往桌子上一拍,起身走了。这是他第一次将要发火,冯大队有点儿措手不及。

石强锋和连海平开车驶过城市街道。连海平闭着眼睛,像在小睡。"警察破案,该不该投入感情呢?"他突然开口了。

石强锋一愣,这问题有点儿突然,不好回答,连海平却自己说了下去。

"有些老刑警决不让自己投入个人感情,因为见得太多了,凶案就是日常。不投入,是一种心理上的自我保护,不然迟早会崩溃。"

石强锋说:"嗯,也对。"

"可是能控制住吗?调查越深,就投入得越深。感情也是力量啊,有时候,在最黑暗最困难的地方,需要那么一股劲儿撑着你前进。"

石强锋看了看他。

"我能问问你为什么要当警察吗?说实话,你这个性格……"

"我母亲是警察,"连海平笑笑,"云县公安局刑警队的。那个年代女刑警很少,所以她特别要强,工作很努力,也很自豪。我吃茶饼的习惯,就是从她那儿继承的,她查案没日没夜,靠这个提神。她想让我当警察,经常跟我说,你脑子好用,当了警察,能比我保护更多的人。我不想当警察,我也知道我性格不合适。后来,我读高二那年,她牺牲了。街上抓一个流窜犯的时候,没防住同伙儿。我父亲本来就跟我交流很少,母亲走了之后,话就更少了。一直以来,母亲算是我的精神支柱。支柱突然倒了,我却打定主意要当警察了,这个当警察的决心大概是一个新的支柱吧,我需要它。当警察的时间越长,我就越能理解母亲了,当个好警察,保护更多的人……"

沈小舟消失的那条街,他们又回来了。连海平和石强锋下了车,又一次开始从头梳理,沿途寻找,虽然不确定在找什么。

他们询问路边的出租车司机,询问清洁工,询问路人。

他们在这条街上来来回回地走着。

他们吃面包,喝瓶装水。

石强锋在车上睡着了,水还拿在手上。

连海平自己沿路走着,终于,他发现了什么。有不少人拿着大包小包走进一条侧巷,看起来像村里人,还有民工。他跟着走过去,发现侧巷是个断头小路,里面停着一辆破中巴。这些拿着大包小包的人纷纷登上了中巴。

有个中年司机正站在车边抽烟,催促着:"快点儿,快点儿,发车了啊。"

连海平走过去,先亮了证件。

"警察。你这是公交车吗?"

"是……不是!"司机吓了一跳,"警察同志,我也是便民服务,不挣钱……"

"我不是查车的,你这车天天都来吗?发车到哪儿?"

司机看着连海平,支支吾吾。

连海平说:"我查的是命案,说实话。"

司机说:"到潜龙湾。"

连海平眼角一动。

"不是天天来,逢3、6、9出车,"司机忙着解释,"主要是让村里人还有景区的工人进城办事儿买东西,十五块钱一个人,也就够油钱……"

"3、6、9,3月19日也来了?"

"19也是9啊。"

连海平拿出手机,打开沈小舟的照片:"见过她吗?"

司机认了认,马上认出来了:"见过,她那天是碰巧赶上了。坐这车的生人少,这么漂亮的就更少了,我还想着怎么没再见过她……对了,您刚说有命案?"

"她在哪儿下的车?"连海平长出了一口气。

他们开车跟着前面的破中巴,再次奔赴潜龙湾。

第十一章
239

"原来她是这么消失的!"石强锋感叹道,"她真去找了李龙和?"

"拿到她到过李龙和农庄的证据,才能确认。"连海平说。

到了潜龙湾公交站,中巴车停下了,乘客们纷纷下车。

"她就是在这儿下的车。"中巴车司机向连海平保证。

连海平拿出手机,打开地图,导航到李龙和的农庄,显示距离还有六公里。

石强锋说:"还有这么远,怎么去的?"

连海平举目四望,看到不远处的路边停着一排小车,小车司机正招呼着经过的行人。都是个体出租车。

"问问他们。"

"要是有人拉过沈小舟,那个中巴车司机都记得,他们肯定也记得!"石强锋信心满满。

然而出租车司机们一问三不知。石强锋有点儿郁闷。

连海平想了想,问司机们:"有谁今天没出车吗?"

一个司机探头过来,说:"有,我们村儿翔子没来。好几天没来了,这小子,不是病了,就是上省城找他女朋友去了。"

"从哪天开始没来?"

"三四天了吧。"

"你有他电话吗?"

出租司机拿出手机,拨了个号,听了听,关机了。

连海平说:"你带我上翔子家去一趟,我付车费。"

"哟,你们警察还这么客气,不用给钱!"司机受宠若惊似的。

出租车司机和翔子家在大约五公里外的一个村里,出租车司机把连海平他们带到村里的一个单门独院前。院子大门紧闭,出租车司机咣咣敲了几下门,没人应。

邻居在院子里干活,闻声出来了,说:"没人,前几天一大早就走了。"

出租车司机说:"你看,我说嘛,去省城了!"

石强锋问邻居:"你亲眼看见他走了?"

邻居说:"看见车走了,天还没大亮呢,他那车好认,车头漆了个变形金刚。"

连海平问:"他父母呢?"

"都没了,就一个女朋友,在省城打工。"

"你知道他女朋友在省城什么地方打工吗?"

"听翔子说,在一家高级饭店,卖海鲜的,一个外国螃蟹上千块!我说,这吃的不是蟹子,吃的是路费呀,你说是不是?"

石强锋说:"他怎么不跟着去省城打工？留在老家干什么？"

出租车司机说:"省城打工累呀,咱这景区一火,开车也能挣不少。"

邻居说:"他还合计着,干两年让女朋友回来结婚,开个农家乐,也卖海鲜！按说他也该回来了,平时也就去个两三天……"

寻人未果,连海平和石强锋开车返城。天色渐晚,黄昏的景区愈加迷人。

"如果是翔子送沈小舟到李龙和农庄的,恐怕李龙和他们已经找过翔子了。"连海平望着窗外的景色,西下的夕阳似乎有种动人的惆怅。

"他们怎么知道是翔子送的沈小舟？"石强锋问。

"忘了吗？农庄大门口本来是有监控的,而且翔子的车很好认。"

"那翔子是被他们威胁跑路了？"

"得找到他。"

连海平的手机响了,来电的是隋晓。她在电话里说,U盘里有些奇怪的东西。

回到技术处办公室,连海平二人看到隋晓正趴在桌子上睡觉,看来是累得支撑不住了。石强锋有点儿心疼,碰了碰她。隋晓醒了过来,不好意思地揉揉眼睛。

"连队,我有点儿发现。"她打开笔记本电脑,给连海平二人看,"沈小舟U盘里的专业资料,我硬着头皮又翻了几遍,绝大多数是课题相关材料、学术期刊论文什么的,文件名都一目了然,内容标记得也很清楚,但是这两个文件不太一样,我单独拷贝出来了……"

隋晓打开一个文件夹,里面有两个Word文档。一个文件名叫《化工厂污染情况调查》,一个叫《化工厂污染治理环评报告》。

"这是两篇报告,内容都是关于某化工厂土壤污染情况的,文件名起得模糊,内容也不齐全,有人特地把报告里所有化工厂的名字和评估机构的名字都删掉了,但是……"

隋晓将文档内容向下拖动,出现了一张图,是化工厂的区域平面图。

"这个化工厂的形状,是不是有点儿眼熟？"

连海平认出来了。

石强锋说:"本地的？"

隋晓说:"对,这个化工厂早就不是化工厂了,那个地方已经建成商品房小区了,就是……"

连海平说:"金海一号。"

石强锋吃了一惊。

"而且我查到了,金海一号建筑用地的环境评估是绿诚环保科技公司提供的。"

"绿诚?"石强锋看了连海平一眼,连海平似乎并不惊讶。

"这篇环境评估报告的结论是,原化工厂地块的土壤污染经过治理修复,已经无害了,可我总觉得有点儿不对劲。"隋晓说。

石强锋将文档上上下下翻看一遍,说:"看不懂啊,有什么问题?"

隋晓说:"我也看不懂,就觉得这两个文件有点儿可疑。"

连海平说:"那就找个懂的人来看看。"

出发之前,连海平先找了赵厚刚,请赵厚刚带人去省城找翔子的女朋友,可惜他能提供的线索有限。

"高档海鲜饭馆,就这个?"赵厚刚挠了挠胳膊。

"抱歉,知道的不多。"

"行,省城能有几家海鲜饭馆?正好人手都空出来了,我连夜带人去找,给我二十四小时。"

"拜托了。"

"客气什么!"赵厚刚抬起还打着石膏的手臂,拍拍连海平的肩。

这个亲热的动作倒让连海平有些不适应。

接着,连海平和石强锋赶往南方理工大学,在实验室找到了陈晖。晚上实验室正好无人,十分清静,陈晖细读了两份打印出来的报告。

"这些数据需要验算,要不找我的导师看看?他更有把握。"

连海平说:"这件事要先保密。你会验算吗?"

陈晖点点头:"我先验证一组吧。"

他从包里拿出笔,在本子上写写算算,用手机当计算器。石强锋探着脑袋看,当然看不懂。

算出结果,陈晖停下了笔,看上去也有些惊讶。

"我验算了污染物中重金属汞的一组数据,以原始土壤中的污染水平,根据这个修复方式和药剂投放量……原理我就不详细解释了,总之很难得到环评报告中的结果。去除99.9%,基本上是不可能的。"

石强锋说:"就是说,这报告是扯淡?"

陈晖说:"这只是报告,说不定这个地块做过进一步的修复,已经达标了。要想知道现在的污染水平到底多高,最好再去采样一份土壤,重新分析一下。"

连海平说:"恐怕沈小舟已经做过这件事儿了。"

陈晖有些诧异。

连海平说:"沈小舟如果要对土壤样本做污染物分析,是不是也用这个实验室?"

"对啊。我查一查记录。"陈晖翻出一个登记本,打开寻找着,很快找到了,"真的有,6月5日,沈小舟借出过土壤采样器。如果她是在这儿做的实验,电脑里也会有记录!"

陈晖走到电脑前才想起来什么,有些懊恼。

"对了,上次电脑出了问题,之前的数据都丢了。"

连海平也想起来了,上次他们到实验室来,陈晖正在折腾电脑。石强锋说:"会不会是他们干的?他们挺忙啊,到处灭火。"

连海平不语,思索片刻,跟陈晖说:"我们要向你借一样东西。"离开实验室,回到车上时,已经是凌晨2点。

"要是沈小舟发现了这么大的秘密,那等于是往自己身上绑了个炸弹!"石强锋把一个手提箱放在后座,手提箱里是土壤采样器。

连海平思索着。

"这个李龙和还是人吗?只吃自己种的菜,还他妈绿色有机无污染,却在有毒的地上盖楼卖给老百姓,这就是万恶的资本家吧!"石强锋很气愤。

连海平说:"我们要先确定沈小舟到底有没有去采过样,金海一号的土壤是不是还有毒。如果真的已经达标了呢?"

石强锋恨道:"马上申请搜查令,先把金海一号封了吧。"

连海平摇头说:"这件事儿,我们也要悄悄地做。在车上眯会儿吧,等天一亮,你就回队里,叫几个人到金海一号找我。"

"你去干什么?"

连海平笑笑,闭上了眼睛。

金海一号,不愧是本市头号高档小区,崭新华丽,高楼成群,面临大海。

售楼处里人头攒动,售楼代表们忙碌着接待来客。连海平耐心等待着一位售楼员,看到他送走了客户,才走上前去。这位售楼员在李龙和助理的视频中出现过,那晚他得了大奖。

"你好,我叫连海平,李龙和董事长请我来看几套房子。"连海平客气地打招呼。

售楼员看了连海平一眼,满脸笑容地欠了欠身,说:"连先生您好。"

"不知道他跟你们打了招呼没有?我今天来是临时起意,你可以先向他请示一下。"连海平继续说。

售楼员犹豫了一下。

"对了,我好像认识你。最近李董事长是不是给业绩突出的员工发过奖?你拿了头奖吧?他还给我看了现场录像呢。"连海平不容他犹豫。

第十一章

售楼员马上反应过来,能跟董事长一起看录像的,必是上宾。"不必请示了,您先看看房子?有喜欢的再说。"

他要带连海平走,连海平摆了摆手,说:"不想上楼下楼了,看看样板间的视频就好。另外,我是公安系统的,最看重的是小区的安防,你给我介绍一下。"

售楼员又打量了一眼连海平,连连点头。他带连海平去小区监控室,拿钥匙打开了门。监控室里没人,只有一排显示器。

"小区的界墙全部安装了红外线探测器,这些探测器连接着我们的中心主机,有人翻墙,马上报警。小区监控也是全方位无死角的,甚至是重叠的,这叫过饱和监控。安防水平绝对是国内一流的。"售楼员自豪地介绍说。

"你业务很熟练嘛,恭喜你拿了头奖。"连海平恭维他。

"对对,那天就挺突然的,事先也没通知,董事长突然就来了,这大奖突然就发我手里了,跟捡钱似的。"售楼员受宠若惊似的。

"嗯,这监控视频保存多少天?"

"足足九十天,比最高标准还要标准。"

连海平的手机响了。他向售楼员示意,走到一边接电话,接完电话后又很快走了回来。

"有几个同事,相关部门领导,也想来看看,已经到门口了。"

售楼员说:"欢迎欢迎,我马上去接!"

"等他们来了,你带他们转转去,不用管我了。"

售楼员被支开后,大鲁悄悄溜进了监控室。他刚坐下就开始娴熟地摆弄机器,操作设备,调取保存的录像。

"6月5日的,"他按了一下键盘,监视器上出现了满满的分画面视频,一台四格,"他们把数据都搞掉了,视频还能有吗?"

连海平说:"试试吧,就算拍到了沈小舟也构不成证据,对他们没有威胁。再说,他们不像咱们这么有耐心。"

看了会儿,大鲁一指监视器:"找到了!是她吧。"

连海平看过去,一格视频中出现了沈小舟。她手里提着个箱子低头走着,不时抬头看一眼周围。

大鲁在不同的视频中寻找她的身影,跟上了她的路线。只见沈小舟闪身走进花园,放下箱子打开后,取出一个长条形的东西插进土壤里,然后提起来将里面的土壤倒进塑料袋里,最后将塑料袋装进箱子里,动作很迅速。

大鲁继续看监控,只见沈小舟走出花园,在小区里转圈,不一会儿她又选了一个地方,重复了这一番操作。

"她又挖了一铲子!"大鲁叫道。

这会儿售楼员正带着老郑、小齐和石强锋这几位"领导"在小区里参观。小齐手里提着那个手提箱。

"箱子要不要先帮您存起来?"售楼员热情地说。

"不用。"小齐表情严肃地拒绝。

"有纪律,不能离手。"老郑神神秘秘地说。

看房过程中,老郑絮絮叨叨,不停提着问题。

"一梯几户?公摊多少?"

"都是南北通透的户型吗?"

"小区景观不错,这湖里是淡水还是海水?能养鱼吗?"

"这树这么大,是整棵运来的吧?"

趁售楼员被老郑问蒙,石强锋接电话听完连海平的吩咐后,悄悄跟小齐耳语。小齐听后提着箱子匆匆离去。

半小时之后,连海平跟老郑、小齐他们离开了金海一号,在路边会合了。上了车,小齐打开箱子给连海平看,他采样了四袋土壤。

"太好了,"连海平笑了,"马上送给陈晖。"

回到专案组,连海平重新整理思路,在白板上列出了沈小舟近半年的主要时间线,从"瀚潮会所表演"到"绿诚环保科技公司应聘",到"尝试网络主播",到"5月30日与李谈话",到"6月5日金海采样",直到"6月19日",他停止了书写,思考着。他的字很漂亮,看上去有硬笔书法的功底。

不经意回头,发现冯大队站在他身后。

连海平马上说:"两天还没到。"

"我知道,你们在调查什么?又有电话打到邱局那儿了。"冯大队看着白板。

"沈小舟发现金海一号可能存在土壤污染问题。"连海平直说。

"金海一号?你是说旭日厂的金海三期吧?"

"就是刚刚开盘的金海一号。"

冯大队脸色一变,说:"确实吗?这可是大事儿。"

连海平说:"我也希望我错了。"

"你想知道的这段时间线,有眉目了吗?"冯大队看着白板上最后的"6月19日"。

"如果沈小舟确认了金海一号真的存在土壤污染问题,"连海平按时间点捋着得到的线索,"那么,6月19日社团告别会之后,她去绿诚环保科技公司,应该是去找副总扈向泽说这个事情,因为金海一号的环评报告是绿诚环保科技公司做的,而扈向泽是她

第十一章

245

的师兄,可以信任。但是她路上得知扈向泽在青州出差,不在本市。她又想到自己也认识李龙和,而且李龙和对她表示过器重,所以她干脆直接去找了李龙和。以上是我的推测,有待确认,之后发生了什么,我就想不到了。"

"沈小舟直接去找李龙和?她一个学生,能见到吗?"

连海平还没回答,手机响了,是赵厚刚来电。

赵厚刚在电话里说:"翔子的女朋友找到了,她说翔子根本没来找过她,手机也打不通,失联好几天了。跟她饭馆的同事也确认了,是实话。"

挂了电话,连海平对冯大队说:"我得再去一趟潜龙湾。"

他叫上石强锋,马不停蹄地直奔潜龙湾,赶到了翔子家,再次询问上次见过的邻居。

"那天早上你看见翔子的车开走了,那你看见车里的人没有?"

"那没有,大早上天还有点儿黑呢,一晃就过去了。"邻居说。

连海平决定进翔子家看看。院门的锁就是普通的弹簧锁,石强锋拿起了一把撬棍想撬开门,连海平拦住他,从钱包里拿出一张卡,插进门缝划了几下,开了。

"这你也会?"石强锋又长了见识。

两人进了院子,连海平观察着地面,院子打扫得很干净,没有脚印。石强锋穿过院子,看了一眼屋门,发现屋门居然没锁。

他们开门进屋,屋里摆设很简陋,物品杂乱,是一个农村单身男青年独居的状态。连海平找到卧室,室内却十分整齐。他察看一番后,走到床边俯身细看,接着脸色一暗。

石强锋说:"跑路了吧?"

"应该是在床上被控制,然后被带走了。"

"没有搏斗痕迹啊,也没看见血。"

"痕迹被打扫干净了。床单是新换的,一个压痕都没有,跑路之前他会换床单吗?"连海平沉着脸说。

石强锋骂了一句。

连海平说:"通知队里派人来勘查现场,我估计找到指纹的可能性很小。"

"人证没了,怎么证明沈小舟去过农庄?"

连海平冷笑了一下说:"这更证明沈小舟去过农庄。既然来了,咱们再去拜访拜访李龙和。"

没提前打招呼,他们当即开车去了潜龙农庄。

到了农庄外,石强锋按了按喇叭,在门口等,没一会儿等来了助理。他们照旧跟着助理穿过院子,走到了凉亭。李龙和正在吃晚饭,石案上摆了几碟菜,一碗小米粥。菜很清淡,红黄白绿,都是素的。

看见他们,李龙和也没放筷子,招呼他们。

"来了,坐下一起吃。"

连海平说:"吃过了。"

石强锋看了看桌上的菜:"一个荤的都没有啊。"

李龙和说:"我只吃素。"

石强锋扭头冷笑了一下。连海平坐下了,开门见山。

"5月30日,在瀚潮会所停车场,沈小舟拿的那个文件袋,不是聘用合同,也不是你给沈小舟的,而是她带给你看的……是金海一号的环评报告,对吧?"

李龙和继续吃饭,没有承认也没有否认。

"6月19日下午,沈小舟来过吧?"连海平继续问。

李龙和慢慢嚼着食物,扬了扬筷子。助理退下了。

"接着说。"

"她是搭一辆村民的出租车来的。现在都用手机支付,她扫码付车费的时候,支付软件会记录支付时间和定位。定位很精确。"连海平朝农庄大门口望了一眼。石强锋知道连海平的用意,沉住了气,面无表情。

李龙和喝了一口小米粥,把碗放下。

"那天沈小舟确实来过,抱歉,上次不方便讲。"

"她来找你有什么事儿吗?"

李龙和看看连海平。连海平气定神闲,好像成竹在胸。

"她跟我谈了一些她的专业见解。"李龙和轻描淡写地说。

"关于金海一号的土壤问题?"

李龙和笑了笑,说:"她是个优秀的大学生,专业知识很扎实,但是毕竟是学生嘛,容易一叶障目,钻进专业的牛角尖里。当时她提出疑问后,我就答应她,一定会安排再做一次系统全面的检测,也跟绿诚的扈总,扈向泽,你们认识吧,打过了招呼。有失误一定要纠正,这是我的原则。但是这个事情牵扯面太大了,不能随便就下结论,不然风言风语传出去,对社会造成影响,这个责任谁都负不起。所以,上次我也不便说明缘由。现在也希望你们暂时保密,等我们的处理结果。"

连海平说:"我们调查的是命案,询问的是被害人的去向,不管出于什么理由,上次你都不该隐瞒这么重要的线索。"

李龙和又笑了笑,望着连海平他们。

"有个民间故事,你们听说过吗?故事的名字就叫《伤心的巨人》吧。从前有个穷山恶水的地方,没有农田,没有水源,农户们饭吃不饱衣穿不暖,过着在地狱一样的日子。有一天,村里降生了一个奇人。奇人从小就力大无穷,长大后成了巨人。巨人挪走了一座山,又开了一条河,把水引进村里,农户们有了田有了水,没几年就吃饱穿暖,富起来了,过上了幸福生活。农户们很感激这个巨人。可是呢,这个巨人体格大,要住宫殿一样大的房子,他吃的也多,一顿顶别人一百顿。慢慢地,农户们就不太乐意了。他们想,有必要吗?一顿饭怎么能吃一头牛呢?太奢侈、太浪费了。他们对巨人不那么喜欢了,还经常说巨人的坏话。后来,巨人又挪走一座山的时候,不小心踩死了一个农户家的一只鸡,这下农户们真生气了,巨人怎么能这么不小心呢?他们号召全体村民,要审判巨人。巨人呢,又伤心又失望,实在不想跟他们争吵,就躲到山上的宫殿里再也不下来了。"

故事的含义,石强锋听出来了,不住冷笑。

"这什么破故事,你编的吧?"

连海平说:"这个故事你好像记错了,老百姓怎么会那么小气。就算巨人吃了他们许多粮食,又吃掉了他们一头牛,他们也会觉得现在的生活比过去强多了。而且,巨人真的有必要每顿饭吃掉一头牛吗?故事的结尾也不对,应该是巨人踩死了一只鸡,被农户的女儿看见了。可没等女孩儿说什么,巨人就杀死了女孩儿。这才对吧?"

"故事就是故事,各人有各人的版本嘛。"李龙和接回了正题,"非常抱歉,我也打听过案子的事情。沈小舟是深夜被害的对吧?她上次来我这儿,晚上6点多钟我就派车把她送走了,然后她去了哪儿,遇见了什么事情,我一无所知啊。"

连海平说:"谁送的,送到哪儿?"

李龙和招了招手,助理立刻走了过来。

"是他安排的。这两位警官的问题,你来回答吧,一五一十说清楚。"喝完了小米粥,李龙和用白毛巾擦了擦手,站起来离开了。

助理找来了一个人,是跟鲲哥搭伙的花弟。花弟拾掇一新,穿着白衬衣,十分有礼貌,像个好司机。

"那天本来要送她回学校,走到……"花弟打开手机地图给连海平看,"这个地方,她突然不让送了,要下车,我就让她下去了。"

连海平看着手机地图上的位置。

"我查到这儿有趟到旭日厂的公交车,她可能是回家去了吧。"花弟说。

离开潜龙农庄,连海平二人开车返城。路上他们将花弟所说的地点报给队里,让队里立刻核查。队里很快来了反馈,连海平接完电话,似乎很失望。

"他们说的沈小舟下车的那个地方,一个监控都没有。但是离得最近的路口有个监控,确实拍到了目标车来回通过了两次,时间对得上。"

"什么情况,推得一干二净啊,我都差点儿信了沈小舟遇害跟他们一点儿关系都没有了!"石强锋十分郁闷。

连海平不语,望着窗外。

"停一下车。"

车在路边停下了。这里地势高,能俯视海湾。连海平下了车,朝海的方向走去。走到不能走的地方,他站住了,望着黑暗深处出神。石强锋走过来,在他身边站住。

连海平轻声说:"真想游个泳啊。"

石强锋往脚下看看,说:"高了点儿,你可别跳。"

他们两人望着夜空下的海面。夜空下的大海深远广阔,无尽的黑暗铺天盖地。

石强锋打破了沉默:"你和我妈是怎么认识的?"

连海平愣了愣,思量了片刻。

"上次跟你说过,高二那年我母亲去世了。也就是那年,我认识了云帆——你妈的名字叫云帆。'长风破浪会有时,直挂云帆济沧海'的'云帆'。当时她读高三,已经留级两年了,不怎么上学,每次看见她,我还以为她是校外混社会的。"

那是上世纪九十年代初,云县中学门口,几个年轻孩子跨在自行车上聊着天,都没穿校服,其中有云帆。连海平骑着自行车经过时,云帆朝他看了一眼,当时连海平仿佛感受到了天外飞来的鲜花之箭。

"她的气质跟我简直是两个极端,可是我一下就喜欢……或者说迷上她了,可能拘谨的人更容易被洒脱的人吸引吧,因为自己渴望成为那样的人。不过挺奇怪的,她居然也喜欢我,说早就注意到我了。她一口叫出我名字的时候,我心里真是乐开花了。"

连海平笑了笑,继续说下去。

"跟她熟了以后,我慢慢知道了她不是装出来的那个样子。她家里的情况很糟,没人管她……她大概很生这个世界的气,也需要保护自己,还有尊严吧,所以总是刻意想让自己像个……"

连海平犹豫该用哪个词。

石强锋接口道:"坏女孩儿?"

"其实就是为了让那些看不惯她的人生气,离她远远儿的。她跟我在一起的时候,很爱笑,爱唱歌,眼神很干净,很温暖。"

连海平顿了顿,问石强锋。

"你恨她吗?从小把你送走……"

"本来有点儿,后来我在卷宗里看见,她把我送走以后的那几年什么都干,拼命攒钱打算买一套自己的房子,那房子紧挨着县城小学,我猜……可能是为了我吧。"

石强锋望着深远的海面,忽然有些惆怅。

连海平说:"我想,沈小舟是不是和她一样,也经历过那样的困境和绝望。面对一个根本打不过的敌人,不知道该怎么办……"

静默中,他的手机响了,是陈晖。

"怎么样?"连海平开了免提。

"简单说吧,土壤修复得很不彻底,几个重点污染物都严重超标,不符合建筑用地标准。我一会儿把数据传给你。"

连海平并不意外。

"好,谢谢,还有,要保密。"

"没问题。"陈晖问了一句,"那个环评报告是绿诚做的吧?"

石强锋说:"你怎么知道?"

"我学习过他们公司的好多报告,看得出来。"

石强锋有点儿佩服他了。

"我早说过那个扈总不是什么正直的人。我见过他开车来学校送女生。"

"我们查过了,他跟沈小舟没有你说的那种关系。"

陈晖说:"我没说是沈小舟啊,反正也是我们学校的。"

"什么时候?"连海平有些诧异。

"有天大半夜,我从家里回学校,在校门口看见的。"

"哪个女生?"

"没看清,再说我也不认识几个女生。"

石强锋悄悄对连海平说:"会不会是莲花大酒店那个女的?"

"哪天,你记得吗?"连海平问。

陈晖那边沉默了一会儿,好像在回忆,然后很肯定地回答:"五一假期最后一天。"

离开潜龙湾,连海平和石强锋一路开回市区,又连夜赶到南方理工大学看监控。

按陈晖说的,他们直接调取了5月1日晚间的监控视频。临近夜半,校门口人很少。他们目不转睛地盯着画面,终于,他们看到了走向校门的陈晖,然后看到了扈向泽的车。

"真是这天!这理工科的记忆力就是好啊。"石强锋叹道。

视频中,扈向泽的车在校门口停下,车门打开,一个女生下了车。石强锋仔细辨认着,忽然睁大了眼睛。

第二天是个阴天,乌云压城。连海平在绿诚环保科技公司大楼外停下车后,望着绿诚的绿叶形logo,冷冷一笑。

进了办公室,扈向泽热情地给连海平二人递上瓶装水。这次是玻璃瓶的高端货,跟瀚潮会所的一样。

三人坐定,扈向泽主动开口了。

"李董事长跟我打过招呼了。那份环境评估报告里的问题,沈小舟也早跟我谈过,到底是优秀生,专业过硬啊,发现了被我们疏忽的小失误。"

"小失误?"石强锋讥讽道。

"我理解她的顾虑,也跟她解释过了,应该是公司当时做环境评估的时候,采样覆盖不够全面,可能还有一些零星的小地块儿没有修复到应该达到的标准。"扈向泽边说边观察着连海平的神情,然而连海平脸上什么都看不出来,"这个事情我们当然要处理,这关系到业主的切身利益。即使对业主的健康没有显著的影响,也必须马上治理,刻不容缓。我们的专业技术人员已经在研究对策了,很快就会拿出可行性方案。"

连海平等他说完,又等了片刻。

"沈小舟出事儿那天,你在青州。"

"对。"

"你带了女朋友吧,就是酒店监控里的这个女人。"连海平打开手机,给扈向泽看监控截图。

扈向泽敷衍地笑笑,说:"女朋友,看怎么定义了……"

连海平说:"她是岳春夏吧?"

扈向泽脸色微变,犹豫着,终于承认了:"对。"

问完了话,连海平和石强锋开车离开绿诚。

"咱们就这么走了?"石强锋有些不甘。

连海平说:"能问的已经问了,能说的他也说了。我一直没想到沈小舟去绿诚的路上是怎么知道扈向泽不在公司的,现在知道了。"

"岳春夏跟她打电话的时候说的?"

"对,你觉得她知道金海一号的事情吗?"

接着,他们去了岳春夏家。岳红兵开了门,见是他们,有些诧异。

"春夏还没起来。打击太大了,病了一场,还没缓过来。"岳红兵边领着二人往岳春夏的卧室走,边不好意思地说道。

到了卧室门前,他敲了敲门:"春夏,连警官他们来了,有话要问你。"

少顷,里面传出了岳春夏懒懒的声音:"等一下。"

连海平对着门里说:"我们进去聊,好吗?"

岳春夏穿着睡衣打开了门。

第十一章

连海平对岳红兵说:"我们想单独和春夏聊聊。"

岳红兵犹豫了一下,退开了。

进了卧室,连海平关上了门。岳春夏回到床上坐下,无精打采的。连海平拉了把椅子在她对面坐下,石强锋站在门口,把门似的。

连海平说:"今天的话本来不想让你父亲听到,不过他应该已经知道了吧。"

岳春夏一怔。

连海平语气温和地继续说:"你和扈向泽是恋人关系吧?"

岳春夏身子一震,舔了舔嘴唇,不说话。

"没关系,我们只想找你印证一下。6月19日,就是沈小舟出事儿当天,扈向泽在哪儿?"

岳春夏低着头,半晌才回答:"在青州。我也在。"

"好,什么时候到的青州,其间你们一直在一起吗?"

"上午去的,白天他去见客户,晚上很晚才回酒店,第二天我们就回来了。"岳春夏说完,呼了一口气,好像这几句话费了很大力气。

连海平接着问:"嗯,你跟扈向泽是怎么认识的?"

"是……通过小舟认识的。"

"19日下午4点左右,你给沈小舟打过一个电话,电话里都说了什么?"

"你问过这个问题。小舟说,她遇到一个流氓司机。"

"还有呢?忘了吗?沈小舟本来是要去绿诚找扈向泽的。"

"噢对,她问我在哪儿,我说在青州,跟……他在一起。"

"还有呢?"

"没有了。"

连海平说:"沈小舟没有说,她去找扈向泽干什么吗?"

岳春夏的声音似乎越来越小,说:"没有,她说,她手机要没电了。"

离开岳家,连海平和石强锋开车穿过旭日厂充满烟火气的街道。

连海平说:"岳春夏怀孕了。"

石强锋吃了一惊。

"是吗?怎么看出来的?哎,我一直想知道,女人怀孕有什么明显的特征吗?为什么有的人一眼就能看出来?"

"床头柜上有一板药片,是叶酸。孕期要补充这个。"

"咳,我还以为……孩子是扈向泽的吧?这混蛋连女朋友仨字都不愿承认呢!"石强锋拍了一下方向盘。

连海平说:"我有个推测想验证一下,你要跑一趟青州了,现在就去。"

在加油站加油的空当,两人啃着从便利店买的面包。

连海平说:"以他们入住的莲花大酒店为中心,查周边的医院,到妇产科问。"

"做检查还用跑这么远吗?"石强锋反应过来,"你觉得他们是去做流产的?"

"如果是的话,岳春夏会是个突破口。"

"那天在青州接待扈向泽的客户,不是说扈向泽一整天都跟他们在一起吗?"

"这个客户也是金海集团下属的房地产公司的。"

"敢做假证!我去问个明白!"

连海平看看他,说:"你这么问恐怕不行。"

石强锋说:"知道,我学你那么问。"

连海平点点头。

石强锋似乎有些抱歉,说:"对不起啊,你早觉得扈向泽有问题,要不是我打岔,你一查到底,可能早就查出事儿来了。"

连海平说:"不怪你,现在想想,查扈向泽的时候,正好有人匿名举报我拿了黑钱,是他们一直在打岔。"

石强锋上了车,向连海平挥手告别后,开车走了。连海平目送他远去。

第12章

专案组办公室,邱局、冯大队和包括技术处在内的所有专案组成员都到齐了。赵厚刚和林子一行人刚从省城返回,来不及休息就来开会了。听完了连海平的案情汇报,大家颇有些意外。

"你说扈向泽有可能当天回来过,沈小舟的案子他也有参与?"冯大队问道。"上次查过他的车,头天走,第二天回,没回来过啊。"大鲁说。

连海平说:"如果他回来的目的不想让人知道,应该会避开高速吧。"

"明白了,国道干道,所有的路,我现在就去查!"大鲁起身离开。

连海平说:"还需要人手去支援石强锋。"

"我去!"林子主动请缨。

赵厚刚说:"上省城来回开了几百公里,觉还没补回来,换人去吧。"

"我不困,石强锋那小子,没我看着不行!"林子点了七八个人,呼啦啦离场。

"这些事儿,一旦查实,动静不小啊。"冯大队眉头紧锁。

"该多大多大,谁也翻不了天。"邱局不紧不慢地说,"把李龙和盯上吧,别跑了。我去市局走一趟。"

会后当天,行动迅如雷霆,冯大队和赵厚刚带上大队人马,悄悄到了潜龙农庄附近,看住了所有进出的道路。

赵厚刚开车绕着农庄勘查了一圈,回来向冯大队汇报:"就一条路,车不能进,一进就露了。"

冯大队说:"车不进人进,用眼睛把院子围起来,一只鸡跑出来,咱也得知道!"

青州某房地产公司办公室里，石强锋正在讯问着一个男人。男人有点儿贼眉鼠眼，手里把玩着一串珠子。

石强锋看了他的名片，说："你也姓李，跟你们李董事长是亲戚吗？"

"不是不是，我哪有那么大的排面，咱是小人物。"

石强锋打开笔记本，把名字记了下来。

"嗯，既然你说6月19日从早到晚都跟扈向泽在一起，那回忆回忆吧，以小时为单位，都去了哪里，干了什么。"

"那哪记得清楚嘛。"

"那必须得清楚啊，这么大的案子！你把手机打开，看看那天的通话记录、聊天记录，有助于回忆。回忆完了，给我签个字，按个手印。"

珠子男迟疑着，说："这案子跟扈总关系大吗？不就是有点儿情感纠葛……"

石强锋说："噢，你还什么都不知道是吗？情感纠葛是谁跟你说的？那是害你呀，以为是帮朋友解个围，不知不觉就犯法了。好几条人命，开什么玩笑！"

珠子男的脸色变得难看了，手里的珠子也不转了。

"那我现在说，还能将功补过吗？"

从这家公司一出来，石强锋就给连海平打电话："6月19日这天，扈向泽只跟他吃了个午饭，然后说有私事要办，女人方面的，请他保密，之后就没再见过面。"

连海平说："很好。"

石强锋又说："我觉得不会这么简单，他都敢做假证了，扈向泽的话能管用吗？应该有李龙和的授意吧，但是一提李龙和，他一句也不敢说。要不要再吓吓他？"

连海平说："不用。你做得很好……我很高兴。"

挂了电话，石强锋不由自主地咧嘴笑了。

连海平正在技术处。隋晓听见了他和石强锋的通话，说："你夸他呢，石强锋肯定乐坏了。"

连海平笑了笑，说："查到了吗？"

"没有，6月19日，扈向泽和李龙和没有通过话。"

连海平有些意外。

隋晓说："他们肯定有备用号码，李达达家就搜出来好几部手机，是专门跟敖小杰他们打电话用的。"

连海平点点头，说："对了，沈小舟存在U盘里的资料有关于旭日厂的吗？"

一小时之后，隋晓给连海平送来了一沓打印纸。

"跟旭日厂相关的资料，就这些。"

连海平接过,翻看着。

隋晓说:"连队,你是不是想知道沈小舟为什么被扔在了旭日厂?"连海平笑笑,隋晓猜对了。

资料里有许多污染治理方案,污水、废气、重金属的都有。连海平一份份浏览着,发现了污水处理工程的项目设计方案。方案里有详细的污水池设计平面图,他翻到设计者名单:"是南方理工大学环境系设计的。"

"就是沈小舟的院系!"隋晓叹息了一声。

连海平继续向下看:"2005年。许教授主持的,他是沈小舟的导师。"

接着,他看到了一个名字,扈向泽。

到了莲花大酒店,石强锋出示证件后,向前台询问扈向泽的登记信息。

"扈先生是6月19日上午11点登记入住,20日上午8点半退的房。"前台很快查到了。

"就一个人?"

"对,扈先生是VIP客户。"

石强锋点点头,又问:"有本市地图吗?"

出了酒店,石强锋在汽车后备厢上展开市区地图,他先找到了莲花大酒店,用笔画了圈,又打开手机地图搜索"医院",在地图上将医院标记出来。

有人拍了他一下,石强锋回头,看到了林子他们。林子一行人开来了两辆车。

林子说:"可以啊,连队这么快就派你一个人出任务了。"

石强锋刚要谦虚,林子又说:"你没少拍马屁吧?"

"去!"

"连队放心,我不放心,把你的计划汇报一下。"

"切,谁请你来似的!"石强锋怼了一句,笑了。

标记好了要查访的医院后,三辆车离开了莲花大酒店,向着不同方向开去。

石强锋和林子在青州跑了大半天,查访了所有目标医院,然而没有查到扈向泽的消息。另外两组跟他们一样,毫无收获。

邱局读了连海平拿来的旭日厂污水处理站的设计资料。

"够抓了吗?"连海平问。

"还不够。你为什么觉得扈向泽参与了杀人?这种事,更有可能是李龙和的人干的吧。"邱局看着连海平。

"因为沈小舟的尸检结果符合单人作案。而且她没有抵抗伤,事先被下了麻醉药,更像是熟人作案。"

"李龙和手下的人和沈小舟也可能认识嘛。如果沈小舟是在农庄被下的药呢?"

"抛尸地点。扈向泽熟悉旭日厂的污水排海系统,也许本来是要把沈小舟冲进深海的。"

"那他为什么要切下沈小舟的一只脚?你觉得,他办得到吗?"

邱局的问题合情合理,连海平犹豫了。

"还是没有扈向泽去过现场的证据。"邱局摘了眼镜,"市局表态了,一旦查实,立刻严办,不管是谁都不放过。所以,我们必须拿出让对手无可抵赖的铁证啊。"

"明白了。"

连海平回到专案组,继续研究手里的材料。

"连队,有人找。"接待处的警察来找他。

连海平正有些焦灼,走到接待室,看见了江明滟和连江树。

"不是说了嘛,不用送饭。"他责怪道。

"不是来给你送饭。"江明滟的脸色有些慌。

"我没事儿,这两天太忙,一直没时间回家……"连海平缓和了语气。

江明滟从兜里摸出一张纸条,递了过来。连海平接过来打开一看,纸条上有几个字,黑体打印的:"生命宝贵,适可而止。"

"我去买菜,回家一看,袋子里多了张纸条。"

连海平一时没反应过来。

连江树说:"爸,今天放学,有辆车一直跟着我,好像就是上次那辆车。让我发现了,它还跟,我快它也快,我慢它也慢,我绕圈儿,它也跟着绕……"

连海平明白了,看着连江树上下打量。

"伤着你了吗?"

"没有。他们是什么人啊?"

"案子,嫌疑人。"

江明滟说:"要是我自己……就不来找你了。"

"应该来,让我想想,"连海平努力镇定思绪,"今天晚上就住队里,人都撒出去了,有床睡。"

连江树说:"那明天呢,不能一直住这儿吧。"

连海平摸了摸儿子的脑袋,说:"不用,就快破案了。"

安顿好了老婆儿子后,连海平接到了大鲁消息。

他匆匆赶到技术处办公室,问:"有了?"

大鲁点头,擦了下眼镜又戴上,眼睛熬得血红。他指着电脑显示器,说:"这是青州通往本市的一条干道,扈向泽的车在6月19日下午6点多钟从这儿过去了,一直到深夜接近12点再次反向通过。他回来过,待了几个小时,又回去了。"

连海平拍拍大鲁的肩膀,说:"辛苦。"

回到专案组,连海平看到石强锋和林子他们回来了,正在咕咚咕咚喝水。石强锋看见连海平,扬了扬手里的打印纸。

"你猜对了!"

石强锋和林子都有些兴奋,抢着话讲述了这次意外发现。

白天在青州时,他们寻访未果,都有些丧气。跑得又累又饿,他们就在路边停下车打算找点儿吃的,路旁边有栋新楼,临街开着些小饭店、咖啡馆。

"饿吗？我去买吃的。"石强锋和林子好像成了哥们儿。

林子说:"行,给我带一碗螺蛳粉。"

石强锋笑笑,下了车。

路边有家卖三明治的洋快餐,石强锋进店买三明治,排队时看见一个穿着护士服的女孩儿也在排队。石强锋往她制服上瞅了瞅,看见了一行英文字:Babycare。

"你是哪个医院的？是不是产科?"石强锋认得Baby这个词。

护士警惕地看了他一眼。

石强锋赶紧掏出证件,说:"我是警察。"

护士朝上指了指,说:"楼上的。"

楼上是一家私人医院,不大,但高端、温馨,挺贵的那种。诊室里,管事的医生接待了石强锋和林子。这医生把白大褂穿出了西装的感觉。

林子说:"你们是外资吧,就一个英文名儿。"

医生说:"我们只接待VIP客户。"

林子呵了一声说:"现在兴管病人叫客户啊。"

医生好像受到了冒犯,不大想搭理他,自顾自地在电脑上查询着。

"客户信息,原则上是保密的,不能透露。"他查到了什么。

石强锋说:"大夫,我们查的是命案。"

医生无奈,妥协了:"好吧。这位客户确实预约了6月19日的终止妊娠手术,但是人来了,没有做。"

"为什么没做?"

"这事儿我记得很清楚,女方反悔了,他们吵了一架,就走了。"

医生打印出一张纸,递给了石强锋。

"谢谢。"石强锋正要告辞,想起什么来,"对了,那天你们有没有发现少了什么药?"

"什么?"

"麻醉药。"

医生看着石强锋,没有点头,也没有摇头。

石强锋把这张打印纸递给了连海平,连海平看到手术预约单上清清楚楚写着岳春夏的名字。

与此同时,老郑、小齐正在绿诚环保科技公司蹲守。他们手持望远镜观望着,看见扈向泽走出公司,上了白色奥迪,向停车场外开去。

小齐开车跟上,老郑给连海平打电话。

"他出来了,没拿什么东西,是要回家吧。"

"盯紧他,小心他半路逃跑。"

挂了电话,老郑、小齐继续开车跟着扈向泽。

"这车锁你能开吗?"老郑指指前面的车。

"能开。"

"别用大锤。"

"不用。"

跟了一阵儿,小齐说:"我妈想让我辞职,专业干开锁呢。我们小区有个锁匠,已经买了两套房。"

老郑笑笑说:"那挺好,不忙,挣得也多,公安备案咱也方便。你这技术,一开张就是老师傅啊,齐大拿,全能王!"

"拉倒吧,我就想干警察。今晚上这种时刻,拿什么都不换!"

老郑拍拍小齐的肩,笑了:"哥知道。"

前方车里,扈向泽正在打电话,用的是一部老式诺基亚手机。

"我这儿有个麻烦。警察找她了,她慌神了……你知道我说的是谁吧?晚上我会带上她,你处理一下吧。"

电话那头,过了会儿,鲲哥冷冷地回了一个字:"好。"

当晚,连海平和石强锋出了警队,去找岳春夏。

石强锋说:"岳春夏想要这孩子,说明放不下扈向泽,她能说吗?"

"她必须说。"连海平没让石强锋开车,自己坐进了驾驶位。

石强锋跟着上车,说:"我刚看见……师娘跟我弟了,他们怎么在这儿?"

"没事儿。"连海平启动汽车,猛地开了出去。

石强锋抓住把手,看了他一眼。

开车去往岳家的路上,连海平眉头紧锁,脸色阴沉。

第十二章

"给我块茶饼。"

石强锋打开手套箱,只找到一个空袋子。连海平烦躁地拍了一下方向盘。

"没事儿吧?"石强锋有些担心。

连海平没吭气。

他们开车快到旭日厂时,需要经过一段已经关停的老工业区。夜晚老工业区的路上寂寥无人。连海平开车拐过一个弯,突然看见路中间多了几个水泥墩子,他连忙踩刹车,急打方向盘,车一下子斜着撞到了路边墙上。

石强锋骂了一句,正要下车。

"别动。"连海平关掉车灯,放倒座位,"你座位下边有甩棍,拿了下车藏好。"

石强锋会意,从座位底下拿上甩棍后,轻轻打开车门溜下了车。连海平悄悄爬到后座,也摸出一根甩棍,等待着。

片刻,黑暗中走出七八个人,凑到车前查看。他们都戴着头套,拿着武器。连海平猛地踹开车门,撞倒一个。石强锋从车顶上翻了过来,如神兵天降般,一跃而下,抡起甩棍劈头就打。连海平从车里钻出来,把刚要爬起来那个一棍放倒。

石强锋冷笑道:"敢袭警,李董事长这是豁出去了呀!"

对方包围上来,也不说话,下的都是狠手。

连海平和石强锋以二敌众,甩棍翻飞。石强锋比对方手还狠,连海平则是精准打击,总能找到对方攻击的缝隙,把甩棍打进去。然而对方也很顽强,战斗力不弱,疯狗似的进攻着。

连海平望见远处黑暗中停着一辆商务车,车上有一点儿光,有人在打电话。他目露凶光,开始了突击模式,向着那辆车冲去,一路上他只攻不守,有拦路的,拼着自己挨一下,也要棍到人翻,毫不留情。对方虽然人多,但被石强锋吸引了一半火力,剩下的顶不住连海平的突进。

车里有人吹响了哨子。这些人不再疯狂进攻,开始且战且退。那辆车里的人看连海平越来越近,突然启动车子向远处逃离。头套军团一看车跑了,也不打了,纷纷追车逃窜。石强锋追上去,连踢带踹。

连海平说:"别追了。"

石强锋停住脚,走回来,发现连海平额头流了血。

"你流血了。"

"没事儿。你呢?"

石强锋脸上也有小伤口,青了几处。

"小意思!"他打开后备厢拿出了小药箱,用药棉给连海平擦了擦,"还是去医院吧,我看得缝针。"

"先去找岳春夏。"连海平捡出一条创可贴,递给石强锋。

石强锋撕开了,仔细地给他贴好。

"终于看见你揍人了。是为了师娘和弟弟吧?"

连海平呼了口气,好像平静了许多。

他们到了岳家,岳红兵给开的门。岳红兵看见他们有些狼狈的样子,吃了一惊。

"找岳春夏。"连海平没等岳红兵说话,就迈步走了进去。

客厅里放着一个行李箱,杜莉正在往一个包里装吃的,嘀咕着:"怎么这么急,说走就走啊……"

石强锋问:"岳春夏呢?"

岳春夏从卫生间走了出来,她好像刚吐过,脸色苍白。

仍旧进了卧室关上门,单独询问。听了连海平的问话,岳春夏坐在床上,一言不发,只低头流泪。

连海平平心静气,语气温和,像个父亲似的劝说她。

"我能理解,女孩子想有个完整的家,跟爱人、孩子过幸福生活。这无可厚非,但前提是这个爱人真的爱你,也想要这个孩子,想过同样的生活。你们的目标一致吗?"

岳春夏仍不言语。

"你还年轻,大概想不到以后,就算你以后过上了那样的生活,可心里藏着一个天大的秘密,每天都背着负罪感,太沉重了,是幸福不起来的。时间也冲淡不了愧疚,压力只会越来越大,毕竟,沈小舟是你最好的朋友。"

岳春夏低头不语。桌上,她的手机忽然响了,来电正是扈向泽。她看了看连海平。

"我们早就盯住他了,他跑不了。"连海平伸出手,轻轻按下免提键,向岳春夏做了个嘘的手势。

"春夏,准备好了吗?我接你不方便,你打个车过来吧。"手机里传出扈向泽的声音。

岳春夏没有吱声。

"春夏,听见了没有,春夏?"扈向泽可能看了看手机,"有信号啊……"

岳春夏轻轻抽泣了一声,扈向泽听见了。

"你在呢,怎么不说话?哎你不是改主意了吧?听我说春夏,护照都给你办好了,我带你去一个春暖花开的地方,再也没有烦恼。还有,为了咱们的孩子,你得跟我走!现在,马上!"

听岳春夏没反应,扈向泽有点儿急了。

"你怎么还是这么蠢呢?你不走也行,但是别再跟警察说一个字!听懂了吗?不

第十二章

然我也救不了你!"他语气缓和了一点儿,"好吧好吧,再给你一次机会,我等你一个小时!"

扈向泽把电话挂了。

岳春夏低着头流泪。她从枕边摸出一个东西,下意识地在手里摩挲着。是个水晶柱子,六面体,晶莹透亮,内雕几片花叶,一面刻着春,一面刻着夏。

连海平看清楚了,眼角跳了跳。

"这是扈向泽送给你的吧,是不是在沈小舟出事儿之后?有个细节我们没有对外公布,沈小舟死前被异物性侵过,法医说可能是个光滑的六面体。"

岳春夏愣了一下,尖叫一声把水晶柱子扔了出去。

她交代了那天发生的一切。

讯问完毕,连海平立刻给邱局打去电话,石强锋带着岳春夏出门上车。

杜莉还是蒙的,说:"怎么了,为什么带春夏走?哎等等!"

岳红兵拦着她,神色颓然。

"你妈现在还不知道?"石强锋看了一眼岳红兵两口子。

岳春夏摇头。

"你爸是什么时候知道的?"

岳春夏不语。

"你可以不说……我们第一次来你家的时候,他已经知道了吧?"石强锋观察着岳春夏,岳春夏微微发颤,他明白了,"他受伤住院的时候,你从学校一回来就告诉他了。"

岳春夏的表情告诉他,他猜对了。

连海平打完电话,回到了车上。

石强锋问:"邱局怎么说?"

"同时行动,抓人。"

石强锋精神大振,启动汽车。

连海平说:"先去一趟旭日厂。"

与此同时,扈向泽提着行李箱出了家门,匆匆向停在门前的车走去。他先打开后备厢把行李箱放了进去,又返回车旁打开驾驶座的车门,结果被吓了一跳。

"去哪儿啊,扈总?"老郑坐在车里笑嘻嘻地问。

扈向泽转身想跑,小齐几个把他围住了。老郑从他手里轻轻夺过手机,屏幕还亮着,已经开了导航。

老郑看了一眼目的地,说:"有人在那儿等你吗?没事儿,我们替你去。"

几十公里外的潜龙湾,对李龙和的抓捕同步展开。潜龙农庄大门打开了,冯大队和赵厚刚带队进入农庄,身后的特警大部队荷枪实弹。

农庄院子里的灯亮着,房子也灯火通明。有园艺工人被惊动,从住处跑出来一看,就被这阵仗吓住了。

赵厚刚问:"李龙和在哪儿?"

有工人朝一栋房子指了指。

冯大队一路走到门前,敲了敲门。

"李龙和,开门。"

灯亮着,没人应门。

赵厚刚说:"破门吧。"

冯大队点了头。特警提着破门锤上来,三下五除二,门破了。

大队人马旋即进入房内。室内高大宽敞,装修奢华,与朴素的外表不太搭调。警察们各个房间都搜了一遍,却不见李龙和。卧室的床上也整整齐齐,没人睡过。

"躲起来了?"赵厚刚纳闷。

冯大队说:"把整个农庄给我翻一遍。"

很快,各个负责搜查的小组向冯大队报告,结果很一致,都是"没找到"。"怎么可能呢?"冯大队有些意外。

"他吃过晚饭还在菜园里摘了几根黄瓜,到现在也没有一辆车出去!"赵厚刚也说。

"马上通知市局,在所有公路、铁路、机场、码头设岗盘查。"

冯大队望着农庄大院,凝眉思索着,然后叫来了一个园艺工人。

"你是本地人吗?"

园艺工人说:"是。"

"我记得潜龙湾有一条防空洞,你知道吗?"

"有,就在那边几里地,早没用了,洞口关了,进不去。"

"你以前进去过吗?走向是往哪儿?"

"进去过,挺深的,搞不清方向,走到底得小半个钟头。"

冯大队看了看表,说:"你带我去看看。"

赵厚刚说:"什么意思?"

"你们继续搜,再给我翻一遍,找地道!"冯大队说完就走。

"不可能吧,他能从这儿挖到防空洞?多大的工程?审批过吗?"赵厚刚明白了,不大相信。

"这种人,没什么不可能。"

讯问室里,连海平面色平静地看着坐在审讯椅上的扈向泽。

第十二章

"怎么不问话？"扈向泽强笑着。

"再等等。"连海平很有耐心。

"有什么误会，我们赶紧说开了，我还要出差呢。"扈向泽似乎很镇定。

石强锋喝道："老实点儿，也不看看这是哪儿。"

郭大法敲门进来，递给连海平一张纸。他故意看了扈向泽一眼，目光好似在说"你完了"，然后走了出去。

连海平准备问话了，说："有误会，那你就说，岳春夏已经都说了。你打电话的时候，我们就在旁边。"

扈向泽脸色变了变："我说什么了吗？我出差带女朋友出去玩玩，很正常吧。"连海平只是看着他，不言语。

扈向泽强笑了一声："她说什么了？她现在激素不稳定，很情绪化。"

连海平翻了翻面前的材料，说："她说，6月19日那天下午，你和她在青州一家私营妇产医院，因为做不做流产手术的事情发生了争执。其间，你接了一个电话，就把她扔下，回了本市。你很聪明，没走高速，但是干道上也有监控探头啊。你这一去几个小时，凌晨才回到青州的酒店。回到房间的第一件事儿，就是向她道歉。"

据岳春夏交代，那天晚上，进了酒店房间后，扈向泽扶着她在床边坐下，拉住她的手诚恳道歉，与白天相比好像换了一个人。

"春夏，我错了，其实我想要这个孩子，从来都没有想过不要。自从认识你，我就爱上你了。我想和你结婚，有个家，和你幸福地过下去，永远不变。但是最近出了点儿事儿，可能会危及我的事业，我是担心咱们的将来，才会那么急躁，跟你吵架，还差点儿干了傻事儿，伤害了咱们的孩子。"

"出什么事儿了？"

"我要告诉你一件事儿，你做好心理准备。"扈向泽顿了顿，"我经手的一个环境评估项目出了问题，沈小舟发现了，打算去监管部门告我。如果她真去告了，我可能会进监狱。还有，你爸在金海一号投资的房产，也就血本无归了。我回去就是跟她商量这件事儿的，很可惜，我说服不了她。"

"金海一号？到底这事儿有多严重，我去跟她说啊。"岳春夏有些急。

"现在，她已经死了。"扈向泽黯然说道。

当时岳春夏讲到这里崩溃了，泣不成声地诉说着自己的心路，她为什么服从了扈向泽，没有报案。

"我是真的喜欢他。他那么优秀，对我又好，小舟比我漂亮，他也只喜欢我。我跟小舟不一样，我没有什么追求，也不想干什么事业，我不想像同学们一样，找工作找得焦头烂额，上班了又是996、247，一点儿自己的时间都没有。我就想在家待着，带孩子，做蛋糕,给爱人打理生活,有时间就一起出去旅行……这些他都能给我,我觉得我太幸运了,跟他交往的这段时间,我做了好多未来的梦啊。马上毕业了,我梦想的生活就在眼前。如果他出事儿了,就什么都没有了……我不能接受突然失去一切,我天天想,想说服自己,为了小舟……可我真的接受不了,小舟已经走了,我的人生才刚开始啊……我想小舟会原谅我吧。"

讯问室里,扈向泽听完这一切,望着连海平,表情很复杂。

过了会儿,他故作轻松地笑了笑,说:"大部分说得没错,但沈小舟的事儿,恐怕是她臆想出来的吧。她怕失去我,想用这种方式给我套个枷锁,她已经疯了吧?我是回来了一趟不假,但是为了处理公司的事情,根本就没见过沈小舟。"

"没见过沈小舟,那你也没去过旭日厂了?"连海平问。

"我去那儿干什么!"扈向泽一口否认。

"你上次去旭日厂是什么时候?"

"这……十年前了吧。"

等石强锋在记录纸上记好后,连海平问:"十年前,记好了?"

石强锋说:"好了。"

连海平看着扈向泽,说:"我刚刚去了一趟旭日厂污水处理池,就是沈小舟被发现的地方。因为我看了污水处理工程的设计图纸,对,你读博士的时候参与了设计,是设计者之一。在图纸上,我看到一个手动阀门开关。"

在旭日厂污水处理站,连海平凭记忆在沉淀池旁的墙壁上找到了一个关起来的小门。他戴上手套,打开小门,看到了里面的手柄。

"以前污水处理池还在运行的时候,这个阀门是电动控制的,只要打开阀门,池里的水就会从底部的管路排进深海。已经荒废了这么久,电路当然没用了,只能靠手动。"

扈向泽的脸色越来越难看。

"杀死沈小舟的凶手,本来应该是想把她冲进海底的,想必他很熟悉污水处理池的管路设计。可惜传动装置坏了,管道阀门没有打开。"

连海平盯着扈向泽说:"我取到了指纹。"

他拿起郭大法送来的那张纸:"比对结果已经出来了。你还坚持十年没去过旭日厂吗?"

扈向泽脸上的笑容完全消失了,保持沉默。

连海平说:"你是不是希望李龙和能救你啊?"

扈向泽仍不说话,强撑着。

冯大队开车沿着潜龙湾一条荒芜的小路前行。

第十二章

"快到了。"坐在副驾驶的园艺工人说。

冯大队伸手把车灯关了,借着月光往前开。

园艺工人朝黑暗中张望着确定方向,说:"就在前头。"

冯大队望去,突然发现了什么,一踩刹车,把车停在路边。

"有人。下车。"

冯大队和后座的三名警察悄悄下了车,在夜色的掩护下朝前摸。接近防空洞口后,他们看见了一辆车,有个人在车边站着抽烟,抽的是雪茄。

"拿下。"冯大队悄声说。

四人屏息潜行,靠近了那人。其中两名警察扑上去把那人按倒了,是金海的副总梁雪涛。冯大队和另一名警察持枪拉开车门,车里没人。

"李龙和呢?"冯大队厉声喝问梁雪涛。

"没,没出来呢!"梁雪涛惊慌失措。

冯大队打手电照向防空洞,一个生锈的铁门还紧闭着。

潜龙农庄里,赵厚刚带人到处翻找着地道入口,几个警察把凉亭里的石案都搬开了,还是没有。

"他还没出去?那就好。"接完冯大队的电话,赵厚刚很纳闷,"能在哪儿呢?不能比《地道战》藏得还好吧!"

突然,他听到了一点儿声音,似乎是汽车喇叭声,像是有人不小心碰到发出的。他转身望着身后的车库。

走进车库,里面停着一排车。赵厚刚和警察们挨个查看每辆车。

有个警察趴在一辆跑车上瞅了瞅,喊道:"有人!"

"车不是都搜过了吗?"赵厚刚有点儿恼火。

"搜了呀,这车怎么藏得下人?藏只鸡仔差不多。"

他们都围了上来,举起了手枪。

车里有人喊:"别打,别打,我出来!"

车门打开,瘦小如鸡仔的助理慢慢爬了出来。

赵厚刚喝道:"你躲车里干什么?"

助理嗫嚅着,想说又不敢说似的。

这车底盘很低,几乎贴着地,赵厚刚觉察到了什么。

"把车开出来。"

一名警察上车,把车挪出车位。车下的地上有个四四方方的暗门。

连海平拿了个电脑再次走进讯问室,将电脑放在扈向泽面前。

"你本来打算去的那个地点,我们的人去了。这是刚刚发过来的现场录像。"连海平放视频给他看。

视频中,老郑和小齐带队逮住了几个戴头套的家伙。老郑扯下他们的头套,只见他们都鼻青脸肿,其中有花弟。

老郑说:"我们没动手啊,谁打的?"

镜头转向一辆车,小齐从车厢里依次拿出了麻醉枪、胶带、一个卷起来的袋子,袋子抖开来足能装下一个人,还有两把铁锹,等等。

连海平关了视频,说:"那儿还埋了一个人,沙宏利,外号'老鲨',你听说过吧。那个地方可能还会找到更多的人。根本没有什么假护照和机票,他们不会送你出国的。"

扈向泽的脸白了,泄了气,呆了半晌,开口说话了:"那天在青州,我接到的电话是李龙和打的。"

连海平和石强锋对视一眼,行了,他破防了。

扈向泽交代,那天在青州的私营妇产医院病房里,他和岳春夏吵了一架。岳春夏气哭了,他也很不高兴。

"不要闹了,以后我们还有机会,现在时机不合适……"扈向泽不耐烦地说。

手机铃声突然响起,他愣了一下,才意识到不是手里的手机在响,而是包里的老式诺基亚在响。他走出病房,趁没人注意时随手推开一个房间,进去接通了电话。

"刚刚沈小舟找到我这儿来了,"电话里,李龙和的声音有些不快,"还是那个事儿,给我下了最后通牒呢。"

"我人在青州,明天马上找她谈话。"扈向泽低声下气。

"那些原始数据不是让你销毁了吗?她怎么拿到的?"李龙和问道。

"是我的疏忽,没删干净。有次她跟我要公司的项目资料,说是要回去学习,我让她去我电脑里拷贝,谁知道她全都拷走了。"扈向泽懊悔地说。

李龙和冷笑:"是疏忽了,还是特意留了一份儿当后手啊?"

"疏忽,真的是疏忽!我哪能呢……"扈向泽紧张得汗都下来了。

"现在她还自己做了检测,这个女孩儿不简单啊。我不管你在哪儿,现在就回来处理吧,我以后不想再见到她了。"

扈向泽迟疑着。李龙和的电话已经换了个人,是鲲哥的声音。

"扈总,我给你发个地址,一个半小时以后,我会把沈小舟送到那儿去。那个地方没有监控,还有,不要带你常用的手机,不要走高速。"

"什么意思,你想让我干什么?"

"刚刚先生不是已经说过了吗?你自己理解。"鲲哥挂了电话。

第十二章

扈向泽愣了一阵儿，越来越烦躁，对着空气狠骂了一通。他看见房间里有药剂，凑上去查看，然后拿走了一瓶。

他当即甩下岳春夏离开了诊所。一个小时后，他就赶到了鲲哥指定的没有监控的地方。这里很破败，有个孤零零的公交站，但没有等车的人。

扈向泽坐在车里，从兜里摸出从医院拿的那支小药瓶，拧开了闻了闻。接着他从后备厢里拿了两瓶果汁，用发抖的手拧开一瓶，把果汁倒出去一点儿，又把小药瓶里的药水倒了进去。后备厢里还有个盒子，是电动锯骨刀的包装盒，上面有图片和外文。

准备完毕，扈向泽坐回车里，坐立不安地望着来路，不停地给自己打着气。

一辆车开过来，在他的车前停下了。扈向泽看清来车里的驾驶员是花弟后，下车迎了上去。沈小舟从来车上下来了，看见扈向泽有些惊讶。

"你不是在青州吗？"

"回来了，这不是有事儿要解决嘛。"

"春夏呢？"

"回家了。"

扈向泽接上沈小舟，开车离开了。他一路开到海边，才停下车。这里离海很近，听得见涛声。周围有些荒凉，一个人都没有。

"你不要这么急，就算重新检测，再做一次土壤修复，也需要时间嘛。"扈向泽劝沈小舟。

"至少金海一号的房子应该马上停止销售啊。"沈小舟认真地说。

"事情不是你想的那么简单，马上停止销售，怎么跟买房的人解释？怎么跟已经购房的业主交代？不能引起社会影响吧。"

"可是这件事情，怎么都会有影响吧。"

扈向泽努力压下怒气，说："看我的面子，你先把这事儿放一放。你放心，李董事长和我都会尽快处理的，一定会有一个妥善的结果。"

"从我第一次跟你说，已经过去半个多月了，房子还在卖啊。"沈小舟看着扈向泽，"你们真的会处理吗？金海一号那么大，能住两三万人吧？残留的污染物指标我已经给你看过了，这么高的残留，可能会致畸，致癌，甚至会危害到他们的下一代，这是天大的事情啊……"

"哪有那么严重……"

"不严重吗？你用你的专业判断告诉我。"沈小舟严肃地看着他。

扈向泽无法否认，换了口气。

"这样，你毕业离校后先休假，等你回来上班的时候我们再聊，好不好？你的薪资，还可以再上调10%……20%，你看怎么样？"

沈小舟一愣,笑了笑。

"涨工资啊？还真要谢谢你了。"

她语气中的讽刺,扈向泽似乎没听出来,也许是不想听出来。

"当初为了薪资,你可跟我谈了好久,看得出来,收入对你很重要。这都可以聊嘛,除了工资,还可以有别的……奖励嘛。以后,你家里但凡有困难,公司也会多方照顾。我也苦过,都懂。"

沈小舟的脸色渐渐冷下来。

"对不起,我不打算入职了。"她一字一句地说。

扈向泽一愣,笑起来。

"别这么说,我知道,你还是信任我这个师兄的,不然你拿到证据后,早就去找有关部门了,是吧？师兄心里是感谢你的。以后跟着我,你肯定能干出一番事业,你的理想都能实现。"

沈小舟沉默了片刻。

"我确实相信你们,还有,也为了旭日厂。"

"旭日厂？"扈向泽不解。

"旭日厂就要开发了,如果金海集团出了问题,厂里的叔叔阿姨、街坊邻居,不知道又要等到什么时候才能有新房住。所以……"

扈向泽显然没想到这个原因。

"我求求你们,现在还不晚,现在有那么多种新技术,不管是物理修复还是化学清洗,总要试试吧……"沈小舟诚心央求着。

"没那么简单,你知道要花多少钱吗？更麻烦的是影响、追责！"

扈向泽似乎有点儿烦了,不由自主说出了实话。沈小舟也看出来了,她的恳求可能是徒劳。她眼中掠过一丝失望。

"如果你们不管,那我就没有别的办法了。"

扈向泽望着她,而沈小舟望着远处的大海,表情很坚决。

扈向泽下了个决心。他打开座位之间的杂物箱,拿出一瓶果汁,拧开喝了一口。然后他又拿出一瓶,递给沈小舟。

"不至于的,喝口水,慢慢说。噢,我帮你拧开。"他收回递出去的瓶子,拧了一下盖子,又递给沈小舟。沈小舟接过去打开喝了几大口,她渴了。扈向泽看着她喝下果汁,用手背擦嘴,而她对即将到来的厄运一无所知。

扈向泽说:"小舟,对不起啊。"

"你对不起的不是我。"

"真的,对不起。"

第十二章

没一会儿,沈小舟昏迷了。扈向泽把沈小舟从车上拖下来,扛在肩上,一路走到海边,把她放在了沙滩上。这时正在涨潮,潮水淹没了沈小舟的双脚。扈向泽望着沈小舟,目光中的邪恶渐渐生长。他蹲下来,手伸向了沈小舟的脖子。

讯问室里,石强锋厌恶地望着扈向泽,像看着一只让人恶心的妖怪。妖怪虽然变成了人的样子,但还是个畜生。

连海平问:"你为什么锯下她的一只脚?"

"整个扔海里不行,会被潮水带回来,我就想……分解开了好处理嘛。"扈向泽淡淡地说,好似有些疲惫。

"你不是模仿作案,想嫁祸给李达达?"

扈向泽笑了笑。

"要是我知道李达达干了那些事儿,我肯定会,可惜那时候我不知道,也没听过你们的案子,我就是想分尸。没想到这事儿说起来容易,实际上操作起来很难,再美的身体,没切开的时候是美,切开了就是肉了。我平时不碰生肉,连刺身都不吃,也没李达达那么变态……我切了一只脚,想想后面的工作量,就切不下去了,放弃了。这是老天帮我吧,多好的巧合,李达达本来都一股脑儿认了……"

"电锯哪儿来的?"

"那倒是李达达送我的,有次一起去吃烤全羊,用那个切肉很好使,我夸了一句,他就顺手送了我一把,我没用过,就一直扔在后备厢里。"

石强锋忍着怒火问:"为什么要性侵!"

扈向泽说:"不知道,一时起意吧,我就是恨她,坏了这么大的事儿,就是想……破坏她。"

那个晚上,扈向泽拿着电锯,蹲在沈小舟身边。沈小舟的双腿都淹在海水里,被锯下的脚将海水染红了。沈小舟的假名牌头巾漂进了海里,渐渐远去。扈向泽满头是汗,很郁闷,他抬头张望着,看到了远处的沿着海岸线的旭日厂。

"后来,我实在没办法了,恰好看见了旭日厂,就想到了那个排海管道。可惜,不成功,还是被你们发现了。"

扈向泽叙说着,好像渐渐平静下来了。

"案子一出来,李龙和还骂我,说根本没打算让我杀了她。放屁,他那么说,我还能怎么理解。"

他笑了笑,继续说:"她还是太天真了,还跟李龙和谈,有什么好谈的,天平的另一边是几亿资产,李龙和怎么会在乎她的一条命。她高估了人的底线,没想到那么平易近人那么器重她的长辈,还有亲自招聘她入职的师兄,都只把她看成了一个微不足道的砝码。我想,那天她直到晕过去的前一秒,大概都没想到自己当天会死。"

连海平突然想起了沈小舟在社团告别会上的演讲。沈小舟说:"他们都在挽救生命,我们也是,大家应该为自己感到骄傲。这个事业,值得我们献出一生。"

"不一定。她比你们想象的要勇敢。"

"勇敢管什么用?她以为凭一己之力,就能撼动这么大的集团,能改变世界吗?"

连海平望着扈向泽,缓缓说道:"她确实撼动了,也改变了世界,不是吗?"

潜龙农庄,赵厚刚带人从车库地板上的入口下了地道,走了没几步,就发现地道里居然有灯,每隔一段距离就有一盏。洞壁是水泥的,然而很潮湿,每隔一段路,还有隐蔽的通风口通向地面。

他们在地道里快速行进着。地道不是笔直的,大概绕过了一些坚固的地质结构。

洞里越来越潮湿,有水滴了下来,而且洞顶、洞壁都有水泥开裂,每隔几米就用手臂粗的整根木棍顶住。

走了许久,赵厚刚忽然听到了声音。他向身后的警察们示意。大家放轻了步子,悄悄向前走。接着,他们听到了好像有人在挖掘的声音。

"我记得你说过,你是寒门出身,也算高级知识分子了,怎么会变成这样?"讯问室里,连海平接着问扈向泽。

"不知道,读书的时候,还有刚刚创办公司的时候,我也挺简单的,也有过……理想。"这个词似乎让扈向泽有些不好意思,"后来接触的人越来越多,经手的利益越来越大,我发现只要有了财富,就什么都能办到,什么都能得到。还没成事儿的时候,我觉得自己就是颗石子,谁都能把我踢来踢去,万一被人踢到下水道里呢?那就得在那个又脏又臭暗无天日的地方待一辈子了。你必须变成一座山,风吹不动,俯瞰众生。当然,我还差一点儿,李龙和已经做到了。"

"他做到了吗?你可能快要见到他了。"

警察们慢慢转过弯道,看见了两个人。一个人在朝前挖,因为一根支撑的木棍折了,地道塌方了几米,到处都是水泥碎块和湿乎乎的泥土。另一个人靠墙坐着,好似在闭目养神。

坐着的人是李龙和。

挖土的人戴着黑手套,用一把铁镐挖得飞快。洞快让他挖通了,已经有了一个几乎能钻过去一个人的空隙。

"别动,警察。"赵厚刚举起了枪。

第十二章

那人停止了动作,李龙和睁开了眼睛。

"转身,把家伙儿扔了。"

那人慢慢转过身来,是鲲哥。他头破血流,脸上混合了血、泥土和汗水。他把铁镐竖在墙边,慢慢举起了手。

"头怎么了?洞塌了砸的?"

鲲哥不说话。赵厚刚笑了,忍不住要撒气,要刻薄。

"你们金海集团这工程质量不行啊!用这么细的木棍儿,也太小气了,你要是用钢材多好,早跑出去了。"

他随手拍了拍身边的木柱,木柱竟然发出了吱吱嘎嘎裂开的声音,顶上扑簌簌掉了几块土。赵厚刚吓了一跳,赶紧让开两步。

李龙和不慌不忙地站起身,拍了拍身上的土。

"你是……我们见过面,你是赵队长。"

"警察。"

"赵队长,据我了解,你夫人的弟弟在一家装修公司工作。这些年,云州房地产高速发展,他的收入很可观,养活了一家老小。其中也有我的一点儿贡献吧。"他语气仍温和泰然,就像在谈平常的工作。

赵厚刚冷笑道:"查过我?你想说什么?我可从来没有以权谋私!"

"我不是那个意思。我说一个简单的道理,看能不能说服你。这个社会,某些少数人的事业带动了大多数人的富足,这是个事实,对吧?虽然我们讲究平等,但是不能不承认,某些人对社会的运转更重要,是不可或缺的,总是需要一些领头人的嘛。一旦动摇了他们的事业,就砸掉了很多人的饭碗,比如你夫人的弟弟。"

"我去……"赵厚刚差点儿惊着了。

李龙和似乎敞开了心扉,表情很真诚。他慢慢踱着步子,说:"这辈子我从来没有杀过人,也没有做过亏心事儿。我的出发点从来都是为更多人创造更多的工作机会,让一个个家庭生活得更好。我开着一条大船,我不能让船漏了,让船员和乘客葬身大海,对不对?我必须不惜代价,把船补好。将我的苦心和采取的行动定义为犯罪是不公平的。"

"你他妈还真是个大善人。"赵厚刚气笑了。

"我理解你们的工作,你是在执行命令。但是,将在外,君命有所不受,就你自己而言,你是想让无数个家庭从此断了收入,还是想让他们安居乐业感谢你?"

"别说了,我谢谢你行不行!你还在做梦呢,你以为不抓你,出去了还能当老总?"

李龙和不动声色地看着赵厚刚,笑了笑。

"道理我已经说完了,看来说服力不够,既然这样,我跟你们走。"

这时,他已经踱到了墙边,忽然,他抓起铁镐用尽全力向赵厚刚掷过去。然而,他的目标不是赵厚刚,而是赵厚刚身边的木柱。

铁镐准确命中了木柱,本就有裂痕的木柱小小弯折了一下,落下了几块水泥,又险险撑住了。

赵厚刚吃了一惊,举起枪说:"你疯了?"

话音刚落,木柱突然折断。大家同时僵住,看着洞顶。洞顶的裂痕肉眼可见地在扩大,更多的水泥块朝着众人落了下来。

李龙和趁机向后退,鲲哥也向后退。

赵厚刚喊道:"别跑,那头也有我们的人!"

李龙和笑了笑,他不相信。

"别动!回来!"赵厚刚枪口对准了李龙和,咬了咬牙,要向前冲。

李龙和忽然在鲲哥背后推了一把,鲲哥向前跌去,挡住了赵厚刚的弹道。

"挡住他们。"李龙和冷冷地道。

"先生……"鲲哥面如死灰,迟疑着。

一刹那,洞顶塌了下来,顷刻间将鲲哥砸倒,掩埋。同时,李龙和转身钻过了挖开的空隙。

赵厚刚抬头看洞顶,泥石崩裂导致的塌方,似乎引起了连锁反应,更多的木柱开裂声音传了过来。

他大吼一声:"撤,快撤!"

警察们全速后撤。

另一边,李龙和也在全速奔跑。头顶,洞顶的水泥裂开了一条缝,像条蛇般追赶着他,很快超过了他。

他忽然看到前方塌方了,水泥沙土倾泻而下,立刻将前方地道堵死了。

他停下了脚,意识到自己前后都被封住了。

更糟糕的是,不知从哪里涌出了汹汹的水流,地道里的水位迅速上涨,很快就盖过了他的脚面。

李龙和进退维谷,陷入了绝望。此时,洞顶的灯闪了闪,也灭掉了。

赵厚刚压在队尾,跟着队伍跑到了干燥安全的地方。他满身是土,急得咒骂着:"混蛋!"

他回头看了一眼,洞尽头的灯全灭了,显得幽深黑暗。

地道另一端的防空洞里,冯大队带着警察沿着漆黑的防空洞朝里走。走出去一段路后,他们听到了隆隆的声音,还感觉到似乎有风扑面而来。

冯大队站住了,遥望着洞穴深处,有了不好的预感。

第十二章

讯问室里，扈向泽好似打开了心门，话止不住地往外倒。

"说实话，我喜欢物质享受，喜欢到哪儿都是VIP的感觉，十万块的床垫确实比一百块的硬板床要舒服一千倍。我喜欢员工对我毕恭毕敬，唯唯诺诺，因为我掌握着他们的生存命脉，我动动手指头，他们明天就得喝西北风。我也喜欢女人，想这辈子要得到尽可能多的女人。财富就是磁铁，能把她们都吸到身边来。这些快乐，你没体会过，不知道这快乐的滋味。体会过了，就不能忍受失去。就像那些生活在深海的生物，如果它们来到浅海，看见过阳光下的珊瑚礁，还能忍受再回到乌漆麻黑的深海吗？不可能，回不去了。"

地道灌满了水，没顶了。

黑暗中，水下的李龙和绝望地游动着、挣扎着，然而没有出口，无处可去。

深埋地底又被水淹没，大概是人类能想象的最大的恐惧之一。李龙和恐惧地在水中发出濒死的呐喊，呼出了最后一口气。不知道他在死前有没有想到报应，想到同样在水中死去的沈小舟。

连海平望着扈向泽，目光又深又远。

"我确实不知道你说的快乐是什么感觉，跟你说说我的快乐吧。"他回想着，"随便说一件吧。有一次，我们一家三口到一个古镇旅游，那时候我孩子还小，刚上一年级。大冬天，天很晚了，所有的店铺都关了，街上特别冷，我们找到一家还开着的小铺子。铺子里卖一种水果干和藕粉做的甜茶，我老婆爱吃甜的，非要吃。店主是个老阿妈，给我们做了一碗。店很小，就我们一家三口坐在店里的灯光下。我看着他俩一人一口地吃，抢着吃，热腾腾的，也不怕烫嘴。我老婆让我也吃一口，我没吃。"

石强锋仿佛看到了那个坐着一家三口的小店，店里的灯光犹如黑夜里的一团暖光。

连海平说："我看着他们，心里已经太甜了，吃不下了。我突然有个感觉，我们各自都在又黑又冷的夜里走了很久，但终归会在这有点儿温暖的灯光下相聚。我知道，这是我最爱的人，也是最爱我的人。我们的生活普普通通，但是只要跟他们在一起，我就拥有了最快乐的时光。"

石强锋好像被连海平的故事击中了，悄悄别过头，抹了一下眼睛。扈向泽愣了会儿，说："我的生活里，从来没有过这样的人。"

审完了。石强锋登上警队楼顶，望着天边即将到来的黎明。连海平走到他身边，并肩站住。

"太闷了,透透气。"石强锋解释道。

连海平也深深吸了一口气,再慢慢吐了出来。

"沈小舟还是太善良了,"石强锋觉得心里堵得慌,"不知道恶人有多坏,她要是拿到证据直接举报,就不会死了。所以好人总是斗不过恶人,何况是个他妈的巨人。"

"不能要求善良的人抛弃善良,"连海平说,"我们是警察,就是要保护那些善良的、天真的人,要折断那些恶人的尖牙利爪,让他们在伤害好人之前有点儿忌惮。"

楼下,大队伍回来了,警车一辆辆开进大院。邱局背着手站在院子里迎接着他们。警察们押着众多犯罪嫌疑人下了车。顿时人声四起。

太阳终于要升起来了。

沈华章一家三口,在菜市场边支起了摊子,做蚵仔煎。三个人一起动手,相互帮忙,有条不紊。

连海平将车停在路边,和石强锋下了车,向着他们走去。车里还有老郑和小齐。他们看着连海平和石强锋走到沈家的摊车前,跟他们低声说着话。听了警察带来的消息,沈华章和孙秋红百感交集,两人相互扶持着,搂着沈小海,一家三口小声地哭了起来。

连海平和石强锋走回来上了车。

菜市场里的人们渐渐注意到了沈家的样子,有人上前去询问,有人直接来问警察。

"破案了? 抓着了?"

"破了,抓了。"老郑回答他们。

路人们、摊主们纷纷分享着这个消息,脸上露出了欣慰的神色。

连海平启动汽车,慢慢向前开着,不时听到有人高喊"破案了!"。

他们相互传递着消息,好让更多的人知道,喊声中是真心的振奋与痛快。

车继续向前开,然而路上的人越来越多。忽然,几瓶纯净水从打开的车窗扔了进来,落在了警察们身上。

"哎,干什么呢?"老郑吆喝道。

"拿着喝!"

"不能要! 不能要!"

忽然,更多的东西纷纷投了进来,水、面包、点心、水果、西瓜,甚至还有菜。

大家纷纷用手按住了想要升上去的车窗。

啪,还扔进来了一包水淋淋的皮皮虾!

"必须要!"

他们围着车，让车开不快。当然，他们也很小心，不妨碍开车的连海平。老郑喊着："别扔了，别扔了！"

然而还是有更多的东西扔了进来。

人们纷纷喊着：

"好样的！"

"辛苦了啊！"

"谢谢警察！"

连海平看了一眼石强锋，石强锋膝上也堆满了东西。这个年轻人使劲儿忍着泪，眼睛都红了，结果还是没忍住，解嘲地笑着，抹了一把冒出来的眼泪。

老郑打趣他："哭了？他们可爱吧，这就是咱们要保护的人！"老郑和小齐的眼中也有泪花。

终于开出了街道，连海平在路边停下了车。

石强锋说："我在想，要是扈向泽在这些好人中间长大，就不会变成他今天的样子了。"

连海平欣慰地笑了。

"下车吧，给钱去。"

回到警队，连海平和石强锋送江明滟母子回家。

石强锋像大哥似的抱了抱连江树，江明滟像母亲似的抱了抱石强锋。石强锋僵了一瞬，也抱住了她，好像这个怀抱他已经盼了很久。

连海平安静地望着他们。

沈华章家里拆掉了沈小海和沈小舟卧室之间的隔断，卧室变大了，也亮堂了。家具重新摆放，东西重新归置。不过，沈小舟的床还留着，贴墙放着。她的书都装了箱，照片还搁在架子上。

石强锋去了一趟监狱。探视室里，他的对面坐着个男人。男人看起来有五十岁，面相凶狠，脸上有疤。两人对视着，好像都想在彼此的脸上找到些什么。

男人嗤笑了一声，说："没想到我的种也能当警察。"

石强锋不接这个话，冷冷地说："这个疤是连海平打的吗？"男人没回答。

石强锋看着他，并不回避对方恶意的目光，说："谢谢那些帮过我的人，让我跟你不一样。"

他起身离开的时候，好像卸去了一副重担。

连海平一家三口终于去旅行了。

他们住在海边的酒店。夜半,连海平睡不着,看娘俩都熟睡了,他下了床,悄悄出去了。

他提着四个沙袋,走向大海。脱了衣服,准备绑上负重沙袋时,他停下了手。他在思量、在辨别心中浮现的新的感觉。他把沙袋扔下了。

海上风平浪静,铺了一层淡淡的月光。他的手和脚没有负重,都是自由的,他踏着潮水,向深处走去。水淹到腰时,他开始游泳,游向夜幕下的大海。

连海平潜入水下,看见了幽暗中的一团白光,像沈小舟的裙裾。他定睛看去,原来是一只大如伞盖的海月水母,正在一开一合地优雅游动着。

浩瀚的海面下,似乎只有他和水母两个生物悬浮在巨大的黑暗中。连海平定定地看着它,直到它游向深处不见。

休假回来后,连海平去找冯大队。他看起来精神养足了,容光焕发。冯大队抠出一粒中药丸,放进嘴里慢慢嚼。

"怎么不一口吞了?"

"我想通了,这工作与其交给胃,不如先交给牙。案子结了,我也快走了,你写个材料吧……"

连海平说:"对了,接班人你还是推荐老赵吧,当队长他比我强……我牙还结实,还能再啃几年硬骨头。"

冯大队伸出指头点了点连海平,无奈地笑了。

连海平下了楼,和石强锋一起上车,开出了警队大院,奔赴新的现场。

天本来有点儿阴,不过太阳很快破云而出,在街面上洒下了一层金光。他们的车驶进热热闹闹的市井、忙忙碌碌的人流中去了。